KB004810

답장할게,
꼭

답장할게, 꼭

케이틀린 알리페렌카 · 마틴 간다 · 리즈 웰치

장여정 옮김

북레시피

어머니들 앤 네빌과 치오니소 간다,
그리고 아버지들 리처드 스토익시츠와 조지 간다 님께
이 책을 드립니다.

차
례

1장

할로!

케이틀린

'Zimbabwe.' 처음 들어보는 나라였다. 어쩐지 호기심이 생기는 이름이었다. 뭔가 이국적이고 발음도 어려워 보였다. 선생님께서는 칠판에 여러 나라 이름을 적으셨는데 그중 맨 마지막이 이 나라였다. 7학년 영어 시간이었다. 밀러 선생님은 그해 우리 학교에서 펜팔 교류를 시작한다며 아이들에게 전부 나라 하나씩 고르라고 하셨다.

나는 교실 뒤편에 앉아 있었다. 이 시간엔 보통 제일 친한 친구 로렌과 쪽지를 주고받거나 창밖을 내다보며 남자애들 생각을 하기 일쑤였다. 9월 말 이제 짙푸르던 나뭇잎도 적갈색, 겨자색으로 옷을 갈아입고 있었다. 나는 평범한 아이였다. 맘먹고 열심히 하면 학교생활도 또 곧잘 했다. 솔직히 공부에는 별 관심이 없었지만 자석에 이끌리듯 특이한 그 이름에 끌렸다. 나는 손을 들었다.

"케이틀린?" 밀러 선생님은 놀란 표정이었다. 선생님이 내 이름을 부르실 때는 수업에 집중하라고 주의를 줄 때뿐이었다.

"마지막 저 나라는 어떻게 읽어야 하나요? 알파벳 Z로 시작하는 나라요."

"짐-바브-웨." 밀러 선생님은 또박또박 읽어주셨다. "아프리카 나라지."

"멋있네요." 아프리카 나라일 것 같기는 했는데 아프리카에 또 어떤 다른 나라들이 있는지는 선뜻 떠오르지 않았다. 지난여름 가족들과 아빠 친척을 만나러 독일에 다녀오면서 스위스, 오스트리아, 리히텐슈타인, 프랑스에도 들렀던 터라 유럽이라면 좀 자신이 있었다. 캐나다 여행 몇 번을 제외하면 외국 여행은 그때가 처음이라 나한테는 엄청난 일이었다. 아프리카로 여행이라, 생각해본 적도 없었거니와 그곳의 생활이 궁금했던 적도 없었다. 그야말로 아는 게 하나도 없어서 더 호기심이 생겼다. 모험을 나서는 기분이었다.

"저는 그 나라로 하겠습니다."

그때는 몰랐다. 이 순간이 앞으로 내 인생을 어떻게 바꿔놓을지.

그전까지 나는 학교에서 뭘 배우는가보다는 학교에 뭘 입고 갈까에 훨씬 관심이 많은 열두 살 소녀였다. 어디에 살든 상관없이 대부분의 아이들이 나와 비슷한 삶을 살고 있을 거라 생각했다. 내가 살던 펜실베이니아의 교외 마을과 짐바브웨가 전혀 다를 거라고 생각이야 했지만 얼마나 다른지는 짐작조차 하지 못했다.

아프리카에 대해 아는 거라곤 엄마가 정기적으로 구독하는 《내셔널 지오그래픽》 잡지에서 본 것이 전부였다. 얼굴에 칠을 하고 치마처럼 허리에 천을 두르고 구슬 장식을 두른 화려한 차림의 아프리카 부족민들 사진은 맘에 들었다. 펜팔 친구가 그런 옷을 입을 성싶진 않았지만 아프리카 아이들이 어떤 옷을 입고 다니는지는 전혀 알지 못했다. 나처럼 청바지를 입나? 궁금한 게 너무 많았다.

내가 나고 자란 곳은 펜실베이니아 주 햇필드란 곳이다. 필라델피아에서 60킬로미터쯤 떨어진 평범한 작은 마을이다. 부모님 두 분 다 이곳에서 어린 시절을 보내셨다. 엄마 아빠는 초등학교 때부터 알고 지낸 사이였지만 두 분이 사귀기 시작한 건 대학 때부터였다. 결혼 후 부모님은 좀 더 물가가 싼 이웃동네 랜즈데일로 이사했다. 오빠가 거기서 태어났다. 그리고 5년쯤 지나 내가 태어났을 때 부모님은 다시 햇필드로 돌아와 집을 사셨고 그 집에서 지금까지도 살고 계신다.

이사라는 걸 고민해야 할 이유가 하나도 없었다. 햇필드는 정말 살기 좋은 곳이었다. 조용한 거리에는 랜치식 단층 주택과 콜로니얼풍 이층집들이 나란히 늘어서 있었고 정원은 집집마다 완벽하게 손질돼 있었다. 공립학교 수준도 그럭저럭 괜찮았고 햇필드 맛집 '트롤리 스톱'이 자리한 시내 분위기는 고풍스러웠다. 아이스크림을 사 먹으러 집에서 데어리

퀸까지 걸어갈 수 있었고 주말에는 가끔 거기서 로렌을 만나 블리자드 셰이크를 사 먹기도 했다. 햇필드 외곽으로는 전부 농장지대였지만 그래도 대도시 필라델피아까지는 한 시간도 채 안 걸렸다. 사실 필라델피아엔 자주 가지 않았다. 주말이면 소프트볼을 하거나 동네 롤러스케이트장에서 스케이트를 타거나 아니면 근방 쇼핑몰에 친구들과 놀러가는 등 햇필드에서도 할 일은 얼마든지 많았다. 유럽을 다녀온 그 여름 이후 펜실베이니아 바깥 세상에 관심이 생기기 시작하긴 했지만 말이다.

독일에서 사촌 카롤라를 처음 만났을 땐 정말 깜짝 놀랐다. 카롤라도 나처럼 큰 키에 금발이었지만 차림새는 독특했다. 청반바지에 진갈색 니삭스, 거기에 샌들이라니 솔직히 좀 웃겼다. 또 카롤라가 영어로 말하면 꼭 화난 사람 같았다. 카롤라는 아침으로 고린내 나는 치즈에 호밀빵을 먹었고, 간식으로는 헤이즐넛 초콜릿과 짭조름한 감초를 좋아했다. 내가 간식으로 즐겨 먹던 키세스 초콜릿이나 스타벅스 쿠키 같은 것들과는 전혀 달랐다. 나는 카롤라가 완전히 괴짜에 아웃사이더라고 생각했다. 그러던 어느 날 카롤라네 학교에 따라갔다가 내 짐작이 틀렸단 걸 깨달았다. 독일에서는 8월 초에 새학기가 시작됐는데, 우리가 학교 건물에 들어서자마자 귀여운 남자애들을 포함해 모두가 카롤라에게 인사를 건넸다. 카롤라가 실은 인기녀였던 것이다! 그리고 카롤라의 여자 친구들도 대부분 샌들에 니삭스를 신고 있었다. 그게 유행이었다! 내가 학교에 그렇게 입고 갔으면 친구들은 분명 "그 패션은 뭐야? 할로윈은 10월이거든요" 하고 놀렸을 것이다.

유럽 여행 이후 나는 작은 우리 마을을 벗어나 나와 다른 삶의 방식에 눈을 떴다. 햇필드의 곳곳이, 우리 마을 사람들이, 모두 익숙하다 못해 지루하기까지 했다. 전혀 다른 곳의 삶이 궁금하던 차였다. 아프리카에 펜팔 친구라, 고민할 이유가 없었다.

밀러 선생님께서 아이들 이름을 차례차례 부르셨다. 대부분은 자기 혈통과 관련 있는 나라를 골랐고 로렌도 독일을 골랐다. 프랑스를 고른 애들이 좀 있었고 이탈리아와 잉글랜드도 몇 명씩 있었다. 다들 나라가 하나씩 정해지고 나니 아프리카 나라를 고른 게 나뿐이라는 사실을 깨달았다. 선생님도 내 선택에 꽤나 놀라신 듯했다. 그 해에만 선생님께 지적을 받은 게 벌써 세 번이었다. 두 번은 수업 중 껌을 씹어서, 한 번은 로렌에게 쪽지를 보내서였다. 지적을 받을 때마다 나는 부끄러웠다. 7학년 때는 그냥 튀고 싶지 않았다. 필드하키 팀에 든 것도 다른 친구들이 한다는 이유에서였다. 정작 등을 굽힌 채 막대를 쥐고 넓디넓은 필드를 뛰어다니는 걸 그리 좋아하지도 않았으면서 말이다. 유럽 여행을 다녀오고 나서는 좀 변했던 것 같다. 처음으로 다른 게 나쁜 게 아니라는 생각이 들었다. 사실 꽤나 멋진 일이었다.

그날 숙제는 새로운 펜팔 친구에게 편지를 쓰는 거였다. 밀러 선생님은 편지를 받는 상대가 누가 될지 아직 모르니

'친애하는 누구누구에게'라고 쓰지 말고 '안녕' 같은 평범한 인사말로 편지를 시작하라고 하셨다. 숙제가 재미있다고 생각한 건 어쩌면 이때가 태어나서 처음이었을지도 모르겠다.

그날 오후 나는 집으로 가는 버스 안에서 헤더 언니와 함께 앉았다. 나보다 한 살 많은 헤더 언니는 우리 건너 건넛집에 사는 제일 친한 언니였다. 나는 헤더 언니에게 펜팔 숙제 얘기를 꺼냈다.

"와, 재밌겠다. 펜팔 친구한테 뭐 물어볼 거야?"

좋은 질문이었다. 무슨 얘기를 할지, 또 어디서부터 이야기를 시작할지 아무 생각이 없었다. 버스가 학교를 나서자 나는 편지 생각에 몰두했다.

매일 등하굣길에 스쿨버스는 우리 학교 근처의 '햇필드 퀄리티 미츠'라는 돼지 도축장을 지나갔다. 거의 매일같이 엄청 큰 대형 트럭에 돼지들이 실려 오는 모습을 볼 수 있었고 그중에는 작은 조랑말만 한 돼지들도 있었다. 금속 우리 사이로 돼지들은 잔털이 돋은 분홍 코를 내밀고 있었다. 자기네들에게 곧 무슨 일이 벌어질지 다 알고 있다는 듯한 돼지들의 꿀꿀대는 소리를 듣고 있노라면 항상 마음이 아팠다. 돼지기름을 처리하는 날은 정말 최악이었다. 쓰레기에 베이컨을 넣어 요리하는 것 같은 악취가 진동했다. 학교에 에어컨이 없어서 기온이 높은 날 창문을 열어두면 이 냄새가 교실까지 흘러 들어와 담배 냄새 배듯 머리카락과 옷에 배곤 했다.

당연히 편지에 이런 얘기는 안 할 거였다. 우리 마을에서 내가 유일하게 싫어하는 부분이었다. 햇필드는 낙농업으로도 유명했다. 이건 좋았다. 완만하게 이어지는 풀밭 언덕 곳곳에서 얼룩소들이 풀을 뜯었다. 이곳을 지나갈 때면 나는 창문에 이마를 지긋이 대고 바깥 풍경을 구경했다. 얼룩소들이 도축장 돼지들보다 훨씬 나은 삶을 살고 있다고 생각했다. 펜팔 친구네 등굣길 풍경은 어떨지 궁금했다. 아프리카에 코끼리와 기린이 산다는 건 나도 알았다. 코끼리랑 기린도 저 소들처럼 도롯가에서 풀을 뜯고 있을까? 궁금한 게 너무 많았다.

20분쯤 지나 집으로 향하는 길목에서 스쿨버스가 멈췄다. 우리 집 주변으로 이 길에는 총 열두 집이 나란히 늘어서 있었는데 나는 거기 사는 가족들을 전부 알고 지냈다. 여름이면 이웃집 아이들과 손전등을 들고 술래잡기를 하거나 킥볼을 하며 놀았고, 겨울에는 눈이 오면 서로의 앞마당에 눈사람을 만들어 세웠다. 베이지색에 남색 현관문과 외부 이중창이 달린 집이 바로 우리 집이었다. 우리 가족은 현관문을 거의 안 쓰고 늘 쪽문으로 집에 드나들었다. 집에 들어서면 카바와 로미오, 우리 집 슈나우저 두 마리가 기다리고 있다가 팔짝팔짝 뛰면서 온몸으로 춤을 추며 나를 반겼다. 외투와 신발을 벗으러 가면 카바와 로미오는 종종거리며 나를 따라왔다가 자기네들 지정석인 거실 소파 자리로 돌아갔다. 언제나처럼 나는 (우리 집 규칙대로) 계단 아래 가방을 던져놓고 부엌으로 간식을 먹으러 갔다.

학교에서 돌아오면 항상 엄마가 집에 계셨다. 내가 태어나기 전 엄마는 동네 병원에서 행정 일을 하셨다. 그러다 내가 태어났고 내가 아직 아기일 때 엄마는 교사가 되기로 결심하곤 공부를 다시 시작하셨다. 엄마는 오빠와 내가 학교에서 돌아올 때 우리를 집에서 맞이하고 싶어 하셨다. 그래서 옆동네 센트럴 벅스 스쿨 구역에 있는 초등학교에 일자리를 구하셨다. 이제 나도 중학생인지라 낮에는 엄마를 볼 수 없었지만 학교를 마치고 오면 엄마가 항상 부엌에서 나를 기다리고 계셨다.

그날 오후 엄마는 부엌에서 신문을 읽고 계셨다.

"오늘 하루는 어땠니?" 신문을 읽고 계시던 엄마가 고개를 들며 물으셨다. 엄마의 녹색 눈동자가 나를 향했다.

평소라면 소프트볼 경기 일정을 엄마에게 보고하거나 학교 숙제가 많다거나 아니면 선생님들이 못됐다거나 하는 불평을 늘어놓았을 것이다. 하지만 이날은 엄마에게 빨리 말하고 싶은 재미난 얘깃거리가 있었다.

"오늘 펜팔 친구가 생겼어요. 짐바브웨 친구예요."

"어디라고?" 엄마가 물었다.

"아프리카요, 엄마." 어이가 없었다. 엄마가 짐바브웨를 모른다니 믿을 수가 없었다. 학교 선생님이 짐바브웨를 모르다니!

"아, 로디지아 말이구나?"

엄마가 거실에서 세계지도를 들고와 식탁 위로 펼쳤다.

엄마는 찻주전자 모양으로 생긴 아프리카 남부의 한 나라를 가리키며 '로디지아'라고 하셨다. 그 위로는 보츠와나라는 나라가, 옆에는 모잠비크가 있었다. 엄마는 지도의 연도를 가리켰다. 1977년이었다. 20년 된 지도였다.

"아프리카 나라들은 이름이 늘 바뀐단다." 선생님 같은 말투로 엄마가 말씀하셨다. '식민지배' 어쩌고 하는 말도 하셨다. 어디서 들어본 말이었다.

"그게 무슨 말이에요?" 내가 물었다.

"강한 나라가 다른 나라를 차지하면서 자기 영토라고 주장하는 거야." 엄마가 설명했다. "미국처럼 말이야. 미국도 예전에는 영국 식민지였지만 우리는 자유를 위해 싸웠지. 짐바브웨 사람들도 그랬단다."

작년에 미국 역사를 공부하긴 했는데 얼른 연결이 잘 되지 않았다. 아직 좀 헷갈리는 상태였지만 한 가지만은 분명했다. 편지를 본격적으로 쓰기 전에 짐바브웨라는 이 머나먼 나라에 대해 먼저 공부를 좀 해야겠다는 거였다. 바보같이 보이고 싶진 않았다.

출장 중일 때가 아니면 아빠는 매일 저녁 6시 집에 돌아오셨다. 아빠는 정부 에너지 계약 관련 일을 하셨는데 정확히 그게 무슨 일인지는 영 알 수가 없었다. 그나마 내가 아는 거라곤 아빠가 국가 기밀을 알고 있고 아빠 일에 대해서 아무에게도 말하면 안 된단 거였다. 우리도 예외가 아니었다. 오빠는 열일곱 살, 고등학교 2학년이었다. 학교가 끝나면 오빠는 보통 친구들이랑 놀다가 저녁시간에 맞춰 집에 돌아왔다. 우리 가족의 또 다른 규칙이었다. 우리는 매일 저녁 6시 반에 함께 저녁을 먹었고, 저녁식사가 끝나면 아빠는 우리 가족 공용 컴퓨터였던 텔레비전만 한 베이지색 델컴퓨터에 접속했다. 부모님은 컴퓨터를 가족 전체가 쓰는 서재에 두셨다. 엄마가 채팅방에서 아이들을 노리는 위험한 사람들이 있다는 얘길 들으신 후로 오빠와 내가 접속하는 사이트들을 확인하고 싶어 하셨기 때문이다. 그때는 전화로 인터넷에 접속했는데 속도가 엄청 느렸다. 일단 접속을 하고 나면 가족들이 순서대로 돌아가며 컴퓨터를 썼다.

그날 저녁에는 내가 1번이었다. 통신회선 기계음 소리가 이어지다 드디어 딩동 하는 소리 후 '메일이 도착했습니다'라는 안내 메시지가 들렸다. 인터넷에 연결되자 나는 검색엔진에 '짐바브웨'를 타이핑했다. 검색 결과로 브리태니커 백과사전 링크가 떴다. 엄마가 브리태니커 백과사전 유료 서비스를 등록해둔 상태라 링크를 열 수 있었다. 나는 짐바브웨가 1980년 영국으로부터 독립했다는 것을 알게 됐다. 곧 미국과 비슷한 점도 확인했다. 200년 전 영국 통치에서 벗어나 자유를 얻고 싶어 했던 미국처럼 짐바브웨 사람들도 그랬다. 짐바브웨 국민 90% 이상이 '쇼나'라는 민족이지만 '은더벨레'라고 하는 다른 민족도 있다고 했다. 쇼나어가 짐바브웨 공식 언어였지만 짐바브웨 사람들 대부분이 영국 식민지배 때문에 영어를 할 수 있다고도 했다.

다행이라고 생각했다. 최소한 펜팔 친구가 내 말을 알아들을 수는 있을 테니 말이다.

펜팔 친구가 어느 민족 사람일지 궁금했다. 어떤 민족이라는 게 사회적으로 어떤 뜻일지도 궁금했다. 쇼나족이면서 은데벨레족일 수도 있나? 그러니까 독일계면서 동시에 아일랜드계인 나처럼? 밤이 깊어져 검색은 그 정도로 해두고 편지를 쓰러 내 방으로 올라갔다.

방으로 돌아와 줄 있는 노트 한 장을 찢어 들고 이층침대 아래층 끝에 앉았다. 나는 주로 여기서 숙제를 했다.

편지를 써 내려가기 시작했다. '안녕. 나는 케이틀린이라고 하고, 열두 살이야. 펜실베이니아 주 햇필드에 살아. 지금은 7학년이야. 오빠 이름은 리치고 11학년이야.'

여기까지 쓰고 나서 잠시 펜을 멈췄다. 지구 저 반대편에 있는 아이에게 편지를 보내면서 할 수 있는 말이 또 뭐가 있을까? 편지에 쓸 거리를 찾아 방 안을 쭉 둘러보았다. 지난 몇 년간 운동을 하며 받은 트로피가 눈에 띄었다. 최우수 선수는 당연히 아니고 딱히 운동을 잘하는 편도 아니어서 대부분 페어플레이 상이었다. '내가 하는 운동은 소프트볼, 축구, 필드하키 정도야.' 사실 짧은 스틱을 쥐고 필드를 뛰어다니려니 허리가 아파 요즘엔 팀에서 기록을 담당하고 있었지만 그런 얘기는 하지 않았다. 내 키가 이미 161센티미터였고 우리 반 여자애들 중에서는 두 번째로 컸다. 벽에 붙은 포스터가 눈에 들어와서 이렇게 편지를 이어갔다. '나는 스파이스 걸스랑 백스트리트 보이스를 좋아해. 그리고 내가 가장 좋아하는 색은 핑크야.' 전부 사실이었다. 내 방 벽에는 엄마가 스텐실로 꾸며주신 핑크 하트 무늬가 있었고 바닥에는 진분홍색 러그가 깔려 있었다. 다만 러그는 내가 쌓아둔 옷더미에 가려 잘 보이지 않았다.

계속해서 편지를 써 내려갔다. '주말에는 쇼핑몰 가는 걸 좋아해. 친구들과 롤러스케이트를 타러 가거나 볼링을 치러 가는 것도 좋아하고. 아, 피자 먹으러 가는 것도 좋아. 넌 학교에 안 갈 때 뭘 하고 놀아? 짐바브웨에서의 생활은 어떠니?'

물어보고 싶은 것도, 하고픈 말도 더 있었지만 첫 번째 편지는 이것만으로 충분했다. 밀러 선생님께서 수업 시간에 알려주신 대로 편지를 마무리했다. '진심을 담아, 케이틀린 스토익시츠 씀.'

다음 날 선생님께 확인받기 위해 학교에 편지를 들고 갔다. 이제 막 무언가 대단한 일이 벌어지고 있는 것 같은 기분이 들었다.

마틴

교실로 들어서는 저라이 선생님은 웃음 띤 얼굴이었다.

"여러분, 미국에서 펜팔 편지가 왔어요!" 선생님의 목소리는 밝았다. 학기말을 향해 가고 있는 10월 중순에 반가운 소식이었다.

모두들 웅성이기 시작했다. 미국이라면 모두가 알고 있었고 또 아주 좋아했다. 미국은 코카콜라와 '세계레슬링연합' WWF의 나라였다. 부잣집 애들은 시내에서 미국 잡지를 구해 레슬링 사진을 복사해 와선 다른 아이들에게 팔았다. 4:5 비율의 헐크 호건 흑백 사진은 꽤나 인기였다. 헐크 호건은 짐바브웨에서 거의 신이었다. 우리 집 벽에도 헐크 호건 사진이 붙어 있었다. 형이 어디선가 구해온 사진을 테이프 대신 풍선껌으로 붙여두었다. 아이들 사이에선 이게 위상과도 같은 문제였다. "헐크 호건 있어? 아님 뭐 있는데? 마초 맨?"

거구에 근육질 남자들이 두건을 쓰고 무릎까지 올라오는 부츠를 신은 채 떼돈을 버는 곳, 나에게 미국이란 나라는 화려한 삶 그 자체였다. 머나먼 저 미국 땅에 사는 내 또래 아이들은 어떨지 궁금했다.

우리 반 학생 수는 50명인데 저라이 선생님이 들고 온 편지는 10통뿐이었다. 1그룹인 나는 운이 좋았다. 짐바브웨에서는 1월에 학기가 시작되는데 모든 학생이 배치시험을 친다. 시험 점수가 가장 높은 학생들이 1그룹에 배정된다. 나는 1학년 때부터 8년간 쭉 1그룹이었다. 1등이 아니면 어머니가 용납하지 않으셨다. 여섯 살 등교 첫날, 어머니는 여기저기 묻고 다니셨다. "여기서 제일 잘 가르치시는 선생님이 누구죠?" 한 나이 지긋한 여성분이 누군가를 가리키자 어머니는 그 선생님께 다가가 말했다. "저희 아들 마틴입니다. 선생님 반이 맞는지 확인해주시죠."

어머니의 전략은 성공적이었고 나는 그 반 학생이 됐다. 1학년 말 수료식에서 1~3등 학생을 발표했다. 3등이 먼저 발표됐다. 다음으로 2등 이름이 불렸다. 1등으로 내 이름이 불리는 순간 나는 등 뒤에서 기쁨의 환호를 들었다. "율-율-율." 짐바브웨 사람들이 기쁠 때 내는 소리였다. 고개를 돌려보니 어머니가 제자리에서 깡충깡충 뛰며 환호하고 계셨다. 기뻐하는 어머니 모습에 웃음이 나는 것을 꾹 참고 사람들을 지나 단상으로 나가 상장을 받았다. 집으로 돌아오는 길에 어머니는 말씀하셨다. "마틴, 인생에서 성공하려면 항상 1등이 돼야 한단다."

나는 이듬해도 1등을 했지만 3학년 때는 2등을 했다.

"왜 1등을 못 했니?" 성적표를 들고 온 날 어머니가 인상을 찌푸리며 물으셨다. 가늘어진 어머니의 눈이 매서웠다.

"다른 애가 진짜 똑똑해요." 나는 성적표를 내밀며 말했다.

어머니는 가차 없이 내 손에 들린 성적표를 내치셨다. 깜짝 놀랐다. 성적표는 바닥에 떨어졌고 어머니께 혼이 나는 동안 바닥에 떨어진 성적표에서 눈을 뗄 수 없었다. "그건 변명이 안 되지. 다음엔 5등, 그다음엔 14등, 이렇게 되는 거라고. 더 열심히 공부해야 돼."

"네, 어머니." 아직 멍한 상태로 구겨진 성적표를 집어 들었다. 다리에 대고 손으로 성적표를 빳빳하게 편 후 다시 한번 어머니께 건넸다.

"보기 싫다." 한층 차분해진 목소리였지만 아직 어머니는 화가 가시지 않은 것 같았다. "너도 보고 싶지 않아."

구겨진 성적표를 들고 뒤돌아 나서는데 어머니가 속삭이듯 작은 소리로 말씀하셨다. "학교가 네 유일한 희망이다."

깊은 숨을 내쉬고 나서 어머니는 솔직한 속내를 내비치셨다. "안 그러면 너도 나 같은 인생을 살게 될 거야."

이해했다. 어머니는 내가 미워서 그런 게 아니었다. 잘되라고 그러시는 거였다. 어머니는 똑똑했지만 외갓집 사정이 어려워 열두 살 때 학교를 관둬야 했다. 우리 부모님도 가난했지만 나는 그래도 아직 학교는 다닐 수 있었다. 나는 어머니께, 또 나 자신에게 항상 열심히 공부하겠다고 약속했다.

다음 학기 나는 치열하게 공부했고 그해 1등을 차지한 이후 한 번도 1등을 놓치지 않았다. 다시 말해 나는 항상 교실 맨 앞줄에 앉았다. 학생 수는 많고 교실은 부족해서 우리는 네 명이서 1인용 책상 하나를 나눠 썼다. 좁고 복잡했지만 교과서를 나눠 보기에는 그 편이 쉬웠다. 교과서는 통틀어 네 권뿐이었고 그 네 권을 선생님께서 수업 시간마다 직접 들고 오셨다. 가끔 방과 후면 수업 내용을 잊어버리지 않으려고 노트 정리를 했다. 집에는 책을 거의 가지고 갈 수 없었다. 책은 귀했다.

1그룹에 있는 아이들은 전원 미국에서 온 편지를 받았지만 나머지 4개 그룹 아이들은 편지를 받지 못했다. 그날 아침 실내 수업이었던 게 무척이나 다행스러웠다. 우리 학교는 학생 수가 너무 많아서 각 그룹별로 또다시 4개 조로 나뉘었다. 무슨 말이냐 하면, 매일 2개 조는 실내에서 먼저 수업을 받은 후 야외로 이동해 커다란 바오밥나무 아래 앉아 수업을 들었다는 뜻이다. 선생님도 우리와 함께 야외로 이동해 선생님은 의자에 앉아 교과서를 읽어주시거나 수업을 하시고 우리는 땅바닥에 양반다리를 하고 앉아 수업을 들었다. 화창한 날에는 사실 꽤 즐거운 일이었다. 하지만 비가 와서 복도로 이동해야 하는 날은 전혀 재밌지 않았다. 다른 조가 밖에서 수업을 시작해 교실로 이동했다. 이걸 '핫 시팅'이라고 불렀는데 짐바브웨에서는 흔한 일이었다.

저라이 선생님은 내게 첫 번째 편지를 건네주며 소리 내어 읽어보라고 하셨다. 짐바브웨가 예전에 영국 식민지였던 탓에 학교에서는 영어를 배웠다. 하지만 가족들이나 친구들하고는 쇼나어로 말했다. 내가 살았던 무타레는 인구의 99퍼센트가 쇼나인들이었다. 영어를 할 줄은 알았지만 영어를 써본 건 이 수업 시간이 전부였기 때문에 입안에서 맴도는 영어 단어들이 이상하게 느껴졌다. 나는 라디오와 텔레비전에서 들었던 비음 섞인 목소리를 흉내 내며 편지를 읽기 시작했다.

"'안녕, 내 이름은 케이틀린이야.'" 특이한 이름에 다들 웃음을 터뜨렸다. 펜실베이니아는 들어본 적도 없었고 발음도 어려웠다. 케이틀린이 운동 이야기를 꺼냈을 때에는 미소가 지어졌다. 나는 매일 친구들과 축구를 했다. 우리의 공통점이었다. 하지만 케이틀린이 한다는 이 운동경기는 처음 들어보는 거라 어떻게 읽어야 할지 알 수 없었다.

"'필드후키.'"

"'하키.'" 저라이 선생님이 발음을 교정해주셨다.

"'스파이스 걸스도 정말 좋아해. 스파이스 걸스 알아? 내가 제일 좋아하는 멤버는 베이비 스파이스야.'"

누군가 스파이스 걸스의 노래 「워너비」를 불렀고 선생님까지 모두가 웃음을 터뜨렸다. 스파이스 걸스는 짐바브웨에서 아주 인기가 많았다.

"'짐바브웨에서의 생활은 어떠니? 답장 기다릴게! 진심을 담아, 케이틀린 스토익시츠 씀.'"

내가 케이틀린의 성을 더듬더듬 읽자 교실은 또다시 웃음
바다가 됐다.

저라이 선생님은 웃으며 고개를 절레절레 흔드셨다. "선생
님도 이번에는 도와줄 수가 없네!"

선생님은 편지를 받은 아이들에게 내일까지 연습으로 답
장을 써오라고 하셨다. 나는 숙제하는 것을 항상 좋아했지만
이번 숙제는 평소 다른 학교 과제보다 좀 더 중요하게 느껴
졌다. 새로운 친구가 생겼다. 무려 미국인 친구가.

그날 오후, 나는 치삼바 싱글스에 사는 친구들과 함께 집
으로 걸어갔다. 치삼바 싱글스는 1960년대 짐바브웨 제
3의 도시인 무타레 외곽의 공장에서 일하는 지방 출신 노동
자들이 숙소로 쓰도록 지어진 주거 단지다. 우리 아버지는
1980년에 형이 태어난 후 이곳으로 들어왔다.

어머니는 무타레에서 북쪽으로 몇 시간 거리에 있는 치마
니마니 산 근교의 시골마을에서 자랐다. 어머니에게는 오빠
둘과 언니가 하나 있었다. 어머니는 똑똑했고 반에서 항상
1등이었다. 문제라면 우리 외가가 찢어지게 가난했다는 거였
다. 외갓집에는 전기도 없었고 외가 식구들은 강에서 목욕을
했다. 어머니는 5학년까지 다니다 학교를 관둬야 했다. 외가
형편상 그 이상은 학비를 댈 수 없었기 때문이었다. 더 이상
딸을 부양하기조차 어려웠던 외가에서는 얼마 후 어머니를
아버지네 집에 가서 일을 하라고 보냈다. 그때 어머니 나이

가 열두 살이었다. 아마 그 정도쯤 됐을 것이다. 공식적인 출생기록이 없어 정확한 나이는 모르겠다. 어머니는 다른 형제자매들처럼 오두막에서 태어났다. 짐바브웨 시골 지역 사람들은 이렇게 살았다. 자식들을 다른 집에 일하러 보내는 것이 흔했다. 그렇게 하면 먹일 입이 하나 줄었으니까. 어머니는 숙식을 대가로 아버지 집에서 일했고 아직도 짐바브웨에서는 이런 일이 낯설지 않다.

아버지는 그 근교 마을에서 자랐다. 우리 친가도 딱히 부자는 아니었지만 염소, 닭 등 가축은 있었으니 외가에 비해서는 잘살았다. 어머니가 형을 임신했을 때가 열네 살쯤이었다. 사랑에 빠지고 뭐 그런 게 아니었다. 짐바브웨의 쇼나 전통에서는 여자가 임신했을 때 결혼을 하지 않으면 양가 모두에 수치스러운 일이 된다. 결국 아버지와 어머니는 뜻하지 않은 결혼을 한 거였다. 두 분 모두에게 결혼은 선택의 문제가 아니었을 것이다. 내가 여자애들과 친하게 지내는 데 어머니가 아주 엄격하셨던 이유도 이 때문이었다. 나는 여자애들에게 말을 걸거나 그 애들과 같이 놀 수 없었고, 여자애들을 쳐다봐서도 안 됐다.

형이 태어난 직후 아버지는 일자리를 찾아서 고향을 떠나 무타레로 향했다. 아버지는 짐바브웨에서 가장 큰 제지공장인 무타레 보드제지공장에 일자리를 얻었고, 그렇게 해서 치삼바 싱글스에 자리를 잡게 됐다. 한 호당 방 네 개가 있었는데 아버지는 다른 사람과 방을 나눠 썼다. 아버지 같은 노동자들은 열심히 일해 돈을 모았고 한 달에 한 번 그렇게 모은 돈을 가지고 가족들에게 줄 먹거리를 사들고 고향집을 찾았다. 원래 아버지 목표는 돈을 모아 고향 마을에서 집을 구하는 것이었지만 아버지의 생활방식이 그리 모범적이진 않았던 것 같다. 아버지는 술과 여자를 좋아하셨고 자연히 아버지가 고향집에 오는 횟수는 한 달에 한 번에서 6개월에 한 번으로 줄었다. 그 와중에 어머니는 두 번째 아이를 임신하셨고 아이는 태어난 지 며칠 되지 않아 죽었다. "죽은 애를 낳는 아내를 뭐하러 계속 거둬?" 사람들은 아버지에게 그런 끔찍한 말들을 했다. 새 아내를 맞으라고 하는 사람들도 있었다.

짐바브웨 문화에서는 출산과 관련한 모든 문제들이, 그러니까 애가 기형아든 사산됐든 모두 다 여자 책임이었다. 그때도 일부다처 가정이 흔한 건 아니었지만 그렇다고 보기 힘든 것도 아니었다. 큰아버지 샘은 첫째 아내가 아이를 한 명밖에 낳지 못해서 두 번째 아내를 얻었다. 하지만 우리 어머니는 고집스러웠다. 둘째아이를 잃고서 어머니는 다짜고짜 무타레로 향했다. 다른 사람과 방을 나눠 쓴다 한들 어머니는 기어이 그 판잣집 단칸방으로 이사하셨다. 부모님은 방 가운데 커튼을 달았고 그 한편에서 형 네이션을 키우셨다. 아버지의 룸메이트였던 담부조 아저씨는 커튼 반대편에서 지냈다.

나는 1983년 짐바브웨가 독립한 지 3년 후 태어났다. 그러니까 나는 이른바 '해방 세대'였다. 영국 식민지배가 끝난 후 태어난 세대를 사람들은 그렇게 불렀다. 짐바브웨에서는 직접적 상징을 그대로 가져다가 이름으로 쓰는 경우가 간혹 있다. 형의 이름 '네이션'은 아버지가 가장 좋아하는 소 이름을 딴 것이었다. 나는 운이 좋았다. 어머니가 나를 낳으실 때 잉글랜드 출신의 의학도가 출산을 도왔는데 그 사람 이름이 마틴이었다. 금요일에 태어났으면 이름이 '프라이데이'가 될 수도 있었다. 비가 적은 시기에 태어난 사람은 가뭄이란 뜻의 '드라우트'라고 불릴 수도 있었다. 내가 아는 사람들 중에는 이름이 재앙이란 뜻의 '디재스터', 약점이란 뜻의 '위크니스'인 사람들도 있었다.

나는 '타텐다'라는 쇼나 이름도 있다. '고맙다'는 뜻이다. 형의 쇼나 이름은 '타완다'인데 '우리는 많다'는 뜻이다. 남동생 이름은 '심바'인데 쇼나어로 '힘'을 뜻했다. 심바의 영어 이름은 할아버지 이름과 같은 맥이었다. 그리고 여동생은 고모의 이름을 딴 로이스였다. 로이스의 쇼나 이름은 '헤카니'였는데 '놀랍다'는 뜻이었다. "드디어 딸이라니", 뭐 그런 뜻이었다. 그리고 막내는 아버지 이름을 따 조지라고 지었다. 조지는 쇼나 이름이 없었다. 이쯤 되니 부모님께서 이제 이름을 짓기가 너무 피곤하셨나 싶다.

치삼바 싱글스에 일가족을 다 데리고 온 것이 우리 아버지만은 아니었다. 다들 머지않아 가족들을 데려왔고 아내가 둘인 아버지의 룸메이트도 마찬가지였다. 2주마다 번갈아가며

시골에서 두 명의 아내가 아이들과 함께 이곳에 들렀다 가곤
했다. 그야말로 혼잡스러움 그 자체였다. 아버지와 아저씨 두
사람이 쓸 방에 열두 명이 지내는 때도 있었다.

낮에는 같은 공간을 함께 쓰고 밤에는 사생활을 위해 가
운데 커튼을 쳤지만 그림자 인형극처럼 여전히 서로 다 듣
고 볼 수 있었다. 가구라곤 싱글침대 하나뿐이었는데, 부모님
은 커튼 안쪽 공간의 3분의 1을 차지하는 침대에서 주무셨다.
어머니는 주방집기를 낮에는 침대 아래 두었다가 밤에는 구
석으로 치우셨고 로이스와 조지가 침대 아래 그 공간에서 잠
을 잤다. 형과 나, 심바는 침대 옆 콘크리트 바닥에서 잠을 잤
다. 이것이 치삼바 싱글스에서 아이들이 사는 법이었다.

이제는 이런 곳이 빈민가라는 걸 알지만 내게는 그곳이 집
이었다. 나는 나와는 아주 다른 케이틀린의 일상을 상상하면
서 케이틀린의 생활, 케이틀린이라는 아이를 알 수 있게 돼
신이 났다.

미국에 대해 아는 게 있다면 TV에서 본 게 전부였다. 치삼
바 싱글스에는 수천 명이 살았지만 치삼바 싱글스 전체를 통
틀어 TV가 있는 집은 손꼽을 정도였다. 그중 하나가 아버지
가 일하시던 제지공장의 매니저 아저씨네 집이었다. 아저씨
네는 15인치 흑백 TV가 있었는데, WWF 레슬링 경기에 헐
크 호건이 나올 때나 미스터 T가 나오는 〈A특공대〉가 방송
될 때마다 TV를 보려고 모인 사람들로 거실은 북적였고 창
문 너머로 TV를 보려는 사람들이 집 밖까지 둘러서 있을 정

도였다. 나도 가끔 형 어깨에 올라탄 채 다른 사람들 사이에서 문 밖으로 TV를 훔쳐보곤 했다.

그날 오후 집에 도착하자마자 나는 어머니께 케이틀린의 편지를 보여드렸다. 케이틀린이 여자애긴 해도 어머니가 크게 뭐라고 하실 것 같지는 않았다. 무슨 문제라도 생기기엔 케이틀린이 머나먼 미국에 있었으니 말이다. 내 생각이 맞았다.

"케이틀린에게서 배울 게 많겠구나, 마틴." 어머니는 웃으며 말씀하셨다.

케이틀린에게 바로 답장을 쓰고 싶었지만 먼저 집안일을 해야 했다. 일단 교복부터 갈아입어야 했다. 나는 교복이 한 벌뿐이었다. 교복은 녹색 반바지에 녹색 셔츠였는데 수요일에 한 번, 주말에 한 번 빨았다. 부모님은 매년 크리스마스에 우리에게 교복을 마련해주셨는데 각자 그 한 벌로 1년을 버텨야 했다. 우리는 식구 수대로 벽에 못을 박아 개인 옷걸이로 썼다. 나는 내 옷걸이에서 평소 입는 티셔츠와 반바지를 가져와 갈아입곤 땔감을 모으러 갔다.

집 밖으로 나가면 바로 불을 피울 수 있는 곳이 있었고 네 가족이 여기서 불을 함께 썼다. 어머니는 원래 식용유 통이었던 커다란 금속 통을 화덕 삼아 불을 피우고 요리를 하셨다. 그렇게 하면 비가 내려도 집 안으로 불을 옮길 수 있었다.

아버지는 매일 아침 7시면 공장으로 일을 나가 저녁 7시에 집에 돌아오셨다. 그림자도 채 보이기 전이지만 우리는 아버지 노랫소리에 아버지가 집에 오시는 것을 알 수 있었다. 아버지는 허스키한 목소리로 짐바브웨의 전설 토마스 마푸모의 독립가나 아니면 롤링 스톤스 노래를 부르시곤 했다. 아버지는 롤링 스톤스 말고도 크림, 레드 제플린을 좋아하셨다.

"아빠!" 나는 전부 똑같이 생긴 판잣집들 사이에 낮게 걸린 빨랫줄을 통과해 토마토, 망고를 파는 행상들을 한걸음에 지나 아버지 마중을 나가곤 했다. 형과 심바도 항상 같이 달려 나왔다.

아버지는 깜짝 선물로 공장에서 나온 종이나 펜을 가져다주시거나 땅콩을 사 먹으라며 동전 하나씩 용돈으로 주시곤 했다. 그리고 어머니를 위해서는 야채나 닭발 한 봉지 등 저녁 찬거리를 사다주시곤 했다. 그러나 그즈음 아버지는 거의 빈손으로 집에 오셨다. 아버지는 인플레이션이란 것 때문에 2불이던 빵이 하룻밤 사이 5불이 돼서 더는 우리가 빵을 사 먹을 수 없다고 하셨다.

아버지와 함께 집으로 돌아와 우리는 다 같이 불 앞에 모여 저녁을 먹었다. 큰 돌이나 깡통을 뒤집으면 그게 의자였다. 어머니는 우리에게 삿자를 떠주셨다. 삿자는 짐바브웨에서 주식으로 먹는 옥수수 죽이다. 싸고 구하기 쉬운 녹색 채소 콜라드도 가끔 먹었다. 닭고기는 1년에 한 번 크리스마스 때나 먹을 수 있었다. 아버지 지갑 형편이 괜찮을 때에는 콩도 먹었다. 그러나 그즈음에는 거의 옥수수 죽만 먹었다.

저녁을 먹고 나면 형과 나는 설거지를 한 후 숙제를 시작했다. 전기는 밤 6시부터 다음 날 아침 6시까지 들어왔는데 그마저도 안정적이지 않았다. 그날 밤 나는 피워놓은 모닥불 빛을 빌려 편지를 썼다. 케이틀린이 여자애인 건 알겠고, 아마 백인일 것 같았다. 나는 케이틀린이 더 궁금해졌다. 짐바브웨에도 백인이 있긴 했지만 내가 아는 사람 중 백인은 없었다.

딱 한 번, 우리 학교로 네덜란드 사람들이 방문했을 때 가까이서 백인을 본 적은 있었다. 어쩌나 하얀지 어둠 속에서 빛이 날 것 같았다. 그리고 꽃향기 같은 달콤한 냄새가 났다. 우리는 그 향기를 백인 냄새라고 했다. 아마 데오도란트 향이었던 것 같다. 우리는 비누가 있으면 비누를 썼지만 비누가 없으면 그냥 물로만 목욕을 했다.

내가 가진 정보를 총동원해 케이틀린의 모습을 상상해보았다. 케이틀린도 어둠 속에서 빛이 날까 궁금했다. 꽃향기도 날까. 케이틀린은 헐크 호건을 알까? 아니면 나처럼 평범한 아이일까?

궁금한 건 많았지만 질문 공세로 케이틀린을 당황시키고 싶지는 않았다. 대신 케이틀린의 편지를 보기 삼아 평범한 편지를 썼다. 나는 몇 학년이고 형제관계는 이러이러하다고 소개했다. 축구를 좋아한다고, 그리고 너와 계속 편지를 주고받을 수 있으면 좋겠다고 썼다. 또 나는 꼭 답장을 할 테니 너도 그랬으면 좋겠다고 적었다.

케이틀린

짐바브웨로 펜팔 편지를 보낸 후 나는 일상으로 돌아왔다. 그리고 7학년 때 내 일상이란 거의 외모에 대한 집착이었다. 그날 뭘 입을지 결정할 때까지 나는 옷을 몇 번씩 갈아입으며 패션쇼를 하곤 했다. 그때는 통 넓은 청바지에 통굽 운동화가 유행이었다. 패션쇼가 끝나면 또 머리를 하느라 30분을 보냈다.

우리 오빠가 나한테 '여왕 전하'니 '공주님', '공주'라고 부르기 시작한 것도 이때쯤이었다. 오빠가 보기에는 내가 버릇없는 애였나 본데, 내가 보기에는 오빠가 구제불능이었다. 왜? 오빠는 진짜 구제불능이었으니까. 그해 가을이었다. 어느 날 집에 오니 공포 영화의 한 장면처럼 인형들이 내 방 천장에 달린 선풍기에 전부 목매달려 있었다. 딱 오빠가 할 법한 짓이었다. 자기는 언제 어디서나 생존을 대비하는 사람이라면서 오빠는 위장 전투복 같은 걸 입고 집 뒤편 숲이나 길가에서 동물 뼈를 찾아 모으고 다녔다. 고양이, 비버, 주머니쥐, 거북이에다 마당에서 통구이를 해 먹고 남은 돼지 뼈까지 별별 동물 뼈를 다 모았다. 다트총으로 사격 연습도 했다. 그것도 자기 방에서. 다트총을 쏘는 소리, 다트가 벽에 꽂히는 소리, 다트가 과녁에서 뽑히는 소리가 내 방에서도 다 들렸다. 그것도 모자라 오빠는 뒷마당에 과녁을 놓고 활쏘기까지 했다. 내가 고등학교에 들어가기 전 오빠가 졸업을 한다는 게 참 다행이었다. 저 사람이 우리 오빠인 걸 다른 애들이 몰랐으면 했다.

선풍기에 매달린 인형을 다 풀고 이제 마지막 남은 곰 인형을 풀어주려는데 오빠가 쿵쾅대며 계단을 오르는 소리가 들렸다. 나는 재빨리 문 뒤로 숨었다. 오빠의 발소리가 더 가까워질 때쯤 나는 방에서 뛰쳐나와 오빠 배에 발차기를 날려줬다. "오빠, 안녕!"

오빠가 배를 움켜잡고 신음을 뱉더니 일어나 나한테 달려들었다.

"쪼끄만 게⋯⋯." 오빠가 말을 끝내기도 전에 나는 방문을 쾅 닫았다.

닫힌 문 너머로 내가 소리쳤다. "내 방에 들어오지 마!"

그날 밤 오빠가 저녁을 먹으러 내려왔을 때 나는 엄마에게 오빠가 한 짓을 낱낱이 얘기했다.

"넌 복수 끝났잖아?" 오빠가 나를 노려보며 말했다. "이번엔 내 차례니까 기다려라."

"이게 다 무슨 소리야?" 서재에서 아빠 목소리가 들렸다. 막 출장길에서 돌아오신 아빠는 아직 트렌치코트 차림에 선글라스도 벗지 않고 계셨다. 우리는 아빠에게 영화 〈맨인블랙〉에 나오는 사람 같다고 농담을 했다.

"오늘 외계인은 좀 잡으셨어요?" 오빠가 물었다.

"대답을 해주고는 싶다만 그럼 네 목숨이 무사하지 못할 걸." 아빠가 선글라스를 벗으며 말씀하셨다.

막 자리에 앉으시려던 아빠에게 나는 다짜고짜 물었다.

"아빠, 진짜 진심으로 하는 말인데 아빠 직업이 뭐예요? 새학기마다 친구들이랑 선생님들이 아빠는 무슨 일 하시느냐고 묻는데 대답을 제대로 할 수가 없잖아요."

"에너지 계약 관련 정부 일을 한다고 해." 아빠가 말씀하셨다.

"말이야 그렇게 하죠!" 나는 짜증이 났다. "근데 그게 무슨 뜻이냐고요!"

"무슨 뜻이냐 하면 아빠는 가족들은 물론 누구한테도 이 일에 대해 말하지 않겠다고 정부와 계약서를 쓰고 사인을 했다는 거지."

아빠는 찡긋 윙크를 해 보이시곤 곧 식사를 시작하셨다.

어렸을 때는 아빠가 CIA에서 일하는 정보요원이라고 생각했다. 나이가 더 들고 보니 CIA요원이라기엔 아빠가 집에 있는 시간이 너무 많은 것 같았다. 가끔 캘리포니아나 해외

출장을 가시기는 했지만 출장 기간이 며칠을 넘긴 적은 없었다. 출장만 아니면 아빠는 저녁시간에 맞춰 6시면 집에 오셨고 내가 6학년 때에는 우리 소프트볼 팀 코치도 맡아주실 정도였다. 확실히 제임스 본드 스타일은 아니었다.

저녁을 먹으면서 우리는 그날 학교에서 있었던 일을 주로 이야기했다. 나는 수업 시간에 있었던 일이나 아빠가 코치해준 소프트볼 경기 이야기를 했지만, 사실 진짜 내가 관심이 있었던 건 남자애들이었다. 나는 내 방 벽장 안에 좋아하는 남자애들 이름을 전부 적어뒀다. 엄마가 벽장 안은 나만의 신성한 공간이라며 거긴 낙서를 해도 된다고 하셨다.

그해 10월 나는 처음으로 벽장 속에 고백을 했다. 녹색 사인펜으로 '1997/10/18'이라고 날짜를 먼저 적은 후 이렇게 적었다. '매트 존슨 사랑해.' 매트는 수학 수업을 같이 듣는 애였다. 수학이란 과목은 싫지만 매트 뒷자리에 앉을 수 있어서 수학 수업 시간 자체는 좋았다. 나는 매트가 좋았다. 매트는 축구를 했는데 우리 학교에서는 축구하는 애들 이미지가 꽤 괜찮았다. 그리고 매트는 머리가 조금 길었다. 갈색 곱슬머리가 거의 어깨까지 닿았다.

늘상 매트 존슨과의 입맞춤을 상상하느라 바쁜 와중에 슬슬 펜팔 친구가 내 편지를 잘 받았는지 궁금해지기 시작했다. 같은 영어 수업을 듣는 다른 아이들은 속속 유럽에서 답장을 받기 시작했다. 10월 말까지 나는 아직 답장을 받지 못하고 있었다.

매일 오후 스쿨버스에서 내리자마자 우편함을 확인했지만 내 앞으로 온 편지는 없었다. 실망스럽기도 하고 걱정이 되기 시작했다. 아프리카에 편지가 안 갔으면 어쩌지? 펜팔 친구가 내 편지를 맘에 안 들어했으면 어떡하지?

그러던 어느 날, 10월 마지막 주 할로윈을 일주일 앞두고 카탈로그와 고지서, 광고전단 사이에 끼어 있는 편지를 발견했다. 봉투는 옅은 청회색의 작은 정사각형 모양이었고 화려한 색색의 우표가 봉투 겉면의 3분의 1을 차지하고 있었다. 나는 집 앞에서 당장 편지를 뜯어보았다.

편지에는 이렇게 쓰여 있었다. '할로, 케이틀린! 편지 고마워! 미국에 있는 친구를 사귀게 돼서 정말 기뻐. 내 이름은 마틴이야. 나는 짐바브웨에서 세 번째로 큰 도시인 무타레에 살아. 나는 열네 살이고 5남매 중 둘째야. 형 이름은 네이션이고 남동생들은 심바, 조지라고 해. 여동생은 로이스야. 나는 축구를 무척 좋아해. 학교 가는 것도 좋아하는데, 제일 좋아하는 과목은 수학이야.'

내가 집 앞에 서서 편지를 읽는 동안 카바와 로미오는 언제나처럼 나를 반기며 내 옆에서 춤을 추고 있었다. 크리스마스 날 아침 잔뜩 쌓여 있는 선물을 막 뜯어보기 직전의 그런 짜릿한 기분이 들었다. 새 친구가 생겼다. 수천 킬로미터 떨어진 곳에 사는 마틴이라는 친구가. 나는 복권이라도 당첨된 것마냥 편지를 들고 집으로 달려 들어갔다.

"받았어요!" 나는 가방을 주방 바닥에 던져놓고 편지를 흔들어 보였다. "드디어 왔어요!"

엄마는 주방에서 장봐온 것들을 정리하고 계셨다. "친구가 뭐라니?" 엄마는 장바구니를 싱크대 위에 그대로 둔 채 내 옆에 와 앉으셨다.

나는 소리 내어 편지를 읽었다. 마틴 형제들 이름 부분에서는 눈이 커다래져선 엄마에게 말했다.

"심바는 〈라이온 킹〉에 나오는 사자잖아요."

"만화영화에 나오는 새끼 사자 이름을 따서 사람 이름을 지었을 것 같진 않구나."

나도 그건 아닐 거라고 생각했다. 하지만 어떻게 짓게 된 이름인지는 궁금했다. 그리고 형 이름의 유래도 궁금했다! 곧바로 영어 수업 파일에서 줄노트 한 장을 꺼내 답장을 썼다. '마틴에게, 편지 정말 고마워! 편지를 받아서 정말 기뻤어!'

갑자기 말문이 막혔다. 아프리카 사람들은 전부 흑인이라고 생각하고 있었으니 마틴도 흑인이겠거니 했다. 나는 마틴이 우리 학교 흑인 아이들과 비슷할 거라고 상상했다. 나처럼 주택에 살고 음악을 듣고 피자를 먹고 숙제를 할 거라고 생각했다. 하지만 사실 친한 친구들 중엔 흑인 애들이 별로 없었다. 말레나가 마지막이었다. 말레나는 유치원 때 가장 친했던 친구인데, 내가 말레나 머리를 망가뜨린 후로 사이가 틀어졌다. 말레나는 지그재그로 가르마를 타서 머리를 땋거나 아니면 구슬만 한 털실공이 달린 밝은 핑크색이나 오렌지색 끈으로 머리를 하나로 묶고 다녔는데, 묶은 머리가 진짜 풍성해서 거의 자기 머리 크기만 했다. 하루는 그 머리가 하도 신기해서 내가 머리끈을 잡아당겨 말레나 머리를 풀어버렸다. 천천히 머리가 풀리는데 정말 예뻤다. 그런데 말레나가 갑자기 울음을 터뜨렸다. "내 머리 만지지 마!"

말레나의 얼굴은 울상이었고 눈에는 눈물이 그렁그렁했다. 화가 난 거였다. 나는 혼란스러웠다.

"너는 매일 내 머리 땋잖아!" 나는 억울해서 말했다.

"그래도 내 머리는 달라." 화가 난 말레나는 그렇게 말하고 나서 선생님께 이 일을 일러바치러 가버렸다.

그날 오후 엄마는 허락 없이 다른 사람을 함부로 만지면 안 된다고 설명해주셨다.

"말레나는 쉬는 시간에 매일 내 머리를 만진단 말이에요."

"네가 괜찮다면 그건 괜찮아. 하지만 말레나 엄마가 말레나 머리를 그렇게 예쁘게 묶어주려면 시간도 많이 걸릴 거고, 엄마가 예쁘게 묶어준 머리를 친구가 망쳐놓으면 말레나도 기분이 나쁠 거야." 엄마는 말씀하셨다.

그때까지 나는 인종 문제를 생각해본 적이 없었다. 그날 이후로도 마찬가지였다. 말레나나 햇필드의 흑인 아이들이 나와 다르다고 생각하고 싶지 않았고 마틴의 경우도 마찬가지였다. 순진한 척한다고 할지 모르겠지만 열두 살 때나 지금이나 내 생각은 변함없다. 피부색이 어떻든 우리는 다 똑같다.

나는 마틴의 얼굴이 궁금했다. 그리고 마틴이 어떻게 생겼는지 알아낼 방법을 궁리했다. 그때 한 가지 생각이 떠올랐다. 내 사진을 보낸 후에 마틴에게도 자기 사진을 보내달라고 하는 거다.

그 가을에 찍어둔 사진이 한 장 있었다. 어깨 길이로 머리를 자른 직후 엄마와 쇼핑몰 안에 있는 사진관에 가서 찍은 거였다. 나는 새로 산 파란색 줄무늬 남방을 입고 있었다. 사진사는 나더러 등받이 없는 검은색 높은 의자에 앉으라고 하더니 그다음엔 모델처럼 이런저런 포즈를 취해보라고 했다. 나는 지갑에 들어가는 크기의 사진을 하나 고른 후 뒷면에 메시지를 남겼다. '나도 네 모습이 궁금해. 네 사진을 보내줘!'

편지를 다 쓰고 나서 나는 크레욜라 도장펜으로 편지지 여백을 꾸몄다. 스마일리 얼굴, 하트, 느낌표, 내가 제일 좋아했던 입술 모양 등 각기 다른 무늬의 도장펜으로 편지지를 장식했다. 그런 다음 편지봉투에 내 사진과 편지를 넣고 봉투 양면에는 '항공우편'이라고 쓴 후 작은 하트 모양과 별을 그렸다. 이렇게 쓴 편지를 아래층으로 들고 가 엄마에게 드렸다. 엄마는 다음 날 아침 일찍 편지를 부쳐주겠다고 하셨다.

다음 날 밀러 선생님께서 "답장 받은 사람 있나요?" 하고 물으셨을 때 나는 자리에서 벌떡 일어나 희귀 보물이라도 되는 양 편지를 들고 당당하게 교실 앞으로 걸어 나갔다. 아무렴 아프리카가 유럽보다 몇 배는 쿨하지, 나는 그렇게 생각했다.

마틴

저라이 선생님은 오늘도 웃는 얼굴이셨다. 다들 자리에 앉자 선생님 손에 들린 화려하고 알록달록한 편지가 보였다.

"첫 번째 답장이 왔네요." 선생님은 이렇게 말씀하시며 내게 편지를 건네주셨다. 내 이름과 주소가 적혀 있었고 그 주변으로 빨강, 파랑, 노랑, 초록, 주황, 무지개 색깔로 하트 무늬와 별이 그려져 있었다. 예쁘게 장식한 봉투가 행여 찢어질까봐 조심조심하면서 나는 봉투를 열었다. 책상을 나눠 쓰는 친구들이 더 가까이서 보려고 기대는 게 느껴졌다.

편지를 펼치니 책상 위로 작은 사진 한 장이 떨어졌다.

펜팔 친구가 이렇게 귀한 것을 보내주다니 정말 깜짝 놀랐다. 짐바브웨에서 사진은 꽤나 귀하고 비쌌다.

책상에 떨어진 케이틀린의 사진을 집어 드는데 천사처럼 다정한 케이틀린의 모습에 숨이 멎을 지경이었다. 케이틀린의 머리는 그야말로 황금빛이었다.

이쯤 되자 사진을 보겠다고 다른 아이들까지 전부 내 책상 주위로 몰려들었다.

나는 모두가 사진을 볼 수 있도록 저라이 선생님께 사진을 드리고 나서 눈으로 재빨리 케이틀린의 편지를 읽어 내려갔다. 문장 하나하나 읽을 때마다 심장이 빠르게 뛰었다. 케이틀린은 자기 취미를 얘기하면서 내 취미도 궁금하다고 했다. 그러고 나서는 짐바브웨 날씨가 어떤지 물었다. 이미 답장에 뭐라고 쓸지까지 생각하고 있던 찰나에 선생님께서 사진을 돌려주셨다. 그때 나는 케이틀린이 사진 뒷면에 써놓은 메모를 보았다. 케이틀린은 답장으로 내 사진을 받고 싶어 했다.

빠르게 뛰던 심장이 갑자기 뚝 멎었다. 어려운 부탁이었다. 불가능에 가까운 일이었다. 그날 수업 내내, 그리고 집으로 돌아가는 길까지도 나는 사진 걱정을 떨칠 수가 없었다. 아는 사람 중에 카메라를 가진 사람은 없었다. 사진을 찍으려면 돈을 주고 전문 사진사를 부르는 것밖에는 방법이 없었다. 하지만 그렇게 하려면 돈이 너무 많이 들었다.

미국에서도 그럴지 궁금했다. 케이틀린의 사진은 전문가가 찍은 것 같았다. 어디서 찍은 건지조차 알 수가 없었다. 실내에서 찍은 건가? 사진의 배경도 케이틀린이 입고 있던 남방 색과 같은 하늘색이었다. 이렇게 특별한 선물을 보내주다니 나는 너무 감동해서 케이틀린의 부탁을 꼭 들어주고 싶었다. 하지만 뭘 어떻게 해야 할지 알 수가 없었다. 알고 보니 걱정을 하는 사람이 나뿐만은 아니었다.

수업이 끝나고 가려는데 저라이 선생님께서 나를 부르셨다. "마틴, 펜팔 친구가 다시 답장을 보냈다니 선생님이 다 기쁘구나. 그런데 어쩌지? 학교에서 이제 편지 비용을 더 내줄 수는 없을 것 같아. 소중한 펜팔 기회니까 부모님께서 도움을 주실 수 있다면 좋겠구나."

이해할 수 있었다. 짐바브웨에서는 우표가 비쌌다. 아니, 빵이니 차니 우유니 평소 먹던 음식들도 이제는 전부 다 비싸고 구하기 힘들었다. 인플레이션이 계속됐고, 그 말은 즉 아버지가 벌어오시는 돈으로 살 수 있는 음식이 줄어들었단 뜻이다. 빵을 먹어본 지도 한 달이 넘었는데 어떻게 사진을 찍고 싶다고 말하겠으며 우표를 사달라고 하겠는가? 식료품 값이 눈에 띄게 오르자 나는 2주에 한 번씩 아버지 공장에 가서 아버지 임금을 대신 받아왔다. 아버지가 치부쿠를 사 마시지 못하도록 어머니가 시키신 일이었다. 치부쿠는 수수나 옥수수로 만든 술인데, 병 바닥에 새콤한 침전물이 가라앉아 있어서 마시기 전에 병을 흔들어 침전물을 잘 섞은 다음 마셔야 했다. 아버지는 맥주를 더 좋아하셨지만 치부쿠가 가격은 더 싸고 효과는 맥주와 같았다. 게다가 아버지는 무엇보다도 기나긴 한 주를 마친 후 즐거운 시간을 보내고 싶어 하셨다. 내가 할 일은 아버지가 그렇게 즐거운 시간을 보내는 데 돈을 써버리시기 전에 미리 돈을 받아오는 것이었다. 어머니는 그 돈으로 먹을 것을 사고 방세와 공과금을 내셨다.

그러고 나면 술은커녕 아침에 마실 차를 살 돈도 없었다.

나는 이 심부름을 하는 걸 좋아했다. 아버지가 일하시는 공장까지는 걸어서 한 시간이 걸렸지만 빨리 뛰어가면 20분 만에도 갈 수 있었다. 공장은 무타레 외곽에 있는 산업지대에 있었는데, 크기가 축구장만 했다. 나는 항상 본관 사무실로 들어갔다. 사무실에서는 양복 차림의 남자들이 일을 하고 있었다. 아버지는 커다란 기계가 여러 대 놓여 있는 공장층에서 멜빵바지를 입고 무릎길이를 넘는 고무 부츠를 신고 작업을 하셨다. 몇 년 전 처음으로 공장에 갔을 때 아버지는 나무가 들어와서 펄프가 되고 나중에 종이가 만들어지기까지의 제지 과정 전체를 알려주셨다. 아버지 파트는 생산라인의 맨 마지막 기계를 작동하는 거였는데 종이가 만들어지고 나면 거대한 뭉치로 돌돌 말아내는 부분이었다. 아버지는 거대한 기계에 달린 사다리를 오르락내리락하면서 버튼을 조작하셨다. 그러면 커다란 크레인이 종이 뭉치를 들어 올렸는데 꼭 무슨 거대 공룡이 움직이는 것 같았다. 나는 넋을 놓고 이 과정을 지켜보았다.

그날은 아버지가 휴게실에 계셨다. 비슷한 작업복 차림의 또래 아저씨들과 함께였다.

"네가 그 영리하다는 마틴이구나." 아저씨 한 분이 말씀하셨다.

"너희 아버지가 항상 회사에 네 성적표를 들고 오셔." 다른 아저씨가 웃으며 말씀하셨다.

기분이 좋았다.

아버지 친구분들도 좋았지만 나는 사무실에 있는 매니저들이 좀 더 궁금했다. 매니저들은 양복 차림으로 사무실에 앉아 전화통화를 하고 키보드를 두들겼다. 그날은 아버지가 스티븐 무탄드와 인사담당 총괄 매니저님께 나를 소개했다. 아버지와 별다를 것 없는 아저씨였다. 넥타이를 매고 자기 컴퓨터가 있다는 점만 빼면 말이다. 무탄드와 아저씨는 내가 컴퓨터를 만져보도록 해주셨다. 자판 몇 개를 눌렀더니 웬 기호 같은 게 화면에 떴다. "어떻게 하면 아저씨처럼 될 수 있어요?" 이렇게 묻고 싶은 마음이 간절했지만 꾹 참았다.

그날 아침 다시 기회가 찾아왔다. 집으로 막 달려가는데 녹슨 픽업트럭이 내 옆에 섰다.

"태워다줄까?" 무탄드와 아저씨였다.

내 평생 한 번도 차를 타본 적이 없었다. 심장이 빠르게 뛰는데 얼마나 흥분이 됐던지 숨 쉬기가 힘들 정도였다. 차가 막 움직이기 시작하자 나는 흔들리지 않게 두 손으로 조수석 앞 선반을 꼭 잡았다. 머릿속에 여러 가지 질문이 무더기로 떠오르는데 자제가 되질 않았다. "이 차는 어떻게 구하셨어요?" "어떻게 해서 인사담당자가 되신 거예요?" "댁은 어디세요?" "양복은 어디서 사요?" 나는 다짜고짜 질문을 해댔다.

"마틴." 아저씨가 내 말을 끊으셨다. "넌 참 영리한 애야. 너도 아저씨처럼 대학에 꼭 가야 한단다. 진짜 성공하려면 그게 유일한 방법이야."

어머니 아버지 두 분 다 중등학교를 마치지 못하셨기 때문에 대학 진학은 애초에 꺼내기 어려운 얘기 같았다. 내가 대학을 갈 수 있는 능력이 있단 건 나도 알았다. 물론 우리 집 형편으로 대학을 가는 건 거의 불가능에 가깝다는 것, 부모님이 지금도 겨우겨우 우리를 중학교에 보내고 계시는데 대학은 그보다 훨씬 비싸다는 것도 잘 알았다. 그렇지만 아저씨 차를 얻어 타고 조수석에 앉아 길바닥에 이는 흙먼지를 보고 있노라니 어떻게든 방법을 찾아내고야 말겠다는 생각이 들었다.

"어느 대학 나오셨어요?"

"하라레에 있는 짐바브웨 대학."

"저도 거기 가고 싶어요."

내 말에 무탄드와 아저씨가 미소를 지으며 말했다.

"그렇게 될 거다, 마틴. 아저씨는 그렇게 믿어."

아저씨가 확신을 갖고 말씀해주시니 나도 왠지 모를 자신감이 생겼다. 공부 열심히 하고 학업에만 집중하면 나도 대학에 갈 수 있을지 모른다.

케이틀린의 편지를 받을 때에도 비슷한 자신감이 들었다. 케이틀린의 편지를 받으면 내가 특별한 사람이 된 것 같은 느낌이 들었다. 그날 오후 집에 도착해서 나는 어머니께 편지를 보여드렸다.

"케이틀린한테서 앞으로 배울 게 많겠구나." 어머니가 말씀하셨다. 나는 주머니에서 케이틀린의 사진을 꺼내 어머니께 보여드렸다. 어머니의 눈이 커졌다.

"아주 예쁜 무룽구네." 어머니는 웃으며 말했다.

'무룽구'란 쇼나어로 피부가 흰 사람들이란 뜻이다. 치삼바 싱글스나 이 주변에는 없었다. 우리 학교에 찾아왔던 선생님들을 빼면 백인은 TV나 아니면 집에서 버스를 타고 30분을 가야 하는 무타레 시내에서만 볼 수 있었다. 그렇다고 해도 무룽구 보기는 여전히 힘들었다. 그런데 나한테 무룽구 친구가 생겼다.

나는 오후 내내 정신이 딴 데 팔려 있었다. 사진 없이 케이틀린한테 어떻게 답장을 보내지? 사진 없이 편지를 보내면 무례한 일일 것 같았다. 저녁이 되어 땔감을 모으고 있는데 저 멀리서 아버지의 노랫소리가 들려왔다.

나는 케이틀린의 사진을 한 손에, 다른 한 손에는 편지를 들고 아버지께 인사를 하러 달려갔다.

"아빠, 이거 보세요. 케이틀린이 답장을 보냈어요!"

먼저 아버지께 사진을 보여드리자 아버지는 좋아하셨다. 편지도 보여드렸더니 아버지는 사진과 편지를 손에 들고 흔들어 보이셨다.

"우리 아들은 미국인 친구가 있다오!" 아버지는 주변 사람들이며 이웃들, 지나가던 행인들에게 소리를 치기 시작했다. 치삼바 싱글스는 작은 도시 같았다. 만 명이 넘는 사람들이 공동 주택이나 그 주변으로 철판이며 나무 조각을 이용해 지은 작은 판잣집에서 살았다. 아버지가 골목을 행진하며 머나먼 땅에 사는 내 친구 자랑을 하시는데 당혹스럽기도 하고 자랑스럽기도 하고, 아무튼 복잡한 감정이었다.

"얼마나 예쁜지 한번 보쇼들!" 아버지의 말에 사람들은 가던 길을 멈추고 케이틀린의 사진을 보았다. "우리 아들 친구는 꼭 영화배우 같다오!"

대부분 미소로 화답했고 이따금씩 아버지를 완전히 무시하는 사람들도 있었지만 아버지의 열정만큼은 느껴졌다. 케이틀린의 얼굴과 다정한 미소를 보면 케이틀린은 친절하고 좋은 사람일 거라는 생각이 들었다. 그리고 이제 얼굴을 알게 되니 편지글이 진짜 케이틀린이 하는 말처럼 좀 더 생생히 다가왔다. 가슴속 깊숙한 곳에서 진짜 우정이 시작되고 있다는 느낌이 들었다.

그날 밤 잠자리에 들기 전 나는 헐크 호건 포스터 옆에 케이틀린의 사진을 붙였다.

다음 날 아침 나는 벽에 붙은 케이틀린의 미소를 보며 잠에서 깼다. 거기 케이틀린의 사진을 붙여두니 기쁘긴 했지만 그만큼 걱정이 되기도 했다. 케이틀린이 부탁한 대로 꼭 내 사진을 보내고 싶었다. 하지만 대체 어떻게? 사진사를 부르는 값은 일주일 치 옥수수 죽 값과 맞먹었다. 일주일을 혼자서 고민하다 마침내 어머니께 고민을 털어놓았다.

어머니의 눈이 반짝였다.

"마틴, 학교에서 상 받았던 것 기억나니?"

2년 전 전국 초등학교 졸업고사를 쳤을 때 나는 우리 학교에서 1등을 했다. 짐바브웨에서는 모든 초등학생들이 졸업할 때 이 시험을 치게 돼 있다. 졸업식에서 교장선생님은 내가 우리 학교뿐만 아니라 무타레 지역 전체에서도 1등을 했다고 하셨다. 사람들 사이에서 탄성이 터져 나왔고 나는 뼈에 사무칠 만큼 커다란 박수를 받았다.

나도 스스로가 자랑스러웠지만 아버지는 나보다 한술 더 뜨셨다. 그날 오후 아버지는 키가 2, 3센티미터쯤 더 자란 것 같았다. 가슴을 당당히 내밀고 다니시는 아버지의 얼굴은 평소보다 더 밝고 환했다. 너무나도 기뻐하시며 아버지는 졸업식장에 온 사진사에게 사진을 한 장 찍어달라고 부탁하셨다. 나는 교복 차림이었다. 아버지는 내 오른쪽에, 형은 내 왼쪽에 졸업증서를 돌돌 말아 쥐고 섰다. 아버지와 형은 다 웃는 얼굴이었지만 나는 진지한 얼굴로 카메라를 정면으로 바라보았다. 내가 사진을 찍은 건 그때가 처음이자 마지막이었다. 솔직히 말하면 조금 긴장이 됐다. 하지만 사진을 받아보고 나니 그 사진이 얼마나 특별한지가 느껴졌다. 내 인생에서 정말 행복했던 순간을 포착한 그 사진은 그 순간을 영원히 간직할 수 있게 해주었다.

"그 사진을 보내렴." 어머니가 말씀하셨다.

"정말요?"

내가 가진 사진은 그게 유일했다.

대답 대신 어머니는 내 성적표와 졸업증서를 다 모아둔 상자에서 사진을 꺼내주셨다. 우표를 살 돈도 같이 주셨다.

"친구가 네 소식을 기다리고 있겠구나."

마냥 행복해진 나는 케이틀린에게 편지를 쓰러 밖으로 나갔다.

> 케이틀린에게,
>
> 할로! 편지 보내줘서 고마워. 편지를 받아서 진짜 좋았어.
> 내 생일은 3월 9일이야.
> 짐바브웨에 대해 뭘 알고 있니? 미국에 대해 알려줘. 사진
> 보내줘서 정말 고마워. 이건 내 사진이야. 사진 속 너는 정말
> 아름다워. 언제나처럼 늘 똑똑하고 깔끔하길 바랄게.
> 잘 지내고 서로 실망하지 않도록 꼭 답장을 하자.
> 가족들에게 인사 전해줘! 잘 있어. 네가 내 사진 기다리느라
> 지쳤을까봐 걱정돼.
>
> 1997. 12. 6.
> 너의 소중한 친구, 마틴

곧 크리스마스라서 나는 인사를 덧붙였다. '조용하고 멋진 크리스마스 보내고 풍성한 새해 맞길 바랄게. 우리 우정을 더 깊이 다지자. 우리 우정이 끝나지 않기를.'

케이틀린이 내 사진을 너무 오래 기다리다가 혹시라도 화가 났을까봐 나는 답장이 늦어 미안하다고 사과하고 다음에는 더 나은 사진을 보내주겠다고 약속했다.

케이틀린

매트에 대한 내 마음은 그사이 더 커졌다. 이제 수학 시간에 매트를 볼 때마다 내 마음속 감정의 소용돌이를 더는 참을 수 없는 상태까지 이르렀다. 이 수업을 같이 듣는 로렌은 내 옆줄에 앉았다. 그때가 10월 말이었다. 하루는 수업 중에 로렌에게 쪽지를 보냈다. '매트 진짜 멋있어. 미쳐버릴 거 같아.'

로렌은 재빨리 답장을 써서 선생님께서 뒤를 돌아보시기 전에 나에게 쪽지를 넘겼다.

'나 같음 이미 말 시켜봤다. 진심.'

로렌 말에 일리가 있었다. 그래, 내가 잃을 게 뭐 있어. 수업이 한창인데 나는 용기를 내서 매트의 어깨를 톡톡 쳤다. 로렌은 거의 까무러치기 직전이었다.

"저기, 남는 연필 있어? 나 방금 연필이 부러져서." 거짓말이었다. 가방 속에 샤프만 열두 개쯤 있었다.

매트는 고개를 돌려 녹아내릴 것 같은 미소를 지었다.

"여기." 매트는 연필을 건네주며 속삭였다. 그러고는 뒷주머니에서 새 연필을 꺼냈다.

수업이 끝나고 나는 매트에게 연필을 돌려주었다. "됐어. 그냥 가져도 돼." 매트가 말했다.

"고마워." 매트가 부디 내 몸에서 뿜어져 나오는 이 열기를 눈치채지 못하길 바랐다.

그날 밤 숙제에 아무리 집중을 하려고 해도 매트와 키스하는 상상을 멈출 수가 없었다. 결국 나는 검은색 사인펜을 들고 벽장으로 갔다. 안쪽 벽에다 먼저 눈을 그리고 거기에 속눈썹을 길게 그린 다음 그 옆에 하트를, 그리고 사람 하나를 그렸다. 그러고 나서 그 옆에 '매트 존슨'이라고 쓰고 '1997/10/29'라고 날짜를 적었다. 다음 날 매트는 나에게 데이트 신청을 했다. 마치 내가 주문을 걸어 그게 현실이 된 것 같았다.

데이트를 신청한 게 10월 30일이었으니 우리 첫 번째 데이트는 할로윈 데이였다. 정식으로 사귀는 거였다. 나는 다시 벽장 속에 기록을 했다. '케이틀린+매트, 1997/10/31.'

우리 학교에서는 코스튬 파티가 열렸는데 나는 펑크록 가수 복장을 골랐다. 엄마가 사주신 색소로 머리를 핑크색으로 칠하고 파란색 반짝이가 달린 미니원피스에 가죽 재킷을 입었다. 매트는 미식축구를 하는 친구와 서로 유니폼을 바꿔 입었다. 너무 지루했다. 알고 보니 매트는 정말로 부끄러움이 많았다. 할로윈 파티를 빼면 우리는 전화통화 몇 번 정도 빼고는 달리 하는 게 없었다. 그리고 통화를 할 때조차도 말을 하는 건 거의 내 쪽이었다. 한번은 다른 친구들과 다 같이 쇼핑몰 푸드코트에서 만났는데 매트는 내 손을 잡거나 뽀뽀를 하려고 하기는커녕 나하고 말 한마디 하지 않았다. 얘가 나를 좋아하긴 하는 건지 궁금해지기 시작했다. 그러던 차에 매트와 같이 축구를 하는 드류가 눈에 들어왔다. 괴로운 마음으로 벽장 안에 적었다. '아직 매트랑 사귀는데 드류가 좋다.' 내가 매트를 찼을 때쯤 드류는 다른 애랑 사귀고 있었고 나는 이미 또 다른 애를 좋아하게 됐다. 나다니엘이었다. 우리는 11월 말에 사귀기 시작해 일주일 후 깨졌다. 나다니엘이 좋았지만 내 친구 크리시도 나다니엘을 좋아했다. 너무 복잡했다. 벽장 속에 한 낙서의 최소 절반 이상이 어떤 남자애가 좋니 어쩌니 하는 말도 안 되는 고백이었다. 연애를 좀 쉬어야 했다.

연애에서 관심을 돌리자 학교생활이나 소프트볼 등 다른 것들을 생각할 시간이 생겼다. 소프트볼 팀에 들긴 했지만 소프트볼을 잘하지는 못했다. 감독님께서 집에서 연습을 하는 게 어떻겠냐고 하시길래 주말에 집에서 아빠와 연습을 시작했다.

뒷마당에서 공 던지기 연습을 하는데 펜팔 친구한테서 소식이 있었냐고 아빠가 물으셨다. 아빠의 질문에 놀랐다. 그러고 보니 마틴에게 사진을 보낸 이후로 마틴 생각은 까마득히 잊고 있었던 것이다. 남자애들 생각만 하느라 정신이 없었다.

마침 그다음 주쯤 마틴의 편지가 도착했다.

우편물이 여러 개 와 있어도 마틴의 편지는 금방 눈에 띄었다. 모양도 다르고 느낌도 달랐다. 종이는 더 얇았고 더 이국적이었고 우표는 색깔이 화려했다. 이번 편지는 지난번 편지보다 두꺼웠다. 편지를 뜯어보는데 깜짝 놀랐다. 마틴이 사진을 보낸 것이다!

교복을 입은 마틴의 사진을 보는데 뭔가 기분이 달랐다. 이제 마틴은 얼굴 없는 환상이 아니었다. 진짜 실존하는 사람이었다. 마틴은 내가 생각했던 것보다 어려 보이고 키도 작았다. 녹색 반바지와 셔츠 차림의 마틴은 어린이 같았다. 제일 먼저 진짜 귀엽다는 생각이 들었다. 남자친구처럼 귀엽다는 건 아니고 남동생 같은 느낌이었다. 사진 뒷면에는 2년 전인 1995년 찍은 사진이라는 설명이 있었다. 그래서 어려 보였구나, 이해가 됐다. 또 사진 속 마틴은 엄청 진지했는데, 그래도 나는 마틴의 눈에서 반짝이는 미소를 볼 수 있었다. 아마 마틴 옆에 있는 사람들은 아버지와 형이겠거니 싶었다. 형은 마틴이랑 많이 닮았는데 키만 좀 더 컸다. 곧장 내 방으로 올라가 사진을 책상 유리 아래 넣었다. 좋아하는 사진은 항상 볼 수 있게 거기 넣어두곤 했다. 나는 마틴 사진을 호수가 보이는 할머니 댁에서 찍은 가족사진과 우리 집 뒷마당에서 로렌과 함께 찍은 사진 사이에 끼워두었다.

그러고 나서 마틴의 편지를 읽고 또 읽었다.

나는 마틴이 글을 쓰는 방식이 정말 좋았다. 뜻은 다 통하는데 여전히 어딘가 이국적인 느낌이 있었다. 마틴은 항상 편지 첫머리에 '헬로' 대신 '할로!'라고 인사를 했다. 처음 들어보는 인사말이었다. 아마도 마틴은 활기차고 통통 튀는 목소리의 주인공일 것 같았다. 마틴은 또 느낌표를 자주 썼고 마침표 대신 조그맣게 동그라미를 그렸다. 그 동그라미 마침표를 보면 스마일리 그림이 떠올라서 마틴이 자기 손글씨처럼 행복한 소년일 것 같았다. 그런가 하면 편지글 말투는 또 워낙 정중해서 진짜 똑똑한 아이일 것 같았다!

다음 편지에 뭔가 특별한 걸 같이 보내고 싶어서 적당한 선물을 찾으러 주말에 로렌과 함께 쇼핑몰에 갔다. 먼저 클레어네 액세서리 가게에 갔다. 여기서는 링 귀걸이를 5달러에 살 수 있었다. 재미난 상품을 많이 파는 스펜서네 기프트숍에도 들렀다. 그 당시에 열쇠고리 장식이 엄청 인기였는데 특히 직사각형의 금속판에 '바람둥이', '럭키', '디바', 이런 글씨가 새겨진 것들이 인기가 많았다. 나는 이런 장식이 한 스무 개쯤 있어서 커다란 링에 그걸 한꺼번에 다 끼워 넣고 책가방 앞주머니 지퍼에 달고 다녔다. 이러고 다니는 애들이 워낙 많아 학교에서 복도를 걸어가다 보면 온 사방에서 짤랑짤랑 소리가 들렸다.

나는 마틴 선물로 글씨 대신 소용돌이무늬에 반짝이가 붙은 열쇠고리 장식을 골랐다. 로렌 선물로 '베스트 프렌드'라고 쓰인 장식도 샀다. 로렌도 똑같은 걸 내게 사주었다. 우리는 이미 '베스트 프렌드' 목걸이도 나눠 갖고 있었다. 내 것이

'베스트', 로렌 건 '프렌드'였다.

집에 돌아와 사진을 보내줘서 고맙다고 마틴에게 편지를 썼다. 그리고 선물로 산 열쇠고리 장식과 겨울 댄스파티에서 왕관을 쓰고 와인색 드레스를 입은 내 사진을 같이 넣었다. 나는 마틴에게 다른 사진을 보내달라고 부탁했다. 좀 더 최근 사진이면 좋겠다고 덧붙였다.

한 달쯤 후에 마틴이 네 장짜리 편지를 보냈다. 나한테 그렇게 긴 편지를 써준 건 마틴이 처음이었다! 이번에는 마틴이 '할로!'라고 편지를 시작하지 않고 나한테 '여왕님'이라고 했는데 너무 신기했다! 오빠가 나를 그렇게 부를 때하고는 느낌이 달랐다. 엄마 아빠도 나를 '케이틀린 여왕'이라고 부르긴 하셨지만 오빠처럼은 아니었다. 마틴이 왜 나를 그렇게 부르기로 한 건진 알 수 없었지만 나는 마틴이 꼭 우리 식구가 된 것처럼 한층 가깝게 느껴졌다.

마틴의 편지는 이렇게 시작했다.

1998년 3월 3일

케이틀린 '여왕님'께,

마틴이야. 어떻게 감사 인사를 해야 할지 모르겠어. 그런 편지는 생전 처음 받아봐. 정말 고마워. 반짝이고 예쁜 귀금속도 고마워. 케이틀린, 넌 좋은 친구야. 예쁘게 찍힌 네 사진도 고마워. 넌 정말로 여왕처럼 아름다워. (케이틀린 여왕님.)

마틴이 열쇠고리 장식을 귀금속이라고 해서 재밌었다. 마틴이 좋아하니 나도 기뻤다. 그제야 편지 맨 위에 덧붙인 추신이 보였다. '너에게 줄 예쁜 아프리카 풍 귀걸이를 만들고 있어. 다음 편지에 같이 보낼게.'

내가 귀걸이를 모으는 건 또 어떻게 알았담? 갖고 있는 귀걸이만 해도 100개는 넘었다. 커다란 링 귀걸이, 길게 늘어지는 비즈 귀걸이, 하트나 데이지꽃 아니면 동물 모양의 딱 붙는 핀 타입 등등 나는 온갖 종류의 귀걸이를 모았다. 제일 아끼는 귀걸이는 작년 크리스마스 선물로 부모님이 주신 보석함에 넣어뒀다. 파란색 벨벳 천으로 된 이 보석함에는 금색으로 'CBS'라고 내 이름 이니셜이 새겨져 있었다. 카부들스 브랜드에서 나온 여행가방처럼 생긴 작은 메이크업 박스도 있었다. 핑크색 플라스틱 박스였는데 여기 스티커를 잔뜩 붙여놓고 클레어네 가게에서 산 플라스틱 귀걸이들을 전부 이 안에 보관했다. 귀걸이를 새로 사면서 아프리카 귀걸이는 본 적이 없었다.

마틴은 다음으로 짐바브웨 명절 이야기를 했다. 대부분은 미국 명절과 비슷했다. 우리 사이에 또 공통점이 있다는 생각이 들어 반가웠다. 이어서 마틴은 짐바브웨가 아직 "성장기"라고 했다. 무슨 뜻인지 잘 이해가 안 됐다. 나도 성장기였다. 작년 9월 이후 키가 5센티미터나 컸고 얼마 전 엄마가 처음으로 브래지어를 사주셨다. 하지만 어떻게 나라가 성장기라는 건진 정확히 이해가 되지 않았다. 짐바브웨에는 학교

나 병원이 많지 않고 학교에는 또 교실이 부족해서 학생들이 나무 아래 앉아 수업을 들을 때도 있다고 했다. "참 재밌지!" 마틴은 그렇게 말했다. 정말 하루 종일 교실 안에 갇혀 있는 것보다는 훨씬 재밌을 것 같았다. 우리 학교라면 돼지 잡는 날은 피해야겠지만 말이다. '침대 하나를 환자들 열 명이 나눠 써야 돼. 상상해봐. 얼마나 재밌는지.' 아무리 생각해봐도 왜 재밌는 건지 알 수가 없어서 다음 줄로 넘어갔다. '우리 우정은 영원할 거야. 언젠가 우리가 만나는 날이 오겠지.'

배시시 웃음이 났다. 정말 그런 날이 오기를 바랐다.

그다음 장에서는 짐바브웨에서의 생활에 대해 이야기했다. '짐바브웨 사람들 중에는 월급이 너무 적어서 가족들이 먹고살기 힘든 집들도 많아. 방 하나를 두 가족이 나눠 쓰는 일도 있어.' 이 부분은 눈에 띄었다. 미국에도 가난한 사람들이 있었지만 실제로 본 적은 없었다. 짐바브웨도 비슷할 것 같았다.

나는 마틴이 부잣집 아이라고 생각했다. 사진 속에서 마틴이 교복을 입고 있었기 때문이다. 나는 마틴이 비싼 사립학교를 다닌다고 생각했다. 옆 동네 랜즈데일에 천주교 학교가 있었는데 여자애들은 짙은 녹색 치마 교복, 남자애들은 바지 교복을 입었다. 상의는 둘 다 노란색이었다. 교육 과정은 우수하다는 것 같았지만 매일 똑같은 옷을 입어야 한다면 지겨워 죽을 거라고 나는 생각했다. 그래도 교복을 입고 다니는 그 애들이 있어서 마틴의 생활을 짐작이라도 해볼 수 있었다. 나는 마틴이 나처럼 주택에 살 거라고 상상했다. 그러나 마틴은 사쿠바라는 동네 이야기를 해주었다. 마틴에게 편지를 보내는 곳이 사쿠바였다. 사쿠바는 인구밀도가 높은 도시의 교외지역으로 LA처럼 가난한 사람들도 많고 범죄율도 높다고 했다. LA에 가본 적은 없었지만 LA에 스타들만 있는 게 아니라 가난한 사람들도 있다는 것쯤은 나도 알았다. 마틴은 그 얘기를 하고 싶은 건지도 몰랐다.

사실 그 부분은 유심히 읽지 않았다. 그다음으로 내가 제일 관심 많은 주제인 패션 이야기가 나왔기 때문이었다. '여기도 나이키, 리복, 아디다스 등등 여러 브랜드가 많아. 내가 제일 좋아하는 건 리복이야.' 우리 학교에서도 다 인기 있는 브랜드였다. 남자애들은 특히 리복이나 나이키 로고가 보이는 헐렁하고 큰 사이즈의 티셔츠를 즐겨 입었다. 다음에 쇼핑몰에 가면 마틴을 위해 옷 한 벌을 사야겠다고 생각했다.

편지 마지막 장에는 풀로 만든 치마에 깃털 왕관을 쓴 남자 그림이 그려져 있었다. '이게 짐바브웨 전통 복식인데, 대부분 사람들은 그냥 진짜 옷을 입어.' 초가지붕 오두막 그림도 그려져 있었다. '짐바브웨에는 이런 집도 있어.' 《내셔널지오그래픽》에서 오두막집 사진을 본 적은 있었지만 마틴이 보내준 사진에서 뒤편으로 학교인 것 같은 건물이 보이던 기억이 났다. 우리 학교와 별다를 것 없는 벽돌 건물이었다.

다음 줄에서는 웃음이 빵 터져버렸다. '스파이시 걸스 노래 중에 우정에는 절대 끝이 없다는 노래 알아?'

'스파이시'라니, 나는 큰 소리로 웃었다. 아무튼 그 노래 가사가 우리 좌우명이 되었으면 했다.

'미국 달러를 보내주면 답장할 때 나도 짐바브웨 돈을 보내줄게.' 마틴은 편지 마지막에 이렇게 썼다. 안 그래도 마틴에게 미국 달러를 보내려고 생각했었다. 텔레파시가 통한 것 같았다. 미국에 대해 마틴에게 해줄 말도 정말 많았고 짐바브웨에 대해 마틴에게 배울 것도 정말 많았다.

3색 볼펜을 꺼내 마틴에게 답장을 썼다. 뚱뚱한 시가만 한 두께에 끝에는 그때그때 색을 골라 쓸 수 있는 스프링 버튼이 달린 볼펜이었다. 미국 계절을 설명할 때는 녹색, 빌 클린턴 대통령과 알 고어 부통령 얘기를 할 때에는 하늘색을 썼다. '1달러 지폐도 같이 보내.' 이건 파랑색으로 적었다.

편지를 다 쓰고 나서 베이비시터 아르바이트로 번 돈을 넣어둔 서랍을 열었다. 제일 빳빳한 1달러 지폐를 꺼내선 반으로 접어 봉투에 넣었다. 편지봉투에 주소를 적는데 배 속에서 뭔가 지르르 하는 떨림이 일었다. 좋아하는 남자애들을 볼 때 느끼는 그런 감정과는 달랐다. 뭔가 눈을 뜬 것 같은 느낌이었다. 엄청나게 큰 이 지구상에서, 그것도 거의 정 반대편에 친구가 생겼다.

마틴

미국 돈이 늘 궁금했다. 미국에서는 돈이 나무에서 자란다고 하는 사람들도 있었다. 케이틀린이 보낸 편지 속에 빳빳한 녹색 지폐가 깔끔하게 쏙 들어 있는 것을 보니 그 말이 진짜일지도 모른단 생각이 들었다. 봄에 돈은 새잎처럼 파릇파릇하고 희망찼다. 막 침대에 지폐를 펼쳐놓는데 형이 들어왔다.

"이게 뭐야! 어디서 났어?" 형이 물었다.

"케이틀린이 보내줬어."

우리는 목을 빼고 지폐를 더 자세히 살펴보았다. 짐바브웨 지폐보다 크기는 더 큰 것 같았다. 사실 나는 지폐를 직접 볼 일이 거의 없었다. 부모님이 쓰시는 건 거의 동전이었다.

"우리 돈으로 얼마나 될까?" 내가 물었다.

형은 어깨를 으쓱해 보였다.

미국 돈 1달러가 짐바브웨 돈 1불보다 비싼 건 확실했다.

인플레이션 때문에 더 그럴 것이다. 물가가 하루가 다르게 치솟고 있었다.

갑자기 방 안에 굵은 한 줄기 햇빛이 새들어왔다. 뒤를 돌아보니 어머니가 문간에 서 계셨다.

"다들 왜 그러고 서 있어? 곧 아버지 오실 시간이다." 어머니가 말씀하셨다.

"엄마." 나는 어머니께 미국 달러를 보여드렸다. "케이틀린이 또 선물을 보내줬어요."

코끼리라도 본 아이처럼 어머니 눈이 커졌다.

"케이틀린이 왜 그런 선물을 보냈다니?" 캐묻는 것 같은 말투였다.

어머니 반응이 당황스러웠다. 미국 돈을 보내달라고 한 부탁이 부적절한 행동이었던 건지 갑자기 걱정이 됐다. 그냥 궁금했던 것뿐인데. 그냥 서로의 문화를 배우고 나누자는 거였는데 어머니 표정을 보는 순간 내가 잘못된 부탁을 했단 것을 깨달았다.

"제가 케이틀린한테 보내달라고 했어요. 그렇게 큰일인 줄 몰랐어요."

"아무렴 큰일이지!" 어머니는 단호하게 말씀하셨다. "네 친구가 아주 부자인 모양이구나. 마틴, 이 돈은 잘 챙겨둬라."

그날 저녁 아버지께 지폐를 보여드리자 아버지 표정이 밝아졌다.

"이거 진짜구나." 아버지가 말씀하셨다.

"우리 돈으로 얼마쯤이에요?" 형이 물었다.

아버지는 모르겠다며 고개를 저으셨다. "내일 가져가서 매니저님한테 물어봐야겠다. 매니저님은 알 거야."

어머니가 대번에 인상을 찌푸리셨다.

"그 돈 그대로 다시 들고 와. 마틴 돈이니까."

"너희 엄마는 항상 걱정이 너무 많아." 아버지는 내게 윙크를 해 보이셨다.

다음 날 저녁 아버지는 몇 달 만에 가장 환한 얼굴이었다.

"네 친구가 인심이 아주 후하구나." 아버지께서 운을 떼셨다. "짐바브웨 돈으로 아마 20불쯤 된다는구나."

놀라서 말이 안 나올 정도였다. 내가 갖고 있자니 너무 큰 돈 같아서 어머니께 이 돈으로 뭘 할지 생각을 좀 해볼 테니 그때까지 돈을 맡아달라고 했다.

그렇게 2주가 흘렀다. 그즈음 우리 가족은 며칠째 옥수수 죽으로 연명하고 있었다. 콩이나 콜라드도 없었다. 옥수수 죽을 쑬 가루마저 다 떨어졌다. 쪼들리는 살림 걱정인 어머니가 보였다. 매일 아침 어머니가 죽을 한 솥 가득 만드시면 우리는 그날로 냄비를 깨끗이 비웠다. 저녁에 먹을 수 있는 양은 평소보다 적었다. 밥을 막 먹고도 심바는 배고프다고 짜증을 냈다.

"엄마, 케이틀린이 준 돈으로 장보러 가요." 더는 배고픔을 참을 수가 없었다. 어머니는 고개를 저으셨다.

"그 돈은 네 미래야, 마틴."

"지금 그 돈을 안 쓰면 우리 가족의 미래가 없어지게 생겼는걸요."

어머니는 마지못해 내 말에 동의하시곤 침대 위에서 돈을 넣어둔 상자를 꺼내 오셨다. 환전을 하러 어머니와 우체국에 갔다. 직원은 환율표를 확인하거나 계산기를 두드리지도 않았다. "짐바브웨 돈으로 24불입니다."

어머니도 나처럼 적잖이 놀라신 것 같았다. 심장이 콩닥콩닥 빠르게 뛰었다. 우체국 직원에게 고개를 끄덕여 보이자 직원은 곧 환전을 해주었다.

우리는 그 길로 시장에 가서 2주 치 장을 보았다. 그날 저녁 우리는 옥수수 죽 말고도 콩과 콜라드를 함께 먹었다. 다음 날 아침에는 몇 달 만에 처음으로 차를 마시고 빵을 먹었다. 풍성한 음식 덕분에 4월이었지만 꼭 크리스마스 같은 기분이었다. 이게 다 새로 사귄 미국 친구 덕분이었다.

다음 날 배부르게 저녁을 먹은 후 나는 케이틀린에게 편지를 썼다. 그렇게 많은 돈을 보내주다니 정말 고맙다고, 곧 돈을 갚겠다고 했다. 케이틀린에게 짐바브웨 달러를 보낼까 생각도 해봤지만 하루 치 옥수수 죽을 포기하긴 어려웠다. 대신 나는 지킬 수 있는 약속을 했다. 무슨 일이 있어도 꼭 답장을 하겠다는 것이었다.

케이틀린

7학년 봄은 정말 미친 듯이 바빴고 드라마의 연속이었다. 12월 드류가 나에게 데이트 신청을 했지만 우리는 12월 31일자로 헤어졌다. 1998년을 맞아 새로운 시작을 하고 싶어서 브레넌을 만났지만 브레넌과 사귄 지 한 달도 안 돼 헤어졌다. 그때 내 단짝이던 크리스타가 자기도 브레넌을 좋아한다고 했기 때문이었다. 로렌하고는 냉전 중이었다. 로렌은 우리가 나눠 가졌던 우정 목걸이까지 내게 돌려줬다. 나는 크리스타와 쇼핑몰에 가서 우정 목걸이를 새로 산 후 다시 나눠 가졌다. 내가 브레넌과 사귀자 화가 난 크리스타는 우리가 나눠 가졌던 우정 목걸이를 또 내게 돌려줬다. 이제 나는 단짝도 없이 남자친구 브레넌뿐이었다. 가슴이 아팠다. 브레넌을 정말 좋아했지만 단짝친구를 포기할 정도는 아니었다. 그래서 브레넌과 헤어졌더니 글쎄 브레넌이 크리스타와 사귀기 시작한 거다! 크리스타가 브레넌과 사귀기로 했다니 충격이었다. 너무 화가 나서 3월 28일 내 생일파티에 크리스타를 초대하지 않았다. 토요일이었는데, 크리스타만 빼고 다른 친구들은 모두 초대했다. 로렌과 나는 다시 단짝이 됐다. 그해 봄에만 단짝친구가 다섯 번이나 바뀌었다. 그때마다 이유도 다 달랐다. 단짝친구로 지낸다는 게 쉽지가 않았다. 그래도 한 사람만은 변함없었다. 바로 마틴이었다.

마틴은 꾸준히 편지를 보냈다. 영어 시간에 같이 펜팔을 시작했던 다른 친구들은 대부분 한 두세 통쯤 편지를 주고받다가 연락이 다 끊겼지만, 7학년 말까지 마틴은 편지를 여섯 통은 넘게 보냈다. 나는 마틴의 편지를 모두 책상 서랍에 넣어두었다. 초창기에 마틴은 주로 간단한 질문들을 했다. '제일 좋아하는 음악이 뭐니?' 아니면 '너희 집은 어떻게 생겼어?' 뭐 이런 것들이었다. 하지만 최근 들어 마틴은 학비가 얼마나 드는지 같은 걸 물어보았다. 마틴은 내가 공립학교에 다니는 걸 모르는구나 싶었다. 내가 공립학교에 다닌다는 걸 알게 되면 나에 대한 생각이 바뀔까? 아니길 바랐다.

학비를 물어봤던 그 편지에서 마틴은 아버지가 제지공장에 다니신다고도 했다. 그게 뭐하는 덴지, 미국에도 그런 게 있는지 알 수가 없었다. 나는 문구류를 전부 스테이플스 문구용품점에서 샀다. 그러고 보니 나는 거의 깨끗한 흰색 바탕에 연한 파랑 줄이 그어진 편지지 아니면 테두리 장식이 있는 핑크색 편지지에만 편지를 써 보냈는데 마틴의 편지지는 그때그때 매번 달랐다. 거친 회색 종이에 편지를 써 보낸 적도 있었고, 숙제를 하고 나서 이면지에 편지를 써 보내기도 했다. 펜으로 편지를 쓸 때도 있었고 연필로 쓸 때도 있었다. 그래도 글씨체는 항상 똑같았다. 발랄한 글씨체였다. 알파벳 'h'는 항상 끝을 구부려서 썼고 'z'는 뚱뚱한 숫자 3처럼 썼다. 마틴의 편지를 읽으면 항상 기분이 좋아졌다. 가끔 편지가 웃길 때도 있었다.

아프리카에서는 원숭이가 나무에 매달려 산다고 들어서 마틴에게 그게 사실이냐고 물었다. 마틴은 무타레에 원숭이가 아주 많다면서 원숭이와 싸운 적도 있다고 했다. 오랫동안 집에서 원숭이를 키우고 싶었던 나는 '원숭이들은 아주 못됐어'라는 마틴의 말에 슬퍼졌다. 마틴은 또 자기 동네에 개코원숭이가 특히 많다면서 다들 원숭이들 때문에 골머리를 앓는다고 했다. '미국에 다람쥐가 있다면 여기서는 개코원숭이가 그런 존재야.' 마틴은 그렇게 설명했다. 답장에 다람쥐를 성가시다고 생각하는 미국 사람들이 많다고는 적었지만 솔직히 나는 다람쥐를 좋아했다. 동물이라면 다 좋았다.

그때 나는 토끼를 키우고 있었다. 6학년 때부터 키웠는데 이름은 루이스였다. 루이스가 깡충깡충 뛰면 길게 축 늘어진 귀가 같이 펄럭거렸다. 루이스는 나를 정말 좋아해서 하루는 동네 친구 헤더 언니를 만나러 가는데 문 밖까지 따라 나올 정도였다. 얼마나 귀여웠는지! 루이스는 동네 어디든 나를 따라다니기 시작했다. 엄마는 루이스가 어디 있는지 항상 확인할 수 있게 루이스 목에 작은 방울을 달아주셨지만 사실 별로 필요는 없었다. 루이스는 거의 늘 내 옆에 붙어 있었으니까. 루이스는 우리 동네 마스코트가 됐다. 골목에서 킥볼을 하면 루이스도 내 옆에서 나를 따라 달렸다. 손전등으로 술래잡기를 할 때는 좀 골치가 아프긴 했다. 루이스 목방울이 짤랑거리며 소리를 내는 바람에 제대로 숨을 수가 없었기 때문이다. 편지에 루이스 이야기를 하면서 마틴도 자기 애완동물 이야기를 해주기를 기대했다. 대신 마틴은 답장에 이렇게 써서 보냈다. '네 토끼 얘기 정말 재밌었어! 짐바브웨에서는 토끼를 먹기도 해! 토끼고기가 꽤 맛있어!'

너무 충격을 받아서 뭐라고 답을 할 엄두가 나지 않았다. 편지는 머릿속에서 지워버리고 일상생활에 전념했다. 몇 주가 지나고 나서야 나는 마틴에게 답장을 썼다. 루이스 얘기는 하지 않기로 했다.

편지 마지막에는 이렇게 적었다. '새 사진이 있으면 보내줄래? 친구들에게 네 이야기를 하고 싶어! 넌 최고의 펜팔 친구야. 답장이 늦어져서 다시 한 번 미안해! 좋은 친구, 최고의 친구가 되어줘서 고마워.'

막 봉투 입구에 풀칠을 하려는데 브레넌이니 크리스타니 아주 그냥 드라마를 찍어대느라 3월 초 마틴의 생일을 까마득히 잊어버렸단 사실이 떠올랐다. 그러고 보니 마틴에게 리복 티셔츠를 선물하려고 생각했었다. 이참에 생일선물로 주면 되겠다 싶었다.

로렌에게 전화해서 그날 오후 같이 쇼핑을 갈 수 있는지 물어보았다. 엄마가 의류할인매장 '로스'에 우리를 내려주셨다. 거기서 파란색 테두리 장식에 같은 색으로 '리복'이라고 로고가 박힌 흰 티셔츠가 눈에 들어왔다. 선물로 제격이었다.

계산을 하는데 로렌이 물었다. "케이틀린, 너 마틴 사랑하니?"

생각지도 못한 질문에 선뜻 말이 나오지 않았다.

"남매처럼 사랑하긴 하지." 간신히 대답을 하긴 했다.

"웩, 근친상간도 아니고 뭐야." 로렌이 놀렸다.

"무슨 뜻인지 알면서!" 나는 로렌을 찰싹 때렸다. "마틴은 가족 같은 존재라고."

집에 돌아와 티셔츠를 포장하고 쪽지를 같이 써 넣었다. '이게 요즘 우리 동네에서 인기 있는 스타일이야.'

마틴

치삼바 싱글스에 우편물이 오는 날은 매주 토요일이었다. 케이틀린의 편지를 기대하며 나는 자전거를 타고 오는 집배원을 기다렸다. 집배원 아저씨는 일단 종을 울린 다음 배달온 게 있는 사람들 이름을 불렀다. "마틴 간다." 아저씨가 걸걸한 목소리로 내 이름을 부르면 케이틀린 편지구나 하고 재빨리 튀어 나갔다. 다음 한 시간은 거의 편지를 읽으며 보냈다. 나는 편지를 읽고 또 읽었다. 케이틀린의 편지를 읽으면서 미국 십대 청소년의 생활을 상상할 수 있었다. 또 케이틀린 말대로 우리가 비록 16,000킬로미터 떨어져 있지만 함께 성장하고 있었다. 친구들과 가족들도 이제는 케이틀린을 자기 친구처럼 생각했다. 내가 늘 케이틀린의 소식과 사진을 공유했기 때문이었다. 거의 외울 지경까지 편지를 읽고 또 읽고 나면 어머니께 드렸다. 어머니는 그러면 편지를 받아서

73

그 전에 온 편지들과 함께 과자 상자에 넣어 보관해주셨다.

6월 어느 날 아침, 집배원 아저씨가 큰 봉투 하나를 건네주셨다. 크기는 교과서보다 컸는데 만져봤을 때 딱딱하진 않았다. 봉투에 하트며 스마일리 얼굴이며 별이 그려진 걸 보니 케이틀린이 보낸 건 확실했다. 내 이름 옆에는 보라색 반짝이 펜으로 'BFF'라고 쓰여 있었다. 그게 영원한 우정을 뜻하는 '베스트 프렌드 포에버(Best Friend Forever)'의 약자라는걸 케이틀린 덕분에 알게 됐다.

자기 우편물을 기다리는 사람들 앞에서 당장 소포를 뜯어보고 싶었다. 일단 집으로 돌아가 소포를 뜯기로 했다. 나만있을 공간이 필요했다. 네 가구가 나눠 쓰는 마당이다 보니밖에는 항상 누군가가 있었다. 혼자만의 공간을 원하면 그냥눈을 감으라고 농담을 할 정도였다. 하지만 낮에는 집이 거의 비어 있었다. 전기도, 창문도 없어 집 안은 항상 깜깜했다. 집은 아침에 옷을 갈아입고 밤에 잠을 자는 공간일 뿐이었다. 조용해서 다행이라고 생각하며 집으로 들어갔다.

소포에 테이프로 붙여놓은 쪽지가 먼저 보였다. 보라색 반짝이 펜으로 '늦었지만 생일 축하해, 마틴'이라고 쓰여 있었다. 감동적이었다. 짐바브웨에서도 부잣집 아이들은 생일날파티도 하고 선물도 받는다던데, 내 생일은 그냥 다른 날과똑같았다.

딱 한 번 선물을 받은 날이 있었는데 열 살 생일 때였다. 그날 저녁 아버지께서 물으셨다.

"마틴, 오늘이 며칠이지?"

"3월 9일이요."

"오늘로 우리 마틴 열 살이 됐네. 알고 있어?"

"아, 맞다. 잊어버리고 있었어요." 나는 웃으며 말했다.

아버지는 내 손을 잡고 나가 탄산음료 파는 아가씨에게 갔다. 아버지는 아무 맛이나 골라보라고 하셨다.

"환타요."

우리에게 환타는 크리스마스 음료였다. 크리스마스 때 아버지는 우리에게 전부 환타 한 잔씩을 사주시곤 했다. 우리는 한 모금 한 모금을 음미하면서, 최대한 오래 맛보고 싶은 마음에 아주 천천히 환타를 마셨다. 우리 가족 나름의 크리스마스 전통이었다. 마지막으로 환타를 마신 게 2년 전 크리스마스였다. 막 경제위기가 시작될 즈음이었다. 그해에는 아버지께서 환타를 각자 한 잔씩 사주실 수가 없어 한 잔을 사서 나눠 마셨다. 한 모금을 꿀꺽 삼켜 넘기는 대신 우리는 햇빛처럼 달콤한 그 맛을 입안에 오래 머금고 있었다.

나는 아기자기하게 꾸민 포장지에 붙은 테이프를 조심히 떼어냈다. 포장을 뜯는데 보고도 믿을 수가 없었다. 진품 리복 티셔츠였다! 주택에 살면서 하루 세 끼 걱정 없는 우리 학교 부잣집 애들도 이런 건 못 사 입었다. 걔들이 입는 건 남아공이나 모잠비크산 짝퉁이었다. 이 티셔츠엔 '메이드 인 아메리카'라고 쓰인 태그가 붙어 있었다. 진품이라는 증거였다.

곧장 티셔츠를 입어봤다. 옷감이 피부에 닿는 느낌이 정말 좋았다. 새 옷은 생전 처음 받아봤다. 매해 사 입는 교복도 구제라서 군데군데 찢어지기도 하고 닳아 옷감이 해진 부분도 있었다. 이 티셔츠는 옷감도 두껍고 잘 익은 과일처럼 달콤한 냄새가 났다. 케이틀린이 향수를 뿌린 건지 아니면 새 옷은 원래 이런 냄새가 나는 건지 알 수 없었다. 어찌됐든 나는 망토를 걸친 슈퍼맨처럼 거칠 것 없는 기분이 들었다.

새 옷을 입고 밖으로 나가기 전 '메이드 인 아메리카' 태그를 옷 밖으로 보이게 꺼냈다. 그럼 다른 사람들도 이게 모잠비크산 싸구려 짝퉁이 아닌 줄 알아보겠지. 나는 웃으며 가슴을 당당히 내밀고 밖으로 나갔다.

"어디서 났어?" 형은 놀란 표정이었다.

"케이틀린이 보내줬어." 나는 활짝 웃었다.

형은 소매 부분을 직접 만져보았다.

"우와!"

"이거 진품이야!" 나는 태그를 가리키며 말했다.

형은 내 등을 철썩 때리더니 휘파람을 불었다. "이제 거의 영화배우급 포스인데!"

내 기분도 꼭 그랬다. 티셔츠를 알아본 사람만도 열 명이 넘었고 옷을 직접 만져보고 싶어 하는 사람들도 많았다.

그날 저녁 아버지가 퇴근하셨을 때에도 나는 새 옷을 입고 있었지만 아버지는 전혀 눈치를 채지 못하신 것 같았다. 평소 같았으면 우리 아들이 미국 친구한테서 선물을 받았다며 동네방네 자랑을 하고 다니실 분이었다. 하지만 그날은 그냥 "네가 좋다니 아버지도 기쁘다" 하시곤 그게 끝이었다.

아버지는 다른 데 정신이 팔려 있었다. 아버지 직장에서 정리해고 이야기가 나오고 있었다. 일주일 전 공장에서 직원들에게 임금을 돈으로 받을지 아니면 옥수수 가루로 받을지 의사를 물어봤다고 했다. 옥수수 가루를 선택한 사람이 많았지만 아버지는 우리 학비며 월세, 식비 때문에 그럴 수가 없었다. 아버지 얼굴에 근심이 가득했다. 시선은 초점 없이 늘 어딘가 먼 곳을 향해 있고 입가는 처져 있었다. 아버지가 제지공장에서 일하신 지도 18년이 넘었다. 아버지가 할 줄 아는 건 그게 전부였다. 나쁜 소문이 돌아도 아버지는 아무 말씀이 없으셨다. 그러던 중 하루는 아버지가 술에 잔뜩 취해 집에 돌아오셨다. 부모님은 크게 다투셨다. 어머니는 언성을 높이셨다. "애들은 배를 곯다가 잠이 드는데 아버지란 인간은 어떻게 술을 사 마실 수가 있어?"

만취한 아버지는 제대로 대답조차 할 수 없었다.

아버지도 케이틀린의 호의에 고마워하셨을 거다. 다만 지금 아버지는 그 생각을 할 겨를이 없을 뿐이었다.

주말이 지나고 월요일 아침 나는 교복 셔츠 아래 새 옷을 받쳐 입었다. 태그는 목깃 밖으로 꺼내놓았다. 일주일을 입고 처음 세탁을 했는데 행여 누가 훔쳐갈까 옷을 말리는 내내 지켜보고 서 있었다. 그 주말에는 아버지가 티셔츠를 입으셨다. 학교에서 돌아오면 어느 날은 어머니가, 아니면 형이 티셔츠를 입고 있었다. 하여간 항상 누군가가 티셔츠를 입고 있었다.

케이틀린의 넉넉한 인심에 얼마나 고마워하고 있는지 그 마음을 전하고 싶었지만 어떻게 해야 할지 방법을 몰랐다. 그달에 짐바브웨 우정통신국이 직원 600명 이상을 해고했고 근로자들은 파업에 나섰다. 짐바브웨의 경제위기는 이제 정말 심각한 상태였다. 하라레와 불라와요에서는 폭동이 일었다. 사람들은 슈퍼마켓 창문을 부수기 시작했고 정부는 군대를 동원했다. 빵을 살 수 없으니 그냥 가져가겠다는 사람들이 생겨났고 경찰은 이들을 체포하고 폭력으로 진압했다. 그 과정에서 사람들이 총상을 입거나 죽기도 했다. 치삼바 싱글스는 이미 험악한 곳이었다. 동네에서는 항상 싸움이 벌어졌다. 가정폭력은 집안에서만 일어나지 않았다. 빚을 진 사람과 돈을 받으러 온 사람이 싸우기도 했다. 이제는 급기야 먹을 걸로도 싸움이 벌어졌다. 굶주림이 사람들을 극단으로 몰아갔다. 빵가게 줄에서 새치기를 했다고 칼까지 들어 보인 사람도 있었다.

처음에는 케이틀린에게 귀걸이를 만들어줄 생각이었지만 시장에서 흰색과 검은색 땡땡이 귀걸이를 보는 순간 케이틀린 선물로 딱이라는 생각이 들었다. 나는 주말에 시장 근처 버스터미널에서 짐꾼 아르바이트를 시작했다. 집안 형편이 너무 나빠져서 우표를 사려면 그 수밖엔 없었다. 게다가 우체국까지 파업 중이라 돈을 더 모아야 했다.

귀걸이는 짐바브웨 돈으로 20달러였다. 하루 일해 번 돈이 4달러였다. 케이틀린 선물을 사기 위해 나는 두 달 동안 매주 주말 일을 했다. 8월 말에 드디어 귀걸이와 우표를 전부 살 수 있는 돈을 다 모았다. 이번에는 숙제하고 난 이면지 말고 진짜 편지지에 편지를 쓰고 싶었다. 물론 그동안 이면지를 쓰고 싶어 쓴 건 아니었지만 말이다. 예전에는 가끔 아버지가 공장에서 자투리 종이를 가져다주셨지만 이제는 공장도 워낙 힘들어져서 그것마저 기대할 수 없는 사치였다. 그래도 기적을 바라며 아버지께 도움을 요청했다. 다음 날 저녁 아버지는 '무타레 제지공장'이라고 상호와 주소가 박힌 종이 두 장을 가져다주셨다. "정식 편지지다." 아버지는 매니저 아저씨가 내게 주신 선물이라고 하셨다.

"가끔 매니저가 네 소식을 묻는단다." 아버지가 웃으며 말했다. 아버지도 내 부탁을 들어줄 수 있어 기분이 좋으셨을 것이다. 그날 밤 모두가 잠든 후 나는 케이틀린에게 남은 모닥불 빛을 빌려 편지를 썼다.

사랑받는 케이틀린 여왕님께,

안녕. 잘 지내지? 우표를 사야 하는데 짐바브웨 우정통신국이 파업을 하는 바람에 답장을 빨리 할 수 없었어. 정말 미안해. 하지만 걱정하지는 마, 나 마틴은 항상 최선을 다할 테니까. 무슨 일이 있어도 답장을 거르지 않을 거야. 맹세해.

선물 고마워. 최고의 선물이었어. 정말 지금까지 받은 것 중에

79

제일 멋있고 예쁘고 질 좋은 티셔츠였어. 이 옷을 입고 나가면 사람들이 다들 어디서 난 거냐고 물어보고 옷을 만져보는 사람도 있어. 네 덕분에 특별한 사람이 된 기분이야. 넌 진짜 최고야. 이런 미국 친구가 있다니 얼마나 행운인지 몰라.

'베스트 프렌드' 케이틀린, 너에게 주려고 시장에서 예쁜 귀걸이를 샀어. 네 마음에 들었으면 좋겠다.

봉투에 네가 그려주는 그림들 정말 예뻐. 앞으로도 계속 그려줘. 어떻게 그렇게 예쁘게 그리는 거야?

나는 케이틀린이 그려 보낸 것을 흉내 내서 사자 발바닥 모양과 하트, 별을 그렸다. 그러곤 이렇게 썼다. '내가 펜으로 직접 그려봤어!'

경제위기라든가 내가 우표를 사려고 정말 힘들게 돈을 모았다든가 짐바브웨의 생활이 굉장히 어렵다든가, 하고자 맘만 먹으면 이야깃거리는 많았지만 굳이 편지에 심각한 이야기를 하고 싶지 않았다. 내 이야기를 늘어놓아서 케이틀린을 우울하게 만들거나 당황시키고 싶지 않았다. 게다가 그렇게 큰돈이며 리복 티셔츠를 아무렇지 않게 보내줄 수 있는 소녀가 내 상황을 이해할 수 있을 것 같지도 않았다. 그래서 간단하게 이렇게만 적었다.

예전에도 말했지만 우리 집은 부잣집이 아니야. 그리고 네 선물 덕분에 옷이 증가했어. 그전까지는 오래된 아버지 남방

한 장뿐이었거든. 네 선물 덕분에 아주 행복해졌어.

1998년 9월

사랑을 듬뿍 담아, 마틴이

편지를 마무리하고 편지지 중앙에 귀걸이를 놓은 후 그 아래 두 손을 맞잡고 있는 그림을 그렸다. 그리고 이렇게 적었다. '절대 포기하지 마. 언제나 편지할게.' '편지할게' 이 부분에는 지렁이 표시를 세 줄씩 해서 강조했다.

나는 귀걸이를 가운데 넣은 채 편지지를 접은 후 봉투에 넣었다. 아버지가 편지봉투도 구해다주셨다.

봉투에는 이렇게 썼다. '다시 한 번 티셔츠 고마워. 지금까지 내가 입어본 옷 중에 최고야. 사랑해!'

케이틀린

7월이 되도록 마틴에게서 전혀 소식이 없자 걱정이 되기 시작했다. 마틴은 거의 한 달 내로 답장을 했다. 학교생활이 바쁘거나 다른 일이 있겠거니 생각했다. 나는 정말로 바쁜 하루하루를 보내고 있었다. 처음으로 진짜 일이란 걸 시작했는데 여름캠프 보조 선생님 일이었다. 매일 아침 7시 반에 집을 나가 오후 4시 반이 넘어서야 집에 돌아왔다. 하루 종일 여섯 살짜리들과 시간을 보내면 재밌고 신나기도 했지만 피곤하기도 했다. 일이 끝나면 거의 곧장 집으로 왔다. 가족들과 저녁을 먹고 그다음엔 우리 집 뒷마당 테라스에서 헤더 언니랑 놀거나 동네 친구들과 술래잡기를 했다. 별다른 사건사고 없는 평범한 일상이 이어졌다. 그러던 8월 초 어느 날, 퇴근길 아빠 얼굴이 아주 심각했다.

"여보, 무슨 일이야?" 엄마가 물었다.

"뉴스 봤어?" 아빠가 되물었다.

엄마는 TV를 켜고 엄마가 제일 즐겨보는 뉴스 채널 BBC
를 틀었다. 미국은 아니고 저 멀리 어느 도시 풍경이 화면에
흐르고 있었다. 사람들은 도로를 질주하고 있었고 얼굴에서
는 피가 흘렀다. 체구가 큰 남자 둘이 축 늘어진 사람을 양쪽
에서 부축해 가고 있었고 세 사람 다 피범벅이 된 상태였다.
도로 여기저기서 꺼지지 않은 화염이 보였고 경찰차가 사이
렌을 울리며 도착하고 있었다. 화면 아래쪽에 '주나이로비미
국대사관 폭탄테러'라는 자막이 깜박였다. "사전에 나이로비
와 다르에스살람 주재 미국 대사관 밖에 폭탄을 설치한 트럭
을 세워놓은 것으로 확인됐습니다." 앵커가 말했다.

짐바브웨에서 멀지 않은 아프리카 나라 수도들이었다. 마
틴과 편지를 주고받기 시작한 후 아프리카 지리를 공부한 덕
분에 나이로비와 다르에스살람이 어딘지 알고 있었다.

"누가 왜 저런 짓을 해요?" 너무 황당하고 당혹스러웠다.

아빠는 고개를 절레절레 흔드셨다. "케이틀린, 세상에는
나쁜 사람들이 있단다."

"폭탄을 또 터뜨릴까요?" 나는 마틴을 떠올렸다. 탄자니아
와 짐바브웨 사이에 있는 나라는 모잠비크와 잠비아, 두 개
뿐이었다. 마틴이 수도인 하라레가 아니라 무타레에 산다는
건 알았지만 그래도 걱정됐다. 어떤 식으로든 이 사건이 마
틴에게 영향이 갈 것 같아 속이 울렁거렸다.

다음 날 대사관 폭발 사태로 많은 사람이 죽었다는 사실을

알게 됐다. 사우디아라비아에 미군 주둔 8년을 맞아 계획한 공격이라고 했다. 아빠는 '테러리스트'라는 단어를 썼다. 처음 들어보는 단어라 아빠에게 설명해달라고 했다. "정치적인 목적을 달성하려고 폭탄을 설치해서 무고한 사람들을 죽이는 사람들을 그렇게 부른단다. 겁쟁이들이지." 아빠는 말씀하셨다.

며칠 동안 신문 첫 면이 전부 대사관 폭탄테러 사건이었다. 케냐에서는 224명이, 탄자니아에서는 열 명이 죽었다. 다음으로 짐바브웨가 표적이 될까봐 걱정됐다.

그해 8월 우리 가족은 로미오를 데리고 캐나다 사우전드아일랜드로 일주일간 휴가를 떠났다. 보트에서 일주일을 보낼 거라 카바까지 데려가면 산책시키기가 어려울 것 같다고 엄마가 걱정을 하시기도 했고 또 카바는 로미오만큼 수영을 잘하지 못해서 결국 카바는 혼자 집을 지키는 처지가 됐다. 부모님과 작은 배 안에서 계속 붙어 지내는 게 괜찮을지는 좀 걱정이 됐다. 기본적으로 배 안에 방이 따로 없고 부모님 침대와 내 침대 사이에 커튼 하나 달린 게 전부였기 때문이다. 말하자면 일종의 글램핑이라고 할 수 있었는데 막상 가보니 정말 재밌었다. 나는 매일 아침 로미오와 함께 수영을 했다. 로미오는 가까이 있는 바위나 아니면 뭍까지 헤엄쳐 간 다음 거기서 볼일을 봤다. 로미오가 볼일을 보고 나면 나는 로미오와 같이 수영을 해서 배로 돌아왔다.

휴가 중에 우리는 볼트 성과 다른 고성에 들렀다. 볼트 성은 아주 부자였던 조지 볼트라는 사람이 아내를 위해 지은 거였는데 부부가 성에 들어가 살기 몇 주 전 아내가 갑자기 세상을 떠났다. 가이드가 말하길, 아내의 죽음에 상심한 조지 가 다시는 이 성을 찾지 않았지만 아내를 기리기 위해 이 성 을 남겨두었다고 했다. 나는 조지의 이야기에 깊은 감명을 받았다. 볼트 성은 동화에 나오는 것처럼 마법 같았다. 도개 교에 하트 모양 정원도 있었다. 성 안에는 연회장, 피아노방 등 방이 무려 120개나 있었다. 볼트 성과 별도로 세워진 알스 터 탑도 있었다. 우리 집의 한 두 배쯤 되는 크기였는데, 조지 볼트가 아이들의 놀이공간으로 지은 것이라고 했다. 아이들 이 정작 거기서 놀아보지 못했을 거라 생각하니 슬퍼졌다.

여름휴가 동안 엄마는 사진을 한 백만 장쯤 찍으셨다. 집 에 돌아온 그다음 주에 인화한 사진을 획획 넘겨보면서 마틴 에게 보낼 사진 몇 장을 골랐다. 머리에 화상을 입지 않게 챙 넓은 엄마의 밀짚모자를 빌려 쓴 사진도 넣었다. 사람들이 알비노냐고 할 정도로 머리색이 워낙 밝은 금발인 데다 머리 카락도 얇아서 나는 두피에 쉽게 화상을 입었다. 엄마는 그 사진을 가장 맘에 들어하셨다. 나도 그 사진이 맘에 들었다. 이 사진에서 나는 카메라 렌즈 대신 저 멀리 해가 지는 것을 바라보고 있었다.

그해 여름 나는 거의 중독 수준으로 사진을 찍었다. 엄마 가 어드밴틱스 카메라를 사주신 덕분이었다. 주머니에 쏙 들 어갈 정도로 아주 작은 카메라였지만 그래도 줌 기능이 있어서 가까운 풍경부터 원거리 당겨 찍기까지 다 가능했다. 여름휴가 동안 내가 찍은 사진만 필름으로 다섯 통이었다. 집에 돌아온 후 나는 사진 여러 장을 모아 콜라주를 만든 후 내방 벽에 걸린 스파이스 걸스와 백스트리트 보이스 포스터 옆에 붙였다. 한창 작업을 하고 있는데 지나가던 오빠가 관심을 보였다.

"얼씨구, 예술가 선생님 납셨네." 오빠가 비아냥댔다. 곧 대학생이 될 오빠는 여름휴가를 같이 가지 않았다. 오빠가가는 펜실베이니아 캘리포니아 대학은 햇필드에서 네 시간정도 거리였다. 오빠는 돈을 모으겠다고 휴가를 안 가는 대신 시어스 마트에서 일을 했다.

"또 뭐래." 나는 투덜대면서 나 좀 제발 내버려두시라고 하려다 말았다. 어차피 이번 주말만 지나면 날 괴롭히고 싶어도 그렇게 못할 테니까. "짐 안 싸?" 나는 대신 그렇게 물었다.

"싸고 있거든." 오빠가 대답했다. 의외였다. 내가 거슬려죽겠다든가 뭐 그런 대답이 돌아올 줄 알았다.

"네 아프리카 친구한테 보내줘라." 오빠는 내 방으로 티셔츠 한 장을 던졌다.

물속에서 헤엄치는 가오리처럼 티셔츠가 펄럭하더니 내방 핑크색 러그 위로 착지했다. 나는 티셔츠를 들고 미소를지었다. 나이키였다. 마틴이 편지에서 나이키 얘기도 했었다. 참 못돼 처먹은 오빠지만 가끔 착한 구석도 있었다.

"고마워." 나는 오빠 등 뒤에 대고 소리쳤다.

휴가 중 찍은 사진들 가운데 몇 장을 골라 티셔츠와 함께 보내려다 다른 사진 몇 장을 더 골랐다. 우리 집 뒷마당, 진입로, 개들 사진 등 마틴을 위해 특별히 고른 사진이었다. 마틴에게 내 생활을 생생히 보여주고 싶었다.

8학년이 시작되기 몇 주 전 드디어 마틴에게서 편지가 왔다. 이번에는 봉투가 조금 뚱뚱했다. 열어보니 귀걸이가 들어 있었다. 검은색과 흰색이 섞인 땡땡이 무늬의 새 모양 수공예 귀걸이였다. 뿔닭이라는 새라고 했는데 아주 이국적이었다. 귀걸이들이 진짜 비쌀 것 같았다. 마틴은 또 우체국이 파업 중이라 답장이 오래 걸렸다고 했다. 그런 이유였다니 다행이었다.

마틴이 내가 선물한 리복 티셔츠가 맘에 들었다고 해서 정말 기뻤다. 마틴은 내 선물 덕분에 '옷이 증가했어'라고 했다. 정확히 무슨 말을 하려는 건지 아리송했지만 마틴이 보내준 선물에 감동을 받은 나머지 마틴의 말은 그다지 깊이 생각하지 않았다.

그해 가을에는 커다란 금색 링 귀걸이가 유행이었다. 친구들도 전부 금색 링 귀걸이를 했고 나도 크기와 링 두께별로 한 열 쌍쯤 갖고 있었다. 하지만 내가 받은 아프리카 귀걸이는 특별했다. 이런 귀걸이를 갖고 있는 애들은 아무도 없을 터였다. 특별한 사람이 된 기분이 들었다. 다음 날 학교에 그 귀걸이를 차고 가려는데 조금 긴장이 됐다.

그날 아침 스쿨버스를 기다리는데 헤더 언니가 먼저 귀걸이를 알아봐주었다.

"귀걸이 예쁘네."

"고마워." 나는 별것 아니라는 듯 말했다. "마틴이 보내줬어."

"네 펜팔 친구?"

"응. 전통시장에서 샀대."

"좀 멋있는데." 언니 말이 떨어지기 무섭게 버스가 도착했다.

학교 친구들이 귀걸이를 보고 다들 한마디씩 했다.

"펜팔 친구가 보내줬어." 나는 일일이 대답했다. 우리가 지금도 편지를 주고받고 있다고 하니 다들 믿지 못했다.

"지금도 편지를 보낸다고?" 헤일리가 점심시간에 물었다.

"내 펜팔은 별로였어. 한 통 오고 그게 끝." 앨리슨이 대화에 끼어들었다.

"나도." 로렌이 말했다. "아니 내가 답장을 안 보냈던가? 너무 옛날 일 같아서 기억도 안 나."

"걔가 귀걸이까지 보낼 정도면 진짜 너 좋아하나 봐." 앨리슨이 말했다.

"케이틀린은 그냥 친구 사이라고 우기는데, 내가 보니까 진정한 사랑인 거 같아." 로렌이 말했다.

처음에는 웃었지만 나중에는 진심으로 짜증이 났다. 마틴과 내가 그런 사이가 아니란 건 로렌도 잘 알고 있었다. 솔직히 로렌이 질투하는 것 같아서 화가 났다. 마틴과 나의 관계가 얼마나 특별한지 이해할 수 있는 누군가와 이 소식을 나누고 싶었다.

밀러 선생님을 찾아가 노크를 했다. 선생님은 시험지를 채점하고 계셨다.

"케이틀린이구나! 찾아올 거라곤 생각지도 못했는걸!"

"그냥 선생님께 펜팔 친구가 보낸 선물을 좀 보여드리고 싶어서요."

"지금도 계속 연락하니?" 선생님은 놀란 표정이었다.

"네. 지금까지 8~9통 정도 편지를 주고받았어요. 그리고 이것도요."

나는 귀걸이 한 짝을 귀에서 빼서 선생님 책상에 놓았다.

"전통시장에서 저 주려고 샀대요."

"그거 정말 대단한데!" 선생님은 그렇게 말씀하셨다.

대단한 일인 줄은 나도 알았다. 그리고 로렌도 그걸 알아 췄으면 했다. 하지만 그건 헛된 바람인지도 몰랐다. 우리 사이는 다시 틀어졌다. 로렌은 학교 농구대표팀에 들어가서 이제 같이 놀 시간도 없었다. 그리고 나는 로렌이 별로라고 생각하는 헤일리와 더 친한 사이가 됐다.

마틴과의 우정에서 제일 좋은 점은 쓸데없는 데에 감정 소비를 할 일이 없단 거였다. 마틴에게 편지를 쓸 때에는 가식 없이 솔직한 나 자신을 드러낼 수 있었고, 마틴도 나에게 마찬가지일 거라고 생각했다. 금요일 밤 롤러스케이트장에 가거나 주말 쇼핑몰 나들이를 가는 것보다 이제 마틴의 편지가 더 기다려졌다. 마틴은 나에게 우리가 서로 편지를 주고받지 않았더라면 내가 알지 못했을 전혀 다른, 새로운 세계를 소개해줬다. 이 귀걸이가 마틴과 나의, 그리고 새로운 세계와 나의 연결고리였다.

오빠가 준 티셔츠로 나도 마틴에게 마찬가지로 새로운 세계를 소개할 수 있어 신이 났다.

마틴에게,

안녕! 잘 지내? 네 편지 받고 정말 기뻤어. 예쁜 귀걸이 보내줘서 진짜 고마워! 요즘 매일 그 귀걸이를 차고 다니는데, 친구들이 다들 예쁘대.

내가 보낸 티셔츠가 맘에 들었다니 다행이야! 이번 소포에도 티셔츠를 넣었어. 오빠가 너한테 보내라고 준 거야. 우리 오빠도 나이키를 좋아해! 휠라 셔츠도 한번 찾아볼게. 미국 옷을 좋아한다는 얘길 들으니 기뻐.

1998년 10월 2일

캐나다에서 마틴에게 보내려고 산 엽서와 스테이플스에서 산 샤프 몇 개도 같이 넣었다. 한창 샤프를 모으고 있었는데 마틴도 좋아할 것 같았다.

편지를 마치려다 잠시 생각을 했다. 미국 대사관 폭탄테러 이후 마틴에 대해 더 특별한 마음이 생겼다. 무고한 사람들을 해치고 싶어 하는 사람들이 있고 또 그렇게 끔찍한 일을 벌인다는 게 도무지 이해가 되지 않았다. 아니, 솔직히 이해하고 싶지 않았다. 하지만 그 일로 나는 우리 관계가 정말 특별하다는 생각을 하게 됐다. 나는 편지를 이어갔다. '미국 사람들은 항상 테러 공격 때문에 나쁜 결과가 생길 것을 걱정해. 아프리카에 있는 미국 대사관 폭탄테러는 끔찍했어. 많은 사람들을 희생시키는 그런 극단주의자들은 정말 나쁘고 잔인한 사람들이야. 그런 일이 사라졌으면 좋겠어. 세계 각국 사람들이 서로 우정을 키우고 잘 지내도록 노력해야 하는 것 같아. 우리 둘처럼 말이야!'

나는 여름휴가를 다녀온 얘기도 했다. 그리고 엄마가 찍어주신, 내가 밀짚모자를 쓰고 있는 사진이나 로미오와 같이 찍은 사진, 우리 집이랑 차 사진 등 모든 사진에 설명을 덧붙였다. '오른쪽에 있는 게 엄마 차 지프야. 아빠 차는 1997년형 닛산 맥시마고, 오빠 차도 같은 모델인데 오빠 건 1987년형이야. 오빠가 대학을 가면서 차를 가지고 가서 이제 집 앞에 주차할 공간이 넓어졌어!'

나는 마지막으로 덧붙였다. '다시 한 번 예쁜 귀걸이 보내줘서 고마워. 귀걸이 할 때마다 네 생각을 할게. BF4E - 베스트 프렌드 포에버.'

마틴

차 세 대라니, 내 주변에는 차 한 대 있는 사람도 없었다. 차 가진 사람이라면 아버지 회사 인사담당 매니저 아저씨뿐이었다. 놀랄 일은 그것만이 아니었다. 케이틀린의 집은 대궐 같았고, 케이틀린은 치아에 장신구를 끼고 있었다. 그런 건 처음 봤다. 진짜 멋있었다.

친구들에게 보여주려고 사진을 전부 학교에 들고 갔다. 케이틀린이 대궐 같은 집에 살고 차가 세 대에, 이에도 장신구를 한다고 말을 해도 사진이 없으면 친구들이 믿지 않을 게 뻔했다. 증거가 있어야 했다.

그날 아침 쉬는 시간에 조, 폴, 레이먼드와 학교 밖으로 나가 바오밥나무 아래 자리를 잡았다. 나는 사진을 한 장씩 꺼내 친구들에게 보여주었다.

"이게 케이틀린네 집이야."

"말도 안 돼! 대통령이 사는 그런 집 같아!" 조가 웃음을 터뜨렸다.

"엄청 크다." 폴도 맞장구를 쳤다.

"저런 집이면 다섯 가구는 살 수 있겠다." 레이먼드가 말했다.

레이먼드도 치삼바 싱글스에 살았다. 폴과 조가 사는 동네는 우리보다 좀 나은 동네였지만 그래도 케이틀린네 정도는 아니었다.

다음으로는 보트에서 찍은 케이틀린네 부모님 사진을 보여주었다.

"이건 케이틀린네 가족이 여름휴가를 보낸 보트 사진인데, 캐나다에서는 사람들이 배 위에 산대." 나는 천연덕스럽게 거짓말을 지어냈다.

친구들은 믿을 수 없다는 듯 고개를 저었다.

"어떻게 배 위에서 살아?" 레이먼드가 물었다.

대답을 할 수 없어 재빨리 다음 사진으로 넘어갔다. 장신구를 낀 케이틀린의 이가 보이는 사진이었다.

"미국에서는 이게 엄청 인기래. 나중에 케이틀린이 보내주면 내가 어떻게 차는 건지 알려줄게."

"와. 케이틀린 꼭 공주 같다." 폴이 감탄했다.

"너 케이틀린이랑 결혼해라, 마틴. 그럼 너도 왕자가 될 수 있어." 레이먼드가 말했다.

레이먼드의 말에 우리는 다 같이 웃음을 터뜨렸다. 하지만 케이틀린에 대한 내 마음은 그보다 훨씬 깊은 것이었다. 나는 내 진심을 입 밖으로 꺼내지는 않았다.

다음은 케이틀린이 강아지 로미오와 침대에서 찍은 사진이었다.

"미국에서는 개들이 가족 같은 대접을 받아." 내가 설명했다.

사실 나는 처음 이 사진을 보고 정말로 충격을 받았다. 짐바브웨 개들은 비쩍 말라 비틀어졌다. 잠도 집 밖에서 잤고 사람들이 남긴 음식을 먹었다. 물론 우리 집은 음식을 남기는 일이 없었다. 친구들도 다들 깜짝 놀랐다.

"개가 똥을 싸면 어떡해?" 레이먼드가 물었다.

다들 레이먼드의 말에 웃음을 터뜨렸다. 중요한 질문이긴 했다. 답은 나도 몰랐다.

그날 오후 나는 사진을 전부 어머니께 드리고 다른 편지들과 같이 넣어달라고 했다. 흘끗 상자 안을 보니 케이틀린이 보낸 사진이 꽤 많았다. 열 장도 넘는 것 같았다. 케이틀린에게 사진을 달랑 한 장 보낸 게 신경 쓰였다. 그보다도 케이틀린이 다른 사진을 보내달라고 해서 더 문제였다. 케이틀린이 그동안 보내준 게 너무 많았다. 나도 뭔가 보내줘야 했다.

그러려면 사진사를 불러서 돈을 주고 사진을 찍은 후 기다렸다가 사진사에게서 현상한 사진을 받아야 했다. 적잖은 비용이 드는 일이었다. 그래도 나는 아버지께 한번 생각해봐달라고 부탁했다. 아버지도 이게 나한테 얼마나 중요한 일인지 알고 계셨기 때문에 사진을 찍을 수 있도록 최대한 돈을 구해보겠다고 약속하셨다. 새로 보내준 사진을 다 상자에 넣기 전에 케이틀린이 커다란 밀짚모자를 쓰고 있는 사진을 한 장 빼냈다. 이제 그 상자는 케이틀린 편지 전용 상자가 됐다. 언젠가부터 나는 케이틀린을 '여왕'이라고 부르고 있었는데, 이 사진 속 케이틀린은 정말 여왕 같았다. 나는 밀짚모자 사진을 케이틀린이 가장 먼저 보내줬던 사진 옆에 붙였다.

사진을 찍어 보낼 시간을 벌기 위해 나는 사쿠바 시장에서 아프리카 팔찌를 사 케이틀린에게 보내기로 결심했다. 케이틀린이 주말마다 친구들과 함께 간다고 하는 미국 쇼핑몰과 가장 비슷한 게 이 시장일 것 같았다. 집에서 5킬로미터 정도 거리에 있는 사쿠바 시장은 '무시카 위 후쿠', 그러니까 '닭 파는 시장'이라고 불렸다. 어머니는 여기서 장을 보셨다. 케이틀린에게 편지를 보내기 위해 주말마다 짐을 나르며 용돈 벌이를 했던 중앙 버스터미널이 이 시장에서 가까웠다.

터미널은 정신없이 붐볐지만 나는 시장을 돌아다니는 게 좋았다. 축구장 세 개쯤 크기의 시장에는 상인들이 과일, 채소, 땅콩 등 별별 것을 다 팔았다. 소고기와 살아있는 닭도 구할 수 있었고 짐바브웨에서 인기 간식인 구운 쥐도 살 수 있었다. 더 어렸을 때는 치삼바 싱글스 부근 밭에서 쥐 사냥을 하곤 했다. 작은 쥐를 잡는 게 여간 어려운 게 아니었다.

프라다니 구찌니 하는 브랜드들의 짝퉁 선글라스도 팔았다. 어떤 남자는 티셔츠에 푸마, 나이키 같은 인기 브랜드 로고를 손으로 슥 그려서 팔기도 했다. 그중에는 리복 티셔츠도 있었는데, 케이틀린이 진품 티셔츠를 보내준 덕분에 나는 그 남자가 파는 티셔츠에 그린 로고 철자가 잘못된 것을 발견했다. 나는 진품 리복 티셔츠를 입고 시장에 나가면 그 남자 앞을 피해 갔다. 남의 영업에 방해되는 일을 하고 싶진 않았다.

어느 날 그 팔찌가 눈에 띄었다. 불로 작은 치타 무늬를 그려 넣은 나무 팔찌였다. 예쁘고 가격도 합리적이어서 주저 없이 팔찌를 샀다. 이 팔찌가 케이틀린 맘에 들기를, 그래서 내가 사진을 찍어 보낼 때까지 기다려줄 수 있기를 바랐다.

케이틀린에게,

안녕! 잘 지내? 네 편지를 받고 정말 기뻤어. 나이키 티셔츠 정말 고마워. 맘에 쏙 들어. 나이키와 리복, 경쟁 브랜드 옷 두 벌을 갖게 됐네. 고마워. 부모님도 네 선물에 고마워하셨어.

사진은 최고였어. 너희 가족들과 으리으리한 너희 집, 매끈한 차들을 볼 수 있어서 재밌었어. 케이틀린, 이 말은 꼭 해야겠다. 넌 정말 나날이 예뻐지는구나! 더 예뻐지겠어!

편지에 아프리카 장신구를 같이 넣었어. 팔찌인데 네가 좋아했으면 좋겠다. 다음에는 더 크고 더 예쁜 걸 보내줄게.

우리는 학교에서 교복을 입어서 부모님께서 옷을 많이 사주실 필요가 없어. 너는 옷을 많이 살 수 있으니 운이 좋은 거야.

스파이스 걸스 신곡 '비바 포에버' 들어봤어? 그 노래 좋더라! 넌 어땠어?

짐바브웨는 지금 여름이라 아주 더워. 밤에도 땀이 날 정도야. 거기도 여름이니? 케이틀린, 다시 한 번 좋은 옷과 연필, 사랑스러운 사진과 엽서 보내줘서 고마워. 정말로!

1998년 11월 5일

사랑을 듬뿍 담아, 마틴 간다

BF4E

몇 주가 지났다. 어느 날 퇴근하고 돌아오시는 아버지 얼굴이 밝았다.

"마틴!" 밖에서 아버지가 나를 부르시는 소리가 들렸다.

집에서 막 시험공부를 하던 참이었다. 12월에 폼2 과정 졸업시험이 있었다. 1월이면 폼3 과정을 시작한다. 2년 후면 A레벨 준비반을 시작할 거고, 거기서 2년 더 공부하면 대학에 간다. 내 목표는 반에서 쭉 1등을 해서 짐바브웨 대학에 장학금을 받고 진학하는 거였다. 그러려면 모든 과목을 다 잘해야 했다. 수학, 과학, 역사, 지리학, 영어는 쉬웠다. 회계는 걱정할 필요도 없었다. 회계는 평균 100점이었다. 쇼나어와 목공이 문제였다. 둘 다 필수 과목인데 내가 제일 싫어하는 과목들이었다. 그날 저녁 쇼나어 동사 변화를 공부하고 있는데 아버지가 무언가 좋은 소식을 들고 오신 것이다.

"왜요, 아빠?" 마당으로 나오며 내가 물었다.

"이번 주말에 사진사가 올 거야. 다 예약을 했다."

"아니, 어떻게요?"

"친구 하나가 도와주기로 했어."

배 속에서 개구리 몇 마리가 팔짝팔짝 뛰어다니는 것 같은 기분이었다. 너무 기뻐서 나도 뛰었다. 드디어 케이틀린이 보내준 것들에 대해 나도 보답을 할 수 있게 됐다. 케이틀린이 한 부탁을 들어줄 수 있게 됐다.

사진을 찍던 날 나는 최대한 잘 보이고 싶었다. 내가 입기는 좀 컸지만 그래도 아버지 남방과 단벌 재킷을 빌려 입어도 되느냐고 아버지께 여쭤보았다. 아버지가 그러라고 하시곤 넥타이를 꺼내셨다. 갈색 소용돌이무늬가 있는 베이지색 타이였다. 아버지가 넥타이를 매는 건 처음 봤다. 아버지 옷을 입으니 뭔가 강해진 느낌이 들었다. 사진사에게는 사진 두 장 값을 냈다. 사진이 잘 못 나와도 사진 값은 내야 했다. 사진에 얼굴이 잘려 나와도 사진 값은 내야 하는 것이다. 최소한 한 장은 잘 나오겠지 싶어 두 장을 찍었다. 한 장은 흐릿했지만 다행히 다른 한 장은 선명했다.

2장

단서들

케이틀린

옷까지 갖춰 입고 찍은 마틴 사진을 받아보고 나는 깜짝 놀랐다. 나는 그냥 친구들하고 찍은 사진을 보낸 건데, 마틴 사진에 비하니 내가 보낸 사진들이 다 바보 같았다. 마틴은 양복 차림이었는데 마틴한테는 옷이 너무 큰 것 같았다. 마틴은 꽤나 진지한 얼굴로 카메라를 정면으로 응시하고 있었다. 그래도 나는 마틴의 눈에 어린 총기를, 마틴의 입가에 서린 미소를 찾아낼 수 있었다. 곧바로 이 사진을 마틴이 처음 보내줬던 사진과 나란히 책상 유리 아래 넣었다. 이 사진들을 보고 있자니 이렇게 멀리 떨어져 있는 우리지만 둘 다 함께 성장하고 있다는 게 실감났다.

기분이 이상했다. 만난 적도 없는 아인데 마틴한테만큼은 조금의 거짓도 없이 솔직해질 수 있었다. 마틴이 나를 평가하거나 괴롭힐 거라는 생각은 한 번도 해보지 않았다. 오히려 그 반대였다. 마틴은 내가 무슨 짓을 하더라도 내 편을 들어줄 게 분명했다. 아무리 바보 같은 짓이라도! 그러니까 예를 들자면 내가 쇼핑몰에서 다른 애들하고 같이 있는 로렌을 보고 "안녕!" 하고 아는 척을 했더라도 말이다. 로렌은 말 그대로 내 쪽으로 등을 보이더니 마치 나를 못 본 것처럼 친구들과 계속 이야기를 했다. 당황해서 어쩔 줄 모르고 거기 서 있는데 로렌이 친구들에게 하는 말까지 다 들렸다. "그러니까 무슨 얘기를 하려고 했냐면……." 이때가 8학년 중반쯤이었다. 나는 이날의 사건을 마틴에게 샅샅이 얘기했고, 마틴은 답장에 '진짜 무례하다'라고 했다.

또 로렌과 자넷 잭슨 CD를 가지고 크게 싸운 적이 있었다. 로렌네 집 아래층에서 다른 애들하고 춤을 추며 놀고 있는데 별안간 CD가 망가졌다. 로렌은 내 탓을 했다. 진짜 화가 났다! 그런데 마틴에게 이 얘길 해야지 생각하는 순간 기분이 바로 좀 누그러졌다. 마틴은 로렌이라면 모르는 게 없었다. 나는 마틴에게 전부 이야기를 하고 나서 마지막에는 이렇게 덧붙였다. '로렌은 정말 못됐어!' 마틴은 다 이해한다는 듯이 말했다. 자기도 나랑 똑같은 생각인 것처럼, 내가 그렇게 생각하고 행동한 것에 대해 그럴 수밖에 없다는 듯이 말이다. 마틴은 이제 진정한 베스트 프렌드 같았다.

이제 와서 보니 중학교 시절 친구들과의 이런 사소한 일들이 얼마나 우스꽝스러운지 부끄러울 지경이다. 마틴의 평소 생활에 대해서는 전혀 아는 바가 없었다. 마틴이 도통 이야기를 안 했다. 하지만 긍정적이고 쾌활한 마틴의 편지 속에 숨은 단서들은 있었다. 그해 11월 마틴이 보낸 편지가 대표적인 예였다. 마틴은 스파이스 걸스의 신곡 「비바 포에버」를 들어보았느냐고 했고, 그러고 나서 이런 말을 했었다. '우리는 학교에서 교복을 입어서 부모님께서 옷을 많이 사주실 필요가 없어. 너는 옷을 많이 살 수 있으니 운이 좋은 거야.'

실은 너무나도 어려운 그곳의 현실에 내가 눈을 뜨지 못하도록 마틴이 나를 보호하려고 했던 것 같다.

마틴

1998년 말 우리 집 형편은 점점 더 기울어가고 있었다. 나는 막 폼2 과정, 미국식으로 하면 8학년을 마쳤다. 형과 나는 생계에 보탬이 되고자 학교가 끝나고, 또 주말에 일을 하러 나가기 시작했다. 아버지 월급으로는 턱없이 부족했다. 힘들었다. 경제적 상황도 힘들었지만 무엇보다 아버지가 달라지신 게 더 싫었다. 아버지는 이제 더는 퇴근길에 노래를 흥얼대지 않으셨고 어떤 날은 심지어 집에 들어오시지도 않았다. 다들 잠든 후 밤늦은 시간 몰래 조용히 들어오시던 날도 있었다. 인기척보다 달콤하면서도 고약한 치부쿠 냄새에 나는 잠이 깨곤 했다.

"애들은 먹을 게 없는데 술을 퍼먹고 다녀?" 어머니는 다음 날 아침이면 아버지에게 언성을 높였다. 아버지는 숙취에 괴로워하시면서도 옷을 갈아입고 출근을 하셨다. 하지만 일을 하러 가는 것도 이제는 거의 의미가 없었다. 아버지가 벌어오시는 돈으로는 월세도 못 냈다. 어머니는 남의 집 정원 일을 나가거나 그날그날 있는 가사도우미 일을 하시며 옥수수 가루를 받아 오셨다.

학기 말 중요한 시험이 있었는데 시험료는 짐바브웨 돈으로 1달러였다. 친구 냐샤가 시험 당일 아침 나를 데리러 왔다. 냐샤는 몇 달 전 치삼바 싱글스로 이사를 왔고 우리는 금세 친구가 됐다. 똑똑하고 재밌는 친구였다. 우리는 곧잘 함께 공부하곤 했다.

시험날 아침 나는 아버지께 1달러만 달라고 했다. 아버지는 엄마를 돌아보며 말했다. "마틴한테 돈 좀 줘."

"제정신이야 지금? 내가 돈이 어딨어!" 어머니가 화를 내며 소리쳤다.

냐샤가 바로 집 밖에서 기다리고 있었다. 이 소리를 다 들었을 것이다. 나는 얼굴이 붉어졌다. 레이먼드와 폴도 곧 도착했다.

"마틴, 이러다 늦겠어." 레이먼드가 소리쳤다.

한창 다투고 계신 부모님을 두고 나는 밖으로 나갔다.

마음이 어지러웠다. 시험을 치르지 않으면 진급할 수 없었다.

"나는 못 가. 시험료 낼 돈이 없어." 내가 말했다.

"넌 무조건 가야지. 네가 우리 반 일등인데." 폴이 말했다.

나는 어깨를 으쓱해 보였다. 가슴 저 밑에서부터 울컥하는 감정이 올라오더니 목이 턱 메었다. 친구들 앞에서 울고 싶지 않았다.

"나 1달러 더 있어. 아빠가 행운을 빈다고 1달러를 더 주셨어." 냐샤는 주머니에서 동전을 꺼내더니 나에게 내밀었다.

"진심이야?" 내가 물었다.

"그럼 진심이지. 나보다 점수만 더 잘 받지 마!" 냐샤가 말했다.

부모님께는 굳이 돈을 구했다고 말씀드리지 않았다. 그냥 그대로 집을 나섰다. 내 친구들도 다 부잣집 애들이 아니지만 시험료 낼 돈은 있었다. 걔네 부모님들은 이게 얼마나 중요한지 알고 계셨다.

몇 주 후 점수가 나왔다. 또 전교 1등이었다. 케이틀린에게 빨리 이 소식을 전하고 싶었지만, 까마득한 일이었다. 이제 미국으로 보내는 우편료가 짐바브웨 돈으로 14달러였다. 그 돈을 벌려면 2주는 일해야 했다. 그리고 우리 아버지는 시험료 1달러도 내주지 못하는 형편이었다.

이즈음 동생 심바가 학교에서 다른 아이들을 때리며 돈을 뺏거나 음식을 가져오라고 협박하고 다닌다는 사실을 부모님께서 알게 되었다. 겨우 일곱 살인 심바는 다른 아이들을 괴롭히는 것 말고는 배고픔을 견딜 방법이 없었다. 전체 학부모 면담이 있던 날이었다. 학부모 여럿이 물었다. "심바 간다가 누구죠?" 아이들이 집에 가서 심바 이야기를 했기 때문이었다. 한 여학생은 엄마에게 매일 쿠키 두 개를 달라고 사정을 했단다. 엄마가 이유를 묻자 아이가 사실대로 말했다.

하나는 자기 것, 다른 하나는 심바 거였다.

부모님은 화가 많이 나셨다. 자기 아이를 배불리 먹이지 못하다니 부끄러운 일이었다. 더구나 심바가 그 정도로 못된 짓을 할 거라고는 짐작조차 못 하셨다. 아침으로 우리는 옥수수 죽을 먹었지만 그것으론 부족했다. 이제 학교 전체가 다 알게 됐으니 부모님은 고개를 들기 힘들었다. 심바는 집에서 매를 맞았다. 자주 있는 일은 아니었다. 심바 식사량을 더 늘려달라고 선생님들은 부모님께 이야기했고, 어머니는 심바에게 매일 아침 전날 남은 옥수수 죽을 더 많이 퍼주었다. 그러나 문제는 심바가 옥수수 죽을 먹을 때 다른 애들은 닭고기나 머핀, 콩 같은 음식을 먹는단 거였다. 그래서 배는 전처럼 고프지 않을지언정 심바는 여전히 행복하지 않았다.

나는 학교만 다닐 수 있으면 배고픈 건 상관없었다. 아버지는 가끔씩 우리 수업료를 다 낼 수 없을 때에는 일단 이웃이나 직장 사람들에게 돈을 빌려서 낸 후 나중에 돈을 갚곤 했다. 카세트 라디오가 담보였다. 평소에는 케이틀린의 편지가 든 상자를 놓아둔 선반에 카세트 라디오도 같이 올려뒀다가 명절이나 주말이면 꺼내서 음악을 듣곤 했다. 아버지가 라디오를 담보로 사진 찍을 돈을 마련해 오셨다는 것을 알게된 건 크리스마스 전날 채권자가 돈을 받으러 우리 집에 찾아왔을 때였다. 아버지는 돈을 갚지 못했고 그 남자는 우리 라디오를 가져갔다. 우리 가족에게 아주 슬픈 날이었다. 그 라디오는 치삼바 싱글스 바깥 세계와 우리를 이어주는 역할을 했다. 케이틀린과 나를 이어주는 역할을 하기도 했다. 라디오를 틀면 케이틀린이 편지에서 얘기했던 노래가 나오곤 했다. 그러면 우리가 노래를 함께 듣고 있는 것 같았다. 짐바브웨 상황이 점점 나빠지면서 아버지는 더는 음악을 듣거나 노래를 부르지 않으셨다. 아버지는 서서히 포기에 익숙해지고 있었다.

1999년 1월 초, 한밤중에 집 밖에서 부모님이 또 다투는 소리가 들렸다. 나는 잠이 든 척했다. 내 양옆으로 형과 심바도 나란히 한 이불을 덮고 누워 있었다. 우리 셋 다 한마디도 하지 않았지만 다들 깨어 있는 게 분명했다. 누워 있는데 긴장감이 전해졌고 심장박동도 평소보다 빨랐다. 내 심장이 제일 빨리 뛰었다. 아기 조지와 로이스는 상황 판단이 되기에는 너무 어렸다.

"돈이 없다니까!" 아버지가 소리쳤다. "구해와!" 어머니는 화가 나서 막무가내로 대꾸했다.

다음 날이 폼3 과정 첫날이었다. 수업료는 매 학기 시작 전까지 납부해야 했다. 두 분은 계속 그렇게 싸우시더니 결국 아버지는 한밤중에 어디론가 사라져버렸다. 곧 어머니가 방으로 들어오는 기척이 났다. 어머니는 바닥에 누워 있는 세 아들들을 건너 침대로 가셨다. 어머니가 자리에 눕는데 침대가 삐걱거렸다. 잠시 후 어둠 속에서 어머니의 흐느낌이 들려왔다. 한 번도 어머니가 우시는 모습을 본 적이 없었다. 어머니가 흐느끼는 그 소리에 가슴이 아팠다. 나는 눈을 꾹 감고 꼼짝 않고 누워서 눈물을 참으려고 애썼다. 불가능했다. 눈가로 눈물이 흘러내렸다. 내가 울고 있단 걸 형과 심바가 알아채지 못하길 바랐다. 물론 알았다고 해도 아는 체를 하지는 않았을 테지만 말이다.

다음 날 아침이 되도록 아버지는 돌아오지 않으셨다. 나는 일어나 불을 지피고 지난밤 남은 옥수수 죽을 먹었다. 그런 후 새로운 하루를 시작하는 것처럼 학교에 갔다. 교실로 걸어 들어가 우리 그룹 다른 친구들과 함께 내 자리인 첫째 줄 책상에 앉았다. 평소처럼 다른 아이들과 딱히 대화를 나누지 않았다. 다만 아직 내가 수업료를 못 냈대도 선생님께서 모른 척해주시기를 조용히 기도했다. 그러나 수업이 시작될 때쯤 교장선생님이 직접 교실로 오셨고 수업을 들을 수 없는 학생들을 호명하셨다. 내 이름이 불리자 목이 칵 막혔다.

나는 당황하지 않았다. 그날 아침 이름을 불린 아이들이 한두 명이 아니었다. 수업료는 1인당 짐바브웨 돈으로 550달러, 미국 돈으로는 20달러 정도로 많은 사람들에게 적잖은 돈이었다. 하지만 그 아이들 대부분은 나와는 달리 학교에 별 관심이 없었다. 나는 학교를 못 다니는 것이 너무 괴로웠다.

내 물건을 챙기는데 머릿속은 온갖 생각으로 폭주했다. 최대한 빨리 학교로 돌아와야 했다. 학교에서 1등을 해야만 대학에 갈 수 있으니 수업에 너무 뒤처지면 안 된다. 케이틀린 생각도 났다. 케이틀린한텐 뭐라고 하지? 케이틀린한테 언제쯤 다시 편지를 쓸 수 있을까?

케이틀린

마틴한테서 답장이 오지 않은 지도 벌써 한 달이 넘었다. 마틴이 학교생활을 하느라 바쁘겠거니 싶었다. 아니면 우체국에서 또 파업을 했을까? 또 한 달이 지났다. 이제 걱정이 되기 시작했다. 나랑 얘기하는 게 재미가 없어졌나? 다른 펜팔 친구가 생겼나? 그래도 나는 계속 마틴에게 편지를 썼고 답장이 왔는지 매일매일 우편함을 확인했다. 우편함에 아무것도 없으면 엄마가 이미 가져가셨나 보다 생각하면서 집으로 달려갔다. 이제는 편지 왔느냐고 확인하는 게 일상이 돼버린 탓에 묻지 않아도 엄마는 나를 보자마자 고개를 저으셨다. 답장 없는 날들이 계속되자 상처가 됐다. 마틴이 나 때문에 기분이 상했나?

벌써 3월 말이었다. 하루는 엄마의 표정이 아주 심각했다.

"케이틀린, 마틴이 괜찮겠지?"

"괜찮지 않을 이유가 뭐 있겠어요." 나는 대답을 하면서도 목이 메었다.

엄마는 짐바브웨 상황이 불안정하다는 뉴스를 봤다고 하셨다. 경제 상황은 나쁘고 식료품 값은 천정부지로 치솟고 있다고, 그래서 굶주리는 사람들이 많다고 하셨다.

"엄마는 그럼 마틴도……." 나는 말을 하다 말았다. 끔찍한 생각이 무수히 머릿속에 스쳐 지나갔다.

"마틴이야 괜찮죠. 괜찮을 거예요." 나는 애써 큰 소리로 말했다. 그렇게 하면 마틴이 정말 괜찮기라도 한 것처럼.

엄마는 서재 소파에 앉아 쿠션을 툭툭 하고 치셨다.

"와서 이거 같이 보자."

엄마가 짐바브웨 상황에 대한 BBC뉴스 스페셜 리포트를 녹화해두셨다. 갑자기 눈앞에서 끔찍한 장면들이 펼쳐졌다. 거리에는 폭동이 일었고 군인들은 시민들에게 폭력을 행사했다. 총성이 울려댔고 사이렌 소리는 시끄러웠다. 겁에 질린 사람들은 부상당한 사람들과 시체들을 뒤로한 채 질주했고 여기저기서 불길이 타올랐다. 진행자는 짐바브웨를 대상으로 한 국제 제재를 언급했다. 진행자는 짐바브웨 정부가 콩고 반군을 지원하면서 국제사회 제재 대상이 됐다는 점을 언급했다. 무슨 소린지 내용을 다 따라잡을 수가 없었다. 곧 끔찍한 생각이 떠올랐다. 마틴이 죽었으면 어떡하지? 눈물을 참다못해 결국 나는 내 방으로 달려가 침대로 뛰어들었다.

한참 베갯잇을 눈물 콧물로 적시다가 갑자기 내가 얼마나 바보처럼 굴고 있는지 깨달았다. 내 친구가 곤경에 처했다. 마틴은 내 도움이 필요했다. 구제불능 십대 청소년 같은 짓을 할 시간이 없었다. 나는 멀쩡했다. 마틴도 멀쩡한지 확인해야 했다. 다시 말해 마틴을 직접 찾아봐야 했다. 나는 정신을 차리고 아래층으로 내려가 AOL통신에 접속했다. '짐바브웨'를 검색했다. 검색 결과에 기사가 여러 개 떴다. 인플레이션이 심각하고 사람들이 음식 등 생활에 필요한 기본적인 것조차 구할 수 없어 괴로워하고 있다는 내용이었다. 기사를 계속 읽자니 점점 화가 났다. 사람들이 그야말로 배가 고파 거리에서 폭동을 일으킨 거였다. 미국에도 가난한 사람들은 있었지만 그 사람들도 배는 곯지 않았다. 마틴은 어째서 이런 이야기를 하나도 안 한 거야?

그날 밤 나는 서재로 갔다. 부모님은 TV를 보고 계셨다.

"무슨 일 있니? 화가 난 것 같은데." 아빠가 말했다.

"마틴을 도와야 해요." 나는 다짜고짜 이렇게 말했다.

"케이틀린, 엄마 아빠도 너한테 마틴이 얼마나 중요한지 잘 알아." 엄마가 뭔가 말씀을 시작하시기도 전에 나는 엄마 말을 끊었다.

"사람들이 진짜 먹지 못해서 죽을 수도 있어요?" 슬픔은 이제 순전히 공포로 바뀌었다.

"그게 무슨 소리야, 케이틀린?" 아빠가 물었다.

엄마는 아빠에게 BBC뉴스 리포트에 짐바브웨 상황이 나왔는데, 현지에 폭동이 일어 혹시 마틴에게 무슨 일이 생기진 않았나 걱정을 하고 있었다고 설명을 했다.

이런 얘기를 그동안 마틴이 하나도 하지 않은 게 나를 보호하려고 그런 거였나 싶은 생각이 갑자기 들었다. 마틴은 내가 상황을 알게 되면 어떻게든 도움을 주고 싶어 하리란 걸 알았다. 하지만 나는 너무 멀리 떨어져 있다. 뭘 어떻게 해야 하는 걸까?

다음 날 나는 엄마에게 아프다고 하고 학교에 가지 않았다. 거짓말이 아니었다. BBC 리포트에 담긴 그 장면들 때문에 밤새 잠을 잘 수가 없었다. 배가 아팠고 속이 울렁거렸다. 총에 맞았으면 어떡하지? 폭동에 휩쓸려 어디 다친 건 아닐까? 그래서 마틴이 편지를 못 쓴 거였다면? 상황이 그보다 더 나쁘면 어떡하지?

그날 아침 나는 새로 편지를 썼다. '진짜로 네가 걱정돼. 이 편지를 받으면 꼭 답장해줘. 지난번에 보낸 편지는 잘 받았지? 내 편지가 잘 도착은 하고 있는 거지? 혹시 나한테 화가 난 건 아니었으면 좋겠어.'

BBC 리포트 얘기나 짐바브웨 상황을 찾아보았다거나 하는 말은 전혀 하지 않았다. '너를 위해 기도하고 있어.' 이렇게만 말했다. 비행기 표를 사서 마틴을 직접 찾으러 가고 싶을 정도로 제정신이 아니었다. 하지만 부모님께 그렇게 말씀드리지는 않았다. 부모님이 허락하실 리도 없었지만 마틴을 찾으러 가고 싶다는 나를 이해조차 못 하실 것이다.

마틴

1월 새 학기가 시작되던 그날 아침 교실에서 쫓겨난 학생들은 나 말고도 많았지만 교실을 나서는데 벌침처럼 등 뒤에 아이들의 시선이 꽂히는 것이 느껴졌다. 형이 밖에서 기다리고 있었다.

"마틴, 꼭 나쁜 것만은 아니야. 축구 연습을 할 시간이 많아졌잖아." 형은 내 목에 팔을 두르며 나를 위로했다.

화창하고 맑은 날이었지만 뼈가 시리도록 추웠고 마음 한구석이 텅 빈 것 같았다. 형은 내 기분을 눈치챘다.

"금방 돌아올 수 있을 거야, 동생아."

그날 같이 쫓겨난 다른 아이들과 함께 우리는 집으로 향했다. 형은 그 아이들과 함께 웃고 떠들며 형 친구가 비닐봉지로 만든 공을 차고 놀았다. 아무도 화가 나 보이지 않았다. 내 머릿속은 그 무리에서 한 백만 킬로미터쯤 떨어져 있었다. 나는 가능한 빨리 학교로 돌아갈 수 있는 방법을 궁리하기 바빴다. 폼3~4 과정을 마치면 O레벨 시험을 친다. O레벨 시험을 쳐야만 대학에 갈 수 있다. 그 시험을 치지 못하면 아무 데도 못 가고 아무것도 못 한다. 그러니까 폼3 과정은 아주 중요했다. 수업을 빠지고 나중에 시험을 치를 것이 너무 걱정됐다. 어떻게 다 따라잡지?

형은 대학에 갈 생각이 없었다. 형은 축구를 잘했고 직업으로 축구를 하고 싶어 했다. 나는 더 나은 삶을 살려면 학교가 유일한 길이란 걸 알았다. 뒷걸음질을 치고 있는 기분이었다. 아버지는 분명 내가 학교에 다니는 것을 원하셨다. 하지만 물가가 천정부지로 치솟으면서 돈이 점점 더 많이 필요했다. 어떻게 하면 가족들에게 부담을 주지 않으면서 학교에 갈 돈을 모을 수 있을까? 나로서는 감당하기 힘든 문제들이었다.

케이틀린은 몇 주에 한 번씩 계속 편지를 보냈다. 나는 답장을 할 방법이 없었다. 또 케이틀린은 새로운 사진을 더 원했다. 그게 나한테는 불가능에 가까운 일이란 것을 케이틀린이 잘 이해하지 못한단 사실을 나는 깨달았다. 애초에 제대로 이야기하지 않은 내 탓이었지만, 개인적으로 어려운 상황을 케이틀린에게 내보이고 싶지도 않았다. 케이틀린한테는 너무 하층민 얘기일 것 같았다. 게다가 케이틀린이 나를 자기와 다를 바 없는 애로 생각하는 게 좋았다.

케이틀린의 편지로 대리체험을 하는 것도 좋았다. 쇼핑몰

115

에 놀러간다든지 가족끼리 여행을 간다든지 금요일 밤의 미식축구 경기라든지, 그런 이야기를 듣는 게 좋았다. 이런 상황에서는 그마저도 점점 더 환상처럼 멀게만 느껴져서 허탈감이 컸지만 말이다. 케이틀린은 그렇게 재미난 얘깃거리가 많았다. 내가 할 수 있는 이야기란 게 뭐 있겠나. 그래도 케이틀린의 편지를 받으면 항상 더 나은 시절이 올 거라는 긍정적인 생각이 들었다. 미래에 더 나은 삶이 나를 기다리고 있는 것만 같았다.

치삼바 싱글스로 돌아가는데 배 속의 공허함이 더욱 커졌다. 음식을 향한 배고픔이 아니라 더 나은 삶에 대한 허기였다. 더 나은 삶을 향해 갈 수 있는 방법을 도무지 알 수 없었다. 그래서 그날 나와 마찬가지로 수업료를 내지 못해 쫓겨난 피터가 오후에 시장에 일하러 가겠느냐고 했을 때 나는 그러겠다고 했다. 주말 동안 시장에서 일하는 것도 썩 좋은 건 아니지만 학교 가는 날 학교 대신 시장에 있는 건 영 잘못된 일 같았다. 1달러를 벌려고 수백 명과 경쟁해야 했다. 이런 날품팔이 막일을 하면 자연히 최하위계층이 될 수밖에 없다. 다른 선택지가 없었다. 아버지께 의지할 수 없으니 스스로 돈을 벌어야 했다.

피터와 나는 낮은 언덕길을 올라갔다. 시장에 점점 가까워지자 구운 땅콩 냄새가 났다. 버스가 시동을 거는 소리, 상인들이 물며 망고, 옥수수 죽을 파는 소리가 들렸다. 언덕배기에서는 곳곳에서 밝은색 깔개나 상자를 뒤집어 좌판을 펴

놓고 오렌지, 아보카도, 견과류 등을 파는 상인들이 보였다. 살아있는 닭을 파는 사람들도 있었다. 성인 남자만 한 상자 속에서 깃털이 바스락대며 시끄러운 닭 울음소리가 새어 나왔다. 시장 언저리에는 버스들이 서 있었다. 하라레나 불라와요, 혹은 모잠비크나 보츠와나, 남아공 등 다른 나라로 가려는 사람들이 길게 줄을 서 있었다. 무타레 시내로 가는 버스도 30분마다 있었다. 시내로 가는 버스는 항상 만원이었다.

주말에 일을 해보니 제일 돈을 빨리 버는 일은 버스에 타는 승객들 짐을 대신 날라주는 거였다. 무거운 가방을 들고 있는 사람을 보면 다가가 대신 들어다드려도 되겠냐고 묻는 것이다. 일은 쉽지 않았다. 열려 있는 버스 창문에 발을 딛고 버스 지붕으로 먼저 올라간 후 가방을 끌어올려 지붕에 가방을 실어야 했다. 어떤 아저씨가 2달러를 준다고 했을 때는 정말 기분이 좋았다. 아저씨 짐을 끌고 시장을 가로질러 드디어 버스에 짐을 실었다. 그랬더니 그제야 이러는 거다. "이제 보니 1달러뿐이구나." 그날 이런 일이 여러 차례 있었다. 처음 짐을 들고 왔던 그 지점으로 다시 짐을 가져다놓거나 아니면 1달러라도 받거나, 둘 중 하나였다. 1달러를 잃었다기보다 1달러를 벌었다고 생각하려고 했다. 그래도 화는 났다.

이렇게 두 번쯤 더 하고 나니 힘이 쭉 빠졌다. 쉴 곳도 없었고 해는 따가울 정도로 뜨거웠다. 손님을 끌려고 나만큼이나 절박한 다른 아이들과 몸싸움을 벌여야 하는 게 가장 힘들었다. 떼로 경쟁하는 꼴이었다. 세 번째 짐을 나르고 나니 이제 배가 고파 죽을 것 같았다. 뭔가 먹고 싶었지만 그러면 방금 번 돈을 다 쓰는 꼴이었다. 그래서 나는 하루 종일 먹지 않고 일을 했고 집에 갈 때까지 겨우 4달러를 벌었다.

나는 번 돈을 어머니께 드렸고 어머니는 고개를 저으셨다. 티끌이라도 도움은 되겠지만 어머니나 나나 이렇게 돈을 모아서는 학교에 돌아갈 수 없다는 것을 알았다. 그래도 해야 했다. 그주 매일매일 피터와 시장에 나가 세차를 해주고 짐을 날랐다. 금요일까지 총 20달러를 벌었다. 이제 530달러 남았다.

아버지가 오늘 하루 어땠느냐고 물으셔서 그날 얼마 벌었는지 말씀드렸더니 아버지는 내 눈을 맞추지 못하셨다. 시장에서 일을 시작한 지 둘째 주로 접어들었을 때, 아침을 먹는데 아버지가 학교에 가라고 하셨다. "마틴, 오늘은 학교에 가거라. 수업료는 다음 주에 내겠다고 말씀드리고." 나는 깜짝 놀랐다.

관자놀이와 목에서 빠르게 뛰는 맥박이 느껴졌다. 학교에 돌아간다는 생각만으로 흥분됐다. 하지만 수업료 전액을 내지 않으면 학교에서는 분명 받아주지 않을 것이었다. 그래도 그날 아침 교복을 입는데 짜릿한 기분이 들었고 어쩌면, 그냥 어쩌면, 예외를 둘지도 모른다는 기대가 있었다.

학교로 가는 길에 아버지가 하신 말씀을 되뇌며 연습하는데 가슴이 조여들었다. "마틴! 돌아왔구나!" 패트릭이 소리치며 인사했다. 나는 손을 흔들어 보이곤 계속 걸었다. 교실

문을 노크한 후 수업을 준비하고 계시던 선생님께 곧장 걸어 갔다.

"마틴 간다, 학교에 돌아온 걸 환영한다." 선생님은 환한 얼굴로 일어서서 나를 맞이해주셨다.

나는 콘크리트 바닥에서 눈을 떼지 않고 아버지 말씀을 전 했다.

"일단은 한번 되는 데까지 해보자꾸나."

너무 기뻐서 선생님을 올려다보며 말했다.

"최고예요! 최선을 다하겠습니다! 약속할 수 있어요!"

"마틴." 선생님께서 내 말을 멈추셨다. "네가 얼마나 성실 한 학생인지는 이미 잘 알고 있단다. 선생님도 노력은 해보 겠지만 장담은 할 수 없어."

수업종이 울렸고 아이들이 속속 도착했다. 나는 기도하듯 손을 모으고 선생님께 고개를 숙였다. 쇼나식 감사의 표현이 었다. 그러고 나서 맨 앞줄 가운데 내 자리에 앉았다.

1교시는 수업에 집중하려고 애를 썼다. 그동안 빠진 수업 을 따라잡으려면 누구에게 노트를 빌려야 하나 고민도 했다. 그러나 1교시가 끝날 무렵 교실 밖에 학교 재정담당 행정선 생님이 서 계신 게 보였다. 선생님은 행정선생님께 교실로 들어오라고 하셨다. 나는 숨을 참았다.

행정선생님은 오늘 새로 학교에 돌아온 학생이 있는지 확 인하셨다. 그날은 나 하나뿐이었다. 선생님이 행정선생님을 데리고 잠시 교실 밖으로 나가셨다. 나는 조용히 기도했다.

선생님이 곧 굳게 다문 입술과 굳은 표정으로 교실로 돌아오셨고 뒤따라 행정선생님도 교실로 들어오셨다. 행정선생님이 내 자리로 와서 물으셨다. "수업료 냈니?"

　"아니요, 선생님." 나는 말을 시작했다. "아버지께서……."

　채 말을 시작해보기도 전에 행정선생님은 말씀하셨다. "마틴, 일단 수업료 영수증이 확인돼야 네가 수업을 다시 들을 수 있는 거란다. 학교에 규칙이란 게 있어."

　결국 나는 다시 짐을 싸야 했다. 교실은 고요했다. 우리 아버지가 수업료를 못 냈다고 놀라는 사람은 없었다. 짐바브웨에서는 흔하디흔한 일이었다. 왜 나는 예외가 될 수 있을 거라고 착각했을까?

　교실을 떠나며 선생님과 눈을 맞추고 다시 한 번 고개를 숙였다. 선생님도 답례로 고개를 끄덕이셨다. 나만큼은 아니겠지만 선생님도 실망하신 것 같았다.

　돌아오니 집에는 아무도 없었다. 어머니는 물을 길러 가셨다. 그날 아침 공동 수도에서 붉은색 물줄기가 찔끔찔끔 흘러나왔다. 물에서는 진흙 냄새가 났고 그 물로 얼굴을 씻으면 얼굴이 깨끗해지는 게 아니라 도리어 피부에 흙이 남았다. 그 물로는 씻거나 요리를 할 수도 없었고 물을 마실 수도 없었다. 치삼바 싱글스에서는 자주 있는 일이었다. 가장 가까운 강은 1킬로미터쯤 떨어져 있었는데 강바닥이 마르거나 물이 더러우면 더 멀리까지 가야 했다. 이웃들이 어디 우물물은 아직 괜찮다더라 확인해주면 어머니는 물을 길러 3킬로미터, 어떨 땐 10킬로미터 거리도 걸어가셨다. 아직 이른 시간이어서 나는 티셔츠에 반바지로 갈아입고 시장으로 향했다.

시장에서 어떤 아저씨가 차 따르는 것을 도와달라며 새로운 일을 주었다. 며칠 차 따르는 일을 했다. 짐을 나르는 것보다는 편했지만 돈벌이는 더 적었다. 그래서 시원한 음료수를 같이 팔자는 피터의 제안에 나는 솔깃했다.

그날은 특히 더 더웠고 피터는 주스를 소량씩 얼려 왔다. 피터는 주스 값을 뺀 모든 수익을 반으로 나누자고 했다. 하루 종일 두 박스어치 정도를 팔고 파장할 때쯤에는 남은 주스가 거의 없어 신이 났다. 해는 이제 시장을 주황색으로 물들이고 있었다. 나는 주스를 마저 팔러 하라레행 버스로 향했다. 2인석 자리에 서너 명씩 앉아 있었다. 박스를 머리에 이고 버스에 올라 소리쳤다. "시원한 주스 팝니다! 차가운 주스요!"

사람들을 지나 간신히 버스 뒤편으로 가는데 학교 친구 윌리엄이 보였다. 자기 형과 함께 나란히 앉아 웃고 있었다. 윌리엄은 나와 같은 1그룹이었다. 똑똑한 아이였고 나처럼 학교를 중요하게 여겼다. 그러나 윌리엄은 주택에 살았고 부모님 두 분 다 일을 하셨다. 수업료나 교과서, 시험료 같은 걸 걱정할 필요가 없었다. 윌리엄은 교복도 여러 벌이었고 신발도 몇 켤레씩 갖고 있었다. 갑자기 후덥지근했다. 버스가 붐벼서가 아니라 부끄러워서였다. 재빨리 뒷걸음질을 쳤다. 윌리엄에게 내가 이런 일을 하고 다니는 꼴을, 이런 하층민 생활을 하는 모습을 보이고 싶지 않았다.

윌리엄 같은 애들도 짐바브웨 상황이 좋지 않은 건 알았겠지만 치삼바 싱글스 주민들은 그걸 매일같이 피부로 느꼈다. 먹을 것 문제는 정말 심각했다. 날마다 싸움이 붙었고 늘 값을 놓고 실랑이가 벌어졌으며 물물교환을 해도 결과는 좋지 않았다. 이게 일상이 돼갔다. 가정폭력 문제도 마찬가지였다. 워낙 다닥다닥 붙어살다 보니 남편들이 아내들 때리는 소리도 자주 들렸지만 이제는 길거리에서까지 그런 광경이 흔하게 벌어졌다. 추악한 모습들이 낱낱이 드러났다. 에이즈도 만연했다. 방을 함께 쓰던 아저씨는 누가 염산이라도 뿌린 것처럼 얼굴 전체에 물집이 생겼다. 그해 또 다른 이웃집 여자가 에이즈로 죽었다. 가족들은 가끔 볕 좋은 날 바깥 공기를 쐬라고 뼈만 남아 앙상해진 그 여자를 데리고 나왔다. 종잇장 같은 피부, 해골 같은 얼굴을 보고 매번 깜짝깜짝 놀라서 그 사람이 죽었단 소식을 들었을 땐 차라리 다행이라는 생각이 들 정도였다.

열다섯, 어리다면 어린 나이였지만 치삼바 싱글스가 무타레뿐 아니라 짐바브웨 전국적으로도 이름난 빈민가인 건 나도 알았다. 우리는 가난해서 유명했다. 그날 그 버스 안에 치삼바 싱글스 주민이 있었다면 그 사람은 내가 왜 거기서 주스를 팔고 있었는지 대번에 이해했을 거다. 윌리엄도 머리로야 이해하겠지만 피부로 느끼진 못했겠지.

피터에게 남은 음료수를 돌려주고 집으로 향했다. 시장에서 일을 시작하고 처음으로 하루 8달러를 벌었는데도 그 어느 때보다 더 우울했다. 아직도 갈 길이 멀었다. 내 인생이 너무나도 불행하게 느껴졌다.

그주 주말 케이틀린에게서 또다시 편지가 왔다. 케이틀린은 벌써 세 번째로 편지를 보냈지만 나는 그사이 답장을 한 번도 하지 못했다. 실망할 만도 했다. 케이틀린은 내가 자기한테 화가 난 건 아닌지 걱정했다. 화가 났다고? 케이틀린한테? 말도 안 되는 소리였다. 케이틀린한테 내가 화가 날 이유가 대체 뭐가 있겠나. 그렇게까지 생각하고 있다니 속이 상했다. 당장 답장을 써야 했다.

지금까지 모은 돈이 32달러, 우표 값이 16달러였으니 편지를 보내면 학교로 돌아가는 길은 다시 요원해진다. 그래도 이건 중요한 일이었다. 편지를 쓸 종이가 필요했다. 아버지가 아직 공장에서 일을 하고 계신 것만도 엄청 운이 좋은 거였다. 공장에서도 정리해고가 시작됐다. 인건비를 줄이려고 오래된 직원들은 자르고 새로운 직원들을 채용했다. 나는 다음 날 다시 시장에 나가 눈을 크게 뜨고 편지를 쓸 만한 종이를 찾아다녔다. 꼬맹이 하나가 아이스크림 포장지를 땅바닥에 버리기에 남들 눈을 피해 잽싸게 포장지를 주웠다. 초콜릿이 좀 묻은 것 빼곤 아직 깨끗했다. 나는 반바지로 포장지에 묻은 초콜릿을 닦아냈다. 집으로 달려가 케이틀린에게 편지를 썼다. 포장지가 너무 작아서 할 말을 다 적느라 글씨를 깨알같이 써야 했다. 그동안 연락을 제대로 할 수 없었던 이유를 사실대로 말하기로 결심했다. 그래도 케이틀린이 이해해주기를, 그리고 계속해서 내 친구가 되어주기를 간절히 바랐다.

다음 날 어머니께서 봉투를 사라고 보태주신 돈을 챙겨 편지를 들고 우체국으로 갔다. 케이틀린의 주소는 외우고 있었다. 우표 붙일 자리를 남겨놓고 봉투 중앙에 주소를 썼다. 이제 이 편지가 내 베스트 프렌드, 케이틀린네 집에 잘 도착하기만 하면 된다.

케이틀린

벌써 몇 주 동안 매일매일 우편함을 확인했다. 그러던 어느 날 드디어 우표가 잔뜩 붙은 편지 한 통이 도착했다. 우표 때문에 우리 집 주소와 내 이름은 간신히 보이는 정도였다. 마틴이 살아있었다! 흥분해서 편지를 뜯어보았다. 봉투를 열어 편지를 펼치는 순간 너무 당혹스러웠다. 내 친구가 나한테 쓰레기에 편지를 써서 보낸 것이다.

왜 연락을 하지 못했는지 깨알 같은 글씨로 적은 편지를 읽으며 다행이라는 생각이 드는 한편 혼란스러웠다. 마음이 복잡했다. 마틴은 수업료를 낼 돈이 없어서 학교에서 쫓겨났다고 했다. 말이 좀 안 되는 것 같았다. 공립학교로 옮기면 안 되나? 미국에서는 법으로 아이들이 학교를 가게끔 돼 있었다. 짐바브웨는 안 그런가? 나는 계속해서 편지를 읽어 내려갔다. '가족들 생계를 위해 짐꾼 일이랑 차 따르는 일을 하면서 돈을 벌고 있어.' 마틴 생각에 마음이 너무 무거워 숨을 제대로 쉬기조차 힘들었다. 아직 애인데! 학교에 다녀야 할 애인데! 그래도 마틴의 편지를 받으니 안심이 됐다. 집으로 달려 들어가며 엄마에게 소리쳤다. "엄마, 마틴이 살아있어요! 마틴이 살아있다고요!"

"정말 다행이구나. 마틴은 괜찮다니?" 엄마가 서둘러 나오셨다.

뭐라고 대답을 하고 싶었지만 눈물이 앞을 가렸다. 집 앞에서 편지를 열어봤을 때부터 눈물이 났다.

"케이틀린, 무슨 일이야?" 엄마는 걱정하며 물으셨다.

"마틴이 학교에 못 가고 있대요, 엄마. 가족들 밥값을 벌려고 차를 따르고 짐을 나르고 다닌대요." 잠시 진정을 되찾고 엄마에게 말했다. 또다시 눈물이 쏟아질 것 같았다. 엄마의 부드러운 어깨에 나는 머리를 기댔다.

"잠깐, 케이틀린, 진정하고." 엄마가 내 등을 쓸어내리며 말씀하셨다. "마틴은 똑똑한 애야. 금방 학교로 다시 돌아갈 수 있을 거야."

나는 발끈했다. 마틴이 어떤 상황에 처해 있는지 엄마는 전혀 이해를 못했다. 하긴 나라고 뭐 얼마나 제대로 이해하는 것도 아니었다. 제발 엄마 말대로라면 좋겠지만 마틴이 혼자 힘으로 다시 학교에 갈 수 없는 건 확실했다. 도움을 주고 싶었다. 하지만 뭘 어떻게 해야 하지?

엄마에겐 두서없이 떠오르는 생각들을 얘기하지 않았다.

그럼 엄마는 일단 내 생활에 집중하는 게 우선이라고 일장 연설을 하실 게 뻔했다. 아니면 미국과 짐바브웨는 어떻게 다른지 한참 강의를 하시겠지. 두 나라가 다르단 건 나도 알았다. 나도 무가베 대통령이며 괴물로 변해버린 무가베의 만행에 대해 매일매일 인터넷에서 닥치는 대로 찾아 읽고 있었다. 무가베의 욕심 때문에 짐바브웨 사람들이 굶주리고 병에 걸려 죽어가고 있었다. 도무지가 말도 안 되고, 있어서도 안 되는 일이었다. 지난 두 달 동안 마틴 걱정에 다른 일에는 전혀 관심을 두지 않았다. 자연히 성적도 떨어지기 시작했다. 마틴은 가고 싶어도 학교에 갈 수가 없는데 나는 이렇게 학교생활에 무관심할 수도 있는 사치를 누리고 있었다. 불공평했다.

"공부하러 갈게요." 거짓말이었다. 그냥 혼자 있고 싶었다.

내 방으로 올라가 책상 서랍에서 마틴이 보냈던 편지들을 꺼냈다. 그동안 내가 놓쳤던 부분이 있었나, 편지를 하나씩 다시 읽어보았다. 대충 읽고 넘겼던 부분들이 눈에 들어왔다. '인구밀도가 높은 도시의 교외지역'이라든가, '침대 하나를 환자들 열 명'이라든가, '옷이 증가했어'라든가 등등. 마틴이 어려운 환경에서 살고 있단 얘기가 편지에 그렇게 다 쓰여 있었는데도 내가 제대로 관심을 기울이지 않았던 거다. 내가 바보같이 느껴졌다.

곧바로 편지지를 한 장 꺼냈다. 하고 싶은 말이 폭포수처럼 쏟아졌다.

마틴에게,

네가 무사하다니 정말 다행이야! 얼마나 걱정했는데! 다치기라도 했을까봐 겁이 났어. 뜬금없이 네가 물에 빠져 죽었을지 모른다는 상상까지 했다니까! 어이없는 소리인 줄은 나도 알아. 무타레 근처에는 바다도 호수도 없으니까. 그래도 그런 악몽까지 꿨다고. 짐바브웨 상황에 대해 뉴스를 많이 읽었어. 그래서 네가 무사하단 소식을 들으니 정말 기쁘다. 학교를 못 가고 있다는 건 정말 나도 너무 안타깝다. 이해가 안 돼. 학교를 안 간다는 게 상상도 잘 안 되고 말이야. 미국에서는 아이들이 모두 학교에 무조건 가야 해. 법으로 그렇게 정해져 있어. 집안 형편에 상관없이 다 학교에 가. 물론 중간에 학교를 관두거나 학업에 관심이 없는 애들도 있지만, 학교에 가고 싶은데 못 간다는 얘기는 내 생전 처음 들어봐.

마틴에게 물어보고 싶은 것들이 너무 많았다. '학교에 돌아가려면 어떻게 해야 돼?' '부모님은 무슨 일을 하시니?' '누가 생활비를 마련하는 거야? 그리고 가족들 밥벌이를 왜 네가 하는데?' 하지만 마틴에게 부담을 주고 싶지는 않았다. 그렇게 써 보냈는데 마틴이 답장을 안 한다면? 그럼 마틴의 기분만 상하게 할 뿐이었다.

대신 나는 마틴에게 뭔가 희망적인 얘기를 해주고 싶었다. 그리고 어떻게든 도움을, 그러니까 진짜 도움을 주고 싶었다. 그때 한 가지 아이디어가 떠올랐다. 바로 얼마 전에 베이비시터 알바를 해서 번 20달러가 있었다. 원래는 이 돈으로 은 링 귀걸이를 사려고 했지만, 그깟 귀걸이 따위 중요하지 않 았다. 이 돈이 정말 필요한 건 나보다 마틴이었다. 겨우 20달 러로 마틴이 학교에 돌아갈 수 있을 리는 만무했다. 하지만 가족들이 먹을 음식 정도는 살 수 있지 않을까? 아니면 최소 한 우표나 편지지라도 살 수 있지 않을까? 그러면 마틴은 답 장 때문에 돈 걱정을 하지 않아도 될 테니까 말이다. 나는 봉 투 안에 20달러를 넣고 이렇게 적었다. '돈을 같이 넣었어. 많 지 않지만 이거라도 도움이 됐으면 좋겠다. 너의 영원한 베 스트 프렌드, 케이틀린.'

다음 날 아침 나는 엄마에게 편지를 드리며 그날 바로 편 지를 부쳐달라고 부탁했다. 엄마 아빠에게는 마틴에게 돈을 보낸단 소리를 하지 않았다. 부모님께 그 얘기를 하고 싶지 않았다.

마틴

케이틀린에게 편지를 보낸 후 나는 최대한 돈을 많이 벌기 위해 매일매일 시장에 갔다. 그게 내가 학교로 돌아갈 수 있는 유일한 방법이었다. 한 학년을 완전히 빠진다고 해도 나는 따라잡을 수 있었다. 매일 시장에 일을 하러 나갈 수 있었던 건 오로지 그 자신감 하나 때문이었다.

여느 때처럼 토요일 우체부가 자전거를 타고 도착했다. "마틴 간다!" 우체부 아저씨가 내 이름을 부르기에 서둘러 달려갔다.

조용한 곳에서 혼자 케이틀린의 편지를 읽고 싶어서 나는 외진 곳을 찾았다. 케이틀린이 솔직한 내 얘기를 어떻게 받아들일지 너무나 걱정됐다. 나에 대한 생각이 달라졌을까? 이제 나와 친구로 지낼 필요가 없다고 생각하고 있을까? 부디 그렇지 않기를 바랐다. 하지만 그때 당시 나는 내 인생에 너무나도 비관적이어서 케이틀린이 이제 더는 서로 편지를 보내지 말자고 했더라도 전혀 섭섭해하지 않았을 것이다. 편지를 보낼 돈도 겨우겨우 버는 수준이었으니까. 게다가 무엇보다 내가 케이틀린에게 줄 수 있는 게 없었다.

편지를 뜯어보려 봉투 입구에 손가락을 넣었다. 종이는 바스락대지 않으면서도 부드러웠다. 케이틀린은 항상 이렇게 질 좋은 종이를 썼다. 이런 종이 한번 써봤으면, 생각하면서 편지를 꺼내는데 봉투 안에 뭔가 다른 게 들어 있었다.

케이틀린이 또 미국 돈을 보냈구나 싶어 갑자기 숨이 가빠졌다. 그런데 가만 보니 이번에는 1달러가 아니라 20달러였다! 열기구 풍선처럼 공중에 둥둥 떠다니는 것 같은 기분이 들었다. 나는 지폐를 자세히 살펴보았다. 앤드루 잭슨 대통령이 아주 근엄해 보였다. 뒷면에는 백악관 그림이 그려져 있었고 백악관 위로 '우리가 신을 믿는다'고 쓰여 있었다. 짜릿한 기분이 들었다. 지난번 어머니와 함께 우체국에 환전하러 갔을 때 미화 1달러가 짐바브웨 돈으로 24불이었다. 재빨리 계산을 했다. 20달러면 최소한 짐바브웨 돈으로 480불이란 얘기였다. 그 정도면 수업료를 충분히 낼 수 있었다. 물가가 그사이 두 배는 뛰었으니 달러 가치는 더 올랐을 것이다. 기쁨과 안도감에 소리를 지를 뻔했지만 참았다. 어머니께 달려가기 전에 일단 편지를 읽었다. 케이틀린이 화가 난 건 아닌지 먼저 확인해야 했다. 나는 20달러 지폐를 주머니에 넣었다. 요즘 치삼바 싱글스에서는 사람들이 가장 기본적인 것들을 훔쳤다. 미화 20달러면 죽지는 않아도 흠씬 두들겨 맞고 강도를 당할 수도 있었다.

케이틀린의 다정한 편지를 세 번이나 읽었지만 케이틀린이 내게 실망한 것 같다는 느낌은 받지 못했다. 오히려 그 반대였다. 케이틀린은 그냥 내가 괜찮은지 확인하고 싶은 것, 그뿐이었다. 케이틀린은 가난한 나에게 손가락질을 하거나 어떤 잣대를 들이대지도 않았다. 그냥 이렇게 적었을 뿐이다. '이 20달러가 너한테 도움이 됐으면 좋겠어.' 케이틀린이 다정하다고 생각은 했지만 이 정도로 베풀 수 있는 사람이라고는 짐작도 못했다. 케이틀린이 보내준 도움의 손길이 꼭 신께서 베푸신 것 같았다.

집으로 달려가 어머니를 찾았다. 어머니는 우리 집과 옆집 사이에 걸린 빨랫줄에 빨래를 널고 계셨다.

"엄마, 보여드릴 게 있어요! 잠깐 이리 좀 와보세요." 바깥에서 돈을 꺼내 보이고 싶지는 않았다.

집 안으로 들어가 나는 어머니께 돈을 건넸다.

"어디서 난 거니?"

"케이틀린이 보냈어요."

어머니는 꼼꼼히 지폐를 살펴보셨다.

"그런데 그렇게 어린 애가 어떻게 이렇게 큰돈을 보낸단 말이니? 그리고 케이틀린이 왜 너한테 돈을 보냈을까?" 어머니는 의아해하셨다.

"엄마, 케이틀린은 마음이 엄청나게 넓은 아이예요." 내가 생각해낼 수 있는 답이라곤 그뿐이었다.

"마틴, 이 돈이면 다시 학교에 갈 수 있겠다!" 어머니가 말씀하셨다.

"제 말이요! 이 돈을 잃어버리지 않게 엄마가 도와주세요." 그렇게 말하고 나서 나는 돈을 든 어머니 손을 감싸 쥐었다.

내 주먹 위로 어머니가 다른 한 손을 올리셨다. 작지만 강인한 어머니의 손가락이 내 손을 감쌌다. 어머니는 그런 다음 나와 이마를 맞대셨다. 율-율-율. 기쁨에 찬 어머니의 목소리는 갈라져 있었지만 속삭이듯 부드러웠다. 어머니는 작은 원을 그리며 빙글빙글 춤을 추셨다. 어머니도 돈이 걱정돼 주변 사람들 시선을 끌고 싶지 않아 하셨다. 하지만 나처럼 어머니도 기쁨을 감추지 못하셨다.

"사쿠바 우체국은 문을 닫았지만 지금 가면 시내 은행은 영업시간 안에 도착할 수 있을 거다." 어머니가 말씀하셨다.

치삼바 싱글스에서 은행이 있는 무타레 시내까지는 걸어서 한 시간이 넘게 걸렸다. 우리가 거의 뛰다시피 걸어서 40분 만에 시내에 도착했다. 형은 마지막 폼4 과정만 남은 상태였다. 형은 폼4 과정을 마치고 대학에 진학하는 대신 축구 선수가 되고 싶어 했다. 환율에 따라 어쩌면 이 돈으로 형도 학교로 돌아갈 수 있었다. 형은 수업을 못 듣게 되고 나서 다른 친구 한 명과 함께 시장에서 구제 옷 장사를 하고 있었다. 짐 나르는 일보다는 나았지만 형이 계속 옷 장사를 하고 싶은 건 아니었다.

은행에 도착해 줄을 섰다. 다른 사람들은 전부 정장 차림에 신발도 신고 있었다. 어머니는 맨발, 나는 싸구려 슬리퍼를 신었다. 한번 끊어져서 비닐과 끈을 이용해 고쳐 신었던, 내 유일한 신발이었다. 끈 달린 질 좋은 구두와 예쁜 힐을 신은 세련된 도시 사람들 사이에서 우리는 눈에 띄었다. 하지만 우리도 은행에 볼일이 있어 온 거였다.

어머니께서 은행원에게 미국 돈 20달러를 내밀자 은행원은 놀란 것 같았지만 아무 말 없이 환전을 해주었다. 짐바브웨 돈을 한 번도 아니고 세 번씩 세고 나서 봉투에 돈을 넣어주었다. 나도 말이 나오지 않았다. 이제 환율이 미국 돈 1달러에 짐바브웨 돈 35불이어서 미화 20달러가 짐바브웨 돈으로는 700불이었다. 어머니는 얇은 벽돌만 한 두께의 돈 봉투를 치마 밑에 넣고 복부에 단단히 고정시켰다. 나는 위험한 사람은 없는지 주변을 살피며 어머니를 따라갔다. 우리가 그렇게 큰돈을 들고 있을 거라고 생각하는 사람은 아무도 없었을 것이다. 우리는 안전했다.

벌써 오후 늦은 시간이었고 돈도 있으니 우리는 버스를 타고 돌아가기로 했다. 시장에 들러 어머니는 6불을 주고 옥수수 죽, 콩, 야채를 샀다. 집에 가는 길에 닭 파는 곳이 보였다. 어머니가 걸음을 멈추고 말씀하셨다.

"마틴, 우리가 몇 년째 크리스마스에 고기를 못 먹었잖니. 케이틀린에게 감사하는 의미로 오늘 파티를 하자."

어머니께서 층층이 쌓인 상자에서 통통한 닭을 고르시는데 입에 침이 고였다.

가족 모두에게 이 소식을 전하고 나서 우리는 조용히 식사를 했다. 이웃이 무슨 좋은 일이라도 있냐고 물으면 하라레에 있는 큰아버지가 선물을 보내주셨다고 대답했다. 미국인 친구가 우편으로 돈을 보내줬다는 이야기가 동네에 퍼지는 것은 원치 않았다. 그 이야기가 새나가면 도둑들이 우리를 노릴 게 뻔했다. 도둑이 들었다는 사람들이 많았다. 훔쳐가는 것들은 주로 옥수수 죽이나 식용유같이 아주 기본적인 것들이었다. 어머니는 아버지께도 돈을 어디 뒀는지 알려주지 않으셨다. 아버지는 축하주를 한잔하고 싶어 하셨다. 치부쿠 말고 캐슬 맥주로. 하지만 아버지는 축하주 대신 가족들과 옥수수 죽, 닭고기, 콩을 함께 드셨다.

그주 일요일은 시간이 정말 안 갔다. 월요일 아침까지 기다리는 게 어찌나 힘이 들던지. 월요일 학교에 가자마자 재정담당 행정선생님께 직접 수업료를 냈다. 행정선생님은 웃으며 말했다. "돌아온 걸 환영한다, 마틴."

벌써 수업을 몇 달이나 빠진 데다 곧 시험이 있어서 몇 주 동안은 수업이 끝나고 학교에 남아 선생님 교과서를 빌려 필기를 했다. 필기를 다 하고 나서도 곧장 집에 가지 않았다. 학교에서 그리 멀지 않은 무타레 교육대학으로 갔다. 대학 캠퍼스 도서관에서는 전기를 쓸 수 있었다. 다시 말해 거기 가면 책상에서 밤까지 공부를 할 수 있단 뜻이었다. 오후 7시면 도서관은 문을 닫았지만 나는 경비가 마지막 순찰을 돌고 난 뒤 몰래 다시 도서관에 들어갈 수 있는 방법을 찾아냈다. 건물 뒤편에 잠그지 않는 창문이 있었는데, 창문이 꽤 커서 이 창문을 통해 쉽게 도서관에 들어갈 수 있었다. 나는 경비원이 떠나기를 기다렸다가 큰 돌을 하나 찾아와선 이 돌을 계단 삼아 밟고 좁게 열린 창문 틈으로 들어갔다. 고요한 가운데 책들에 둘러싸여 정말 처음으로 평화를 느꼈다. 하지만 그런 기분을 만끽할 시간이 없었다. 서둘러 수학 책을 펼쳤다. 나한테는 수학이 카페인이나 마찬가지였다. 눈앞에서 숫자들이 춤을 추고 문제들이 이어지는데 오랜만에 옛 친구들을 만나는 기분이었다. 그날 밤 이렇게 몰아치기 공부를 시작하는데 짜릿한 기분이 들었다. 그 이후로도 나는 몇 날 밤을 그렇게 공부했다. 한 달이 채 되기 전에 나는 다시 평소 궤도에 올랐다.

케이틀린

아이스크림 포장지에 편지를 써서 보낸 이후 마틴은 훨씬 솔직한 모습을 보여주기 시작했고, 그래서 나는 우리 둘의 생활이 얼마나 다른지를 깨닫게 됐다. 그전까지 나는 내가 얼마나 많은 특권을 누리고 있는지를 전혀 이해하지 못했다. 이건 시작에 불과했다. 마틴은 내가 보낸 돈으로 다시 학교를 다니게 됐다고 했고 온 가족이 명절날 저녁처럼 배불리 먹었다고 답장을 했다. '우리 가족은 몇 년 만에 처음으로 닭고기를 먹었어. 꼭 크리스마스 같았어.' 마틴은 그렇게 말했다. 깜짝 놀랐다. 크리스마스에 우리 가족은 항상 로스트비프나 칠면조, 햄을 먹었다. 사실 음식이 넘치고도 남아서 며칠간 남은 음식을 먹곤 했다. 닭고기는 평소 저녁식사로 자주 먹는 거였다. 20달러로 그 정도면 40달러가 있으면 뭘 얼마나 할 수 있단 걸까? 궁금해졌다.

그해 여름 나는 여러 가지 아르바이트를 하고 있었다. 여름캠프에서 보조 선생님 일을 했고 또 집안일을 할 때마다 아빠가 20달러씩 용돈을 주기도 하셨다. 집안일이라면 뒷마당에 개똥을 치우고 토끼 루이스 집을 청소하는 것이었다. 또 거실 벽 아래쪽 몰딩에 쌓인 먼지를 닦고 설거지가 끝난 후 식기세척기에서 그릇을 꺼내 정리하기도 했다. 그리고 매주 수요일 오후에는 여름캠프 선생님네 아이들을 봐주는 베이비시터 아르바이트도 시작했다. 선생님은 아이가 셋이었다. 그때부터 선생님이 주말에 부탁을 할 때마다 나는 항상 오케이를 했다.

이번에는 마틴에게 편지를 보내면서 20달러짜리 지폐 두 장을 넣고 이 돈으로 우표를 사서 편지를 써달라고 했다. 나는 한 번도 편지 보낼 돈을 걱정해본 적이 없었다. 엄마에게 편지를 드리면 엄마가 알아서 보내주셨다. 마틴이 학비 걱정을 하거나 나한테 편지를 쓰려고 우표값 걱정을 하는 일도 없길 바랐다. 그건 말할 필요도 없었다. 마틴에게 돈을 보내 이런 도움을 줄 수 있단 게 기분이 좋았다. 진정 내 도움이 필요한 사람은 내 주변에서 마틴이 처음이었다. 나는 마틴을 실망시키고 싶지 않았다. 게다가 나는 학교를 공짜로 다녔고 우리 집 냉장고는 부모님 덕분에 항상 가득 차 있었다. 싸구려 액세서리나 캔디 향 나는 립글로스, CD는 꼭 필요한 것들도 아니었다.

하지만 이런 얘기는 친구들에게 절대 하지 않았다. 내 친구들은 이해하지도 못했고 이해할 수도 없었다. 아이스크림 포장지에 쓰인 편지를 받은 날 나는 이 사실을 깨닫게 됐다. 복도 사물함 앞에서 로렌과 다른 애들이 노닥거리고 있기에 나는 별생각 없이 말했다. "있잖아, 마틴이 살아있었다!"

로렌은 정말 당황스러울 정도로 오버하며 말했다. "세상에, 케이틀린. 너 또 그 아프리카 남자친구 얘기야?!" 다른 애들이 옆에서 낄낄댔다.

"로렌, 내가 몇 번 말했어. 마틴은 남자친구가 아니라고." 로렌에게 대꾸하는데 몸속에 흐르는 피가 용암처럼 뜨겁게 느껴졌다.

"참, 그랬지." 로렌은 더 크게 웃으며 말했다. "옆에서 보면 완전 개한테 푹 빠졌는데 말이야! 어디랬지, 짐 어쩌고, 하여간 거기 가서 개랑 결혼하고 같이 잘 살아보지 그래?"

"징그러운 소리 좀 하지 마!"

화가 나서 씩씩대고 있는데 이미 로렌은 다음 수업을 들으러 가고 있었다. 강아지처럼 헉헉대며 로렌 뒤꽁무니만 쫓아다니는 애들도 함께였다. 티나가 로렌 무리와 함께 가지 않고 남아 있었다. 티나는 호의를 보이며 조심스레 물었다.

"뭘 그렇게까지 기분 나빠해?"

"오빠랑 결혼하라는 말이나 똑같단 말이야!"

티나는 나를 이상하게 쳐다보더니 로렌 무리를 서둘러 쫓아갔다. 사물함에 책을 집어던졌다. 그래, 너네 다 꺼져버려. 우리 관계를 이해할 수 있는 사람은 마틴뿐이었다. 그래서 나는 마틴 이야기를 남들과 하지 않았다. 하나도 어려운 일이 아니었다. 마틴은 진짜 자신의 생활을 나에게 털어놓기 시작했고, 덕분에 내 친구들과의 일들은 전부 사소한 문제 같아졌다. 부모님이 엄격하시다거나 성적이 나쁘다거나 남자친구가 속을 썩인다거나 등등, 친구들이 하는 얘기는 마틴의 상황에 비하면 아주 사소하고 별로 중요하지도 않은 일들 같았다. 내 문제도 마찬가지였다. 스스로 내 삶을 돌아보는 시각도 바뀌었다. 그동안 당연히 여겼던 것들을 돌아보게 됐다. 오늘은 어떤 시리얼을 먹을지, 디저트로 아이스크림을 먹을지 아니면 쿠키를 먹을지 같은 고민은 그야말로 사치였다. 난 선택이란 걸 할 수 있는 것이다. 학교에 가는 것마저도 완전히 다른 일이 됐다. 해야 하는 일이 아니라, 할 수 있어 행운인 일이었다.

지난 2년간 내가 너무 무지했다. 마틴의 생활이 내 생활과 별반 다르지 않을 거라고 생각했다. 이제 나는 마틴에게 보내는 편지에 친구들과 쇼핑몰을 가는 얘기나 바보 같은 친구들과의 에피소드를 늘어놓는 대신 마틴에게 좀 더 구체적인 이야기를 해달라고 부탁했다. 또 단도직입적으로 질문을 했다. '필요한 거 뭐 있어? 가족들은?' 마틴네 형제들에 대해서도 물었다. '다시 학교에 다니게 됐다니 다행이야. 너희 형제들 학비는 어떻게 됐어?'

처음 편지를 주고받을 때에는 내가 이것저것 질문을 하면 마틴이 나를 바보 같다고 생각할까봐 대놓고 묻기를 꺼려했다. 이제는 마틴의 친구로서 그렇게 물어보는 게 마땅히 내가 할 일이라고 생각하게 됐다. 어떤 상황에서든 마틴의 대답을 직접 들으면 나도 마틴이 괜찮은지 아닌지 확실히 알 수 있게 될 테니까 말이다.

3장

넉넉한 마음씨

마틴

우체부가 내 이름을 부를 필요도 없었다. 나는 작은 하트와 별무늬가 찍힌 편지봉투가 보이자마자 뛰어나갔다. 케이틀린은 항상 봉투에 그렇게 하트와 별을 그려 보냈다.

케이틀린이 이번에는 20달러짜리 지폐를 두 장이나 보냈다. 기절할 뻔했다. 대체 이런 돈이 어디서 나는 건지 도무지 알 수가 없었다. 하지만 곧 케이틀린이 그동안 보내준 비싼 옷들이며 케이틀린네 집에 차가 여러 대 있는 사진이 떠올랐다. 그 집 강아지들도 자기 침대와 담요가 있었다. 나는 케이틀린네가 엄청난 부자라서 우리 집하곤 달리 그 정도 돈도 케이틀린네 집에서는 별로 큰돈이 아닐 거라고 생각했다. 내 주변에는 미국 돈 40달러는 차치하고 짐바브웨 돈 10불도 빌려줄 수 있는 사람이 없었다.

어쩌면 딱 그때 케이틀린이 돈을 보내줬다는 게 거의 소름이 돈을 정도였다. 아버지네 공장에서는 계속해서 정리해고 작업이 진행 중이었다. 아버지 친구분들도 전부 해고당하셨다. 그 아저씨들도 부양할 가족이 있는 아버지들이었다. 아버지는 자신이 다음 차례임을 직감하고 계셨다. 그래도 먹여 살릴 가족이 있었기 때문에 지난 십여 년간 그랬던 것처럼 매일 아침 한 시간을 걸어 공장으로 출근하셨다. 아버지의 그런 강인한 모습을 보고 아버지를 존경하게 됐고 지금도 그 마음은 변함없다.

케이틀린의 넉넉한 마음씨에 위축되지 않은 건 아버지 그릇이 그만큼 컸기 때문이었다. 열네 살짜리 여자애가 자기 몇 달치 월급보다 많은 돈을 턱턱 보내고 있었다. 그래도 아버지는 케이틀린을 아끼고 존중했다. 케이틀린의 편지가 내게는 언제나 소중했다. 이제 케이틀린의 편지는 우리 가족 전체에게 너무나도 중요했다. 우리는 침몰 직전의 뱃머리에서 허우적대고 있었고, 케이틀린은 우리에게 구명보트를 보내주고 있었다.

어머니는 이렇게 큰돈을 집안에 보관하는 걸 불안해하셨다. 워낙 불안정한 시국인지라 범죄자들이 우리를 노릴 수도 있었다. 우리는 그날 우체국에 가서 통장을 만들었다. 늘 아버지께만 의지하다가 드디어 경제권을 갖게 되어서 어머니는 기쁘신 듯했다. 그해 7월 처음으로 아버지가 벌어오신 돈으로 월세를 다 충당할 수 없었다. 어머니는 케이틀린이 보낸 돈으로 부족한 돈을 채우셨다. 케이틀린이 없었다면 우리 가족은 어떻게 됐을까? 다들 똑같은 생각이었지만 입 밖으로 말을 꺼내진 않았다.

나는 그 생각에 매달려 있을 시간이 없었다. 학교 공부를 따라잡느라 정신이 없었다. 내가 듣는 과목은 총 9개였다. 수학, 회계, 생물학, 컴퓨터과학, 물리학은 쉬웠다. 영어와 역사도 괜찮았다. 여전히 쇼나어와 영문학이 문제였다. 그래도 학기 말에는 또다시 반에서 1등을 했다. 아버지는 나를 아주 자랑스러워하셨다. 아버지는 그해 8월 겨울방학 동안 하라레에 있는 큰아버지 댁에 가 있으면 어떻겠느냐고 하셨다. 사촌누나가 하라레에 있는 은행원과 결혼했는데 매형이 은행에 아르바이트 자리를 알아봐준 덕분에 나는 은행에서 차 따르는 일을 하게 됐다.

하라레에는 가본 적이 없어서 흥분됐다. 상경길이니까 '리복' 티셔츠를 꺼내 입고 무타레에서 야간 버스를 탔다. 시골 소년처럼 말고 세련되게 보이고 싶었다. 큰아버지가 하라레 버스터미널로 나를 마중 나오셨다. 큰아버지는 남방에 주름잡힌 바지, 튼튼한 가죽 신발을 신고 계셨다. 인상적이었다. 우리는 바로 큰아버지 댁으로 향했다. 큰아버지는 다른 가구와 아파트를 나눠 쓰고 계셨다. 큰어머니가 두 분이었는데, 큰어머니들은 대부분 시골에 계시면서 번갈아가며 하라레에 오고 가시곤 했다. 첫째 큰어머니가 아이를 한 명밖에 낳지 못해서 큰아버지는 둘째 부인을 맞았다. 둘째 큰어머니가 아이 셋을 낳으셨고 그중 한 명이 내 아르바이트 자리를 알아봐준 은행원과 결혼을 한 것이었다.

큰아버지는 거실 한편을 가리키며 거기서 잠을 자면 된다고 하셨다. 그런 다음 은행에 가는 방법과 알로이스 매형을 찾을 방법을 자세히 알려주셨다. 굉장한 모험이었다. 큰아버지는 몇 번 버스를 타고 어느 정류장에서 내려야 하는지, 그다음 어느 건물로 들어가야 하는지 알려주셨다. 그렇게 자세히 말씀해주시지 않았더라면 분명 길을 잃었을 게 뻔하다. 평생 그렇게 많은 사람들과 차들, 그렇게 높은 빌딩들은 처음 봤다. 하라레에서는 모든 것이 무타레에서보다 더 밝고 빠르고 시끄러웠다. 내 피도 더 빠르게 흐르는 것 같았다.

알로이스 매형은 큰아버지보다도 더 말쑥한 차림이었다. 양복에 넥타이 차림은 아버지가 다니는 공장 매니저들과 다를 바 없었지만 매형은 겨우 20대 중반이었다. 매형은 환한 미소로 나를 맞아주었다. 매형은 손을 내밀어 나와 악수를 하고 인사를 나눈 후 동료들에게 데리고 가 나를 소개했다. 그런 다음 차를 준비하는 공간으로 나를 데리고 갔다. 매형은 아침 10시와 오후 1시 은행 전 직원들에게 차를 만들어주는 것이 내 업무라고 했다. 그사이에 차를 달라는 사람이 있으면 그 사람에게도 차를 만들어줘야 했다. 이 일이 마음에 들었다. 사무실 사람들은 모두 친절했다. 일주일이 지나자 누가 차에 설탕을 넣는 걸 좋아하는지, 누구는 우유를 더 넣어 마시는지 등등을 다 파악하게 됐다.

하라레에서의 첫 번째 주말 매형과 세카이 누나는 자기들

이 가장 좋아하는 카페로 나를 데리고 갔다. 세카이 누나는
아주 예쁘고 재밌었다. '세카이'라는 이름은 쇼나어로 '웃다'
라는 뜻이다. 세카이 누나가 웃으면 다른 사람들도 함께 따
라 웃고 싶어졌다. 누나는 하라레에서 공부를 하던 중 매형
을 만났고, 두 사람은 사랑에 빠져 결혼했다. 사랑해서 결혼
했다는 커플 얘기는 거의 못 들어봤지만 확실히 누나와 매형
커플처럼 되고 싶었다.

카페에 들어서니 웨이터들이 매형과 누나의 이름을 부르
며 인사를 했다. 인상적이었다. 레스토랑에 가본 게 처음이라
조금 겁도 나고 기대도 됐다. 손님들 대부분은 백인들이었고
다들 아주 비싸 보이는 차림새였다. 나도 '리복' 티셔츠를 입
었으니 그 자리에 안 어울리는 건 아니었다.

우리는 안에서 음료를 주문한 후 바깥 테이블로 들고 나갔
다. 나는 누나와 같은 것을 주문했다. 휘핑크림을 얹은 아주
고급스러운 커피였다. 너무 맛있어서 꿀꺽꿀꺽 마시고 싶었
지만 꾹 참았다. 대신 나는 천천히 한 모금씩 마셨다. 야외에
서 음악을 들으며 세련된 사람들 사이에 앉아 있자니 케이틀
린 생각이 났다. 케이틀린이 말한 쇼핑몰에도 이런 곳이 있
는지 궁금했다.

그날 오후 매형과 누나에게 케이틀린 이야기를 했다.

"정말 좋은 친구네." 매형이 말했다.

"언젠가 케이틀린을 만나러 갈 거니?" 누나가 물었다.

"그게 제 꿈이긴 해요." 나는 대답했다.

"그렇게 될 거야, 마틴." 매형이 격려를 해줬다. "넌 아주 똑똑한 아이니까. 성적 잘 관리하고 A레벨 준비반으로 넘어가면 우리처럼 대학에 갈 수 있을 거야. 그다음엔 네가 원하는 것이라면 뭐든 할 수 있고 말이야."

커피 잔에 남은 마지막 거품까지 남김없이 비우고 나서 주위를 둘러보았다. 내가 불과 한 달 전 사쿠바 버스터미널에서 짐꾼 일을 하고 있었다고 짐작이나 하는 사람은 여기 아무도 없을 것이다. 나는 할 수 있어, 그렇게 생각했다. 나는 대학에 갈 수 있어. 그리고 언젠가 케이틀린을 만나러 갈 거야. 생각만 해도 짜릿했다.

열심히 해야만 그렇게 될 수 있다는 것쯤은 나도 잘 알고 있었기 때문에 매일 아침 일찍 출근했다. 8월이 다 지나고 이제 떠나야 한다니 슬퍼졌다. 하라레에서의 마지막 날 나는 케이틀린에게 보낼 카드를 샀다. 케이틀린에 대한 내 마음을 요약해놓은 것 같은 감사 카드였다.

우리가 나눈 건 말하자면 우정.
시간이 갈수록 더 깊어진 우리 우정.
좋을 때도 나쁠 때도 있었지.
웃음도 눈물도 나눴어.
그리고 내가 배운 한 가지.
바로 이 세상에서 너만큼 소중한 친구는
다신 없을 거라는 사실.

그날 오후에는 사진도 찍으러 갔다. 나는 내가 하라레에 오기 전 케이틀린이 보내준 옷을 입었다. 빨간색 바탕에 파란 글씨가 있는 티셔츠였다. 감사의 표시로 사진을 찍어 보여주고 싶었다.

무타레행 버스를 타러 가기 전 나는 카드 겉면에 짧은 편지를 썼다.

케이틀린에게,
우리 둘이 이런 우정을 쌓을 수 있게 해주신 신께
감사드려. 나는 비록 부자는 아니지만 우리가 서로를 얼마나
생각하는지는 말로 다 표현할 수 없을 것 같아.

카드에 적힌 시 아래에는 이렇게 썼다.

너의 사랑과 다정한 관심이 내 인생을 바꿔놓았어.
우리 우정은 모성애처럼 영원할 거야.

사랑을 듬뿍 담아,
너를 무척 아끼는 친구
마틴

카드 안에도 짧게 몇 마디 적었다. '케이틀린, 넌 세상에 단 하나뿐이야.' 그리고 '넌' 옆에 조그맣게 하트를 그렸다. '넌 정말 좋은 선물들을 보내줬어. 정말 고마워. 나도 돈이 많아

서 네게 좋은 선물을 사줄 수 있으면 좋겠다. 네 덕분에 나는
아버지 옷을 빌려 입던 아이에서 이제 요즘 인기 브랜드 옷
을 입고 다니는 진짜 십대 소년이 됐어. 네가 최고야, 케이틀
린. 사랑해!'

또 어떻게 그렇게 봉투에 매번 예쁜 그림을 그려 보낼 수 있
는지 물어보기로 했다. 지난번 편지는 특히나 더 화려해서 나
는 편지를 학교에 들고 가 친구들에게 보여주며 자랑도 했다.
패트릭은 기계로 그리는 거라고 확신했다. '넌 손으로 직접 그
리는 거야, 아니면 기계나 특별한 펜으로 그리는 거야?'

거기까지 쓰고 나서 나는 카드를 접었다.

버스가 출발하기 전 우체국에 들를 시간이 없어서 케이틀
린에게 보낼 카드를 짐 속에 넣고 사쿠바로 내려갔다. 집에
내려가서 편지를 부쳐도 될 거다.

다음 날 아침 무타레로 돌아오니 무언가 분위기가 심상치
않았다. 어머니는 나를 보고 제대로 인사도 하지 않으셨고
토요일 아침인데도 아버지는 집에 안 계셨다. 다들 어디 갔
냐고 물으니 어머니는 형과 심바가 시장에 일을 하러 나갔다
고만 하셨다.

"아빠는 어디 계세요?" 겨우 4주 떨어져 지낸 걸 가지고
엄청난 환대를 기대하진 않았지만, 그래도 그런 우울한 인사
를 받게 될 줄은 몰랐다.

적당한 말을 고르느라 어머니는 한참을 망설이셨다.

"지난주에 아버지가 실직하셨단다, 마틴." 드디어 어머니

가 입을 떼셨다. 아직도 믿을 수가 없다는 듯 어머니는 고개를 저으셨다.

이런 날이 올 줄은 알았지만 가뜩이나 숨 막히는 우리 집 형편에 이제 산소까지 빼앗아가는 꼴이었다.

"케이틀린이 보낸 돈으로 8월 집세를 냈단다." 한참을 애꿎은 바닥만 바라보며 얼굴을 들지 못하시더니 어머니는 그제야 내 눈을 쳐다보셨다. "9월에도 그 돈으로 집세를 내야 할 거다." 나에게 그 말을 꺼내시는 게 얼마나 힘든지 느껴졌다.

어머니가 왜 그렇게 기분이 좋지 않으셨는지 이제 이해가 됐다. 수입이 없는데 앞으로 월세는 어떻게 낸단 말인가? 이렇게 집에서 쫓겨난 이웃들이 부지기수였다. 그런 사람들은 대부분 시골로 내려가 농사를 지으며 살았다. 하지만 우리 가족은 그럴 수 없었다. 대부분 사람들은 도시에서 일해 번 돈을 모아 은퇴 후 시골에서 살 집을 지었다. 우리 아버지는 시골에서 다시 자리를 잡을 만한 돈도 모으지 못하셨다. 그러니까 우리는 돌아갈 곳도 없었다. 월세를 내지 못하면 그야말로 길바닥에 나앉게 될 상황이었다.

온갖 생각들이 머릿속에서 뒤섞였다. 돈을 다 써가고 있었다. 아버지는 직장을 잃으셨고 딱히 미래가 밝지도 않았다. 그럼 학비를 낼 돈도 없단 뜻이다. 이틀 후면 폼3 마지막 학기 시작이었다.

"다 괜찮을 거예요, 엄마." 거짓말로 어머니를 위로했다. 어떻게 잘 된다는 건지는 나도 몰랐다. 바람을 좀 쐬고 싶었고 생각할 시간이 필요했다.

큰길로 나가면서 어떻게 하면 학교에 남을 수 있을지 방법을 여러 모로 궁리했다. 어떤 방법을 생각하든 결론은 케이틀린이었다.

월요일 아침, 나는 케이틀린의 최근 편지 한 통과 하라레에서 번 돈을 함께 들고 학교에 갔다. 교실에서 이름을 불리기보다 교장선생님을 곧장 뵈러 가는 게 나을 것 같았다.

가끔 조회시간에 학생들 앞에서 말씀을 하실 때나 학생들에게 시상을 하실 때가 있긴 했지만 학생들이 평소에 사무핀디 교장선생님을 직접 만날 일은 거의 없었다. 교장선생님은 인상이 좀 무서웠다. 하얗게 센 뽀글뽀글 곱슬머리에 덩치도 꽤 크셨다. 말씀을 하실 때도 거의 무슨 야생동물이 으르렁대는 느낌이었다. 교장실 문을 두드리는데 심장이 콩닥콩닥 뛰었다.

"누구시죠?" 문 안쪽에서 선생님의 걸걸한 목소리가 들려왔다.

"선생님, 마틴 간다입니다. 드릴 말씀이 있어서요." 나는 문 너머로 소리쳤다.

"들어오게." 선생님의 목소리가 쩌렁쩌렁 울렸다. 교장선생님은 책상 앞에 앉아 계셨고 책상 위에는 서류더미가 잔뜩 쌓여 있었다. 담배 연기가 시야를 가릴 정도로 방 안을 가득 메운 탓에 나는 손을 휘휘 내저었다. 선생님은 한 모금 담배를 빨고 나서 재떨이에 비벼 끄셨다. 책상에는 재떨이가 여러 개였는데, 선생님은 재떨이를 서류가 날아가지 않게 누르는 용도로도 쓰셨다. 담뱃재가 재떨이 주변으로 흩날렸고 한 줄기 마지막 연기가 자욱한 방 안 공기 속으로 사라졌다.

"무슨 일인가?" 선생님이 물으셨다.

"번거롭게 해드려 죄송합니다, 선생님." 나는 책상 쪽으로 가까이 다가가며 말했다. "저희 아버지가 실직을 하셨습니다."

교장선생님은 담배에 새로 불을 붙이셨다. 나는 선생님 책상에 짐바브웨 돈 52불을 내려놓고 말했다. "오늘은 수업료 전액을 다 내지 못할 것 같습니다."

인플레이션으로 학비가 올라서 예전에 550불이던 수업료가 이제는 1인당 800불이 됐다. 10퍼센트도 훨씬 넘는 인상률이었다. "오늘은 선금만 가져왔습니다. 나머지는 미국 친구가 내줄 겁니다."

교장선생님은 내 말에 미동도 없으셨다. 웃어 보이시거나 하여간 그 어떤 반응도 하지 않으셨다. 동상 앞에서 이야기하는 기분이었다.

"몇 주 안에 확실히 수업료 전액을 납부할 수 있습니다. 약속드려요." 이렇게 말하고 나서 나는 케이틀린의 편지를 보여드렸다.

"6월에 친구가 저한테 미화 40달러를 보내주었습니다. 학비 정도는 문제도 아닙니다."

교장선생님은 케이틀린의 편지를 읽고 나서 한 달의 시간을 허락해주셨다. 경기가 워낙 나빠져 학교에서도 기준을 낮

출 수밖에 없었다. 학교도 돈을 벌어야 했으니 말이다.

교장선생님께서 허락을 해주시자 용기가 생겨 학교 컴퓨터를 좀 빌려 쓸 수 있겠느냐고 여쭤보았다. 학교에 한 대뿐인 컴퓨터였는데, 케이틀린에게 편지를 쓰려고 한다고 이유를 말씀드렸다. 부탁할 내용이 내용인 만큼 허접하게 편지를 써 보내고 싶지 않았다. 깨끗하게 타자를 쳐 보내고 싶었다. 교장선생님도 허락해주셨다.

마지막 교시가 끝나고 교장선생님 비서를 찾아갔다. 사무핀디 선생님께서 컴퓨터를 써도 된다고 하셨다고 말하니 이미 비서선생님도 알고 계셨다.

컴퓨터 앞에 앉아 있으니 지금 내가 무슨 짓을 벌이는 건가 실감이 나기 시작했다. 베스트 프렌드에게 학비를 내달라고 하다니, 황당무계한 소리였다. 그래도 나한테는 다른 선택지가 없었다. 천천히 검지 두 개로 타자를 치기 시작했다.

케이틀린에게,

안녕! 네 편지를 받아서 아주 기뻤어. 정말 고마워. '키스톤 스테이트' 펜실베이니아는 어때? 나는 이곳 아프리카에서 잘 지내고 있어.

8월 5일부터 9월 6일까지는 방학이었어. 나는 방학 동안 아주 재밌는 시간을 보냈어. 짐바브웨 수도인 하라레에 있는 회사에서 차 따르는 일을 했는데, 정말 재밌었어!!!

짐바브웨는 지금 여름이고 엄청 더워. 그래서 가끔 강으로 수영을 하러 가. 공공 수영장이 딱 하나 있긴 한데 사용료가 아주 비싸거든. 케이틀린, 내가 널 얼마나 사랑하는지 알지? 진짜로, 옷이며 값비싼 선물들을 네가 보내준 덕분에 내 삶은 정말 달라졌어. 이제 동네에서 사람들이 나를 보는 시선이 달라졌어. 우리 부모님도 나한테 그렇게 해주시진 못했어. 정말 고마워.

나는 짐바브웨 음악 얘기도 하고, 토마스 마푸모 노래를 들어본 적이 있는지 묻기도 했다. 그리고 이렇게 덧붙였다.

새로 찍은 사진이랑 하라레에서 일하는 동안 특별히 너를 위해 산 우정의 카드를 같이 보내. **지금 이 편지는 학교 컴퓨터로 쓰고 있어.**

막 그렇게 쓰고 있는데 비서선생님이 내 어깨를 톡톡 치며 이제 문을 닫아야 한다고 하셨다. 시간이 없어 얼른 편지를 마무리했다.

네가 보내준 사랑에 늘 고마워하고 있어. 리치 형과 로미오, 다정하신 너희 부모님께도 안부 전해줘.

1999년 9월 8일
너의 사랑하는 펜팔 친구, 마틴 간다

편지를 인쇄한 후 학교를 나왔다. 어떻게 해야 이렇게 어마어마한 부탁을 정중하게 잘 할 수 있을까 고민이 됐다. 컴퓨터 앞에 앉았지만 정작 해야 할 말은 못했다. '도움이 필요해. 학교에 계속 다닐 수 있게 돈을 보내줘!' 그게 내가 해야할 말이었다. 말도 안 되는 부탁이었지만 도저히 시장으로는 돌아갈 엄두가 나지 않았다. 결국 나는 우리 집 상황에 대해아주 솔직하게 털어놓기로 했다.

답장이 늦어서 미안해. 차 따르는 아르바이트를 했는데, 너한테 보낼 우정 카드를 사려고 거기서 번 돈 중에 4분의 3이나 썼어!! 내가 너를 얼마나 아끼는지 알지?!

방학이 끝나서 다시 학교로 돌아왔어. 아버지가 직장을 잃으셔서 이제 학비며 식비를 벌려고 할 수 있는 일은 다 하고 있어. 옷은 네가 보내준 걸로 충분하지만 말이야. 혹시 네가 학비 내는 걸 도와줄 수 있을까…….

막 부탁의 말을 하려는데 갑자기 이런 생각이 들었다. 케이틀린도 물론 돈이 있겠지만 차 한 대씩에 대궐 같은 집을 갖고 있는 사람은 사실 케이틀린의 부모님이었다. 나를 도와줄 수 있는 사람은 그분들일지도 모른다. '아니면 혹시 다정하신 너희 부모님께서 나를 도와주실 수 있을까?' 이렇게 하면 내 소중한 친구가 부담을 덜 가질 수 있을 것이다.

학비는 한 학기(4개월)에 짐바브웨 돈으로 800불인데, 미국
돈으로는 20달러 정도야. 무리한 부탁이라면 너무 신경 쓰지
마. 학교 끝나고 일하러 가면 돼. 물론 쉬운 일은 아니야.
800달러를 모을 때까지 부자들 차를 닦아주고 사람들 짐을
날라주고 해서 받는 동전을 차곡차곡 모아야겠지.

너희 부모님께서 여유가 있어 도움을 주실 수 있으면 좋겠다.
내 부탁을 들어주기 힘들더라도 너무 걱정하진 말고. 하지만 내
사진은 꼭 보여드리렴! 내가 너희 가족 모두 사랑하는 것 알지?
리치 형한테도 사진 꼭 보여주고!

케이틀린에게 보낼 편지를 마친 후에 나는 좀 더 용기를
내서 케이틀린의 부모님께 직접 편지를 썼다. 나는 케이틀
린의 부모님께 학비를 내려면 이제 시간이 일주일밖에 없고,
그때까지는 미국에 편지가 도착할 거라고 말씀드렸다. 그리
고 미국에서 짐바브웨로 보내는 편지는 그보다 더 빨리 올
거라고 말씀드렸다. 우리 집 상황을 솔직히 털어놓고 케이틀
린의 부모님께서 부디 내 상황을 이해해주시고 도움을 주시
기를 기도했다.

케이틀린

그해 여름에는 키가 15센티미터나 컸다. 마치 『이상한 나라의 앨리스』에서 차를 마시고 갑자기 거인으로 변해서 집을 뚫고 나오는 앨리스가 된 기분이었다. 6월에만 해도 키가 161센티미터였는데 8월이 되니 179센티미터가 돼서 초여름에 입던 옷들이 여름이 끝나갈 때쯤에는 전부 맞질 않았다. 그래서 9학년 새 학기 시작 무렵에는 옷을 다 새로 사야 했다. 그건 좀 신이 났다.

드디어 가슴이 나온 것도 좋았다! 그 전 여름방학에는 주말마다 포코노 호숫가에 있는 외가에 갔었다. 외삼촌 짐과 결혼한 숙모 킴이 거기 자주 와 있었다. 주말엔 다들 거의 수영복을 입고 살다시피 해서 숙모의 가슴이 눈에 띄었다. 나도 숙모처럼 적당히 큰 가슴을 갖고 싶었다. 그래서 하루는 숙모에게 직접 여쭤보았다. "숙모는 어떻게 가슴이 그렇게 커요?" 숙모는 이렇게 대답하셨다. "매일매일 노를 많이 저으면 커져." 나는 숙모 말이 곧 진리인 것처럼 그대로 따랐다. 팔이 아플 때까지 날마다 노를 저었다. 그러고는 이듬해 여름 드디어 가슴이 나온 것이다! 브래지어를 주니어용에서 D컵으로 바꾸었지만 아직은 브래지어를 하지 않고 끈 없는 민소매를 입어도 괜찮았다.

가슴이 생기니까 너무 좋았다. 다들 이제 나를 열네 살로 보지 않았다. 더 성숙하게 봤다. 9학년이 시작되니 그게 피부로 느껴졌다. 원래도 다들 친절했지만 남자애들이 진짜 엄청 친절해졌다. 관심을 받는 건 좋았지만 얼마 안 가 고통이 찾아왔다.

8학년 때부터 허리가 아프기 시작했는데 여름이 시작될 때부터는 허리가 정말 너무 많이 아팠다. 신발을 신거나 토끼를 안아 올리려고 허리를 숙일 때마다 누가 척추 안쪽을 찌르는 것 같은 기분이었다. 그래서 식기세척기에서 그릇을 꺼내 정리하는 일도 너무 힘이 들었다. 9월이 되니 허리 상태가 진짜 심각해져서 식기를 꺼내 정리하고 나면 허리가 괜찮아질 때까지 한참이고 바닥에 누워 숨만 쉬고 있어야 했다. 엄마는 내가 집안일을 하기 싫어서 그러는 거라고 생각하셨지만 얼마 못 가 이제는 하키스틱을 들고 허리를 굽히는 것도 힘들어져서 필드하키도 관뒀다. 다리까지 아파오기 시작했다.

결국 엄마는 나를 데리고 병원에 갔고 의사선생님은 척추

측만증인 것 같다고 하셨다. 다행히 검사 결과는 음성이었지만 아직도 허리가 너무 아팠다. 그래서 이번에는 MRI를 찍으러 갔다. 결과가 나오고 성장판 끝이 부러졌단 걸 알게 됐다. 성장이 너무 빨라서 뼈가 부러져버린 것이었다. 안타깝게도 일주일에 두 번씩 물리치료를 받고 기본적인 스트레칭과 코어 운동을 하는 것 말고는 별로 할 수 있는 일이 없었다. 몇 달간 그렇게 치료를 계속하는데 정말 짜증이 났다. 그나마 좋은 점이라면 설거지 후 그릇 정리나 거실 벽 몰딩 청소를 더는 안 해도 된다는 것이었다.

MRI 검사 결과를 받았을 때쯤 마틴한테도 편지가 왔다. 이번 편지는 유독 두꺼웠다. 마지막으로 편지를 받은 게 몇 달 전이고, 이번에는 편지가 세 통씩이나 들어 있어서 들뜬 마음으로 편지를 읽기 시작했다. 편지를 읽어 내려가면서 예전에 마틴이 아이스크림 포장지에 적어 보낸 편지가 떠오르자 점점 무서워지기 시작했다. 마틴의 아버지가 직장을 잃고 마틴이 다시 시장에 나가서 일을 한다니, 그럼 내가 보낸 돈으로 마틴이 학비만 낸 게 아니라 그 돈으로 온 가족이 생활을 한단 얘기였다. 아무리 내가 열네 살이라지만 그 정도는 파악이 됐다. 끽해야 베이비시터 아르바이트비로 어떻게 온 가족이 생활을 할 수가 있지? 말도 안 되는 소리였다. 우리 부모님은 내가 마틴에게 보내는 편지에 돈을 함께 부치고 있는 줄은 모르고 계셨다. 옷이나 작은 선물들을 보내는 정도는 부모님도 알고 계셨지만 돈 얘기는 하지 않았다.

마틴이 나에게 쓴 편지 말고 우리 부모님 앞으로도 편지를 썼다. '케이틀린, 이 편지를 제발 너희 부모님께 꼭 전해드려. 읽고 싶다면 너도 읽어도 되는데 부모님께는 꼭 전해드려야 해. 그리고 내가 보낸 거라고 말씀드리고. 마틴이.'

나는 곧바로 편지를 열어보았다.

안녕하세요, 스토익시츠 아저씨, 아주머니.

이 편지 받고 놀라셨을 줄 압니다. 저는 따님 케이틀린의 친구 마틴 간다라고 합니다. 케이틀린은 제 베스트 프렌드고 지금까지 경제적으로나 교육적으로, 또 다른 여러 방면에서 도움이 돼주었어요. 어쩌면 케이틀린에게 들으셨을지 모르겠지만, 저희 집안 형편이 원래 좋지 못한데 아버지께서 일을 더는 하지 못하게 되셔서 형편이 더 나빠졌어요. 저로서는 특히 상황이 곤란하게 됐습니다. 이제 학비를 낼 수가 없게 돼서요. 매일 학교가 끝나고 학비를 벌기 위해 일을 나갑니다. 할 수 있는 일은 다 해봤어요. 세차를 해주고 동전 몇 푼을 벌고요. 버스터미널에서 사람들 짐을 대신 날라주고 또 동전 몇 개씩 받아요.

그렇게 모은 돈이 지금까지 짐바브웨 돈으로 48불입니다.

교장선생님께 사정을 말씀드리자 일단 학기 첫 주 수업은 듣게 해주셨지만 그다음부터는 수업료를 다 내야만 학교를 다닐 수가 있습니다. 가능하시다면 제발 저에게 도움을 주십시오. 어렵겠다고 하셔도 물론 괜찮습니다. 그래도 베스트

프렌드 케이틀린의 부모님이시니까 아저씨, 아주머니께서
저를 도와주실 수 있을 거라고 믿습니다. 혹시나 해서 드리는
말씀인데, 케이틀린에게 보낸 예전 편지를 보면 제 성적을
확인하실 수 있을 겁니다.

　수업료는 짐바브웨 돈으로 한 학기에 800불이고 미국
돈으로는 20달러 정도예요. 아저씨, 아주머니께서 저를
도와주실 수 있을 거라고 기대하겠습니다.

　그럼 좋은 소식 기다리고 있겠습니다.

감사드리며

케이틀린의 아프리카 친구,

마틴 드림

　마틴의 편지를 읽는데 눈물이 맺혔다. 마틴이 자랑스러웠
다. 나한테는 단 한 번도 도움을 청하지 않은 마틴이었다. 이
렇게 우리 부모님께 도움을 청한다는 게 엄청나게 어려운 일
이었을 것이다. 마틴은 내가 부담을 갖지 않기를 바랐다. 마
틴은 자기가 도움을 요청하면 내가 혼자 끙끙 앓을지도 모른
다고 생각했을 것이다. 하지만 바로 여기, 이 편지에 마틴이
도와달라고 외치고 있었다. 부모님도 내가 짐바브웨 친구와
펜팔 편지를 주고받고 있단 정도는 알고 계셨지만 우리 사이
가 얼마나 가까운지는 잘 모르고 계셨다. 그날 저녁 나는 부
모님께 모든 것을 털어놓기로 했다. 마틴을 도울 수 있는 방
법은 그뿐이었다.

저녁식사 시간 나는 이야기를 하기 위해 단단히 마음을 먹고 아래층으로 내려갔다. 아빠는 이미 자리에 앉아 계셨고 엄마는 미트로프, 으깬 감자, 콩, 샐러드 등으로 상을 차리고 계셨다. 엄마가 드레싱을 좀 꺼내달라고 부탁하셨다.

아빠가 제일 좋아하시는 라이트 랜치 드레싱과 내가 좋아하는 사우전드 아일랜드 드레싱을 식탁 가운데 있는 회전판에 놓았다. 엄마도 이제 자리에 앉으셨다. 대화를 어떻게 시작하는 게 가장 좋을까 나는 고민했다.

"제 대학 등록금으로 모아두신 돈이 얼마나 돼요?" 나는 다짜고짜 그렇게 물었다.

아빠가 막 으깬 감자를 접시에 담고 계셨다.

"네가 걱정할 필요가 없을 정도는 모였지. 미트로프 좀 줄래?"

미트로프니 랜치 드레싱이랑 사우전드 아일랜드 드레싱 중에 뭐가 나은지 그런 생각 따위 할 겨를이 없었다. 식탁 위에 너무 많은 음식이 놓여 있단 사실에 속이 다 울렁거렸다.

"얼마나 있는지 알아야 해요." 나는 말을 이어갔다.

"왜?" 엄마가 물으셨다.

"왜냐면 마틴에게 보내야 하니까요. 그거 전부요."

"네 펜팔 친구 말이니?" 아빠가 웃으며 말씀하셨다.

"네, 그 친구요." 아빠가 전혀 내 말을 진지하게 듣고 계시지 않아서 화가 났다. 엄마는 그래도 내가 진지하단 걸 알고 계셨다.

"케이틀린, 네 대학 등록금을 짐바브웨로 다 보낼 수는 없어."

"그건 네가 대학에 갈 때 쓸 돈이지, 케이틀린. 엄마 아빠가 네 미래를 위해서 모아둔 거야." 아빠가 이제는 진지한 목소리로 말씀하셨다.

점점 더 화가 났지만 일단 하고 싶은 말을 전하기 위해 화를 눌렀다.

"원하는 대학이 있으면 저도 얼마든지 갈 수 있어요. 진짜 열심히 공부를 시작하면 장학금도 받을 수 있고요. 마틴한테는 그런 선택지가 없다고요." 나는 부모님께 마틴의 아버지가 직장을 잃으셨고 사실 그동안 마틴에게 베이비시터 일을 해서 번 돈을 보내고 있었지만 그걸로는 충분하지 않다고 솔직하게 이야기했다.

"마틴한테 돈을 보내고 있었다고?" 엄마가 물으셨다.

"편지를 보낼 때마다 10~20달러씩 보내는 게 계획이었어요. 지난번에는 40달러를 넣었고요." 나는 대답했다.

엄마는 깜짝 놀란 표정으로 아빠를 쳐다보셨고, 아빠는 내게서 눈을 떼지 않고 계셨다.

"친구들이랑 주말 밤에 놀러도 안 나가고 베이비시터 하러 갔던 게 그것 때문이야?" 엄마가 다시 물으셨다.

"엄마. 아빠. 지금 이해가 안 되시나 본데요." 나는 몹시 화가 났다. "마틴은 제 가장 친한 친구고 지금 심각한 상황이라고요. 엄마 아빠의 도움이 필요해요. 이제 저 혼자서는 도울 수가 없어요."

눈물이 얼굴을 타고 흘러내렸다. 대화가 생각했던 대로 흘러가지 않았다.

"제가 할 수 있는 일이 또 뭐가 있는지 모르겠다고요." 나는 울면서 말했다.

아빠는 고개를 끄덕이셨다. 엄마는 음식에 손도 대지 않은 채 접시를 내려다보고 계셨다. 모두가 조용했다.

"편지를 일단 보여줄래?" 엄마가 드디어 말씀하셨다.

"사실 마틴이 엄마 아빠 앞으로 편지를 보냈어요." 나는 방으로 달려가 편지를 가져왔다.

아빠 앞에 마틴이 보낸 부탁 편지를 보여드렸다. 엄마는 자리에서 일어나 아빠 어깨 너머로 열중하며 편지를 읽으셨다.

"마틴이 이런 부탁 하는 거 처음이에요. 진짜 상황이 심각한 거라고요." 내가 설명을 덧붙였다.

부모님이 편지를 읽으시는 동안 나는 부모님을 지켜보며 기다렸다. 저 멀리 서재에서 로미오가 쌕쌕 코를 골며 자는 소리 외에는 고요했다.

"케이틀린." 아빠가 조심스럽게 말씀을 꺼내셨다. "만약에 이게 거짓말이라면 어떡할까?"

"마틴은 절대 그런 짓을 할 애가 아니에요." 내 목소리는 더 커졌고 말은 더 빨라졌다.

"케이틀린, 아빠는 그냥 네가 걱정이 돼서 그러시는 거야." 엄마가 말씀하셨다.

"제 걱정은 필요 없어요! 제 친구가 도움이 필요하다니까요."

내 반응에 부모님이 깜짝 놀라셨다. 열네 살 평생 내가 뭘 이렇게 단호하게 주장한 적은 처음이었다.

"그래, 알았다! 알겠어. 어떻게 도움을 줄 수 있을지는 엄마하고 생각을 좀 해봐야겠다." 아빠가 말씀하셨다.

엄마도 고개를 끄덕이며 말씀하셨다. "마틴이 너한테 얼마나 중요한지는 잘 알아. 네가 마틴에게 그렇게 좋은 친구가 돼주었다니 네가 너무나 자랑스럽고 말이야."

나는 엄마 아빠의 목을 껴안았다. "고마워요, 엄마! 고마워요, 아빠! 잘 생각하신 거예요."

다음 날 아침밥을 먹으며 나는 부모님께 결정을 하셨는지 물었다. 엄마는 좀 더 조사를 해본다고 하시며 저녁에 이야기하자고 약속하셨다.

나는 조금 편해진 마음으로 학교에 갔다. 엄마 아빠는 도움을 주는 법을 아는 분들이셨다. 몰라도 알아내실 분들이었다.

그날 밤 아빠가 차를 세우자마자 나는 인사를 하러 달려나갔다.

"그래서 어떻게 하실 거예요?" 나는 아빠를 따라 안으로 들어가며 물었다.

"지금도 네 생각에는 변함이 없니? 진심이야?" 아빠가 물으셨다.

"아빠도 참, 당연한 소릴. 그리고 지금 이럴 시간이 없어요! 당장 뭐든 해야 한다니까요! 일주일이 지나면 다시 쫓겨난단 말이에요."

아빠가 엄마에게 고개를 끄덕해 보이셨다. 엄마는 진지한 표정이었다.

"여기저기 전화를 해봤어." 엄마가 말씀하셨다. "마틴을 도울 수 있는 최선의 방법을 찾으려고 노력하는 중이야."

"노력만요?" 내가 되물었다.

"케이틀린, 엄마 아빠는 마틴을 도울 수 있도록 최선을 다할 거야." 엄마는 대답하셨다.

그날 밤 나는 마틴에게 편지를 썼다. '부모님께 네 편지 전해드렸어. 부모님도 너를 돕겠다고 약속하셨고.'

나는 이번에도 봉투 안에 20달러를 넣고 부모님이 방법을 찾으실 때까지 이 돈이 보탬이 됐으면 좋겠다고 적었다.

그다음 주에는 학교에서 집으로 돌아오자마자 매일같이 경과를 물었다. "진전이 좀 있어요?"

엄마는 그동안 여러 가지 시도를 한 내용을 들려주셨다. 먼저 워싱턴에 있는 짐바브웨 대사관에 전화를 걸었는데, 거기서는 하라레에 있는 미국 대사관에 전화를 걸라고 했단다. 전화접수원이 엄마에게 이름을 하나 알려주면서 그 사람이 도와줄 수 있을 거라고 했다. 엄마는 곧바로 그 사람에게 연락 달라고 메시지를 남겼지만 아직 아무 소식이 없었다. 성질 급한 엄마는 가만히 연락만 기다리고 있을 수가 없어서

퀘벡에 사는 엄마 친구 솔란지 아줌마에게 전화를 걸어 도움을 청했다. 그 엄마에 그 딸이라고 성미 급한 내 성격이 어디서 왔겠나. 캐나다 정부 공무원인 솔란지 아줌마는 대사관에서 일하는 친구들 몇몇에게 한번 물어보겠다고 약속하셨다.

엄마는 또 마틴의 수업료가 얼마 정도인지 인터넷 검색을 하느라 컴퓨터 앞에서 몇 시간씩 보내셨다. 마틴은 20달러면 수업료를 낼 수 있다고 했지만 엄마는 정말 그걸로 충분한지 확인하고 싶어 하셨다. 그리고 그보다 더 궁금한 건 그 돈을 안전하게 송금하는 방법이었다.

"그냥 전에 하던 대로 편지에 돈을 같이 넣어 보내면 안 돼요?" 엄마와 마틴을 도울 방법을 궁리하며 머리를 맞대고 있다가 나는 그렇게 물었다.

"마틴한테 그렇게 돈을 보냈다니까 솔란지가 깜짝 놀라더라."

"왜요?"

"가난한 나라에서는 우체국 직원들이 우편물을 열어보기도 한대. 마틴이 네가 보낸 돈을 정말 다 받았대?"

확실히는 나도 몰랐다. 가끔 마틴이 내가 보낸 돈에 대해 특별히 고맙단 얘기를 하긴 했다. 하지만 항상은 아니었고, 아예 별 말이 없을 때도 있었다. 갑자기 마틴이 내 편지를 전부 다 받아봤는지가 궁금해졌다. 마틴에게 보낸 돈을 중간에 훔치는 사람이 있을 수 있다니 이 세상에 대해 좀 더 냉소적이 됐다. 그렇지만 그 덕분에 한 가지 아이디어가 떠올랐다.

"돈을 위장시키면요?"

"어떻게? 돈에 콧수염 달고 가짜 안경 씌우게?" 엄마는 웃으며 말씀하셨다.

"잠깐만요." 내 방으로 올라가 역사 시간 과제 때문에 샀던 주황색 하드보드지를 꺼내 10x15센티미터 직사각형 크기로 잘라냈다. 그런 다음 7x12센티미터 크기의 사진 한 장을 골랐다. 로미오와 함께 찍은 사진인데 엄마가 여름에 찍어주신 것이었다. 나는 베이비시터 아르바이트비를 모아놓은 서랍에서 20달러 지폐를 꺼낸 후 풀을 들고 다시 아래층으로 달려갔다.

"사진 뒤에 돈을 숨기고 카드보드지에 붙이면 여기 돈이 든 걸 아무도 모를 거예요!" 나는 뿌듯한 표정으로 말했다.

"그럼 마틴도 모르겠네?" 엄마는 평소처럼 일부러 내 아이디어에 반대 가능성을 제기하셨다.

"편지에 힌트를 써놓으면 마틴은 거기 돈을 숨겨놓은 걸 알 거예요."

"우리 딸 똑똑한데! 그런데 잠깐만."

엄마는 지갑에서 20달러를 꺼내셨다. "네 돈은 아껴두렴. 이건 엄마가 줄게."

나는 여름캠프에서 종이접기 시간에 아이들에게 가르쳤던 것처럼 지폐를 하트 모양으로 접었다.

"엄마, 고마워요." 주황색 카드보드지 위에 하트로 접은 돈을 놓으며 말했다. "하지만 우리가 줄 수 있는 선에서 최대한 많이 보내주는 게 마틴한테는 도움이 될 거예요."

나는 사진 뒷면의 가장자리에 풀칠을 하고 나서 사진을 하드보드지에 붙였다.

"우리 딸 천재야."

"마틴 가족들이 이 돈으로 사니까요." 내가 대답했다.

엄마는 계속해서 안전하게 돈을 보낼 방법을 찾았다. 엄마의 주거래 은행에서도 돈을 보낼 수는 있었지만 짐바브웨 은행은 수수료를 50퍼센트나 떼었다. 엄마는 은행에, 대사관에, 또 다른 아프리카 지역 전문가들에게 전화해서 들은 내용을 노란색 메모장에 전부 적어놓았다. 그러기를 2주, 이제 메모장이 벌써 3페이지까지 넘어가 있었다.

그때쯤 나는 주로 헤더 언니네 집에서 자주 놀았다. 두 집 건너 언니네 집이었으니 학교가 끝나고 언니네 집으로 가는 날도 많았다. 마틴의 안부를 궁금해하는 건 헤더 언니뿐이었다. 나는 마틴이 학교를 다시 다닐 수 있도록 엄마가 애를 쓰고 계신다는 이야기를 언니와 언니 어머니께 했다. 언니 어머니는 이렇게 말씀하셨다. "케이틀린, 그런데 마틴이 거짓말을 하는 게 아니란 건 어떻게 아니?"

그런 질문을 하는 사람은 언니네 어머니 말고도 많았다. 엄마의 친구도 그랬고, 베이비시터 아르바이트를 가는 집 가족들한테도 그런 말을 들었다. 아니, 그냥 우리가 마틴을 돕는 이야기를 하면 그 얘기를 듣는 모든 사람이 다 똑같이 그렇게 물었다. 헤더 언니네 어머니도 우리 엄마 같은 분이었다. 사람들에게서 악의보다는 선의를 먼저 보시는 분이었다. 나는 다른 사람들, 특히 마음이 넓은 사람들이 마틴을 사기 꾼이라고 생각하는 게 너무 싫었다. 마틴은 내가 아는 가장 정직하고 훌륭한 친구였다. 내가 마틴 편을 들 때마다 사람들은 고개를 절레절레 흔들며 "불쌍한 케이틀린, 순진하기도 해라" 하고 말하고 싶은 것 같았다. 그게 정말 참기 힘들었다. 엄마가 다른 사람들에게 이렇게 대꾸했다고 했다. "뭐, 마틴이 거짓말을 한 거면 부끄러운 일이겠죠. 사실이라면 거짓말이라고 생각한 우리 스스로를 부끄러워해야 할 일이고요." 나도 헤더 언니 어머니께 그대로 말씀드렸다.

사람들이 왜 걱정을 하는지는 나도 알았다. 신문에 연일 나이지리아 피싱 보도가 실리고 있었다. 자신은 나이지리아에서 온 청년인데 강도를 당했고 지금 당장 돈을 구하지 못하면 신변이 위험하다며 사람들에게 도움을 청하는 가짜 이메일을 보낸단 것이었다. 선의를 가진 사람들이 메일에 나온 의문의 계좌로 돈을 보내면 그 사람들 계좌에서 나머지 잔액을 모조리 빼내는 수법이었다. 부모님도 이런 수법을 익히 들어 알고 계셨다. 아마 그래서 엄마도 더더욱 마틴에게 안전하게 송금할 방법을 그렇게 열심히 찾으셨을 것이다. 내가 만만한 상대라서 그렇다고 생각하는 사람들도 있었을 것이다. 물론 내가 엄청 진지한 사람인 건 아니었다. 그래도 한 가지만큼은 분명하게 말할 수 있다. 나는 부정적인 사람이랑은 상대 안 한다. 당신은 이해 못하고 나는 굳이 설명할 필요가 없다, 그게 내 평소 신조이자 태도였다. 다행히 부모님은 전적으로 내 편에 서주셨다.

아직도 마틴을 제대로 도울 방법을 찾지 못하고 있었다. 생각보다 훨씬 시간이 많이 걸렸다. 마틴에게는 우리가 할 수 있는 일을 다 해보고 있다고 했다. 만약 그래도 결국 안 된다면 어떡하지?

11월은 좀 힘들었다. 아직도 전문가들한테서는 확실한 답을 듣지 못했고 9월 이후로 마틴에게서도 편지가 끊겼다. 마틴이 내가 보낸 돈을 받지 못했다면? 마틴이 학교에서 쫓겨나 차를 따르고 있으면 어떡하지? 이런 생각들만 계속 하고 앉아 있을 수 없었다. 마틴을 돕기 위해 무언가 해야 했다.

한번은 마틴이 내가 티셔츠를 보내준 덕분에 자신의 옷이 "증가"했다고 했었다. 이제야 마틴이 무슨 이야기를 하려고 했는지가 이해됐다. 내가 옷을 보낸 덕분에 옷이 한 벌뿐이었던 마틴이 이제 네 배나 많은 옷을 갖게 됐다는 뜻이었다. 나는 티셔츠가 서랍 하나 가득하고도 모자라서 여기저기 널려 있는데 말이다. 아이디어가 하나 떠올랐다.

"엄마, 쇼핑 안 가실래요?" 아래층에 계시던 엄마에게 물었다.

"뭐 필요한 게 있니?" 엄마가 물으셨다.

"사실 제가 필요한 게 있는 건 아니고요." 나는 설명했다. "마틴 때문에요. 따지자면 마틴 가족들을 위해서요."

엄마는 알쏭달쏭한 표정이었다.

"곧 크리스마스잖아요. 그래서 생각한 건데, 마틴한테 작은 선물을 보내는 거예요. 마틴 부모님이랑 형제들한테도 옷을 선물하면 어떨까 하고요."

"정말 좋은 생각이야!" 엄마가 동의해주셨다. "가자, 케이틀린!"

순간 내가 참으로 운이 좋다고 생각했다. 갖가지 공과금을 내고 생활비로 쓰는 건 아빠 월급에서 충당했지만, 엄마 역시 돈을 버시니 이런 일도 할 수 있었다. 엄마도 나만큼이나 신이 나셨다.

우리는 의류할인매장 '로스'로 갔다. 나는 마틴에게 줄 리복 셔츠를 샀다. 예산선은 아직 정해두지 않았다. 그냥 마틴네 가족 모두에게 하나씩 선물을 하자, 그게 전부였다.

환한 복도에 티셔츠, 반바지, 원피스 등 종류별 매대가 줄줄이 이어져 있었다. 그러고 보니 가족들 각각의 옷 사이즈를 전혀 모른다는 사실을 깨달았다. 마틴이 5남매 중에 둘째란 건 알았지만 그것 말고는 마틴이 형제들 얘기를 거의 하지 않았다. 제일 최근에 보낸 사진은 어깨까지밖에 나오지 않아서 마틴의 키를 짐작할 수가 없었다. 바로 그때, 나보다키가 작고 호리호리한 체형의 직원이 와서 도와드릴 게 있느냐고 물었다.

"혹시 사이즈 몇 입으세요?"

직원은 의아한 표정으로 나를 쳐다보았다.

"짐바브웨에 있는 친구한테 옷을 사주려고 하는데 그 친구

키가 딱 아저씨 정도 되는 것 같거든요." 내가 설명했다.

"네?" 직원이 되물었다.

"사실 저희가 지금 아프리카에 있는 한 가족을 위해 이것 저것 쇼핑을 하고 있어요." 엄마가 상황 설명에 나섰다. "저희를 좀 도와주시면 참 좋을 것 같네요."

마틴과 네이션이 큰형들이라면 동생들은 다 나보다 어리단 얘기였다. 일단 우리는 아동복 코너로 가서 각기 다른 사이즈로 반바지 세 벌을 골랐다. 그다음 마틴의 어머니를 위해 고무줄 밴드 치마를 골랐다. 마틴 어머니 체구를 전혀 알길이 없었고, 고무줄 치마라면 사이즈가 크게 문제되지 않았다. 허리를 조일 수 있는 끈이 달린 카고 반바지를 산 것도 같은 이유에서였다. 가족들 사이즈를 알 수 없으니 말이다. 남성용 티셔츠도 스몰, 미디엄, 라지로 각각 다른 사이즈를 담았다. 아직 신발 코너에는 가지도 못했는데 카트에 점점 옷이 쌓이고 있었다. 어림짐작으로 사이즈를 골라야 해서 운동화는 두 켤레 샀다. 하나는 마틴 것, 다른 하나는 가족들 중 새 신발이 필요한 누군가가 신으면 될 거다.

"양말도 사자. 그러면 나중에는 물론이고 지금 당장 신발이 좀 크더라도 어느 정도 신을 수 있을 테니까." 엄마는 그렇게 말씀하셨다.

우리는 대박 세일 중인 욕실용품 코너도 한바탕 휩쓸었다. 나는 샴푸 몇 병과 애프터셰이브 로션, 코롱을 골랐다. 학교 남학생들에게는 타미힐피거와 폴로 랄프로렌이 특히 인기였다. 마틴도 이 제품들을 좋아할 것 같았다.

총 208달러가 나왔다. 금액도 적지는 않았지만 물건의 양에 더 놀랐다. 엄마와 나는 양손에 각각 하나씩 총 쇼핑백 네 개를 들고 나왔다. 거기서 다시 학용품을 사러 스테이플스로 갔다. 마틴에게 펜과 연필, 노트, 책가방을 사주고 싶었다. 크레욜라 도장펜도 보이길래 한 팩 샀다. 마틴에게 보내는 편지를 꾸밀 때 이 펜을 썼는데 최근 마틴이 이 펜에 대해 물어본 기억이 났다.

마지막으로 쇼핑한 것들을 다 넣어 보낼 수 있는 큰 박스를 구하러 근처 숍앤드세이브 마트에 갔다. 거기서 또 아이디어 하나가 떠올랐다.

"엄마, 스티로폼 완충제 대신에 사탕을 사면 어떨까요?"

나는 그때도 캔디류를 좋아했고 지금도 좋아한다. 내가 제일 좋아하는 건 에어헤즈라는 츄잉 캔디와 종합 과일향 런츠 사탕이었다. 마틴에게 짐바브웨에선 구하기 힘들 것 같은 미국 사탕을 이것저것 사서 보내주면 좋겠다는 생각이 들었다. 독일에 있는 사촌이 스키틀즈와 스타버스트를 모른다는 건 지금까지도 믿기 힘들었다. 마틴이 내가 좋아하는 사탕을 다 먹어봤으면 했다.

우리는 허쉬에서 나오는 키세스 초콜릿, 스타버스트, 알사탕, 바주카 풍선껌, 투시 롤 초콜릿, 버터스카치 사탕, 그리고 딸기잼이 든 딸기 모양 사탕 등을 7봉지 가득 샀다.

집으로 돌아와 전부 커다란 박스에 넣는데 또 다른 아이디어가 떠올랐다. 나는 워크맨만 세 개 있었다. 마틴은 음악을 좋아했고 최근 토마스 마푸모라는 자기가 좋아하는 짐바브웨 가수 얘기를 했었다. 나는 마틴이 음악을 들을 수 있게 워크맨 하나와 리키 마틴 테이프를 들고와 상자에 넣었다.

포장을 다 하고 나서 나는 박스 안에 든 물건들을 하나씩 설명하는 편지를 썼다. 마틴에게 신발 사이즈가 맞으면 좋겠다고, 혹시 안 맞으면 사이즈를 다시 알려달라고 했다. 또 사탕 맛에 대한 설명을 일일이 적어 넣었다. 마지막으로 가장 중요한 부분이었는데 마틴 집에 전화가 있는지, 혹시 없더라도 다른 데서 전화를 쓸 수 있는지 물었다. 그리고 소포를 받으면 알려달라고 했다. 그냥 소포가 잘 도착했는지 궁금해서였다. 마틴이 괜찮은지도 알아야 했고 말이다.

옷과 욕실용품과 학용품을 넣고 나서 맨 위에 편지를 놓은 다음 7봉지 가득 사온 사탕을 털어 넣었다. 입체 색종이 조각처럼 무지개색 사탕이 상자 구석구석을 채우는 장면은 보는 것만으로도 즐거웠다.

상자 입구를 닫고 테이프로 봉하는 동안 엄마가 상자를 붙잡고 계셨다. 그날 밤 엄마는 솔란지 아줌마에게 전화를 걸어 짐바브웨로 이렇게 큰 상자를 보내려면 어떤 방법이 가장 좋은지 물어보셨다. 솔란지 아줌마는 짐바브웨 정치 상황이 워낙 불안정하니 비싼 물품을 보내는 건 완전히 도박이라고 했다. 이 소포가 일단 짐바브웨 우체국에 도착해도 마틴이 소포를 받는단 보장은 없었다. 솔란지 아줌마는 마틴이 소포를 받기도 전에 그 안에 든 물건들이 암시장에서 거래될 수 있다고 했다. 아줌마는 미국이나 캐나다 대사관을 통해 소포를 보내는 편이 가장 안전할 거라며 방법을 알아봐주겠다고 하셨다.

나는 마틴에게 또 따로 편지를 써서 특별한 소포가 갈 거라고, 그런데 시간이 좀 많이 걸릴 수 있다고 했다. 이번에도 나는 20달러 지폐를 알루미늄 호일에 싸서 넣었다. 솔란지 아줌마가 돈을 보낼 때에는 잘 숨기는 편이 좋겠다고 하셨기 때문이었다. 마지막으로 나는 편지를 이렇게 끝맺었다. '꼭 답장 부탁해. 네가 받았는지 알고 싶어. 네 영원한 친구, 케이틀린이.'

마틴

　교장선생님께는 바로 수업료를 낼 수 있다고 말씀드렸지만 사실 편지가 미국에 도착하기까지 2주, 또 미국에서 짐바브웨로 편지를 보내는 데도 2주가 걸린다는 건 이미 예상하고 있었다. 10월까지도 수업료를 내지 못했다. 교장선생님은 실망하셨지만 그래도 시간을 일주일 더 주셨다. 그리고 그때, 마법처럼 편지가 도착했다.

　하지만 도착한 편지는 누가 이미 한번 뜯어본 상태였다. 봉투 입구는 대충 테이프로 봉해져 있었고 케이틀린의 예쁜 글씨 위에 '밀수품 검사완료'라고 쓰여 있었다. 이래도 되는 건가 싶었다.

　어쨌든 바로 편지를 열어보았고 케이틀린의 부모님께서 도와주신다니 천만다행이었다. 마지막 줄에 케이틀린은 이렇게 덧붙였다. '안전하게 학비를 부칠 방법을 찾을 때까지

일단 이 20달러로 학교에 다닐 수 있으면 좋겠다.'

봉투 안을 다시 뒤져보았지만 아무것도 없었다. 돈이 없어졌다.

희망찬 기분은 갑자기 사그라지고 물이 하수도를 타고 쑥 빠져나가버리는 그런 느낌이었다. 화가 나기도 했지만 돈을 훔쳐간 사람도 나만큼이나 그 돈이 필요했을 거란 생각이 들었다. 짐바브웨 상황은 통제 가능한 수준을 넘어섰다. 점점 더 많은 회사들이 문을 닫았고 시골로 이사하는 사람들도 점점 많아졌으며 식량 부족 사태는 더더욱 심각해졌고 시위도 훨씬 빈번해졌다. 정부가 토지개혁에 착수한 것도 이때쯤이었다. 사람들은 굶주리는데 빵이나 옥수수 죽을 배급해줄 수 없으니 대신 정부는 땅을 나눠주었다. 수대째 짐바브웨에 터를 잡고 살아온 백인 농부들은 자기네 땅을 다시 아프리카 원주민들에게 돌려주어야 했다. 마체테 칼을 들고 나타나 땅에 대한 정당한 권리를 주장하는 사람들이 등장하기 시작했다고 했다. 그 과정에서 사람들이 죽기도 했다. 혼돈 그 자체였다. 게다가 콩고 반군 지도자를 지원한 것 때문에 짐바브웨가 제재를 받게 됐다는 얘기도 들렸다. 국제사회가 짐바브웨를 포기하고 있었다. 케이틀린은 부디 나를 포기하지 않기를 바랐다.

케이틀린은 나를 포기하지 않았다. 11월 또 다른 편지가 도착했다. 이미 다시 시장에서 일을 하고 있던 차였다. 교장 선생님이 말씀하시길, 다른 학생들 수십 명이 수업료를 내지 못해 쫓겨났는데 나만 계속 학교에 남아 있는다면 불공평한 처사가 될 것이라고 하셨다. 일리가 있었다.

이번 편지는 평소보다 짧았다. 케이틀린은 로미오와 같이 찍은 사진을 보냈다. 그리고 편지에 이렇게 써두었다. '훌륭한 강아지 뒤에는 학교에 돌아갈 수 있는 길이 있는 법!' 대체 무슨 소린지 알 수가 없어서 그 문장만 5~6번쯤 읽었다. 그제야 감이 왔다. 카드에서 사진을 뜯어보니 하트 모양으로 접은 지폐 두 장이 들어 있었다.

다음 날 곧장 교장실로 가서 선생님 책상에 수업료를 올려놓았다.

"미국 친구가 결국 해냈구나." 교장선생님이 반색하셨다.

"해낼 줄 알았지요." 나는 대답했다. "이제 수업을 들으러 가도 될까요?"

"지체할 이유가 있겠나? 어서 교실로 가게!" 선생님 목소리가 쩌렁쩌렁 울렸다. 1교시 수업을 들으러 복도를 뛰어가는데 교장선생님의 웃음소리가 들려왔다.

케이틀린

내가 제일 좋아하는 명절이 추수감사절이지만 그해 추수감사절만큼은 끔찍했다. 엄마의 그 모든 고마운 노력에도 불구하고 마틴에게서는 아직 아무 소식이 없었고 우리는 안전하게 짐바브웨로 돈을 부칠 방법도 알아내지 못한 상태였다. 쳇바퀴 도는 햄스터가 된 기분이었다. 솔란지 아줌마가 드디어 옷이며 생활용품을 담은 상자를 어떻게 보내면 좋을지 답을 알아오셨다. 불안정한 짐바브웨 정세 때문에 대사관에서는 중개인 역할을 해주기 꺼려한다고 했다. 그러니 일단 일반 우편으로 소포를 부치고 내용 란에는 '구제 학용품'이라고 적으라고 하셨다. 그러면 아무도 박스를 열어보지 않을 거라면서. 실망스러웠다. 그동안 낭비한 시간만도 얼마인지.

나는 친구들한테는 물론 헤더 언니한테조차 마틴에 대해서는 아무 말도 꺼내지 않았다. 아무도 이해하지 못하는 것 같았다. 그렇다고 해서 친구들이 나한테 자기 고민을 털어놓지 않는다는 건 아니었다. 그해 가을 로렌은 남자친구가 헤어지자고 해서 상처를 받았고 레슬리는 엄격하신 부모님 때문에 화가 났으며 젠은 짝사랑하는 팀이 크리스타를 좋아하는 것을 알게 돼 괴로워했고 브리타니는 수학 시험에서 통과하지 못해 위궤양이 생겼다. 로라는 로렌이 자기를 무시한다고 불만이었는데 하루는 내가 학교 식당에서 자기랑 밥을 같이 먹지 않았다고 화가 났다. 나는 로라를 그냥 내버려뒀다. 그날 오후 막 스쿨버스에 오르는데 로라가 울면서 나에게 어떻게 그렇게 사람이 잔인하냐고 했다. "넌 지금 내가 얼마나 힘든 상황인지 잘 알면서!"

"네가 거기 있었는지 몰랐다니까!" 나는 그렇게 대꾸했지만 그나마 그것도 자제한 거였다. 솔직히 내가 하고 싶은 말은 이랬다. "네가 거기 있는 줄 알았으면 내가 애초에 피했겠지. 별것도 아닌 일로 징징대는 거 아주 지긋지긋하거든!"

학교를 마치고 집으로 돌아왔을 때에는 너무 부글부글 화가 끓어서 책가방을 바닥에 내던지고 소파 위로 털썩 쓰러졌다. 폭발 직전 압력밥솥 같은 느낌이었다. 정말로 도움이 필요한 마틴에게는 정작 뭘 어떻게 해줘야 할지 몰라 막막해하고 있는데 별것도 아닌 일로 징징대고 법석을 떠는 친구들을 위로하고 앉아 있자니 내 능력에 한계가 오는 것 같았다.

"무슨 일 있니?" 내가 서재 소파에 퍼져 있으니 엄마가 물으셨다.

엄마에게 레슬리 이야기를 했다. 브리타니, 로라, 로렌 이야기도 했다. 정말 사소하기 그지없는 개들의 고민거리를 얘기하고 있자니 폭포수처럼 눈물이 쏟아졌다. "멍청이 같은 남자애들 따위 누가 신경 쓰냐고요. 그깟 수학이 뭐 그렇게 중요하냔 말이에요." 나는 거의 폭발하다시피 했다.

"친구들 이야기를 그렇게 잘 들어주다니 우리 케이틀린은 참 좋은 친구네. 케이틀린, 누구나 그냥 고민을 털어놔야 할 때가 있단다." 엄마가 내 등을 쓸어내리며 말씀하셨다.

"걔들은 왜 다 나한테 와서 얘기를 하냐고요. 정작 진짜 내가 얘기를 듣고 싶은 사람은 소식이 없는데! 진짜 짜증나요!"

또다시 눈물이 펑펑 쏟아졌다. 마틴에게 무슨 위험한 일이라도 생긴 건 아닐까? 마틴이 어디 다쳤거나 목숨이 위험하다거나 하면? 그럼 나는 당연히 알 수 있는 방법이 없다.

"마틴이 괜찮은지는 확인할 수 있을 거야. 엄마가 할 수 있는 한 최선을 다하고 있어." 엄마는 나를 달래셨다. "다른 친구들하고의 문제는, 음, 이렇게 한번 생각해볼까? 어떤 친구가 자해를 한다거나 다른 친구를 괴롭힌다거나 하면 정말 심각한 거지만, 그런 상황이 아니라면 그 친구는 그냥 말을 해서 기분을 푸는 것뿐이란다. 그러니까 너도 친구로서의 책임감은 좀 내려놓아도 좋겠지."

엄마의 말씀을 듣자마자 그동안 내가 남의 문제를 군이 떠안고 있으면서 힘들어하고 있었다는 생각이 들었다. 나는 그 순간부터 태도를 바꿨다. 친구들은 여전히 나한테 자기들 고민을 이야기했지만, 이제 나는 그 고민을 내 문제로 떠안고 지내지 않았다. 대신 "그것 참 안타깝다"라든가 "기분이 정말 안 좋겠네" 이런 식으로 대꾸했다. 기꺼이 내 감정적 에너지를 써도 아깝지 않은 사람은 마틴이 유일했다.

그러던 어느 날 주남아공 캐나다 대사관에서 일하는 솔란지 아줌마의 친구가 엄마에게 연락을 해왔다. 실질적으로 도움이 되는 얘기는 이번이 처음이었다.

앤 여사님께,

문의하신 내용은 잘 받아보았습니다. 말씀하신 것처럼 여기서는 공립학교도 학비를 받습니다. 학비는 학교마다 차이가 있습니다만, 평균 1년(3학기) 수업료가 짐바브웨 돈으로 1,400불 정도 됩니다. 돈을 부치는 건 좀 복잡한데요. 그 정도 현금을 부치려면 (짐바브웨에서는 상당히 큰돈이라) 꽤 위험합니다. 일단 미국 달러로 보낸 후 그 친구가 짐바브웨에서 환전을 해야 할 겁니다. 혹시 그 친구네 학교 계좌가 있으면 그쪽으로 직접 송금을 하면 어떨까요? 그렇게 하면 애초 목적에도 맞고 안전하게 돈을 부칠 수 있을 겁니다. 마틴에게 학교 주소와 연락처를 달라고 하세요. 수업료 납부와 관련해서는 학교 측에서 얼마든지 도움을 줄 겁니다.

더 궁금하신 점 있으시면 언제든 연락 주십시오!

1999년 11월 2일
크리스 드림

좋은 소식이었지만 아직도 마틴에게서는 아무 연락이 없었다. 곧 크리스마스가 다가오는데 마틴이 우리가 보낸 돈을 받긴 했는지, 또 크리스마스에 맞춰 소포가 도착하기는 할지 도무지 알 길이 없었다. 기다림은 초조했다. 내가 할 수 있는 일이라곤 마틴에게 다시 편지를 쓰는 것뿐이었다. 이번에는 우리 가족사진으로 만든 크리스마스카드에 5달러를 숨겨 넣고 부디 카드가 마틴에게 무사히 도착하기를 바랐다.

크리스마스 날 아침 나는 라디오에서 흘러나오는 캐롤 소리와 집안에 퍼진 베이컨, 달걀 냄새에 잠을 깼다. 아래층으로 향하며 거실을 내려다보니 자기 전까진 아무것도 없었던 크리스마스트리 아래에 선물이 잔뜩 놓여 있었다. 선물을 다 열어보면 아침이 후딱 지나갈 것이다. 나는 내 이름으로 된 24K 금목걸이와 갖고 싶었던 '타미힐피거' 청재킷을 선물받았다. 오빠는 컴퓨터를 보더니 소파에서 굴러떨어질 뻔했다.

"대학에서 공부하려면 필요할 거야." 엄마가 말씀하셨다.

저녁에는 할머니 할아버지 댁에 갔다. 햄에 칠면조에, 한 상에 다 놓을 수도 없는 진수성찬이 차려졌다.

"지금 실컷 다 먹어둬." 아빠는 우스개처럼 말씀하셨다.

이틀 뒤에 사랑니를 뽑기로 예약을 해둔 탓이었다. 이를 뽑고 나면 며칠간은 제대로 음식을 먹지도 못할 테니까 말이다. 수술을 하는 건 무서웠지만 치과 의사선생님이 지금 이를 뽑지 않으면 앞으로 2년간 교정기를 껴도 소용이 없다고 하셔서 어쩔 수가 없었다.

이를 뽑고 아직 다 아물기 전에 마틴에게 또 다른 편지를
썼다. 중간에 누군가 편지를 가로채 마틴이 내 편지를 받지
못한다고 해도 일단 계속 시도를 하자는 게 내 전략이었다.

마틴에게,

늦었지만 메리 크리스마스! 그리고 새해 복 많이 받아!

명절 연휴는 재밌는 것도 있었고 재미없는 것도 있었어. 무슨
일이 있었냐고?

나는 크리스마스 연휴를 어떻게 보냈는지를 쓰고, 그리고
다음 날 부모님과 함께 쇼핑몰에 간 이야기를 했다. '갖고 싶
은 것들을 골랐어. 나도 내가 정말, 진짜로 운이 좋단 걸 잘
알아.' 이 말은 꼭 해야겠다고 생각했다. 마틴 덕분에 내가 얼
마나 운이 좋은지 새삼 다시 깨닫게 됐기 때문이었다.

그다음에는 사랑니를 뽑은 얘기를 했다. 길게 말할 것도
없었다. '진짜 최악이었어!' 이거 한마디면 됐다. 마취 때문에
속은 울렁거리고 입안은 며칠간 욱신거렸다. 하지만 마틴에
게 이런 불평은 안 하는 편이 나을 것 같았다.

마틴이 소포를 받았는지가 궁금했다. 그리고 엄마가 마틴
네 학교 계좌로 직접 학비를 보내는 편이 가장 안전하고 최
선의 방법이란 걸 알아내셨던 얘기도 해야 했다.

부모님께 필요한 정보는 두 가지야.

1. 너희 학교 교장선생님 성함

2. 너희 학교 주소

이것만 해결되면 학교를 계속 다닐 수 있어! 우리는 정말로 네가 계속 학교를 다닐 수 있도록 돕고 싶어. 또 너희 아버지께서 지금 실직 중이시니까 너희 가족도 도울 수 있으면 좋겠고 말이야. 그러니까 너희 학교로 돈을 보낼 수 있게 최대한 빨리 연락해줘.

가족들 모두 건강하고 행복한 새해 맞길 바랄게. 그리고 내가 보낸 상자가 도착하면 그것도 기꺼이 받아주길 바랄게.

답장 부탁해!

1999년 12월 30일

네 친구 케이틀린

편지를 보내기 전 먼저 엄마에게 편지를 보여드리고 송금 관련해서 필요한 사항을 제대로 다 얘기했는지 확인을 받았다. 틀린 부분은 없었지만 엄마가 마지막으로 한마디 덧붙이셨다. '마틴, 20달러를 더 넣을 테니 우리가 네 편지를 받아볼 때까지 이 돈을 수업료로 쓰렴. 케이틀린 엄마, 앤이.'

마틴

케이틀린 덕분에 그해 크리스마스에는 온 가족이 닭고기를 먹었다. 친구들이나 이웃들 상황을 보면 이건 기적에 가까웠다. 짐바브웨에서는 음식이 있으면 나눠 먹기 때문에 우리는 이웃들과 함께 닭고기를 먹었다. 이번에도 이웃들에게는 하라레에 계신 큰아버지가 보내주신 것이라고 했다. 다들 내가 8월 하라레 큰아버지 댁에 가 있었던 걸 알고 있었다. 그렇게 말하는 편이 가장 쉽고 편했다. 이제 케이틀린은 편지에 현금을 늘 숨겨서 보냈고 우리도 특별히 더 주의했다.

케이틀린은 편지를 보낼 때마다 답장을 써달라고 했다. 나는 주저했다. 내가 학업을 계속할 수 있도록 케이틀린네 가족이 그렇게 애를 써준 데 정말 감사하긴 했지만 상황이 너무 어려웠고 나도 희망을 잃어가고 있었다. 게다가 어느 순간 깨달은 것이, 나는 케이틀린에게 한 번도 나에 대해 100퍼센트 정직한 적이 없었다. 부끄럽다는 이유로 케이틀린에게 숨긴 것이 너무 많았다. 우리 가족이 가난하단 이유로 우리 관계가 어떤 식으로든 달라지는 게 싫었다. 케이틀린이 카드나 사진이나 돈을 보낼 때마다 나는 케이틀린의 나에 대한 감정이 동정이 아니라 정말 있는 그대로의 나에 대한 사랑임을 느낄 수 있었다.

나는 케이틀린에게 모든 것을 털어놓기로 결심했다. 나에 대한 그야말로 가감 없는 진실을 털어놓기로.

　케이틀린에게,

　안녕! 너희 가족이 우리에게 이런 도움을 주는 결정말 기쁘게 생각하고 있어. 나와 우리 가족에 대한 너의 사랑이 얼마나 깊은지는 말로 다 표현할 수 없을 것 같아. 케이틀린, 너희 부모님, 리치 형, 다들 정말 백스트리트 보이스 노래 가사처럼 우리에겐 영웅이나 다름없어. 조건 없는 사랑을 보내준 너희 가족에게 신의 가호가 있기를. 내가 돈이 있다면 너에게 뭔가 비싼 선물을 사줄 텐데. 네가 나에게 해준 것을 생각하면 눈물이 날 것 같아. 나를 그렇게 도와준 사람은 너 말곤 아무도 없었어. 가난한 우리 부모님도 널 정말로 좋아하셔.

나는 치삼바 싱글스에서의 생활을 아주 구체적으로 설명했다.

사람들은 많고 다들 돈은 없어서 방 하나짜리 집에 두 가족이 같이 사는 경우가 많아……. 전기도 끊기는 날이 많아서 가끔 집에서 직접 등유 전등을 만들어 요리를 할 때 쓰기도 해. 이곳에서의 생활이 쉽진 않지만 네 사랑과 도움 덕분에 훨씬 나아졌어.

케이틀린이 아니었다면 우리 가족은 길거리에 나앉았을 거라고도 했다. '제때 월세를 내지 못하면 새로운 가족이 들어오고 우리는 쫓겨나게 돼.' 이야기할 것들이 너무 많았다. 크리스마스 때 쓰라고 보내준 돈에 대해 감사 인사도 전해야 했다. 또 케이틀린이 돈을 보내는 것을 걱정하는 만큼 그 얘기도 해야 했다.

나도 네가 보내준 돈을 중간에서 누가 훔쳐가는 게 좀 걱정됐어. 주변에 좀 알아봤는데 '더 웨스턴 머니 트랜스퍼'란 회사를 이용하면 안전하고 빠르게 돈을 보낼 수 있단 얘기를 들었어. 그 회사를 써보면 어떨까?

케이틀린과 케이틀린네 어머니는 학비 문제를 가장 걱정했다. 하지만 그사이 또 시간이 적잖이 흐른 탓에 이번에는 또 새로운 걱정이 생겼다. 곧 O레벨 시험을 등록해야 하는 것이다. 나는 다시 한 번 용기를 냈다.

지금 나는 일반 초등과정(SCE)을 다니고 있는데 이번이 마지막 학년이야. 이 과정이 끝나고 시험을 통과하면 고등과정으로 넘어가게 돼. 그 시험을 치르려면 시험료를 내야 하는데 시험료가 585달러 정도야. 도와줄 수 있겠니? 우리 학교 교장선생님 성함은 '조지 사무핀디'야. 부담스러울 텐데 이렇게 큰돈을 또 부탁해서 정말 미안해. 시험료를 언제까지 내야 하는지는 아직 확인을 못 했는데 아마 2월 중순까지일 거야.

사무핀디 교장선생님께는 아래 주소로 직접 연락하면 돼.

사쿠바 고등학교
PO Box 3059, 무타레, 짐바브웨

답장이 너무 늦어져서 정말 미안해! 사랑니 뽑은 게 빨리 아물어서 얼른 다시 학교에 갈 수 있길 바랄게.

2000년 1월 13일

케이틀린이 고등학교를 졸업하면 뭘 하고 싶은지도 궁금해졌다. 케이틀린은 그런 이야기를 별로 하지 않았다. 나는 내가 대학을 꿈꾸는 것처럼 케이틀린도 대학에 관심이 있을지 궁금했다. '너는 대학 진학 계획이 어떻게 돼? 대학에서는 무슨 공부를 하고 싶어?' 하고 물었다.

편지지에 더는 쓸 자리가 없어 편지를 마쳐야 했다. '우리 여동생 케이틀린에게 또 연락할게. 마틴 오빠가.'

케이틀린

다시 학기가 시작됐다. 그리고 1월 말, 드디어 마틴의 편지가 도착했다. 마음속에 쌓여 있던 모든 걱정과 근심이 단번에 사라졌다. 다시 숨을 쉴 수 있었다.

엄마에게 마틴의 교장선생님 성함과 주소가 적힌 편지를 드렸다.

"이제 다 준비됐다. 오늘 밤부터 전화를 걸어봐야겠어." 엄마가 말씀하셨다.

짐바브웨와 펜실베이니아 시차가 일곱 시간이었으니까 거기 시간으로 10시 아침이 여기 시간으로는 새벽 3시였다.

이제 진짜 마틴을 도울 수 있다고 생각하니 잠이 오질 않았다. 결국 나는 잠깐 잠이 들었다가 아래층에서 들려오는 목소리에 잠이 깼다.

"사-쿠-바요."

엄마는 수화기에 대고 또박또박 한 음절씩 마틴이 사는 동네 이름을 말했다. 시계를 보니 새벽 4시 11분이었다. 나는 곧 다시 잠이 들었다.

두 시간 후 다시 엄마 목소리에 잠이 깼다.

이번에는 침대를 박차로 나가 아래층으로 달려갔다.

"알겠습니다. 감사합니다." 엄마는 그러고서 전화를 끊으셨다.

엄마가 씁쓸한 미소를 지어 보이셨다. "쉽지 않구나, 케이틀린." 부엌 카운터에는 메모장이 펼쳐져 있었다. 011-263으로 시작되는 숫자들이 막 적혀 있었고, 그 위로 다 줄이 죽죽 그어져 있었다.

"하라레에 있는 미국 대사관에 먼저 전화를 했더니 영국 대사관으로 걸어보라는 거야. 그때가 새벽 3시였지. 서둘러 일을 진행하고 싶었어. 영국 억양을 쓰는 친절한 여자분이 전화를 받더니 알아보겠다고 하더라고. 그러더니 무타레 전화번호를 하나 주면서 거기 연락하면 마틴네 학교를 알 수도 있다는 거야."

머리가 빙빙 돌았다.

"방금은 누구랑 통화하신 거예요?"

"솔직히 엄마도 잘 모르겠구나! 통화 상태가 너무 나빠서 말이 거의 제대로 안 들렸어."

"이제 어떻게 해요?" 들떴던 마음이 좀 가라앉았다.

"케이틀린, 걱정하지 마. 엄마가 어떻게든 마틴네 학교 연락처를 찾아볼 테니까."

엄마가 정말 온 힘을 다해 노력하고 계신단 건 잘 알고 있었다. 그래도 나는 걱정이 되기 시작했다. 결국 엄마가 마틴네 학교를 못 찾게 되면?

다음 날 학교에서 엄마 생각, 마틴 생각으로 거의 수업에 집중을 할 수가 없었다. 엄마가 결국 마틴 학교를 찾아낼 수 있을까. 우리가 편지에 넣어 보내는 돈을 마틴이 제대로 받고 있는지도 걱정이 됐다. 마틴이 시장으로 돌아간다고 생각하면 정말 참을 수가 없었다.

그날 점심시간에 로렌이 물었다. "케이틀린, 너 요즘 괜찮아?"

"무슨 소리야?" 무슨 뜻인지 몰라 내가 되물었다.

"너 요즘 좀 생각이 딴 데 가 있는 것 같아." 로렌이 대답했다. "솔직히 요즘 너랑 놀면 재미가 없어. 나만 그렇게 생각하는 게 아니야."

로렌은 나를 떠보려던 거였다. "네가 그렇게 느꼈다니 참 재밌네. 실은 내 진짜 절친한 친구가 지금 아프리카에서 배를 곯으며 길바닥에 나앉기 일보직전이라서 말이야. 그래서 내가 좀 딴생각을 하는 것처럼 보였나 본데, 그것 참 진짜 미안하다! 그리고 있지, 내가 작년 9월에 성장판이 부러져서 등에는 꼭 누가 칼로 뜨거운 석탄을 쑤셔 넣고 있는 기분이고 지난달에는 사랑니를 뽑아서 턱이 좀 아파. 그렇지만 내가 재미가 없었다니, 다시 한 번 사과할게. 저엉말 미안해!" 로렌에게 이렇게 쏘아붙여주고 싶었다. 하지만 나는 대신 숨을 크게 한번 들이쉬고 나서 이렇게 말했다. "그랬구나. 안타깝네. 그냥 이런저런 일이 좀 있어서."

바로 그때 수업 시간 종이 울렸다. 종소리가 그렇게 반가운 적이 없었다.

"뛰어야겠다. 솔직하게 얘기해줘서 고마워, 로렌."

나는 황당해하는 로렌을 내버려두고 그 자리를 떴다. 로렌은 싸움을 시작하고 싶어 했지만 나는 좀 더 중요한 일들에 집중해야 했다.

그날 오후 스쿨버스에서 내려 집으로 달려가자 아직도 엄마는 전화기를 붙들고 계셨다. 하루 종일 저기 저러고 계셨던 건가 궁금했다.

엄마가 나를 보고 인상을 찌푸렸다. 전화를 끊고 나서 짜증난다는 듯 엄마는 두 팔을 들어 보이셨다.

"생각했던 것보다 훨씬 힘이 드네! 짐바브웨에는 미국에서처럼 전화가 흔치 않다나 봐. 전화는 계속 해보겠지만 일단 안전하게 사무핀디 선생님께 편지를 먼저 보내자."

엄마와 나는 함께 편지를 썼다.

사무핀디 선생님께,

마틴 간다 학생을 대신해 이렇게 편지를 드립니다. 저희 딸은 간다 학생과 펜팔 친구로 지내고 있습니다. 저희가 알기로는 마틴 아버님께서 현재 직장에 안 나가신다고 합니다. 상황이 그렇다 보니 마틴이 학업을 계속하기도 아주 어렵다고 하고요. 그래서 저희가 마틴의 학비를 후원하려고 합니다.

다만 지금 저희는 어떻게 하면 미국에서 마틴에게 달러를 빠르고 안전하게 보낼 수 있는지를 몰라 당장 후원을 하지 못하고 있습니다. 여러 가지 방법을 찾고는 있습니다. 마틴 말로는 ('웨스턴 유니온' 같은 서비스인) '더 웨스턴 머니 트랜스퍼'라는 회사를 이용하면 된다고 하고요. 저희 계좌 명의로 수표를 써 보내려고도 해봤습니다만, 미국 은행 관계자들 말로는 은행 수수료 때문에 마틴이 수표의 액면가 금액을 다 받지 못하게 된다고 합니다.

마틴이 학업을 계속할 수 있도록 학비 납부와 관련한 안내를 부탁드립니다. 학비가 얼마인지 정확한 액수도 알려주시면 좋을 것 같습니다. 마틴에게는 앞으로 학비 걱정을 하지 않아도 된다는 것 외에 다른 구체적인 내용은 굳이 알리고 싶지 않습니다. 마틴에게 직접 돈을 보내기보다 이렇게 하는 편이 나을 것 같습니다. 마틴에게 돈을 보내는 사람이 있다는 사실이 알려져 마틴이 강도의 타깃이 될까봐 걱정하지 않아도 될 것이고요.

본 서신에 미화로 20달러 수표를 동봉합니다. 이 정도면 마틴의 당장 수업료로는 충분한 것으로 압니다. 그리고 이 돈으로 우편료를 납부하시고 저희에게 답장을 좀 보내주시겠습니까?

또 마틴이 고등과정으로 진학하고 싶어 하고, 진학을 하려면 중등과정 평가시험을 치러야 하는 것으로 알고 있습니다. 마틴은 총 9개 과목 시험을 치를 예정입니다. 정해진 기한 내에 응시접수를 할 수 있도록 가능한 빠른 시일 내에 시험료를 안내해주시면 감사하겠습니다.

미리 감사의 말씀 드립니다. 이 사안과 관련해 좋은 생각이나 제안하실 내용이 있으시면 알려주십시오. 감사합니다.

2000년 1월 24일

진심을 담아, 앤 네빌 스토익시츠 드림

"완벽해요!" 나는 감탄했다.

"엄마가 한 부를 복사해서 마틴에게도 보낼게. 우리가 학비 문제를 잘 해결하고 있다는 걸 알면 마틴도 학업에 집중할 수 있을 거야."

엄마는 그렇게 말씀하시고 나선 종이 한 장을 다시 꺼내 마틴에게 편지를 쓰셨다.

마틴에게,

케이틀린에게 늘 예쁘게 편지 써 보내줘서 고맙다. 케이틀린은 혼자 힘으로보다 엄마 아빠에게 부탁하면 더 많은 도움을 줄 수 있을 거라고 생각해서 우리에게 네 편지를 보여줬단다. 케이틀린이 네게 보내는 선물은 우정이라고 생각하렴!

너희 교장선생님께 보내는 편지를 여기 같이 넣었다. 부디 빨리 편지가 도착해 너희 교장선생님께서 답장을 주시면 좋겠구나! 선생님께 보내는 편지에 네가 계속 학교를 다닐 수 있게 20달러 수표도 같이 넣었단다. 우리가 학교로 바로 네 학비를 보낼 수 있게 교장선생님께서 방법을 알려주실 거라고 생각해. 답장 기다리마.

2000년 1월 24일

엄마가 편지 아래쪽에 빈 칸을 좀 남겨주셔서 나도 마틴에게 한마디 적었다. '우리가 너에게 필요한 도움이 됐으면 좋겠다.'

나는 그런 다음 스마일리 얼굴을 그렸다. 그러고 보니 좋은 소식이 하나 더 있었다! '4~5월에 독일에서 교환학생이 와! 우리 집에서 함께 지내게 될 거야. 너희 가족들에게 안부 전해줘. 항상 당당하게 고개 들고, 웃는 얼굴 잊지 말고!'

봉투 입구를 봉하기 전에 엄마는 수표책을 들고 오셨다. 그리고 마지막으로 덧붙이셨다. '여기 같이 보내는 수표는 너희 가족들을 위한 거란다. 시험 접수일이 촉박하면 이 돈으로 시험료를 내도 될 테고 말이야!'

마틴

새해도 일주일이 지났다. 우체부 아저씨가 우체국에 내 앞으로 커다란 소포가 와 있다고 했다.

"친구들과 같이 와서 가져가렴. 힘 센 친구들로 데려와."

케이틀린이 말한 깜짝 소포인 게 분명했다. 친구들과 축구를 하고 있던 형을 찾으러 갔다.

"형, 도와줘." 친구들 사이에서 요리조리 가젤처럼 먼지를 일으키며 공을 차고 있는 형을 옆으로 불러냈다.

"이 경기 이기면 그때 다시 말해." 형은 뻥 하고 공을 찼다. 공은 골대 역할을 하던 나뭇가지 두 개 사이로 떨어졌다. 형은 주먹을 치켜들었고 형네 팀 선수들은 달려가 형과 하이파이브를 했다.

"형, 지금 당장 도와줘야 해." 내가 다급하게 말했다.

형은 좀 짜증이 난 것 같았다.

"중요하다고!" 나도 물러서지 않았다.

형은 타임아웃을 외치고 나에게로 달려왔다. 나는 귓속말로 이유를 설명했다.

"나 가볼게!" 형은 곧바로 친구들에게 인사를 했다. 우리는 2킬로미터쯤 떨어진 우체국으로 전력질주했다.

우체국에 도착해 이름을 대니 우체국장이 상자 하나를 가리켰다. 높이는 동생 로이스 키만 하고 양팔을 다 벌려도 팔 안에 안 들어올 정도로 엄청 큰 상자였다. 뭔가 착오가 있을 거라고 생각하는데 그때 막 케이틀린의 글씨체가 눈에 들어왔다. 상자 옆면에는 내 이름과 주소가 케이틀린의 글씨로 써 있었다.

형과 나는 상자의 양 끝을 잡고서 게걸음으로 건물을 나섰다.

당장 상자를 열어 뭐가 들었는지 확인하고 싶었지만 물론 우리끼리 집에서 조용히 상자를 열어보는 게 최선이었다.

"TV 뽑으셨네?" 누군가가 지나가며 한마디 했다.

형이 노려보자 그 사람은 그 길로 가버렸다. 형은 셌다. 사람들이 형한테는 함부로 하지 못했다.

집에 돌아와 다 함께 상자를 열어보려고 부모님과 동생들이 한자리에 모였다. 아버지가 칼로 상자 입구를 봉해놓은 갈색 테이프를 자르시곤 상자를 열었다. "세상에!" 심바가 거의 울먹이며 소리쳤다. 상자 안에는 온 사방에 보석처럼 작은 사탕들이 흩어져 있었다.

"뭔데?" 여동생 로이스가 박스를 들여다보며 물었다. 여섯 살 로이스는 한 번도 사탕을 먹어본 적이 없었다. 나는 학교에서 친구들이 나눠줘 풍선껌을 한두 번 씹어본 적은 있었다. 그래도 이런 진짜 사탕은 처음이었다. 우리 가족 모두에게 처음이었다.

나는 케이틀린의 편지를 꺼내 소리 내어 읽었다. 미국에서는 이걸 다 '캔디'라고 한다고 했다.

스타버스트라는 캔디를 로이스에게 건넸다. "네가 먼저 한 번 먹어봐."

로이스는 핑크색 포장지를 벗겨 네모난 작은 캔디를 입안에 조심스레 집어넣었다.

"달콤한 과일 맛이야." 로이스가 웃으며 말했다.

막내 조지도 하나 먹어보고 싶어 했다. 막내에게는 오렌지색 네모난 캔디를, 그다음 어머니께는 빨간색 캔디를 드렸다. 아버지는 색색의 알사탕을 고르셨다. 이 사탕은 절대 이로 깨먹을 수 없다고 케이틀린은 설명했다. 그 말에 형도 알사탕을 집어 들었다. 아버지와 형은 이로 알사탕을 깨보려고 안간힘을 썼지만 둘 다 실패했다.

"바위처럼 단단한데!" 아버지는 입에서 사탕을 꺼내 칼 손잡이로 사탕을 깨보려고 하셨다. 역시 실패였다. 깜짝 놀라시더니 아버지는 다시 입안에 사탕을 집어넣었다.

나는 투시 롤이란 캔디를 골랐다. 내 평생 먹어본 것 중 가장 맛있었다.

사탕 아래쪽에는 단정하게 접힌 옷들이 들어 있었다. 한 벌씩 꺼내는데 리복과 나이키 티셔츠에서 나던 그 향기가 났다. 이게 바로 새 옷 향기구나, 하고 생각했다. 새 것이 정말 많았다! 티셔츠, 반바지에 비누, 향수 같은 데오도란트까지 완전히 무슨 꽃밭 같았다.

워크맨을 본 순간 다리에 힘이 풀릴 지경이었다. 하라레에 갔을 때 사람들이 작은 기계를 갖고 다니는 걸 본 적이 있었다. 알로이스 매형이 그게 혼자서 음악을 듣는 기계라고 설명해주었다. 음악은 원래 다 같이 듣는 것 아닌가? 신기한 발상이었다. 내가 헤드폰을 귀에 대면서 이 이야기를 하자 형이 상자 안에 파묻혀 있던 카세트테이프를 찾아냈다. 내가 좋아하는 리키 마틴이었다. 무타레 어디를 가든 라디오가 있는 곳이면 리키 마틴의 노래 「라 비다 로카」가 흘러나왔다. 나는 테이프를 넣고 재생 버튼을 눌렀다.

귓속으로 음악이 울려 퍼져서 깜짝 놀랐다. 우리 가족은 눈을 떼지 못하고 긴장한 채 웃음을 터뜨렸다.

리키 마틴의 깊은 목소리가 흘러나왔다. "그녀는 미신과 검은 고양이, 부두 인형을 믿지."

음량 조절 다이얼을 찾아서 소리를 키웠다. 내 귀에는 소리가 너무 컸다. 헤드폰을 벗어 아버지께 드리자 아버지는 온 가족이 둘러앉은 방 한가운데서 음악을 들으셨다. 막 코러스 부분이 흘러나오고 있었다.

"업사이드 인사이드 아웃!" 우리 가족은 모두 춤을 췄다.

"리빙 라 비다 로카!" 아버지께서 노래를 따라 부르기 시작하셨다. 아버지의 목소리가 방 안을 메웠다. 아침저녁으로 아버지가 노래를 흥얼대고 다니시던 시절이 떠올랐다. 2년 전 크리스마스 때 라디오를 뺏긴 이후로 우리 집에서는 음악이 사라졌다. 옷과 욕실용품도 다 대단했지만 워크맨이 지금까지는 최고의 선물이었다. 아직도 박스에는 물건이 반이나 더 남아 있었다.

심바가 사인펜 같은 것을 꺼냈다. 보자마자 케이틀린이 편지를 장식할 때 쓰는 펜이란 걸 알아보았다. 로이스를 위한 크레용 한 세트, 조지를 위한 색칠공부 책도 한 권 있었고 내가 쓸 책가방도 있었다! 이제 겨우 상자 바닥이 보이기 시작했다. 나란히 놓인 운동화 두 켤레 중 한 켤레를 꺼냈다. 어머니는 거의 숨이 멎을 것 같았다. 우리 집에서 제대로 된 신발이 있는 사람은 아버지뿐이었다. 공장에 다니시려면 신발이 필요했다. 나머지는 발가락 사이에 끼우는, 시장에서 제일 싼 고무 샌들을 신고 다녔다. 우리는 이런 신발을 '파타파타'라고 했는데 걸을 때 그런 소리가 난다고 붙은 이름이었다. 나는 아버지가 2년 전 사주신 것을 벌써 여러 번 고쳐 신었다. 어머니는 파타파타마저도 없었다. 나는 어머니께 흰색 바탕에 은색 줄무늬가 있는 운동화를 먼저 신어보시게 했다. 어머니는 재빨리 고개를 숙이셨다.

"엄마가 먼저 신어보세요"

어머니는 고개를 숙이며 손으로 얼굴을 가리고 웃으셨다.

"얼른 신어봐요!" 상자에서 다른 신발을 꺼내는데 심바가 채근했다. 이번 것은 파란색 줄무늬가 있는 신발이었다. 케이틀린이 쪽지를 남겼다. '네 발에 맞으면 좋겠다, 마틴. 안 맞으면 네 사이즈를 알려줘.'

나는 일단 기다렸다. 어머니가 처음으로 신발을 신어보는 순간이었다. 먼저 한쪽 발을 신발 한 짝에 넣고, 그다음 다른 발을 다른 한 짝에 넣으셨다.

"어떻게 묶는지 보여드릴게요." 형이 어머니 발 쪽으로 허리를 숙이며 말했다.

어머니는 일어나 제자리에서 팔짝, 또 한 번 팔짝 뛰어보셨다. 그러고 나선 방 안에서 한 걸음씩 깡충깡충 뛰어다니셨다.

"느낌이 어때요?" 내가 물었다.

"말로 표현 못 할 정도로 좋구나, 아들아." 어머니가 말씀하셨다.

나는 내 신발을 신어보았다. 드디어 진짜 신발을 갖게 돼 흥분됐다. 하지만 내 발은 너무 컸다. 신발을 늘리고 잡아당기고 발을 밀어 넣어도 봤지만 발꿈치는 들어가지 않았다. 그럼 나보다 발이 큰 아버지나 형은 물론이고, 나랑 발 사이즈가 같은 심바도 신을 수가 없었다. 어머니께 신발이 맞을지 확인해보시게 했다. 어머니는 조금 전에 신어본 신발 옆에 이 신발을 나란히 놓으셨다. 이 신발이 조금 전에 신어본 것보다 좀 더 컸지만 신을 순 있었다.

"엄마, 이제 신발을 골라 신으실 수도 있겠네요." 나는 웃으며 말했다.

"우네 모요 와카나카." 어머니가 나에게 고개를 숙이셨다. 쇼나어로 '따뜻한 마음을 가졌다'는 뜻이었다. 감사를 표하는 여러 가지 말 중 하나였다.

"케이틀린이 정말 따뜻한 마음을 가졌죠!" 나는 그렇게 말했다.

"너도 그렇단다. 그러니까 케이틀린이 네 진정한 친구인 거고."

그날 밤 가슴속에 행복감이 밀려왔다. 우리 가족에게 이 선물들이 어떤 의미인지는 말로 다 표현할 수 없었지만 그래도 나는 시도를 했다.

사랑하는 스토익시츠 가족에게,

여러분, 안녕하세요.

케이틀린, 안녕. 어머니, 아버지도 안녕하시죠. 드디어 커다랗고 값비싼 소포가 도착했어요. 아아! 정말 기뻤어요. 저희 가족들도 너무나 즐거워했어요. 질 좋은 옷과 향수와 샴푸와 셰이빙 크림, 책까지 정말 이 기분을 말로 다 전할 수가 없어요. 아아! 진짜 감사하단 말씀 드려요. 부모님들은 영어를 잘 못하시지만 대신 저더러 정말 감사하다고 전해달라고 하셨어요. 여러분의 주신 사랑에 감사드려요.

케이틀린이 보낸 선물을 전부 다 얘기하고 싶었지만 그러면 두 페이지는 족히 될 것 같았다. 옷과 워크맨, 사탕 이야기는 뺄 수 없었다.

케이틀린, 튼튼한 신발 보내줘서 고마워. 내 발에는 작았지만 최고의 선물이었어. 사이즈가 맞는 사람이 어머니뿐이라 두 켤레 모두 어머니께 드렸어. 사실대로 말하면 이렇게 튼튼하고 비싼 진짜 신발은 어머니께 처음이야. 그래서 더 고마워. 이제 어머니는 맨발로 걸어다니지 않으셔도 되고 남들도 어머니를 함부로 대하지 못해.

또 향수며 비누며 펜, 크레용, 학용품에 대해서도 감사 인사를 했다. 그런 걸 가져본 게 처음이었다! 두 문단이나 길게 썼지만 중요한 건 마지막 한마디였다. '케이틀린, 네가 우리 가족들의 삶을 바꾸고 있어.'

편지에서 케이틀린은 소포를 받으면 전화로 알려달라고 부탁했었다. 이번에도 내가 혼자 해결하기 어려운 문제였다. 카메라처럼 전화기는 부잣집에나 있었다. 우체국에 전화가 있고 미리 얘기하면 우체국에서 통화를 할 수는 있었다.

전화기 자체도 비싸고 전화요금도 비싸서 우리 집에는 전화가 없어. 하지만 사쿠바 우체국을 통해서 통화를 할 수는 있을 거야. 사쿠바 우체국에 전화해서 나랑 통화를 하고 싶다고 하면 거기서 나한테 연락을 할 거고, 그럼 네가 전화를 거는 시간에 맞춰 내가 우체국에 가 있을게. 전화통화를 하려면 이게 유일한 방법일 거야. 괜찮겠니?

학교 일정 얘기도 했다. O레벨 시험료는 3월 15일까지만 내면 됐고, 금액은 짐바브웨 돈으로 540불이었다. 액수를 적는 것만으로도 숨이 막혔다. 케이틀린네 가족은 이미 상당한 액수를, 540불을 훨씬 넘고도 남은 돈을 보내줬다. 그런데 거기다 또 시험료까지 부탁을 하려니 도가 지나친 것 같았다. 하지만 나에게는 이게 유일한 선택지였다. 케이틀린네 가족이 보내준 경제적 도움을 우리 가족이 얼마나 감사해하고 있는지 확실히 전할 필요가 있었다.

여러분, 저희 가족이 가난과 굶주림으로 허덕이고 있던 바로 그때 여러분께서 보내주신 돈이 도착했어요. 그래서 제가 매번 여러분들을 사랑이 넘치는 가족이라고 하는 거고요. 여러분께서 보내주신 돈이 저희 가족에게는 정말 많은 도움이 됐어요! 이렇게 사랑과 애정을 가진 친구가 돼주셔서 감사합니다.

이렇게 적는데 감정의 소용돌이가 휘몰아쳤다. 케이틀린네 가족들 도움이 없었다면 우리는 지금쯤 뭘 하고 있을까? "리빙 라 비다 로카!" 마당에서 아버지가 노래를 부르시는 소리가 들려왔다. 로이스는 막내 조지와 침대에서 색칠놀이를 하고 있었다. 어머니는 새 신발을 신고 내 옆을 뛰어가셨다. 엄청난 감정의 물결이, 따스한 감동이 나를 덮쳤다.

　여러분께서 저희를 위해 쏟아주신 노력과 사랑과 시간에
　감사드려요. 신발도 정말 감사합니다. 다시 한 번 얘기하자면,
　이제 다른 사람들도 어머니께 함부로 하지 못해요.

이 은혜를 꼭 갚아야겠다고 그 어느 때보다도 굳게 결심했다. 편지를 마무리하며 나는 이렇게 적었다.

　한 가지 약속드릴 수 있어요. 언젠가는 아프리카 학생으로서
　미국 대학에 갈게요. 저는 의사나 회계사가 돼서 가난한
　우리 가족에 보탬이 되고 싶어요. 또 햇필드에 있는 사랑하는
　친구들(스토익시츠 가족)을 만나서 재밌는 시간을 보내고 감사의
　선물을 드리고 싶어요. 그리고 가능하다면 햇필드나 거기서
　가까운 미국 어디에서든 일자리를 구하고 싶어요. 괜찮은 바람
　아닌가요? 이 꿈이 이뤄지길 기도할 거예요.
　　　　　　　　　　　　　　　　　2000년 1월 18일
　　　　케이틀린과 아저씨, 아주머니, 리치 형에게 인사를 전하며
　　　　　　　　　　　　　　　　　　마틴 간다 가족이

　추신. 케이틀린, 나는 이제 세차랑 짐 나르는 일을 관뒀어.

이제는 형이 그 일을 하고 있어서 나는 학업에 전념할 수 있어. 대학에 가기까지 이제 난 2년밖에 안 남았어. 너는 대학시험을 언제 쳐? 다시 한 번 고마워.

편지를 다 쓴 후에 나는 선물받은 도장펜을 꺼냈다. 입술, 하트, 별, 스마일리 펜을 고른 다음 편지지 맨 위 케이틀린의 이름 주변을 둥글게 장식했다. 안녕, 하고 인사하는 것처럼.

케이틀린

마틴이 소포를 받았단 소식을 듣고 기뻤지만 편지를 읽으며 화가 나기도 했다. 지금까지도 그 편지를 읽으면 눈물이 고인다. 마틴은 '어머니께서 신발 정말 감사하다 전해달라고 하셨어요'라고 했다. 그러고는 '이제 다른 사람들도 어머니께 함부로 하지 못해요'라고도 했다. 어이가 없었다. 신발 좀 없다고 다른 사람을 쉽게 보거나 무시를 한다니 그게 대체 있을 수 있는 일인가 싶었다. 이 세상에 부조리가 얼마나 많은지 새삼 실감났다. 내가 몰라서 그렇지 햇필드도 다르지 않을 것이다.

돈이 있고 없고에 따라 사람들이 다른 대우를 받는다는 이 어이없는 상황에 나는 집착하기 시작했다. 그때 내가 9학년이었는데 학교에서도 집안에 돈이 있는지 없는지에 따라 뻔하고 진부한 이미지와 친구관계가 만들어지는 게 보였다. 인기 많은 여자애들은 다 우리 집처럼 부모님이 유행하는 옷과 신발과 화장품을 사줄 수 있는 여유 있는 집 애들이었다. 가족들과 플로리다나 바하마 같은 폼 나는 휴양지로 휴가를 가고, 콘서트에 다니고, '식스 플래그' 놀이공원에 가는 그런 애들이었다. 그런가 하면 돈으로 그런 이미지를 사려고 하는 애들도 있었다. 마리가 그런 애였다. 마리네 집은 엄청 부자였지만 마리 자신은 수줍음도 많은 성격에 좀 괴짜 과였다. 하지만 마리네 엄마는 딸하곤 정반대였다. 엄마가 마리네 엄마와 고등학교를 같이 다녔는데 마리네 엄마는 고등학교 축제 때 여왕 후보에도 올랐단다. 마리네 엄마는 마리가 자기처럼 인기가 많지 않은 게 신경 쓰였던 것 같다. 그래서 마리 엄마는 마리에게 엔싱크 콘서트 표 여섯 장을 사주면서 인기 있는 여자애들을 초대하라고 했다. 나도 초대를 받았다. 초대받은 애들 중 아무도 마리를 좋아하지 않았다. 걔들은 뒤에서 마리 흉을 보곤 했다. 그래도 표를 거절하는 애들은 없었다. 그 모습을 보고 있자니 속이 다 메스꺼웠다. 나는 마리에게 베이비시터 아르바이트가 있어서 못 가겠다고 했다. 사실이었고, 또 다행이었다. 그런 데 끼고 싶지 않았다.

마틴의 편지가 도착하고 몇 주쯤 지났을 때였다. 하루는 엄마가 나를 귀네드 머시 대학 동문회 오찬에 데려가셨다. 내가 초등학생일 때 엄마는 다시 공부를 시작해 교육학 학사 학위를 따셨고 지금도 대학 동문회 활동에 열성적이셨다. 오찬 메뉴는 화덕피자였는데 양이 너무 많아서 두 판이나 남았다. 오찬을 준비한 여자분이 엄마에게 피자를 집에 가져가겠느냐고 물었다.

"좋죠!" 엄마가 뭐라 입을 열기도 전에 내가 대답했다.

엄마가 조금 당황하신 것 같았다.

"랜스데일에 있는 그 사람 주면 되잖아요." 나는 엄마에게 말했다. "그 베트남전 참전용사요."

이웃 마을에 노숙자가 한 명 있었다. 들리는 소문에 따르면 전쟁에 나갔었는데 정신이 조금 이상해져 돌아왔다는 거였다. 정신이 이상하다고 해서 위협적이고 뭐 그런 건 아니고, 그냥 떠돌이 생활을 한다는 점에서 그렇단 얘기였다. 그 사람을 처음 봤던 때가 생각난다. 그때 내가 5학년이었고 엄마 차를 타고 지나가는 길이었다. 더러운 청바지, 얼룩진 두꺼운 티셔츠에 야상 재킷을 입고 식당 밖에서 쓰레기를 뒤지고 있는 사람이 보였다.

"저 사람 뭐 하는 거예요?" 엄마에게 물었다.

"먹을 만한 게 있나 찾고 있겠지. 모두가 우리처럼 운이 좋진 않단다, 케이틀린." 엄마는 대답하셨다.

그날 이후로 그 사람을 본 게 족히 열 번은 더 됐는데 늘 같은 재킷 차림이었다.

우리는 마트 주차장, 기차역, 동네 공원 등 그 사람이 자주 나타나는 곳 위주로 살펴보았다. 한참을 찾아다닌 끝에 드라이브스루 버거킹 뒤 수풀 속에서 그 사람을 발견했다. 나는 피자를 들고 갔다.

"좋아하실 거 같아서요." 내가 피자 상자를 건네주며 말했다. "이 피자 진짜 맛있어요."

그 사람은 나를 쳐다보지도 않고 고맙단 말 한마디 없이 피자만 받아들었다.

차로 돌아오는데 머릿속이 여러 가지 생각들로 복잡했다. 미국 국민이 어쩌다 노숙자가 된 걸까, 베트남에서 무슨 일이 있었기에 저런 선택을 하게 된 걸까 등등. 답은 알 수 없었지만 나는 한 가지 다짐을 했다. 어떤 사람이 떡진 머리에 고약한 냄새가 난다고 해서, 혹은 가난하거나 신발이 없다고 해서 절대 그 사람에게 못되게 굴지는 않겠다고 말이다.

아만다에 대한 태도부터 바꾸기로 했다. 아만다는 신킨슨 선생님의 영어 수업 시간에 내 앞자리에 앉는 애였는데, 두피 사방에 뾰루지가 나 있었다. 그보다 정말 괴로운 건 아만다가 수업 중에 손가락으로 뾰루지를 터뜨린 후 그걸 안 그래도 기름지고 떡진 머리카락에 닦으며 빗질을 한단 거였다. 처음에는 모른 척하려고 했지만 쉽지가 않았다. 솔직히 토할 것 같았다. 아만다는 옷도 두세 벌뿐이었고 자주 씻지도 않았다. 후덥지근한 날에는 아만다한테서 살라미 소시지 냄새가 났다. 하루는 아만다 머리에서 커다란 비듬이 내 노트 위로 떨어졌다. 더는 참지 못하고 그날 오후 친구들한테 구역질난다며 아만다 흉을 보고 말았다. 며칠 후 그때 흉을 봤던 친구들 중 하나와 복도를 지나가다 아만다를 마주쳤는데, 이 친구가 비아냥대며 아만다에게 말했다. "저기 말이야, 혹시 머리를 감아야겠다, 뭐 그런 생각은 안 해봤니?"

"나 머리 감아." 아만다는 고개를 어깨까지 푹 떨구곤 작은 목소리로 그렇게 말하고서 황급히 사라졌다.

차를 타고 집으로 향하는 길에 나는 여러 가지 단서들을 연결해보기 시작했다. 아만다는 형제가 일곱 명이었고 옷은 세 벌뿐이고 늘 걸쭉한 통조림 야채와 정체불명 고기가 나오는 무상급식을 먹었다. 나는 체크카드가 있어서 학교 식당에서 피자, 베이글, 샌드위치, 샐러드, 뭐든 사 먹을 수 있었다. 아만다 부모님이 무슨 일을 하시는지는 모르겠지만 갑자기 아만다 두피가 그렇게 지저분한 게 아만다 탓이 아니란 생각이 들었다. 내가 그렇게 두피에 여드름이 났더라면 우리 엄마는 나를 병원에 데리고 가 어떻게든 치료를 해주셨을 거다. 다시는 아만다나 형편이 어려운 다른 아이들에게 못되게 굴지 않겠다고 나는 맹세했다. 굳이 고르자면 난 그 아이들 편에 서겠다.

마틴

　새 신발을 신은 어머니의 걸음은 가볍다 못해 거의 둥둥 떠다닐 정도였다. 누가 신발에 대해 물으면 어머니는 신발이 얼마나 튼튼한지 보여주려고 폴짝폴짝 뛰어 보이셨다. 어머니는 선물들이 담겨 왔던 그 커다란 상자를 그대로 방 한구석에 두시고 그 안에 선물들을 다시 깔끔히 정리해 넣으셨다. 그리고 선물을 보여주러 친구들을 방으로 초대하기까지 하셨다. 처음 있는 일이었다. 절대 집에 손님을 들이지 않으셨던 어머니가 이제는 이 선물들을 자랑스러워하시고 남들에게 보여주고 싶어 하셨다. 물론 우리도 마찬가지였다. 다만 새 옷은 좀 복잡한 문제였다. 처음 며칠간은 하루에도 7~8번씩 새 옷을 이것저것 갈아입어보고 즐겼다. 그런데 학교에는 교복을 입고 가야 하니 새 옷을 입을 수가 없었다. 그렇다고 학교가 끝나고 집에 와서 새 옷을 입자니 집안일하고 밖에서 노느라 옷이 더러워질 텐데 또 새 옷 입기가 아까웠다. 다들 특별한 날을 위해 새 옷을 아껴두고 싶어 했는데, 우리 가족 일상에서 그런 특별한 날이 자주 있지도 않았다. 그래서 결국 새 옷은 거의 박스 안에 그대로 담긴 채였다. 다만 아버지는 매일 아침 새로운 티셔츠와 반바지를 입고 일자리를 찾으러 나가셨다. 새 옷 덕분에 아버지 체면도, 기분도 한층 나아지셨다.

나는 특히 열 개들이 칫솔 세트가 고마웠다. 패키지 안에 치아 위생 관련 안내책자가 들어 있었는데, 6개월에 한 번씩 칫솔을 바꿔야 한다고 했다. 충격적이었다. 지금 쓰는 칫솔은 7년째 쓰고 있는 거였다. 칫솔모가 거의 다 닳긴 했다. 새 칫솔이라니 정말 기뻤다.

케이틀린

독일어 선생님께서 봄에 독일에서 교환학생이 올 텐데, 홈스테이에 관심 있는 사람 있냐고 물어보셨다. 나는 손을 들었다.

독일에 사촌 카롤라를 만나러 갔을 때도 좋았고 이렇게 반대로 교류를 해보는 것도 재밌겠다는 생각이 들어서였다. 선생님은 일단 부모님과 먼저 이야기를 해보라고 하셨지만 물어보지 않아도 우리 부모님은 오케이를 하실 게 뻔했다.

며칠 후 선생님께서 파일 하나를 건네주셨다.

"이게 교환학생 스테피 정보란다."

사진부터 먼저 확인했다. 짙은 갈색 짧은 머리에 가늘고 긴 눈, 눈동자 색은 갈색이었다. 청재킷에 청바지라니, 웃음이 났다. 스테피 사진을 보니 카롤라가 떠올랐다. 내 사전에 청청 패션이란 없었다. 샌들에 양말도! 스테피에게 미국 여자애들 패션을 보여줄 수 있다니 신이 났다. 내가 스테피에게 미국 대표 사절이 되는 것이다. 흥분되는 일이었다.

집에 돌아와 부모님께 스테피의 자기소개서를 읽어드렸다. 스테피는 디스코장에 가는 걸 좋아한다고 했다. 좀 웃겼다. 햇필드에는 디스코장이 없었고 나도 나이가 들면서 금요일 밤 롤러스케이트장 가는 건 이미 졸업한 터였다. 학교 파티와 쇼핑몰 근처 영화관, 자정 볼링에 스테피를 데려가야겠다고 결심했다. 내가 친구들과 놀 때 주로 가는 곳들이었다.

엄마는 스테피를 위해 일주일간 오빠 방 변신 작업에 들어가셨다. 대학생 오빠야 어차피 6월까지 집에 오지 않을 테니 상관없었다. 일단 스타워즈 벽지를 다 떼고 나서 벽면의 구멍을 메우는 작업을 하셨다. 오빠가 몇 년간 쏘아댄 다트총 구멍이었다. 그런 다음 엄마는 방을 남색과 회갈색으로 칠하셨다. 질투가 날 지경이었다. 원래도 오빠 방이 더 컸는데 이제는 새 방까지 갖게 된 셈이니 말이다!

그래도 스테피를 위한 거니까 괜찮았다. 스테피에게는 얼마든지 깨끗한 새 방을 내줄 수 있었다. 오빠라면 얘기는 다르지만.

다만 문제라면 스테피에게는 그 방도 과분했단 거였다. 나는 금세 그 사실을 알아차렸다. 스테피를 처음 만났을 때에는 괜찮았다. 짐이 너무 많아서 조금 놀라긴 했다. 대형 여행 가방 두 개가 전부 옷이었다. 집에 도착해 스테피에게 방을 보여주었다. 엄마가 정말 열심히 꾸미신 방이었다. 스테피는 뭐 씹은 얼굴이었다. 말도 한마디 없었다. 혼자 짐을 풀도록 스테피를 내버려두고 우리는 방을 나왔다.

저녁식사 시간이 돼서 위층에 올라갔다. 스테피는 짐을 하나도 풀지 않고 갖고 온 비디오게임을 하며 앉아 있었다.

"짐은 안 풀어?" 내가 물었다.

"도우미 없어? 도우미가 풀어줘야지." 스테피는 짜증난 듯 말했다.

"도우미라니?"

"우리 집에선 유모랑 도우미가 있었어."

"유모?" 나도 모르게 목소리가 커졌다. 나는 정말 스테피가 농담을 하는 줄 알았다. "너 진짜 재밌다." 내가 말했다. 스테피는 웃지 않았다.

"그래, 뭐 안타깝지만 우리 집엔 유모나 도우미는 없어. 하지만 대신 우리 엄마가 네가 온 걸 환영하려고 정말 맛있는 저녁을 준비하셨지!" 스테피가 어쩌면 내가 기대했던 것만큼 그렇게 괜찮은 애가 아니란 생각이 들기 시작했다.

아래층으로 내려가려는데 스테피는 그대로 앉아 꼼짝을 않고 있었다.

이쯤 되자 화가 났다. 다시 스테피의 방으로 가서 물었다. "아래층으로 안 내려올래?"

"배 안 고파." 스테피는 그렇게 말하고는 방문을 닫아달라고 했다.

나는 저녁을 먹으며 씩씩댔다. 엄마와 아빠는 말없이 식사를 하셨다.

"자기가 대체 누구라고 생각하는 거래?" 스테피가 온다고 엄마가 특별히 만드신 라자냐를 자르는데 배가 고픈 것도 느끼지 못할 만큼 화가 났다.

"나중에라도 먹게 스테피 것도 좀 잘라놓으렴." 아빠가 말씀하셨다. "새로운 나라에 와서 아직 모든 게 다 좀 부담스러울 수도 있지."

"아니면 집이 그리울 수도 있고. 스테피가 적응하도록 며칠 기다려주자." 엄마도 한마디 덧붙이셨다.

스테피에게 기회를 더 줘야한다는 건 맞는 얘기였다. 짜증 낸 걸 사과하러 올라갔더니 스테피 방에는 불이 꺼져 있었다. 시차 때문에 피곤했겠거니 생각했다. 어쨌든 독일이 여기보다 여섯 시간 더 빠르니까 말이다.

다음 날 아침 스테피의 방문을 노크했다. 스테피가 들어오라고 해서 기뻤다. "오늘은 너 하고 싶은 것 아무거나 다 해도 돼!" 나는 자전거를 타면 어떻겠냐고 했다. 스테피에게 우리 동네도 보여주고 헤더 언니와 다른 이웃 친구들도 소개해주고 싶었다.

"쇼핑가도 돼?" 스테피가 물었다.

"그럼." 나는 안심했다. "쇼핑몰이 있어. 다들 쇼핑몰에 가는 걸 좋아하지!"

알고 보니 스테피가 하고 싶은 건 쇼핑뿐이었다. 스테피는 나와 함께 학교에 가는 것조차 관심이 없었다. 그럼 교환학생으로는 왜 왔담! 도착하고 며칠 후 스테피가 엄마에게 침대로 아침을 가져다줄 수 있겠느냐고 물었다. 엄마도 이쯤에서 포기했다.

"스테피, 독일에서 언제든지 네가 원하는 걸 다 만들어줬던 도우미가 있었단 건 아줌마도 알겠어." 방 안에 있는데 엄마 목소리가 들렸다. 오빠 방문 앞에서 말씀하시는 것 같았다. "하지만 미국에서는, 우리 집에서는, 그게 아니란다. 아침을 먹고 싶으면 네가 직접 아래층으로 내려오렴. 아래층에서 같이 먹는 건 얼마든지 환영이야."

'그렇죠! 바로 그거예요, 엄마!' 나는 속으로 엄마를 응원했다.

머지않아 우리는 스테피에게 조금이라도 이래라저래라 할 수 없단 사실을 깨닫게 됐다. 스테피는 아침을 먹으러 아래층에 내려와서도 음식을 깨작대고만 있다가 마지못해 함께 등굣길에 나섰다. 스쿨버스를 타고 학교에 가는 동안 스테피는 내내 불평불만이었다.

"여기는 다 너어어어무 지루해. 재밌게 놀 만한 데가 없다고."

스테피와 일주일을 함께 보내고 나니 이제 우리 집에 홈스테이를 받은 게 엄청난 실수였단 생각까지 들었다.

금요일 저녁 친구들은 모두 자정 볼링을 치러 간다고 했다. 스테피도 같이 가면 좋아할 거라고 생각했다. 볼링장 안에 디스코 무대도 있었고 음악도 크게 틀어줬다. 하지만 스테피는 이 얘기를 듣고 인상을 찌푸렸다. "거기 가면 맥주 마실 수 있어? 독일에선 디스코장에서 맥주 파는데!"

"여긴 독일이 아니잖아! 그리고 미국에서는 스물한 살 전까진 음주가 불법이야." 나는 이제 인내심이 바닥났다.

"그럼 집에 있을래." 스테피는 같이 안 가겠다고 했다.

"네 맘대로 해." 말은 그렇게 했지만 사실 속마음은 이랬다. '그냥 독일로 돌아가지 그래?' 아직 스테피와 한 달을 더 같이 보내야 했다. 불가능한 일 같았다.

스테피를 즐겁게 해주려는 노력은 포기했지만 워싱턴 D.C. 여행은 어쩔 수 없었다. 이미 부모님께서 계획을 세워두신 탓이었다. 정말 가기 싫었지만 막상 가서는 생각보다 즐거운 시간을 보냈다. 심지어 워싱턴 기념탑 앞에서 스테피와 둘이 기적처럼 웃으며 찍은 사진도 있다. 그다음 주말에는 필라델피아로 〈레미제라블〉을 보러 가기도 했다. 뮤지컬을 보는데 제목이 단번에 와 닿았다. '불쌍한 사람.' 주연: 스테피.

스테피가 얼마나 거슬렸던지 아직 사무핀디 선생님에게서 아무런 소식도 없었던 사실은 까마득히 잊고 지낼 정도였다. 엄마는 마틴이 시험료를 받지 못했거나 학교에 다니지 못하고 있을까봐 걱정했다. 깊은 블랙홀로 편지와 수표를 보내고 있는 것 같은 기분이었다. 엄마는 그사이 수표를 현금으로 바꿔 갔는지 몇 번이나 은행에 확인을 했지만 역시 감감무소식이었다. 엄마가 서서히 좌절해가는 게 느껴져 마음이 아팠다. 나는 이렇게 쏟아부은 시간과 노력이 그만큼의 가치가 있다는 걸, 마틴이 그만큼 가치가 있는 사람이란 걸 알았다. 하지만 엄마는 희망을 점점 잃어가고 있었다. 4월 말 엄마는 마틴에게 엽서를 한 통 쓰셨다. 그리고 부치기 전 나에게 엽서를 보여주셨다.

마틴에게,

아직도 너에게선 소식이 없구나. 1월 24일에 너와 너희 교장선생님 앞으로 보낸 편지에 아주 중요한 문서가 들어 있었단다. 짐바브웨 정세가 불안하다고 해서 너희 가족은 괜찮은지 많이 걱정하고 있어. 마틴, 이 엽서를 보면 꼭 연락 부탁한다. 네가 어디 있는지, 뭐가 필요한지 얘기해주지 않으면 우리가 널 도울 수가 없어. 꼭 연락해주렴.

2000년 4월 25일
사랑을 담아
리처드, 앤, 케이틀린 씀

몇 달 전 마틴이 쓰레기에 편지를 적어 보냈던 게 떠올랐다. 마틴이 다시 시장에 나가 일을 하고 있고 우리와 연락을 할 방법이 없는 거라면 어떡하지? 이 와중에 스테피는 자기 빨래와 자기가 먹은 그릇 설거지는 스스로 해야 한다는 우리 집 규칙을 두고 불평을 하고 있었다. 정말 목을 졸라버리고 싶은 마음이었다. 스테피가 떠나는 날엔 공항까지 작별인사를 하러 나가지도 않았다. 대신 스테피가 문을 나서는 순간 기쁨의 춤을 추었다.

5월 말 엄마는 이대로는 안 되겠다고 선언하셨다. "케이틀린, 그냥 마틴한테 웨스턴 유니온으로 100달러를 보내고 마틴이 부디 돈을 받기를 바라는 수밖에 없겠다. 그것 말곤 할 수 있는 게 없지 않겠니?"

6월 5일 엄마는 송금을 했고 그런 후 마틴에게 엽서를 써서 짐바브웨 웨스턴 유니온 지점에 가서 돈을 찾는 방법을 설명하셨다. 그날도 마틴에게서 아무 소식이 없자 엄마는 이제 앓아눕기 일보직전이었다. 다음 날 엄마는 다시 편지를 썼다.

마틴에게,

지금쯤이면 네가 엽서를 받았길 바란다. 엽서에 쓴 대로 우리가 6월 5일 월요일에 웨스턴 유니온을 통해 네 앞으로 돈을 부쳤고 너는 우체국에 가서 돈을 찾으면 된단다. 웨스턴 유니온 측에서는 미화 100달러가 지금 환율로 짐바브웨 돈 3,707불이라고 하더구나. 물론 네가 돈을 찾는 날은 환율이 달라질 수도 있겠지만 말이야. 여하튼 지금 환율로 네가 받을 수 있는 돈은 짐바브웨 돈으로 3707.56불이야. 너희 가족이 월세를 내고 네가 학교를 가는 데 필요한 돈이 어느 정도인지 알아보려고 했어. 이 정도면 너희 가족이 몇 달 정도는 지낼 수 있을 거다.

2000년 6월 6일

엄마와 나는 마틴이 돈을 받을 수 있기를 기도했다.

중학교 졸업식이 불과 며칠 앞으로 다가왔다. 마틴 걱정에 졸업식 생각으로 설렐 겨를도 없었다. 엽서를 보내고 이틀 뒤 상황이 급변했다.

"성공했다! 찾았어!" 엄마는 의자에서 벌떡 일어나시더니 신이 나 제정신이 아닌 치어리더처럼 엉덩이며 두 팔을 마구 흔드셨다.

"마틴 말이에요?" 내가 물었다.

"아니. 사무핀디 선생님 말이야! 드디어 사쿠바 우체국이랑 통화가 돼서 우체국장님께 마틴 학교 교장선생님과 이야기를 해야 한다고 했지."

"그래서요?" 나는 기쁨의 춤을 출 준비를 했다.

"우체국에서 교장선생님께 내 말을 전해주기로 했단다. 새벽 2시에 우체국에 전화를 하기로 했어. 사무핀디 선생님하고 꼭 통화가 되면 좋겠지."

머리가 핑핑 돌고 어지러웠다. 새벽 1시 55분, 엄마가 맞춰 놓은 알람이 울렸다. 그때까지도 어지럼증은 가시지 않고 있었다. 나는 알람 소리에 서둘러 일어나 아래층으로 내려갔다.

긴 번호를 한참 누르고 나서야 엄마는 통화를 시작하셨다. "여보세요. 조지 사무핀디 씨 부탁드립니다." 엄마의 목소리는 차분하고 정중했다. 기다리는 동안 엄마는 나에게 윙크를 해 보이셨다.

"네, 안녕하세요, 사무핀디 씨. 전화 받아주셔서 감사합니다. 저는 앤이라고 하고요. 마틴 간다 학생 건으로 미국에서 전화를 드렸습니다."

엄마가 인상을 찌푸리셨다. 나는 얼른 의자를 끌어다 엄마 옆에 앉았다.

"왜 그렇죠?" 엄마가 말씀하셨다.

이제 수화기 너머로 사무핀디 선생님 목소리도 들렸다. 저 멀리 미국에 있는 사람과 통화를 하는 거니까 큰 소리로 이 야기를 해야 한다고 생각하셨는지 사무핀디 선생님은 거의 고함을 치고 계셨다. 어쨌든 사무핀디 선생님 말 한마디 한 마디를 다 들을 수 있어서 기뻤다. 뚝 부러지는 영국 억양으 로 사무핀디 씨는 이렇게 말씀하셨다. "마틴은 우리 학교에 서 가장 똑똑한 학생 중 하나지요."

나는 엄마와 눈을 맞추고 환하게 웃어 보였다. 그럴 줄 알 았어!

하지만 선생님은 곧 이렇게 덧붙이셨다. "O레벨을 마치고 A레벨로 진학하지 못하면 마틴의 인생은 짐바브웨에서 썩어 문드러지고 그걸로 끝이겠지요."

나도 모르게 탄식이 나왔다. 나는 급히 입을 막았다.

"무슨 말씀이시죠?" 엄마가 차분함을 잃지 않고 물었다.

"가난과 에이즈가 너무나 흔한 이런 곳에서 마틴처럼 가난 한 소년에게는 기회가 별로 없습니다. 이렇게 똑똑한 학생이 니만큼 더더욱 안타까운 일이죠. 마틴은 우리가 지금까지 이 지역에서 본 학생들 중에서도 가장 뛰어난 축에 속합니다.

교사들보다 똑똑하죠."

선생님 말씀을 들으며 엄마의 눈에는 눈물이 차올랐다. "선생님, 저희가 어떻게 해야 마틴이 학교를 계속 다닐 수 있을까요?"

엄마는 메모장에 숫자를 받아 적고 나서 다시 물었다. "마틴의 형제들은요?"

나는 등받이에 등을 기댔다. 너무나 자랑스러웠다.

엄마는 메모장에 80달러라고 쓰고선 동그라미를 두 번 쳤다. 얼마나 환하게 웃으시는지 눈이 다 안 보일 지경이었다.

"그럼 이 돈을 어떻게 보내드리면 되지요?" 엄마가 물어보셨다. "오늘 수표를 보내겠습니다. 마틴과 형제들이 계속 학교를 다닐 수 있도록 해주세요. 그 아이들 학비는 제가 전적으로 책임지겠습니다."

사무핀디 선생님이 "좋습니다" 하시는 소리가 들렸다.

통화를 끝낸 엄마의 뺨에 눈물이 흘러내리고 있었다.

"엄마가 해냈어요!" 나는 엄마의 손을 꽉 움켜쥐었다.

"너와 같이 해낸 거지." 엄마가 내 귀에 속삭이셨다. 엄마는 울면서 웃고 계셨다.

"엄마! 이렇게 울 시간이 없어요! 빨리 마틴한테 전화해야 해요!"

마틴이 급할 때는 사쿠바 우체국으로 전화를 걸 수 있다고 편지에 썼었다. 사쿠바 우체국이 지금 이 우체국이었다. 이런 소식은 편지로 전할 수 없었다.

마틴

그날 아침 설거지를 하고 있는데 내 나이쯤 돼 보이는 남자애 하나가 달려오면서 소리쳤다. "마틴, 미국에서 전화가 왔어. 네 전화야."

나는 우체국으로 전력질주를 했다. 형과 심바가 뒤에서 나를 따라 달려오고 있었다.

일단 우체국에 도착해 무거운 유리문을 열고 들어갔다. 소포를 보내거나 찾으려고 기다리는 사람들 줄이 꽤나 길었다. 나는 이 줄을 지나쳐 한구석에 있는 전화 교환수에게 갔다. 교환수는 양손으로 수화기를 들고 있었다.

"마틴 간다 군?" 교환수가 수화기를 내밀었다.

나는 숨을 크게 한번 가다듬고 나서 귀에 수화기를 가져다 댔다.

"여보세요?"

"마틴?" 비음 섞인 하이톤의 목소리였다.

"케이틀린. 정말 너야?" 나는 소리쳤다.

"응, 나야! 좋은 소식이 있어!" 케이틀린이 대답했다. 온몸에 소름이 돋았다.

"엄마가 너희 교장선생님과 통화했어. 학비 걱정은 이제 안 해도 돼!"

형과 심바는 내 양쪽에 서서 통화 내용을 들으려고 안간힘을 쓰고 있었다.

"역대 최고의 뉴스다, 케이틀린." 마음 저 깊숙한 곳에서부터 목구멍까지 차오르는 감정을 간신히 억누르며 나는 그렇게 말했다. 이러다가 질식할 수도 있겠단 생각까지 들었다. "너한테 이렇게 진 빚을 다 어떻게 갚지?"

"우리가 원하는 건 너랑 너희 가족이 잘 지내는 것뿐이야." 케이틀린은 말했다.

그날 우리가 무슨 얘길 더 했는지는 기억이 거의 나질 않는다. 다만 전화를 끊고 나서 내 인생이 이제 더는 예전 같지 않을 거란 느낌이 뼛속까지 사무쳤다는 것만 기억난다.

교장선생님께 달려가 좋은 소식을 들었다고 했다.

"마틴, 이분들이 너를 정말 염려하시더구나. 가볍게 생각해서는 안 되겠어."

"네, 선생님."

"네가 열심히 공부하면 어느 대학이든 갈 수 있다. 너를 도와주실 분들도 이렇게 계시니까 이 기회를 잘 활용해라."

"네, 알고 있습니다. 그렇게 해야죠."

O레벨 시험이 몇 달밖에 남지 않았다. 이 시험에서 1등을 하면 정말 무엇이든 할 수 있을 것이다. 나한테는 그게 기회였다.

그해 9월 다시 교육대 도서관에 몰래 들어가 시험 준비를 시작했다. 그사이 웨스턴 유니온에서 돈을 찾으러 오라는 안내를 받았다. 8월 31일 어머니와 돈을 찾으러 갔다. 안내문에는 이렇게 쓰여 있었다.

수취인: 마틴 간다
송금인: 앤 네빌
금액: 미화 100달러

내 인생에 천사는 케이틀린뿐만이 아니었다.

케이틀린네 어머니께서 6월에도 한차례 돈을 보내주셨고 사무핀디 선생님께서는 내 학비는 물론이고 심바, 그리고 이제 막 학교를 다니기 시작한 로이스 학비까지 수표로 보내주신 터였다.

웨스턴 유니온 영수증을 어머니께 드리는데 어머니 얼굴이 새삼 낯설었다. 미간과 처진 눈 주변에 전에 없던 깊은 주름살이 새겨져 있었다. 돈을 받고 어머니는 마음이 좀 편해지신 것 같았다.

케이틀린과 가족들에게,

할로! 먼저 답장이 늦어서 최송하단 말씀 드려요. 일단 보내주신 거금은 잘 받았습니다. 정말 감사합니다. 여러분께 신의 가호가 있기를 빌어요. 여러분은 정말 최고예요. 영수증을 같이 보냅니다. 그 돈으로 공과금 좀 내고 음식도 샀어요. 남은 돈은 저금을 했고요.

지금 저희는 방학 기간이에요. 저는 10월 13일부터 일반학력인정시험(GCE)을 치를 예정이에요. 열심히 공부하고 있고 꼭 통과했으면 좋겠어요. 저희 가족과 저를 도와주시려고 여러 모로 노력해주신 점 정말 감사합니다.

이곳에서의 삶은 아시다시피 너무나 고되지만 여러분 덕분에 어려움이 훨씬 줄었습니다. 그 점 감사드려요. 저희의 이런 생활이 가끔은 믿기 어려우시리라 생각해요. 미국엔 이렇게 여러 가족이 방 하나를 나눠 쓴다든가, 이런 실업 사태나 가난이 없을 테니까요. 언젠가 이곳에 직접 오셔서 얼마나 많은 사람들이 치삼바 싱글스에 살고 있는지 한번 보실 수 있기를 바라요. 식비를 벌기 위해 어머니 아버지는 자주는 아니지만 교회나 부잣집 청소 일을 나가기도 하세요. 그렇게 해서 동전 몇 푼을 벌면(정말 조금이지만) 일부로는 음식을 사고 나머지 몇 불은 집세에 보태려고 아끼고요. 물론 쉽지는 않아요. 짐바브웨 돈으로 빵 한 덩이가 요즘 20불인데, 이렇게 번 돈으로는 빵 한 덩이도 못 살 정도랍니다. 빵 하나에 얼마가 필요한 건지 말이죠. 정부는 국민들 삶을 위해서는 아무것도 하지 않아요.

정부는 도시에서 생계를 유지할 수 없으면 시골로 가서 죽으라고 하면서 도시에서 살 수 있는 사람들에게만 기회를 주죠.

여러분 사랑에 다시 한 번 감사드려요. 여러분의 조건 없는 사랑에 저희 가족은 늘 감동받고 있답니다.

2000년 9월 12일

그때부터 나는 O레벨 시험 준비에 모든 시간을 쏟아부었다. 일라이어스가 공부를 하러 함께 도서관에 다니기 시작했다. 일라이어스도 대학에 가고 싶어 했다. 우리는 모의고사도 쳐보고 더 어려운 시험문제를 내기도 하면서 서로를 괴롭혔다. 시험에 나올 것 같은 문제를 공부하고 선생님들께 교과서를 빌려 밤새 공부한 후 다음 날 아침 돌려드렸다. 그러니까 일주일에 이틀 내지 사흘은 새벽 3시까지 공부를 하고 도서관 책상 아래서 잠을 잤다. 큰 창문으로 햇빛이 비치기 시작하면 그게 우리한테는 아침 알람이었다. 우리는 햇살이 비치면 일어나 집에 가서 아침을 먹고 학교로 갔다.

시험 당일이 됐다. 준비는 다 된 것 같았다. 조금 흥분되기도 했다.

케이틀린

그렇게나 바라던 10학년 새 학기가 시작됐다. 드디어 나
는 노스 펜 고등학교 학생이 됐다. 우리 중학교 졸업생에 다
른 중학교 두 곳 졸업생이 다 여기로 진학해서 우리 학년 학
생 수만도 1,000명이었다. 오빠가 고등학교 다닐 때 와본 적
은 있었지만 학기 첫날 첫 수업을 들으러 가는 기분은 색달
랐다. 이제 나는 누구 여동생이 아니라 진짜 고등학생이었다.
신청한 수업도 영어, 세계문화, 수학, 생물학, 독일어, 제도,
건강, 학습법, 수영까지 제법 많았다. 수영은 사실 올림픽 경
기장만 한 학교 수영장을 써보기 위한 핑계에 가깝긴 했지만
말이다. 교정이 엄청 넓어 이 끝에서 저 끝까지 가는 데 걸어
서 족히 30분은 걸렸다. 수학 빼고는 모든 과목이 좋았다. 수
학은 여전히 싫었다. 올해는 같이 수업을 듣는 애들 중에 괜
찮은 남자애가 없었다. 제일 좋아하는 과목은 세계문화였다.

마틴을 알게 된 이후로 나는 다른 나라 사람들의 관습이나 전통 등 외국 사람들의 생활과 문화에 관심을 갖게 됐다.

각자 관심 지역을 하나씩 골라야 해서 나는 남부 아프리카를 선택했다. 수업 초반 과제로 나는 남부 아프리카 기후에 관해 조사했다. 며칠씩 비가 온다는 몬순 기후를 배울 수 있었다. 마틴이 편지에 장마철이라는 얘기를 한 적이 있었다. 좀 더 조사를 하면서 이웃나라 모잠비크에서는 매년 홍수가 난다는 것도 알게 됐다. 사쿠바에도 홍수가 났었을까? 궁금해졌다. 그럼 마틴과 가족들은 어떻게 했을까? 공중 수도를 안 써도 되게끔 그 물을 다 받아 모았을까? 궁금한 게 너무 많았다. 그때 또 다른 소포 아이디어가 떠올랐다.

방수포, 양동이, 장화, 망토 등 목록을 적기 시작했다. 정수제도 적었다.

마틴네 가족을 돕는 일에 더는 부모님 힘을 빌리고 싶지 않았다. 부모님은 이미 기본적인 것들을 다 도와주셨다. 이제는 혼자 힘으로 하고 싶었다. 그러기 위해선 일자리를 얻어야 했다.

레이네 피자집은 학교에서 멀지 않은 데 있었다. 2년 전 내가 일을 했던 여름캠프 선생님 남편이 주인이었다. 피자집에서 종업원을 구한다기에 지원을 했다. 시급은 9달러였고 여기에 따로 팁을 받았다. 손님이 많은 날에는 300달러까지 벌기도 했다.

이렇게 스스로 돈을 벌다 보니 독립심도 많이 커졌다. 물론 고등학생이 된 만큼 그건 내가 바라던 바이기도 했다. 마틴에게 현금을 조금 보낸 후 나머지는 소포를 보내기 위해 아껴두었다. 소포에 보낼 물품 목록이 점점 길어지고 있었다. 옷을 산다든가 하는 데에는 그 돈이 필요 없었다. 필요한 건 엄마가 다 사주셨다. 그래도 지갑에는 항상 비상금을 갖고 다녔다. 놀 때 쓸 돈이었다.

나도 이제 열다섯 살이었고 오후가 아닌 주말 밤 쇼핑몰에서 친구들을 만나기 시작했다. 오늘은 어느 동네에서 무슨 파티가 열리는지, 그러니까 랜스데일에서 맥주파티인지 아니면 노스 웨일스서 댄스파티인지 알아보려면 쇼핑몰이 최적이었다. 우리 고등학교 학군에 있는 동네가 다섯이었으니 주말마다 최소한 파티가 서너 개씩은 있었다.

리사는 테니스부에서 만난 친구인데 우리는 금세 친해졌다. 리사는 나보다 한 살 많아서 운전을 할 수 있었다. 어느 금요일 나는 엄마에게 리사네 집에서 자고 오겠다고 했다. 그게 원래 계획이었다. 그런데 쇼핑몰로 놀러 나갔다가 조니와 짐을 만났다. 나이는 우리보다 많았고 가죽 재킷에 야구모자를 아주 깊게 눌러쓰고 있어서 눈이 안 보일 정도였다. 조니가 몇 살이냐고 묻기에 나는 열일곱 살이라고 했다.

"사우스 스트리트 갈래?" 조니가 물었다.

아직 저녁 8시밖에 되지 않았다. 사우스 스트리트라면 필라델피아인데 차로 45분 거리였다. 나는 밤에 필라델피아에 가본 적이 없었다. 리사는 나를 쳐다보고 어깨를 으쓱해 보였다.

"그래." 나는 동의했다.

개들을 따라 밖으로 나가 조니의 차로 향했다. 올즈모빌의 커트라스 수프림이었다. 너비는 엄마의 지프차만 했는데 차체는 훨씬 낮았다. 나는 뒷자리에 앉은 다음 무거운 문을 힘껏 잡아당겼다. 문이 제대로 잘 닫히지 않았다. 더 세게 문을 잡아당겼다. 이번에는 문이 닫히긴 했는데 여전히 꽉 닫히지는 않았다.

"아가씨들, 안전벨트 하시고요." 조니는 그렇게 말하더니 바닥에 타이어 자국을 남기며 쌩 소리와 함께 주차장을 떠났다.

안전벨트를 하고 싶었지만 이것도 고장난 상태였다. 뒷자리 중앙에 앉은 리사 쪽으로 몸을 기울이며 리사의 손을 잡았다. 리사도 기대 반 걱정 반인 것 같았다. 어쩌면 실수일지도 모르지만 그래도 나는 그런 생각은 떨쳐버리고 짜릿한 이 기분을 즐기기로 했다. 꼭 롤러코스터 꼭대기로 올라가는 기분이었다.

첫 번째 목적지는 주류 판매점이었다. 짐이 내려서 자기들이 마실 맥주와 우리가 마실 수박향 와인 칵테일을 샀다. 병마개를 따서 리사와 건배를 한 후 형광 핑크색 술을 꿀꺽꿀꺽 마셨다. 술은 시원했지만 다 마시고 나니 배 속과 얼굴이 따뜻해졌다.

한 병을 더 열었다. 창밖을 내다보니 칠흑 같은 이 밤에 나무들이 휘청휘청대고 있었다. 이제 정말 재밌는 밤이 되어가고 있었다.

사우스 스트리트에 도착해 조니는 가죽 재킷 주머니 안에 맥주 두 병을 아무렇게나 집어넣고 차에서 내렸다.

조니는 내 쪽 차문을 열며 말했다. "숙녀분들⋯⋯."

리사와 나는 휘청거리며 차에서 내렸다. 이상하게 멍하면서도 따뜻한 기분이 동시에 들었다. 술집 창문 너머로 헤비메탈 음악이 들렸다. 다른 술집에서는 레게가 흘러나와 도무지 음악이 어우러지지 않았다. 술에 취한 사람들이 길거리로 쏟아져 나왔고 거리에는 네온 불빛이 깜빡였다. 조니를 따라 술집을 여러 군데 지나치는데 문 앞에 떡하니 버티고 서 있는 건장한 경비원들을 대체 어떻게 통과할 생각인지 궁금했다. 한 10분쯤 그렇게 걸어다니는데 경찰 한 명이 조니의 어깨를 톡톡 두드렸다.

"개봉된 술은 거리에서 들고 다니면 안 됩니다." 경찰이 말했다. 조니는 어깨를 한번 으쓱하고는 들고 있던 맥주를 쓰레기통에 던졌다. "이건 아직 안 열었습니다, 경찰관님." 조니는 손에 '쿠어스' 캔맥주를 들고 대충 경례를 해 보였다.

"따지 말고 잘 들고 다녀, 조니." 경찰관은 그렇게 말하고 사라졌다.

"저 사람이 어떻게 네 이름을 알아?" 나는 조니와 짐을 따라 차로 돌아가면서 물었다. 대답 대신 조니는 시동을 걸었고 10분을 달려 '클럽 말리부'라는 술집으로 갔다. 경비원이 입구를 열어줘 안으로 들어가는데 조니가 경비원과 주먹을 마주치며 인사를 했다.

안으로 들어가니 비트에 맞춰 바닥이 쿵쿵 울리는데 신발 바닥까지 그 진동이 느껴졌다. "너희 칵테일 마실래?" 조니가 소리쳤다. 리사와 나는 고개를 끄덕였다.

남자애들이 술을 사러 간 동안 나는 주변을 훑어보았다. 다들 술 마시고 춤을 추며 즐거운 시간을 보내고 있었다. 막 리사에게 춤추러 가자고 하려는데 뒷주머니에서 진동이 느껴졌다. 핸드폰을 꺼내보니 엄마 전화였다. 나는 '거부'를 눌렀다. 남자애들이 술을 가져오는데 또다시 핸드폰이 울렸다.

"금방 올게!" 나는 출구를 찾았다. 밤새도록 엄마 전화를 무시할 수는 없으니 전략적으로 지금 전화를 받는 게 나았다. 신호음이 한 번밖에 안 울렸는데 엄마가 전화를 받았다.

"이제 통화가 되네!"

"엄마, 죄송해요! 리사랑 파티에 와서 전화 소리를 못 들었어요."

"그래? 그래서 지금 어디니?"

"워링턴이요." 워링턴은 햇필드에서 30분 거리였다. 심각한 거짓말이었다.

"당장 집에 와야겠는데."

"왜요?"

"왜냐면 난 네 엄마고 너는 엄마 말을 들어야 하니까."

"안 돼요." 나는 머리를 굴렸다. "태워다줄 사람이 없어요."

"애초에 거길 어떻게 갔는데?"

"조니 차요."

"조니가 누구니?"

"새로 사귄 친구요." 아까 와인을 마시고 올라온 취기가 재빨리 공포로 바뀌고 있었다.

"그럼 조니한테 30분 내로 집에 데려다달라고 하렴. 아니면 주소를 말해. 엄마가 데리러 갈 테니."

나는 전화를 끊고 조니에게 달려갔다.

"집에 가야 해."

조니가 제정신이냐는 표정으로 나를 쳐다봤다.

"지금 바로."

사실 나는 열다섯 살인데 엄마가 30분 내로 집으로 오라고 했다고, 아니면 엄마가 나를 찾으러 온다고 했다고 조니에게 털어놓았다. 조니가 집으로 데려다주겠다고 해서 솔직히 좀 놀랐다. 고속도로를 시속 140킬로미터로 달리는데 슬슬 걱정이 되기 시작했다. 진짜 집에 데려다주는 게 맞겠지? 우리 칵테일에 약이라도 탔으면 어떡하지? 왜 그렇게 야구 모자를 깊숙이 눌러썼을까? 여러 명을 세워두고 용의자를 찾으라고 하면 조니 얼굴은 못 알아볼 것 같았다. 그 경찰은 조니 이름을 어떻게 알고 있었을까?

고속도로를 미친듯이 내달리는데 끔찍한 생각들이 머릿속을 스쳐 지나갔다. 익숙한 표지판이 보이자 그제야 조금씩 안심이 됐다. 조니가 햇필드 방향으로 고속도로를 빠져나오자 드디어 나는 안도의 한숨을 내쉬었다. 나는 조니에게 우리 집 방향을 알려주었고 조니는 집 앞에서 차를 세웠다. 38분 걸렸다. 30분대였다.

차 문을 여는데 조니가 재빨리 운전석에서 내렸다.

"키스도 안 해줘?" 조니가 말했다.

나는 조니에게 키스하고 싶지 않았지만 무례하고 싶지도 않았다. 게다가 엄마가 타올 같은 가운을 걸치고 나와 조니에게 별의별 질문을 퍼붓는 상황은 더 싫었다. 나는 눈을 감고 몸을 살짝 기댔다. 조니의 입에선 더러운 발 냄새가 났다.

"덕분에 재밌는 시간 고마웠어!" 나는 그렇게 말하고 재빨리 몸을 뺐다.

한편 리사는 절대 짐이랑 키스하고 싶지 않은 것 같았다. 리사는 이미 빠른 걸음으로 집으로 향하고 있었다. 나는 얼른 리사를 뒤따라갔고 남자애들에게 손을 흔들었다. 아마 우리가 다시 만나는 일은 없을 것이다. 부모님이 서재에서 우리를 기다리고 계셨다.

"파티는 어땠니?" 엄마의 목소리가 진지했다. 뭔가 일이 있었다는 걸 엄마는 직감하고 계셨다.

"진짜 재밌었어요." 내가 대답했다.

"집에 무사히 돌아와서 다행이다." 리사와 위층으로 올라가는데 아빠가 말씀하셨다.

"리사. 너희 엄마도 네가 여기 와 있는 것 알고 계시니?" 엄마가 우리를 불러 물어보셨다.

"네!" 나는 아래층을 향해 소리쳤다. "안녕히 주무세요! 사랑해요!"

일단 방에 들어와 우리 둘 다 아래층 침대 위로 쓰러졌다. 리사는 엄마에게 전화해 우리 집에서 자고 간다고 했고 나는 리사에게 잠옷을 빌려줬다.

그날 밤 잠자리에 눕는데 내가 정말 운이 좋았단 생각이 들었다.

마틴

10월 중순 O레벨 시험이 시작됐다. 각 과목마다 시험 시간
은 세 시간이었고, 나는 총 9개 과목을 접수했다. 며칠에 한
번꼴로 시험이 있어서 꼭 마라톤 선수가 된 기분이었다. 나
는 사이사이 휴식을 취하면서도 집중력을 잃지 않도록 노력
했다. 마지막 시험은 11월 말이었다. 시험을 잘 봐야 했다. 나
자신과 우리 가족만을 위해서가 아니라 케이틀린과 케이틀
린네 가족을 위해서도 잘해야 했다. 케이틀린네 가족의 도움
이 없었다면 시험조차 치르지 못했을 것이다. 그분들께 내가
그만큼 도와줄 가치가 있는 사람이란 것을 증명해 보이고 싶
었다. 내가 미처 헤아리지 못하는 부분까지도 내 미래는 그
분들께 빚을 지고 있었다. 그분들이 베풀어주신 친절함에 꼭
보답하고 싶어 사진을 찍어 보내기로 했다. 내 사진 말고 우
리 가족이 모두 담긴 사진 말이다.

케이틀린의 어머니가 보내준 돈으로 우리는 사진사 마삼바 씨를 불렀다. 지난번에 내 사진 두 장을 찍어주신 분이었다. 다들 케이틀린이 보내준 옷을 입고 사진을 찍고 싶어 해서 사진사가 카메라를 들고 도착했을 때까지도 아직 모두들 준비가 안 된 상태였다. 부모님께서 옷을 갈아입으시는 동안 나는 심바, 로이스와 함께 밖에서 기다렸다.

"치즈 하세요!" 마삼바 씨가 말했다. 농담인 줄 알았는데 곧 찰칵 소리가 들렸다.

아버지는 사진 네 장 값을 내셨다. 마삼바 씨도 이 사진을 미국으로 보낸다는 걸 알고 특별히 더 심혈을 기울이겠다고 약속하셨다. 그 와중에 나는 사진을 연이어 더 찍기 전에 마삼바 씨께 잠깐만 기다려달라고 부탁했다. 심바가 케이틀린이 보내준 운동복 바지를 입고 있으면서 정작 상의는 다 해진 조끼만 하나 걸치고 있었기 때문이다. 폴로셔츠로 갈아입으면 될 것 같았다. 로이스도 내가 입다가 심바에게 물려줬던 셔츠를 입고 있었다. 여기저기 옷감이 닳아 해져서 피부가 다 비칠 정도였다. 케이틀린이 보내준 옷을 이런 특별한 때 입으려고 아껴둔 거였다.

"얼른 들어가서 갈아입고 와." 첫 번째 사진을 찍고 나서 동생들에게 말했다.

내가 동생들을 따라 잠깐 들어갔다 나왔다. 이제 우리 가족 전부 미국 옷을 입고 있었다. 아버지와 나는 맞춰 입은 것처럼 흰색 폴로셔츠 차림이었다. 형은 밝은 노란색 상의를,

어머니는 밝은 빨간색 치마와 남청색 럭비 셔츠를 입으셨다. 막내 조지에게는 어머니께서 케이틀린이 보내준 옷 중 사이즈가 가장 작은 티셔츠를 꺼내 입히셨고 로이스는 또 다른 폴로셔츠를 입었다. 너무 커서 꼭 원피스 같았다. 마삼바 씨는 한 프레임 안에 들어오도록 가족들을 전부 침대에 모여 앉게 하셨다.

나는 어머니와 아버지 사이에 앉았고 형은 왼쪽에 섰다. 조지는 어머니 무릎에 앉았고 로이스와 심바는 내 다리에 기대앉았다.

"자, 찍습니다!" 마삼바 씨가 셔터를 누르며 말했다. 나는 활짝 웃으며 이 순간이 모두에게 기억되기를 바랐다.

세 번째 사진은 형과 둘이서만 찍고 싶다고 했다. 케이틀린네 가족들이 가끔 형 얘기를 물었다.

"아빠, 엄마. 마지막 사진은 엄마 아빠 두 분이서 찍으세요." 내가 말했다.

아버지는 힘차게 침대 위로 뛰어 올라가셨고 어머니가 그 옆에 앉았다. 마삼바 씨가 하나, 둘, 셋, 숫자를 세는데 조지가 부모님께 기어 올라갔다. 아버지는 환한 미소를 지으셨고 어머니는 차분하고 진지한 얼굴을 유지하셨다. 조지는 이내 울음을 터뜨렸다. 부디 그 장면은 사진에 안 찍혔길 바랐다.

마삼바 씨가 며칠 후 사진을 들고 오셨다. 한 장 한 장 사진을 넘겨보는데 이제 더는 정말 숨길 게 없었다. 이 사진을 보면 우리가 어떻게 살고 있는지 케이틀린도 알 수 있게 될 것이다. 나는 그동안 가난한 우리 생활을 말로 포장했고 케이틀린이 보내준 옷으로 차려입을 수 있었다. 하지만 이 사진들은 진실을 그대로 담은 것이었다. 케이틀린이 진실을 잘 받아들이길 바랐다.

> 케이틀린에게,
> 안녕. 모두들 잘 계시지? 학교는 어때? 우리도 잘 지내.
> 드디어 우리가 가족사진을 찍었어. 우리 집 단칸방에서 말이야. 이 사진들이 마음에 들었으면 좋겠다. 이게 우리 가족이야. 네가 궁금해했던 네이션 형도 여기 있어!
> 아직 O레벨 시험을 치르는 중이야. 시험은 11월 21일에 끝나. 그때부터 2001년 2월 초까지는 학교가 방학이야. 방학이 지나면 고등과정을 시작할 거야. 고등과정 시험을 통과하면 미국에 있는 대학에 갈 수 있을지도 모르지!
> 우리 가족과 나에게 많은 도움을 줘서 고마워.
> 신의 축복이 있기를.
>
> 2000년 11월
> 네 친구 마틴 간다가

사진을 다시 보다가 설명이 좀 필요하겠다는 생각이 들어 추신을 덧붙였다.

> 혹시나 헷갈릴까봐 설명해. 사진은 어머니 아버지가

주무시는 침대에 앉아서 찍은 거야. 미국에서의 네 방과는 다를 테니 혼란스러울 수도 있을 것 같아서. 침대 아래에는 부엌 집기가 들어 있어. 밤에는 침대 아래서 집기들을 다 꺼낸 후에 침대 아래 들어가 몸을 욱여넣고 자. 이 말이 믿기지 않겠지만 이제 우리가 어떻게 사는지 이해할 수 있겠지. 네가 알 수 있게 돼 기뻐.

케이틀린

마틴이 사진을 보낼 거라곤 생각도 못했다. 사진 속에서 웃고 있는 마틴은 여전했다. 이제는 내가 친오빠처럼 사랑하는, 바로 그 마틴이었다. 전에 보냈던 사진에서보다는 좀 더 자란 것 같았다. 아직도 책상 유리 아래는 니삭스를 신은 작은 소년 마틴의 사진이 끼워져 있었다. 의외의 모습들도 있었다. 맑고 화창한 푸른 하늘과 색 바랜 장대 같은 풀은 보이지 않았다. 마틴의 엄마 아빠도 수공예로 만든 그런 화려하고 다채로운 색의 전통복장 차림이 아니었다. 사진은 선명한 컬러 사진이 아니라 다 어둡고 흐릿했다. 한 사진에서 마틴은 판잣집 같은 건물에 기대고 서 있었다. 내가 상상했던 그런 초가집이 아니었다. 설마 이게 지금 마틴 집이라고? 그게 가장 먼저 든 생각이었다. 우리 집 뒷마당 공구 창고가 저것보다는 더 넓고 튼튼할 것 같았다. 하지만 사진을 보고 또 보고 나서 진짜로 이게 마틴네 집이 맞단 사실을 깨달았다. 단단한 흙바닥에 회색 자갈들이 흩어져 있었고 자갈 크기는 들쭉날쭉했다. 저 멀리 나무가 보였다. 미색과 회색 일색의 황량한 광경 속에서 녹색이라곤 그 나무가 유일했다.

어둡고 복작복작한 방 안에서 온 가족이 다 함께 침대에 모여 앉아 찍은 사진을 자세히 들여다보았다. 마틴은 부모님 사이에 앉아 있었다. 처음에는 마틴 부모님네 침실이라고 생각했다. 다시 보니 같은 침대에서 마틴과 형 둘이서만 찍은 사진도 있고 막내동생 조지와 부모님만 찍은 사진도 있었다. 그제야 이게 부모님 침실이 아니란 사실을 깨달았다. 이 방이 바로 마틴네 집이었다. 마틴은 밤이면 침대 아래 있는 집기들을 옮긴 후 침대 아래 공간을 이용해 거기서 잠을 잔다고 했다.

사진을 다시 살펴보며 마틴의 평소 생활에 대해 더 많은 것들을 알 수 있었다. 마틴은 물론 형제들 아무도 신발을 신고 있지 않았다.

마틴이 신발을 한 켤레라도 갖고 있긴 한 걸까? 아니겠지 생각하며 다시 한 번 사진들을 넘겨보았다. 아무것도 없었다.

이층침대 아래층에 앉아 있던 나는 황당해져서 잠시 고개를 들었다. 왜 오빠가 더 큰 방을 써? 나는 작년 내내 그게 불만이었다. 부모님 침대 아래서 잠을 잔다니 상상조차 할 수 없었다. 신발이라. 내 신발만으로도 신발장 문이 잘 안 닫힐 정도고, 그마저도 잘 신지 않는 신발이 대부분이었다. 나는 이렇게나 불필요하게 신발이 많은데 마틴네 가족들은 신을 신발이 없다니 뭔가 잘못된 것 같았다. 내가 가진 행운을 내 베스트 프렌드와 나눠야 했다. 그게 내 임무였다.

그날 저녁 나는 부모님들께 사진을 보여드렸다. 부모님들도 마틴네 생활이 너무 힘들어 보여 충격을 받으셨다.

"세상에." 엄마는 계속해서 고개를 절레절레 흔드시며 몇 번이나 그렇게 말씀하셨다.

"다시 소포를 한번 부쳐야겠어요." 나는 부모님께 말했다.

아빠도 동의하셨다. "어떻게 해야 도움이 될까?"

소포에 담을 물품 목록을 가져왔다. 나는 지금껏 계속 추가를 해오고 있었다.

"지금 거긴 장마철이에요. 몬순이라는 게 있대요."

"열대지역에 장대비 내리는 것 말이니?" 엄마가 물으셨다.

"네, 그거요. 근데 마틴네 집을 한번 자세히 보세요. 벽에 틈이 있어요."

"그래서 네가 하고 싶은 말은 뭐야?" 이번엔 아빠가 물으셨다.

"방수포를 사야겠어요."

"육·해군 용품점에 가면 있어." 엄마가 대답하셨다.

"접이식 양동이도 같이 보내고 싶어요. 그걸로 마틴 어머니가 빗물을 모아 쓰실 수 있게요." 나는 덧붙였다.

"좋은 생각이네." 아빠가 말씀하셨다.

"내일 쇼핑을 가자. 그리고 일단 우리 옷장 청소를 좀 하자

꾸나." 엄마는 그렇게 제안하셨다.

그동안 내가 못 입게 된 옷들은 나보다 몇 살 어린 사촌동생 둘에게 물려줬었다. 하지만 외삼촌네 정도면 걔들한테 얼마든지 새 옷을 사줄 수 있다. 마틴의 가족들은 아니다. 나는 신발장에서 운동화, 쪼리, 샌들 한 켤레 등 안 신는 신발 여러 켤레를 꺼냈다. 내 사이즈가 맞는 가족들이 별로 없을 테니 다른 가족들도 소외되지 않도록 나는 마틴에게 모두의 발 사이즈를 알려달라고 했다.

다음 날 엄마와 군용품 판매점에 갔다. 주인 남자는 군복 바지에 작업용 부츠, 할리 데이비슨 티셔츠를 입고 있었다.

"제프 씨, 안녕하세요." 엄마가 가게에 들어서며 인사했다. 여긴 오빠가 제일 좋아하는 가게였다.

나는 우리가 사려는 것들을 설명했고 제프 아저씨가 커다란 방수포 몇 장과 접이식 양동이 두 개, 망토형 우비를 사이즈별로 스몰, 미디엄, 라지, 이렇게 내주었다.

"물 정수하는 알약도 있나요?" 카운터에 살 것들을 하나씩 놓으며 내가 물었다.

"잠깐만 기다리세요!" 아저씨는 곧 '포터블 아쿠아'라는 요오드 정수제 네 통을 들고 오셨다. "물 안에 든 세균이나 이물질은 이거면 한방에 해결이에요. 제가 장담합니다."

그런 다음 우리는 장화를 사러 '로스'에 갔다. 마틴네 식구들 발 사이즈를 아직은 다 모르지만 장화라면 정확한 사이즈를 몰라도 다른 신발보단 편하게 살 수 있었다. 엄마는 우산도 집으셨다. 집에 돌아오면서는 마틴의 워크맨에 넣을 건전지, 로션, 펜, 공책, 편지봉투를 추가로 상자에 넣었다. 엄마는 식탁 옆에서 소포에 딸려 보낼 물건들을 상자 속에 정리해 넣으셨다.

12월 중순이 되자 이제 상자가 가득 찼다. 우리 가족사진으로 만든 크리스마스카드도 넣었다. 크리스마스 전에 소포가 도착할 리 만무하겠지만 뭐, 상관없었다. 그냥 도착만 하면 된다.

크리스마스 날 아침, 익숙한 소리와 냄새에 잠을 깼다. 주방으로 내려가자 아빠가 말씀하셨다. "산타가 올해는 네 선물을 밖에 놔뒀다는구나."

잠옷 차림으로 밖으로 나가자 집 앞에 1996년형 혼다 액투라 인테그라가 서 있었다. 반짝반짝 은색으로 테두리 처리가 된 진녹색 차였다. 번호판은 C8LIN이었다.

"네가 직접 운전할 차야!" 아빠는 나에게 빨간 리본이 달린 차 열쇠를 건네주셨다. 나는 소리를 지르기 시작했다. "이웃들 다 깨우겠다!" 엄마가 웃으며 말씀하셨다.

차를 선물로 받을 것 같긴 했었다. 아빠는 3월 내 열여섯 살 생일까지는 운전연습을 할 수 있게 해주겠다고 약속하셨다. 이미 크리스마스 기분은 최고였지만 아직도 거실 크리스마스트리 아래에는 열어볼 선물이 산더미였다. 그해 나는 옷, 액세서리, 양말, 잠옷, 그리고 흰 난쟁이 토끼를 선물로 받았다. 토끼의 이름은 귀여운 마틴의 여동생 이름을 따서 로이스라고 부르기로 했다.

마틴에게서 사진을 받은 후 몇 주가 지나서야 겨우 답장을 썼다. 소포에 동봉하는 편지에도 사진 이야기는 하지 않았다. 솔직히 사진 이야기를 어떻게 꺼내야 좋을지 아직도 확신이 서지 않았다. 마틴이 가난한 줄은 알고 있었지만 그 정도라 곤 생각도 못했다. 그걸로 마틴을 평가하거나 하는 건 아니 었다. 오히려 놀라워서 감탄이 나왔다. 그 와중에도 희망과 열정과 다정함을 잃지 않는다는 것이 말이다. 마틴에 대한 내 사랑과 존경심도 더욱 깊어졌다.

마틴에게,

어떻게 지내? 나는 잘 지내고 있어. 우리 가족도 물론.

학교생활은 괜찮아. 숙제가 정말 많지만 나름대로 다 즐기는

중이야. 네 학교생활은 어때? O레벨 시험 결과는 받았니?

크리스마스는 어떻게 보냈어?

마틴에게 크리스마스 때 받은 선물들 얘기를 꺼낼까 말까 처음에는 망설여졌다. 하지만 마틴은 나에게 완전히 솔직한 모습을 다 보여주었다는 생각이 들었다. 나도 마틴에게 솔 직해져야 했다. 우리 우정이 그 정도는 감당할 수 있을 터였 다. 나는 작은 선물부터 이야기한 다음 가장 큰 선물을 털어 놓았다.

가장 깜짝 놀랄 선물은 자동차였어!!!! 이제 우리 집 식구들 전부 차를 갖게 됐어.

로이스에 대해서도 말했다.

흰색 난쟁이 토끼도 선물로 받았어. 이 토끼 이름을 '로이스'라고 지었어. 네 여동생처럼 작고 귀엽고 다정한 것 같아서. 혹시 너나 여동생이 기분 나빠 하지 않으면 좋겠다. 토끼 로이스는 이제 한 10주 정도 됐는데, 귀가 축 늘어진 오빠 토끼 루이스랑 같이 지내고 있어. 밖에 눈이 30센티미터쯤 쌓여서 지금은 토끼들을 밖으로 내보낼 수가 없어. 아무튼 나는 항상 이 토끼들을 쓰다듬기도 하고 데리고 다니기도 해.

여전히 사진에 대해서는 한마디도 하지 않았다. 어떻게 얘기를 꺼내야 할지 몰라 진심 어린 이야기를 하는 수밖에 없다고 생각했다.

사진 보내줘서 정말 고마워! 너와 너희 가족들을 다 볼 수 있어서 정말 좋더라. 이 세상에서 네가 가난을 겪어야 한다는 게 슬퍼. 나도 물론 안타깝지만 세계 곳곳에 가난이 존재한단 걸 알아. 미국에도 가난한 사람들은 있지만 미국 정부가 가끔 도움을 주기도 해. 항상은 아니더라도 말이야.

무언가 좀 더 할 이야기가 있다면 좋았겠지만 정말 솔직히 말하면 내가 이 세상에 가난이 존재한다는 것, 아프리카만이 아니라 펜실베이니아를 비롯해 어디에든 가난이 존재한다는 그 사실에 눈을 뜨게 된 건 마틴 때문이었다. 늘 내 주변에 있었지만 보이지 않던 것들도 마틴 덕분에, 마틴이 내 인생의 일부가 되면서 그제야 눈에 들어오기 시작했다. '아프리카계 미국인 알기' 동아리에 가입한 이유도 마틴 때문이었다. 로렌도 같이 이 동아리에 가입했다. 친구들 중 티나한테 새 남자친구가 생겼는데 이름은 브라이언이었다. 그런데 브라이언이라는 이름은 놔두고 다들 티나 남자친구를 '흑인'이라고 불러서 좀 짜증이 났다. "왜 그냥 브라이언이라고 안 해? 피부색이 무슨 상관인데?" 나는 늘 그렇게 친구들에게 지적을 해주곤 했다. 로렌도 이제 더는 나에게 마틴이랑 사귀냐는 둥 하면서 놀리지 않았다. 우리 둘 다 아프리카 문화와 아프리카계 미국인들의 문화에 관심이 있어서 이 동아리를 가입했을 때 잔뜩 들떠 있었다.

첫 번째 모임에 가보니 이미 7~8명 정도가 있었다. 전부 흑인이었고 우리보다 다 선배였다. 아무도 우리에게 인사를 건네거나 반가운 기색이라도 해주지 않았다. 대신 우리를 가만히 쳐다보고 있었다. 한 여자 선배는 노려보기까지 했다. 말은 한마디도 하지 않았지만 그 시선은 딱 이거였다. "너희가 여기 무슨 볼일이 있는데?"

얼마 있지도 않았지만 거긴 내가 있을 곳이 아니라는 생각이 들었다. 로렌과 나는 재빨리 자리를 찾아 앉았다. 곧 남방 차림에 금속테 안경을 쓴 동아리 회장이 나서서 인사를 시작했다. 회장은 이 동아리를 발족한 목표를 설명했다. "우리는 젊은 아프리카계 미국인들이 일어설 수 있도록 힘을 실어줘야 합니다. 우리는 이제 사회적 약자가 아닙니다. 백인들에게 우리가 중요한 존재란 사실을 확인시켜줘야 합니다."

나는 좀 혼란스러웠다. 당연히 회장 오빠는 중요한 존재였다. 모든 사람이 중요한 존재다. 하지만 회장 오빠 생각은 다른 것 같았다. 회장 오빠는 화가 많이 나 보였다. 동아리 모임은 이제 쉬는 시간이었지만 아무도 나나 로렌에게 왜 왔는지 물어보지 않았다. 누군가 물어봤다면 "제일 친한 친구가 아프리카 사람이에요"라고 대답했을 것이다. 하지만 아무도 나에게, 혹은 내가 하는 말에 관심이 없었다. 동아리 사람들은 계속 힘을 싣는 것에 대해서만 얘기했다. 모임을 떠나며 나는 로렌에게 말했다. "좀 껄끄럽더라." 로렌도 동의했다. "가입하긴 좀 부담스러운 동아리네."

동아리 얘기는 편지에 하지 않았다. 하지만 브레이크댄스 동아리에 들었단 얘기는 했다. 그것도 딱 한 번 나가고 말았다. 로렌과 함께 동아리 모임에 갔더니 백인 여자애들은 우리뿐이고 나머지는 전부 아시아계 애들이었다.

마틴에게 선물하려고 노래 테이프를 만들고 있다는 얘기도 했다. 그해 나는 친구들에게 노래 테이프를 많이 만들어 선물했다. 미국 애들이 당시 즐겨 듣던 음악을 마틴이 다 모를 수도 있다고 생각하니 마틴에게 테이프를 만들어주는 일은 특히 더 재밌었다.

마이크가 달린 카세트 플레이어가 있어서 노래는 물론이고 내 목소리도 녹음할 수 있었다. 주말 하루는 두 시간 동안 편지를 녹음한 후 내가 좋아하는 노래를 소개했다.

"다음 곡은 핑크의 「모스트 걸스」입니다." 나는 라디오 DJ 목소리를 흉내 내며 곡을 소개한 다음 '재생' 버튼을 눌렀다. 그럼 바로 이어서 노래가 흘러나왔다. "대부분 여자들은 반짝이는 걸 든 남자를 원하지……." 다른 노래들도 넣었다. 그해 여름 대인기였던 바하 맨의 「후 렛 더 도그스 아웃」, 내가 당시 아주 좋아했던 에미넴의 「더 리얼 슬림 셰이디」도 있었다. 백스트리트 보이스 포스터를 밀어내고 이제 내 방 벽에는 잡지에서 찢은 에미넴 사진이 붙어 있었다.

나는 편지를 마치며 마틴 아버지가 직장을 구하셨는지 물었다. 그리고 우리 집 최근 소식도 업데이트했다. 오빠가 다시 집으로 들어왔단 얘기였다.

> 오빠가 대학 생활 중에 이런저런 어려움이 있었다나 봐.
> 그래서 일단 집에 와 있으면서 부모님 보호 하에 지내기로 했어.

이걸 다시 풀어 말하면 오빠가 대학에서 학업 대신 파티에 열중했다고 할 수 있겠다. 그래서 부모님은 오빠가 개선의 여지를 보일 때까지 다음 학기 등록금을 내주지 않겠다고 하셨다.

나는 크리스마스 때 찍은 자연스러운 사진 몇 장을 넣었
다. 선물받은 차, 로이스와 함께 찍은 사진도 넣었다.

사진 몇 장을 같이 보내. 이 사진들이 마음에 들었으면 좋겠다!
서로의 사진을 보면서 우리가 서로를 더 잘 알 수 있게 되는 것
같아. 네가 미국으로 유학을 온다면 그게 중요하지!
(햇필드는 겨울이지만) 즐거운 여름 보내고 가족들에게 인사
전해줘.

2001년 1월 7일
사랑하는 케이틀린이

추신. 크리스마스에 받은 돈도 조금 넣었어.

마틴에게 다시 돈을 보냈다는 얘기는 하지 않았다. 하지만
이제 부모님도 개의치 않으실 터였다.

4장

미래

마틴

별 특별한 일 없이 크리스마스가 지나갔다. 건전지가 떨어져 워크맨으로 음악을 들을 수가 없었다. 아직 계좌에 돈은 남아 있었지만 그 돈으로 건전지, 하다못해 특별식으로 야채나 닭발을 살 수도 없었다. 어머니는 월세와 학비를 낼 수 있도록 돈 한 푼 한 푼을 아끼셨다. 먹을 것을 구하려고 어머니는 도우미 자리나 정원 관리 일을 계속 알아보셨다. 아버지도 새 일자리를 찾고는 계셨지만 사쿠바에서만 구직자가 수백 명, 수천 명이었다. 일이 구해질 리 만무했다.

케이틀린네 가족은 이제 말 그대로 우리 가족을 먹여 살리고 있었다. 케이틀린네 가족에 대한 마음은 고마움 그 이상이었다. 그런데 1월 10일 또 소포가 와서 다들 깜짝 놀랐다. 지금까지 받은 것만도 넘치는 수준이었다. 정말 생각지도 못한 소포였다. 이번에도 지난번 소포처럼 상자가 아주 컸다.

나는 케이틀린이 지붕을 수리하라고 보내준 커다란 방수포를 보고 정말 기뻤다. 그해에는 강우량도 엄청나고 비가 수그러들 기미도 영 보이지 않아서 바닥이며 벽까지 물이 스며들고 있었다. 막내 조지는 된통 감기가 걸렸다. 폐가 남아나지 않을 것처럼 기침이 심해서 걱정이 됐다. 기침을 할 때마다 작디작은 조지가 경기를 일으켜서 밤마다 가족들이 잠을 깼다. 어머니는 습기를 탓하시며 나뭇가지와 지푸라기로 여기저기 구멍을 막으셨다. 하지만 소용이 없었다. 이웃들이 종이를 써보라고 했다. 우리 집에 있는 종이라곤 케이틀린이 보낸 편지들뿐이었다.

어머니는 나중에야 사실대로 말씀을 해주셨다. 1월 초 어느 날 저녁이었다. 어머니께서 벽을 세 군데 가리키셨다. 틈을 메우느라 케이틀린의 편지를 쑨 곳들이었다. 이미 종이가 물에 젖어 뭉개진 상태였다.

"제일 짧은 편지만 썼단다." 내가 실망한 것을 알아채시곤 어머니는 그렇게 말씀하셨다.

"괜찮아요, 엄마." 거짓말이었다. 어머니는 그렇게 하실 수밖에 없었다. 이해했다. 그래도 케이틀린이 보낸 편지가 물새는 걸 막는 데 쓰인 것을 보니 마음이 아팠다.

사정이 이러하니 케이틀린이 필요할 거 같다며 보내준 방수포를 보고 신이 나지 않을 수가 없었다. 그날 곧바로 형과 같이 지붕 위에 방수포를 씌우고 더불어 보내준 튼튼한 고무밴드로 방수포를 단단히 묶었다. 바닥에도 또 방수포를 깔왔다. 벌써 2주가 넘도록 축축한 바닥에서 잠을 자던 터였다. 이제는 보송보송하게 잠이 들 수 있었다. 장화는 최고였다. 조지 것까지 식구들이 모두 신을 수 있게 장화가 한 켤레씩 있었고 우비도 들어 있었다. 예전에 시내에서 사람들이 우비를 입은 걸 보고 솔직히 바보 같다고 생각했었다. 피부가 방수지 뭘 굳이. 하지만 젖지 않고 빗속을 걸어다니는 게 얼마나 쾌적한 일인지를 곧 깨닫게 됐다. 획기적이었다.

정수 알약도 마찬가지였다. 매년 우기가 되면 아픈 사람들이 많아졌다. 치삼바 싱글스에 제대로 된 수도시설이 없었기 때문이었다. 개울과 도랑은 홍수가 났고 이 물이 오염돼 콜레라가 발생하고 심하면 죽는 사람도 있었다. 주간지에서는 발병자 수가 실렸는데 점점 그 수가 늘어났다. 깨끗하지 않은 물을 마시고 병이 난 사람만 수천 명이었다. 케이틀린이 보내준 양동이로 우리는 빗물을 모을 수 있었고 정수 알약으로 안전하게 물을 마실 수 있었다. 어머니는 매일 몇 시간씩 물을 구하러 가야 하는 수고로움을 덜었고 우리는 오염된 물을 마시고 탈이 날 위험이 없어졌다.

소포 안에는 내가 입을 멜빵바지 한 벌과 신발도 있었다. 내 첫 번째 신발은 진품 나이키였다. 보고도 믿을 수 없었다. 숨을 가다듬어야 했다. 지난번에 케이틀린이 보내준 신발은 너무 작았다. 이 신발도 안 맞으면 또 다른 사람에게 주면 된다. 상자에서 신발을 꺼내 신어보려고 끈을 풀면서 그렇게 마인드 컨트롤을 했다. 신발에 발을 집어넣고 한쪽 신발 끈을 다 묶었을 때에는 절로 웃음이 나왔다. 조금 크긴 했지만 신을 수 있었다. 새 신발과 새 청바지를 입으니 그 어느 때보다도 케이틀린이 가깝게 느껴졌다. 정말 미국인이 된 것처럼 말이다.

케이틀린에게 보답으로 무언가 보내고 싶었다. 하지만 뭘 보낸담? 딱히 즐거운 소식이 없었다. 이미 암울 그 자체인 짐바브웨 상황은 콜레라 발병에 빈곤층 증가로 갈수록 더 나빠지고 있었다. 그래서 O레벨 시험 결과가 나올 때까지 답장을 미루기로 했다. 다행히 좋은 소식이 있었고 케이틀린네 가족들이 우리에게 베풀어준 이 모든 은혜에 감사할 다른 방법도 생겼다.

시험 결과 발표일 아침 나는 일찍 학교로 향했다. 친구 패트릭이 이미 와 있었다.

"축하해!" 패트릭은 나에게 인사를 건넸다.

이상했다. 시험 결과는 일반적으로 공개되는 게 아니었다. 선생님은 학생들 개별적으로 점수를 매기셨다. 교실로 가는 길에 또 다른 아이가 말을 건넸다. "마틴, 대단한데!" 한 아이는 나더러 "1등"이라며 소리쳤다.

결과를 받으러 가니 이미 앞에 학생들이 줄을 서 있었다. 선생님이 나를 보시고는 일어나서 말씀하셨다. "마틴! 네가 정말 자랑스럽다!"

온몸에 전율이 일고 머리가 삐쭉 서는 것 같았다.

"감사합니다, 선생님. 이유가 궁금하네요!"

"왜냐면 네가 총 9개 과목에서 올 A를 받았거든."

나는 할 말을 잃었다.

"전교 1등에다 이 지역에서도 1등이란다. 스스로 자랑스러워해도 되겠어." 선생님은 그렇게 말씀하셨다.

교실 안 아이들 모두가 박수를 치고 몇몇은 "율-율-율" 하며 기쁨의 소리를 내질러주었다. 눈물이 흘러내려 입안에 짠맛이 느껴졌다. 더는 울지 않으려고 나는 애를 썼다.

"나중에 의사 해!" 누군가가 말했다. "아니면 변호사!" 또 다른 아이가 제안했다.

"마틴, 네가 원하는 건 무엇이든 될 수 있어. 이 점수가 그런 뜻이지." 선생님은 시험 결과가 든 봉투를 건네주시며 말씀하셨다. "집에 돌아가기 전에 교장선생님께서 너를 한번 봤으면 하신다."

교장실 방문을 두드리는데 담배 냄새가 났다.

"들어오세요!"

교장선생님은 나를 보시곤 담배를 끄시더니 너털웃음을 웃으셨다. 웃음소리가 배에서부터 쩌렁쩌렁 울렸다.

"마틴, 네가 우리 학교 명예를 세워줬더구나."

나는 너무 기뻐 진정할 수가 없었다.

"당연히 A 레벨로 진학을 해야겠지. 냇가 주에 있는 마티스트 브라더스로 가보는 건 어떤가?"

"그게 뭔가요?"

교장선생님은 대학 캠퍼스와 비슷한 기숙학교라고 하셨

다. 학생들이 거기서 먹고 자며 공부한다고 했다.

시장에서 일할 때 사쿠바 역에서 버스에 오르던 아이들을 가끔 본 기억이 났다. 전부 똑같은 남청색 재킷을 입고 있었는데, 재킷 앞주머니에는 금색 문장이 달려 있었다. 크리켓 모자를 쓴 애들도 있었다. 쟤들은 왜 저런 옷을 입고 다니는 거냐고 형에게 물었더니 형은 그 애들이 명문고 학생들이라고 했다. 아마 그게 마티스트 브라더스였을 것이다.

"전국 각지에서 학생들이 몰려오지. 거기선 집 걱정을 전혀 하지 않아도 될 거야. 거기서 너는 그냥 공부만 열심히 잘하면 된다."

꿈같은 얘기였다.

"그렇지만 거길 어떻게 갑니까? 학비가 비쌀 텐데요."

"그렇지. 또 그럴 만한 가치가 있고. 그 학교 졸업생들은 의사 아니면 정치인이 되지. 너 같은 학생들을 위한 장학금이 있을 거다. 아니면 미국인 후원자가 너를 도와줄 수도 있을 테고 말이야."

갑자기 머리가 복잡했다. 15분 전까지 나는 사쿠바에서 친구들과 함께 A 레벨 공부를 시작할 생각을 하고 있었다. 그런데 교장선생님이 지금 나더러 복장을 갖춰 입고 수업을 들어야 하는 그런, 저 멀리 떨어진 사립학교에 지원해보면 어떻겠냐고 말씀하고 계신다. 좋은 의미로 혼란스러웠다.

"선생님, A 레벨 학기 시작이 2월 19일인데 2주도 안 남았습니다."

"그 시험 결과가 네 입학허가서나 다름없단다." 선생님은 그렇게 말씀하시곤 내 등을 툭 치셨다.

교장실을 나서는데 핀볼 게임의 그 작은 은색 공처럼 여러 가지 생각들이 내 머릿속에서 통통 튀어 다니고 있었다. 이 학교가 나한테는 엄청난 기회가 될 수 있었다.

일라이어스를 마주쳤다. 일라이어스도 내 시험 결과 얘기를 들은 듯했다.

"해냈구나!" 일라이어스가 내 등을 때렸다.

"너는 어떻게 나왔어?"

일라이어스는 A 6과목, B 3과목으로 전교 2등이었다. 이제 정말 내 점수가 어느 정도인지 실감이 나기 시작했다.

"너 마티스트 브라더스라는 학교 들어봤어?" 나는 일라이어스에게 물었다.

일라이어스는 휘파람을 불더니 말했다. "짐바브웨에선 거기가 최고지!"

다른 친구들 몇몇이 몰려들었다. "마티스트 최고야!" 그중 한 명이 말했다. "거기만 가면 나중에 네가 되고 싶은 건 다 될 수 있을걸." 또 다른 아이가 덧붙였다.

집에 돌아왔을 때에도 계속 머릿속에서 마티스트 브라더스 생각이 넘실대고 있었다. 나는 어머니께 시험 결과를 보여드렸다.

"네가 정말 자랑스럽구나, 아들." 어머니의 눈가가 촉촉해졌다.

아버지는 결과를 들으시더니 복식으로 노래를 부르기 시작하셨다. "네가 바로 세계 챔피언!" 아버지 목소리에 형이 놀라서 달려왔다. 형은 결과를 듣곤 내 허리를 잡고 나를 들어 올린 채 달리기 시작했다. "마틴은 의사가 될 거래요!" 형은 소리쳤다.

다들 기뻐했다. 그래도 내 기쁨에는 비할 바가 아니었다. 난생처음으로 내 미래에 밝은 앞날이 보이기 시작했다. 케이틀린에게 감사 인사를 해야 했다.

케이틀린과 가족들에게,

할로! 잘 지내시죠? 소포 잘 받았어요. 정말 감사합니다. 비싸고 예쁘고 유용한 것들이 참 많더군요. 진짜, 진짜, 진짜 감사해요. 멜빵바지랑 옷도 잘 맞아요. 정수 알약은 정말 최고예요. 이 고마움을 어떻게 다 전해야 할지 모르겠어요. 무타레에서는 정수 알약이 정말 유용했어요. 특히 요즘처럼 비가 퍼붓는 여름에는 수돗물을 마시는 게 안전하지 않을 수도 있거든요…….

저희 가족들 생활에 이렇게 보탬이 돼주셔서 감사합니다. 소포를 받은 건 1월 10일이었는데 지금에서야 답장을 하게 됐어요. 죄송해요. 여러분 덕분에 치른 시험이니만큼 O레벨 시험 결과를 얘기해드리고 싶었어요. 전 과목 성적이 다 잘 나왔어요. 올 A예요. 직접 확인하실 수 있게 성적표를 복사했어요. 추가부담금과 수수료가 있는데 혹시 도와주실 수 있을까요? 금액이 더 비싸진 데다 이제 학교에서 쓸 교과서도 사야 하거든요. 힘드시다면 무리하실 필요는 없어요. 저는 고등수학, 고등물리, 고등화학을 들을 계획이에요. 미국에 있는 의대에 가려고요. 의사가 되는 게 꿈이에요.

아 참, 무타레 전 지역에서도 제가 1등을 했어요. 신께 이 영광을 드리고 더불어 저에게 정신적으로나 금전적으로 가장 많은 도움을 준 여러분께도 이 영광을 전하고 싶네요.

케이틀린, 크고 좋은 차를 선물로 받았다니 나도 정말 기뻐. 토끼를 한 마리 더 키우게 된 것도 축하하고. 토끼 이름을 로이스라고 지은 건 전혀 기분 나쁘지 않아. 덕분에 오히려 우리 우정, 너희 가족과 우리 가족이 더 끈끈해지는 계기가 될 거야. 내가 보낸 사진들을 좋아해줘서 기쁘다.

크리스마스 때 보내준 돈도 고마워. 넌 정말 다정해. 현금이 쪼들리던 차였는데 덕분에 살았어. 진짜 고마워.

우리 가족 모두 안부 전해주고 너희 가족들도 다들 잘 지내길 바랄게.

2001년 2월
사랑하는 신실한 친구, 마틴

케이틀린에게 편지를 보낸 후 나는 마티스트 브라더스에 대해 여기저기 계속 물어보고 다녔다. 그 학교 출신을 아는 사람도 없고 어떻게 지원을 해야 하는지도 알 수 없어서 나는 직접 나서서 알아보기로 했다. 매일 아침 사쿠바에서 냥가로 떠나는 버스가 있었다. 세 시간이 걸린다고 하니 당일 치기로 다녀올 수 있을 것 같았다.

버스는 무타레 산업공단 외곽을 지나 달려갔다. 강렬한 햇빛에 말라버린 수풀 사이로 나무가 한 그루씩 서 있었다. 냥가는 무타레에서 북서쪽 방향에 있는 매니칼랜드 주에 위치한 지역이었다. 냥가 국립공원과 짐바브웨에서 가장 높은 산인 냥가니 산으로 유명한 곳이었다. 버스를 타고 가는데 앙상하게 마른 소와 염소 무리가 곳곳에서 풀을 뜯고 있었다. 풀을 뜯는 소 떼만큼은 아니지만 가끔씩 전통 흙집과 초가지붕 오두막 군락을 지나기도 했다. 아무것도 없는 허허벌판으로 달려가고 있는 것 같았다.

드디어 냥가에 도착해 버스에서 내려보니 사쿠바에 비해 모든 것이 작고 느려서 깜짝 놀랐다. 마을 주민은 끽해야 2천 명 정도였고 우체국, 은행, 작은 가게 몇 개뿐이었다. 버스정류장은 그냥 포장 안 된 흙길에 서 있었고, 거기서 아주머니들 몇몇이 망고와 땅콩을 팔고 있었다. 옥수수 죽도 보였다. 배가 고팠지만 집으로 돌아가는 길에 무언가 사 먹으려고 아무것도 사지 않았다.

나는 한 어르신께 마티스트 브라더스로 가는 길을 물었다.

어르신은 저쪽 흙길을 가리키셨다. 마을 중심부와 반대 방향이었다.

"아니, 학교요." 나는 재차 확인했다.

"그래. 그러니까 마티스트 브라더스 학교가 저쪽이라고."

어르신이 가리키는 방향을 보니 숲길이 이어지는 듯했다.

"거리가 얼마나 돼요?"

"한 35킬로미터쯤."

"거기까지 타고 갈 수 있는 버스가 있을까요?"

"두 시간 전에 이미 떠났다. 버스를 타려면 내일 다시 오렴."

오후 5시 버스를 타고 집으로 돌아갈 생각이었기 때문에 흙길을 달려가는 수밖에 없었다. 중간에 히치하이킹으로 차를 얻어 탈 수 있으면 좋을 것 같았다. 한 시간쯤 걸었나, 뒤에서 차 소리가 들렸다. 뒤를 돌아보니 저 멀리서 화물트럭이 먼지를 일으키며 달려오는 게 보였다. 나는 길 중앙에 서서 팔을 흔들었다. 기회였다.

트럭이 서서히 멈춰 섰다. 아버지 또래의 남자가 창문 밖으로 고개를 내밀었다.

"마티스트 브라더스?" 기사 아저씨가 물었다.

내가 그곳 학생으로 보인 것 같아서 어쩐지 조짐이 좋았다. 나는 고개를 끄덕였다.

"타라. 배달 가는 길이다." 기사 아저씨는 말했다.

트럭 뒤편에는 양파, 감자, 당근, 코보 등이 가득 실려 있었다. 기사 아저씨가 대식당에 들어갈 것들이라고 설명했다. 입에 침이 고이기 시작했다.

다시 속도를 낼 수 있다니 안심이었다.

20분 후 차는 숲길을 빠져나왔다. 무성하고 너른 풀밭이 눈앞으로 펼쳐졌다. 기사 아저씨는 새롭게 페인트칠을 한 건물 앞에 주차를 했다. 남청색 재킷과 흰 셔츠, 회색 플란넬 바지를 입은 남학생들 수십 명이 그 건물 앞에 삼삼오오 모여 있었다. 크리켓 모자를 쓴 아이들도 있었다. 드디어 마티스트 브라더스에 도착했다.

케이틀린이 보내준 티셔츠와 나이키 신발을 신고 있었기에 자신 있게 트럭에서 뛰어내렸다. 정장 차림은 아니어도 격에 안 맞는 수준은 아니었다.

서둘러 교장실을 찾아가 비서에게 면담을 요청했다.

"무자와지 선생님께서는 오늘 밤 늦게 돌아오세요. 내일 아침에나 뵐 수 있을 겁니다."

"저는 오늘 저녁 무타레로 돌아가야 하는데요."

비서는 냐만드웨 교감선생님과 이야기를 해보라며 복도를 따라가면 된다고 했다. 나는 교감선생님을 만나 마티스트 브라더스에서 A레벨 과정을 수학하고 싶다고 말했다.

"자네뿐만 아니라 똑똑한 짐바브웨 청년들이라면 다 그렇지." 교감선생님은 책상에 놓인 종이에서 거의 눈을 떼지 않고 말했다. "다음 주에 학기가 시작인데 이미 정원이 다 찼네. 어려울 것 같군."

"방법이 있을 겁니다." 나는 물러서지 않았다.

그렇게 한참을 실랑이를 벌였다. 내가 안 된다는 말을 듣고 떠날 것 같지 않자 교감선생님은 포기를 하셨다. "그럼 내일 교장선생님을 직접 뵙는 게 어떤가. 없는 자리를 만들어주려면 교장선생님을 만나 뵙는 수밖엔 없을 것 같네."

"오늘 여기서 자고 갈 생각은 아니었는데요."

"학생들에게 가서 인사를 해보게. 침대를 빌려줄 걸세."

"감사합니다, 선생님. 이곳 학생으로 다시 뵈러 오겠다고 약속드리지요."

"글쎄, 그게 가능한 일이라면 말이지." 교감선생님은 고개를 저었다.

밖에 나와 교정을 둘러보았다. 하나같이 새 옷 같은 교복을 입은 학생들이 다 똑같아 보이는 가운데 한 사람이 눈에 띄었다. 다른 아이들은 전부 가죽 구두나 운동화를 신고 있는데 그 학생만 사쿠바 시장에서 파는 '래프터'라고 하는 싸구려 샌들을 신고 있었다. 그 학생 곁으로 다가가는데 시골사람 억양을 쓰는 소리가 들렸다. 딱딱하고 사무적인 도시사람 말투가 아니라 노래하는 것 같은, 부드러운 그런 말투였다. 누군가 그를 래빗이라고 불렀다. 내 직감이 맞았다. 그 학생은 치삼바 싱글스보다 더한 시골 출신인 게 분명했다. 아마 그 학생의 고향에는 전기도 없었을 게 뻔하다. 이 학생이라면 내 상황을 이해할 수 있을 것이다.

나는 래빗에게 가 자기소개를 하고 나서 사정을 설명했다. 래빗의 눈이 반짝였다. "내일 꼭 교장선생님 만나야지. 선생님이 네 얘길 들어주실 거야."

래빗은 자기도 아주 가난한 집 출신이고 고향 학교에서는 1등이었다고 했다.

"나는 전액 장학생으로 왔어. 교장선생님께서 다 도와주셨어."

래빗의 말에 나는 희망을 가졌다.

래빗은 나에게 학교 구경을 시켜주었다. 교실에는 1인용 책상이 학생들 수에 맞게 다 준비돼 있었고 도서관은 내가 공부하러 몰래 드나들던 교육대 도서관보다 더 컸다. 바닥부터 천장까지 책이 가득 차 있었다.

"24시간 이용 가능해." 눈이 튀어나올 것처럼 도서관을 둘러보는 나를 보고 래빗은 그렇게 설명했다.

기숙사 방은 직사각형 형태에 양쪽으로 침대가 총 여섯 개 놓여 있었고, 침대 사이사이에 사물함이 있었다. 래빗은 자기 자리로 나를 데려갔다.

"이게 형 침대예요?"

"너도 매트리스에 익숙해질 거야." 래빗이 윙크를 해 보이며 말했다.

"그랬으면 좋겠다." 나는 웃으며 말했다.

"작년엔 마랑게에 있었지. 하루 한 끼 먹고 흙바닥에서 잠을 자면서 말이야. 내년엔 하라레에 있겠지. 의대에 가려고." 래빗은 말했다.

그날 오후 래빗은 다른 학생들에게 나를 소개해주었다. 래빗은 인기가 아주 많았다. 모두들 래빗을 높이 평가했다. 래빗은 매번 나를 이렇게 소개했다. "새로 사귄 친구 마틴이야! 앞으로 여기 다닐 거야!"

래빗의 말이 현실이 될 것 같았다.

오후 5시 저녁식사 종이 울렸다. 종소리에 맞춰 내 배도 꼬르륵대기 시작했다. 아침 7시부터 지금까지 아무것도 먹지 못했다. 래빗과 다른 두 학생들과 함께 널찍한 식당으로 따라 들어갔다. 긴 테이블이 열두 개 놓여 있었다. 기숙사당 테이블 하나를 쓰는 거였다. 래빗은 나를 위해 접시 하나와 포크 두 개, 나이프를 가져다주었다. 포크와 나이프라니 긴장이 됐다. 평생 한 번도 포크와 나이프로 밥을 먹어본 적이 없었다. 집에서는 손으로 밥을 먹었다. 같은 테이블에는 열 명 정도가 더 앉아 있었다. 나는 평정심을 유지했다. 머리 스타일이나 신발을 보면 부잣집 애들이란 걸 알 수 있었다. 그 아이들은 원래 늘 있는 일이라는 듯 만사에 심드렁해 보였다. 그러나 래빗은 여전히 모든 일에 놀라워하고 즐거워했다. 래빗은 가난이 뭔지, 그리고 특권을 누린다는 게 무엇인지 이해했다.

먼저 김이 모락모락 나는 옥수수 죽이, 그다음에는 콩이 수북하게 담겨 나왔다. 입에 침이 고였지만 일단 래빗이 먹기를 기다렸다. 래빗은 계속 친구들과 이야기를 나누는 중이었다. 곧이어 쌀과 코보 요리가 나왔다. 한 상에 그렇게 음식이 많이 차려진 건 처음 봤다. 한 아이가 물었다. "오늘 고기는요?" 음식을 나르던 사람이 대답했다. "오늘은 없습니다만 내일은 고기가 나올 겁니다." 물어본 아이는 실망한 듯 보였다. 나는 할 말을 잃었다.

래빗이 음식을 듬뿍 뜨면서 나에게도 마음껏 먹으라고 했다. 나는 래빗이 식사를 시작할 때까지 기다렸다가 포크를 어떻게 쓰는지 보고 배울 생각이었다. 내가 들고 있는 폼은 어설펐다. 래빗이 내가 불편해하는 것을 느낀 것 같았다. "손으로 먹어도 돼. 아무도 그런 걸로 너를 평가하진 않을 거야." 래빗은 그렇게 말했다. 주변을 둘러보니 모두가 포크를 사용하고 있었다. 나는 포크를 단단히 쥐고 내 접시 위에서 아직 김이 모락모락 나는 콩을 한차례 떴다. 몇 개가 무릎으로 떨어졌지만 다행히 아무도 눈치채지 못한 것 같았다. 나는 재빨리 콩을 집어서 입안에 털어 넣었다. 두 번째 포크를 썼을 때는 조금 나았다. 머지않아 나는 접시를 깨끗이 비웠다. 래빗이 좀 더 먹어도 된다고 했다. 한 명은 내가 먹는 걸 보더니 나더러 '콩핥기'라고 했다. 기숙사로 걸어 돌아가는데 다른 아이들 두 명이 나를 보더니 말했다. "아, 음식을 다 먹었단 애가 너구나!" 나도, 그 아이들도 다 같이 웃었다.

별로 신경 쓰지 않았다. 그렇게 많은 음식을 내놓을 수 있단 게 아직도 놀라웠다. 음식이 꽤 많이 남았다. 래빗에게 남은 음식은 어떻게 하느냐고 물었다.

"버려." 래빗이 말했다. "너랑 나는 이게 얼마나 말도 안 되는 일인지 잘 알지. 하지만 이 애들은 전혀 몰라."

대부분 아이들의 부모님들이 판사, 정치인, 사업가, 축구스타 등이었다. 이 애들의 가족들은 하라레에 있는 주택에 살고, 집에는 도우미가 있고 차도 여러 대 있었다. 아무도 굶주림이라는 걸 알지 못했다.

머릿속에 그때그때 떠오르는 질문들을 계속해서 래빗에게 퍼부었다. 래빗은 완벽한 가이드였다.

그날 밤 래빗은 자기 기숙사 방에서 침대를 하나 얻어주었다. 다시 종이 울렸다. 이제 다들 잠자리에 들 시간이라는 뜻이었다. 기상 시간은 아침 6시라고 했다. 7시에는 아침식사, 8시에는 지하 캠퍼스에서 예배가 있다고 했다.

"교장선생님이 거기 계실 거야. 그때가 기회야."

래빗에게 도와줘서 고맙다고, 그리고 잘 자라고 인사했다. 누워서 턱까지 이불을 끌어올리는데 도저히 현실이라고 믿을 수가 없었다. 매트리스 위에 누워본 것도 처음이지만 집에서는 내 개인 이불도 없었다. 집에서는 형, 동생과 홑겹 이불을 나눠 덮었다. 이불이 살갗에 닿는데 사각사각한 게 촉감이 시원했다. 그러면서도 아주 가볍지도 않고 부드러웠다. 턱밑까지 이불을 덮는 순간 따뜻한 기운이 온몸을 덮쳤다. 룸메이트들의 희미한 숨소리를 들으며 나는 숙면으로 빠져들었다.

사이렌 소리에 잠을 깼다. 침대에서 나와 래빗을 따라 샤워장에 갔다. 수도꼭지를 틀었더니 따뜻한 물이 나와 웃음을 감출 수가 없었다. 지금까지 목욕은 늘 찬물로 했었다. 래빗도 같이 웃었다. 그 방에서 이게 왜 웃을 일인지 이해하는 사람은 래빗뿐이었다.

아침으로는 달걀, 토스트, 죽이 나왔다. 콩을 보고도 깜짝 놀랐는데 달걀이라니, 치삼바 싱글스에서는 듣도 보도 못한 사치였다. 나는 달걀을 하나도 아니고 두 개나 먹었다. 식사를 시작하기 전 나는 래빗을 향해 돌아앉으며 말했다. "이곳이 너무 좋아요!"

오래된 석조건물 교회에서 예배가 진행됐다. 전교생이 지하와 지상층을 가득 메웠다. 설교가 끝나고 덩치 큰 남자가 단상으로 올라갔다. 북실북실한 턱수염과 왕관마냥 이마 위로 둥둥 떠 있는 무성한 뽀글머리가 잘 어울렸다.

래빗이 팔꿈치로 나를 찌르며 속삭였다. "교장선생님이야."

모두 자리를 떠나기 시작했다. 나는 압도적인 존재감을 내뿜는 교장선생님을 찾으러 갔다. 교장선생님은 교회 밖에서 학생들과 대화를 나누고 계셨다. 다른 아이들은 전부 재킷과 셔츠, 넥타이 차림이어서 나이키 티셔츠에 운동화를 신고 있는 나는 눈에 띌 수밖에 없었다. 무자와지 교장선생님이 나를 보더니 말씀하셨다. "자네가 마틴 간다로군. 이리 따라오게."

우리는 교장실로 걸어갔다. 이미 여러 명이 교장선생님을 뵈려고 기다리고 있었다. 한참 앉아서 기다리고 있으니 비서가 내 이름을 불렀다.

교장실로 들어가자 선생님께서 물으셨다. "자네가 나를 보고 싶어 했다고?"

"네, 그렇습니다. 이곳에서 A레벨 과정을 듣고 싶습니다."

막 말을 시작하려는데 선생님이 내 말을 끊으셨다.

"안타깝지만 너무 늦었네! 이미 정원이 다 찼어. 자격이 충분한데도 못 들어오는 학생들이 많다네. 자리가 없어서 못 들어오고 있어."

"저는 치삼바 싱글스에서 여기까지 선생님을 뵈러 왔습니다. 기회를 주십시오." 나는 물러서지 않았다.

교장선생님은 내 말을 듣더니 잠시 말씀이 없으셨다.

"삼촌이 그 부근에 살고 계시네. 힘든 곳이지."

치삼바 싱글스에서 왔단 얘기에 사뭇 놀라신 것 같아 나는 계속 그 부분을 부각시켰다. 수업료를 내지 못해 학교에서 여러 번 쫓겨났지만 그래도 1등으로 졸업했다고 말했다.

"그래, 점수를 한번 보세."

나는 성적표가 든 봉투를 건네며 말했다. "전교 1등이고 무타레 지역 전체에서도 1등입니다."

"사쿠바에서 이 정도라니 대단하군."

"열심히 했습니다, 선생님."

"아버지는 무얼 하시나?"

교장선생님은 아버지 직업이 아마 선생님이 아닐까 추측하셨던 것 같다. 아버지가 16년간 공장에서 열심히 일하시다 실직하셨다고 하자 교장선생님은 더욱 놀란 눈치였다. 우리 부모님은 O레벨도 다 마치지 못하셨고 글도 거의 읽지 못하신다고, 그리고 내가 부모님의 유일한 희망이라고 말씀드렸다. 다급하게 하는 말이었지만 그게 진실이었다. 말을 이어가는데 감정이 점점 벅차오르고 있었다.

"선생님, 이게 제 유일한 기회입니다. 저에게 기회를 주시지 않으면 저는 이렇게 가난 속에 살다 죽고 말 겁니다."

"여기 온다면, 그다음에는 어떻게 할 텐가?" 선생님의 목소리가 부드러워졌다.

"대학에 가고 싶습니다. 동생들이 있는데, 모두 한 방을 함께 쓰고 있습니다. 공부는커녕 잠도 겨우 같이 잘 수 있는 아주 작은 방입니다."

"알겠네. 내일 오후 5시까지 예치금을 내면 자네 자리를 마련해보겠네."

머리가 아파오기 시작했다.

"예치금이 얼마입니까?"

"짐바브웨 돈으로 1,000달러면 자리를 만들 수 있을 거네. 나머지 금액은 3월 중순까지 내면 되네."

예치금만 해도 4개월 치 월세인 데다, 하루 안에 그 돈을 구하긴 힘들었다. 이미 생활비로 다 써버려서 계좌에 그만한 돈이 남아 있지 않았다. 원래는 케이틀린에게 부탁을 해볼 생각이었지만 케이틀린은 너무 멀리 있었다. 그만한 돈을 그렇게 빨리 구해줄 수 없었다. 매형이 떠올랐다. 매형은 은행원이었다. 매형이 도움을 줄 수 있을지도 모른다. 사실 매형이 유일한 희망이었다.

"알겠습니다." 나는 손을 내밀어 악수를 청했다.

"그렇게만 하면 여기 학생이 될 수 있을 걸세." 선생님이 말씀하셨다.

선생님도 그게 불가능한 일이라는 것을 알고 계셨다. 그래도 나를 한번 믿어보신 거였다.

나는 감사 인사를 드린 다음 교장실에서 달려 나왔다. 벌써 아침 11시인데 지금 시골 벽지에 있으니 마음이 급했다. 30시간 안에 해야 할 일이 엄청 많았다. 나는 재빨리 차를 얻어 타고 냥가로 가서 무타레로 향하는 버스에 올랐다. 집에 도착해 나는 부모님께 모든 사정을 이야기하고 우체국에 가서 매형에게 전화를 걸었다. 일단 매형 집으로 전화를 걸었다. 답이 없었다. 이번엔 핸드폰으로 전화를 걸었다. 받지 않았다. 다시 집으로 전화를 걸었다. "여보세요?" 매형이 전화를 받았다. 나는 흥분했다.

"매형, 저 마틴이에요." 그러고 나서 숨도 안 쉬고 O레벨 최고점을 받은 것부터 마티스트 브라더스 교장선생님이 내건 조건까지 전후 사정을 전부 다 얘기했다. "돈은 꼭 갚을게요, 매형."

"어떻게 도와줄 수 있을지 한번 생각을 해보자."

"내일까지 구해야 해요. 학기가 바로 다음 날 시작이에요."

"또 필요한 건 뭐가 있니?" 매형이 물었다. 교장선생님께서 주신 입학생들 준비물 목록에는 교복, 특정 여행가방 등이 적혀 있었다. 이것들을 화요일까지 전부 구해야 했다.

목록을 쭉 읽어드리고 나니 매형이 세카이 누나에게 하는 말이 들렸다.

"운이 좋네. 세카이가 내일 아침 무타레로 가서 준비물 마련하는 걸 도와주겠단다." 매형이 말했다.

"최고예요!"

누나와 매형은 이게 얼마나 중요한 일인지 잘 알고 있었다.

다음 날 아침 세카이 누나가 버스를 타고 왔다. 내 기억 속 아름답고 활기 넘치는 모습 그대로였다.

"할 일이 많다, 동생아. 가자." 누나는 말했다.

세카이 누나가 비용을 전부 내주기로 했다. 그래서 애초에 운동복이나 여분의 셔츠, 끈 달린 신발같이 당장 꼭 필요한 게 아닌 아이템은 목록에서 지워버렸다. 개인 소지품을 넣어 갈 검은색 금속 재질 가방도 필요했다. 래빗은 물론 다들 하나씩 갖고 있는 가방이었다. 집에 돌아와 나는 가방 안에 케이틀린이 보내준 옷가지 몇 벌과 공책, 그리고 어머니가 구해주신 이불을 넣었다.

"일을 나가서 얻어왔단다." 어머니는 부잣집에서 시간제 도우미 일을 구하셨다. 이 이불을 구하려고 어머니가 일을 몇 시간이나 하셨을지는 몰라도 내가 가진 그 무엇보다 값비싼 이 이불이 어머니와 나를 이어줄 것이다. 워크맨과 카세트테이프 몇 개, 케이틀린의 사진도 열 장 남짓 챙겼다.

저녁을 먹은 후 나는 세카이 누나를 역까지 바래다주며 작별인사를 했다.

"매형은 네가 아주 자랑스럽대." 누나가 막 버스에 올라타며 말했다. "시간 안에 예치금을 구할 수 있도록 매형이 최선을 다할 거야."

나는 누나의 손을 내 두 손으로 감싸 쥐었다. 그리고 깍지 낀 손가락 위로 고개를 숙였다.

"은혜를 어떻게 다 갚아야 할지 모르겠어요. 하지만 갚기는 꼭 갚을 거예요. 약속드릴게요."

"공부에 집중하렴, 마틴. 그게 우리한테 은혜를 갚는 길이란다." 세카이 누나는 웃으며 말했다.

그날 밤 잠을 거의 자지 못했다. 수탉이 울자 나는 자리를 박차고 일어났다. 교복은 여행가방 위에 걸쳐져 있었다. 그날 아침 긴바지에 셔츠와 재킷을 걸쳐 입는데 내 인생이 막다른 길에 들어섰다는 느낌이 들었다. 준비는 돼 있었다.

터미널까지 끌고 가기에는 여행가방이 너무 무거워서 가족들이 큰길까지 가방을 들고 가는 것을 도와주었고 큰길에서 삼륜 택시를 불렀다. 동생들과 포옹하며 작별인사를 했다. 택시에 타기 전 어머니는 까치발을 하고 양손을 내 어깨에 얹으시곤 내 눈을 들여다보셨다.

"열심히 해라. 가서 말도 안 되는 짓 벌이지 말고."

아버지는 내 어깨에 팔을 두르고 말씀하셨다. "잘할 거야. 우리가 너를 얼마나 자랑스러워하는지 알지?"

"보고 싶을 거야, 동생." 마지막으로 형이 작별인사를 했다.

"나도. 다들 보고 싶을 거예요."

막 택시가 출발하는데 이제 몇 달간 가족들을 못 본다는 생각이 들었다. 시야에서 사라질 때까지 여전히 손을 흔들며

서 있는 가족들을 보니 슬퍼졌다. 냥가로 가는 것이 나 자신만을 위해서가 아니라 가족들을 위한 것이기도 하다는 생각이 들었다. 인생의 새로운 장이 막 시작되고 있었다.

냥가에서 학생들을 태울 차가 와 있었다. 나는 일단 래빗부터 찾았다. 래빗은 자기 침대 옆에 내 자리를 마련해뒀다.

"돌아올 줄 알았어."

침대가 서로 옆자리면 사물함도 같이 썼다. 래빗의 사물함에는 사진이 이것저것 붙어 있었다. 부모님의 날 가족들이 래빗을 보러 온 사진, 고향에 있는 여자친구 등등. 나도 짐을 풀면서 밀짚모자를 쓴 케이틀린 사진을 꺼냈다.

"와. 누구야?" 래빗이 물었다.

나는 사진을 다 꺼내고 나서 래빗에게 케이틀린 이야기를 해주었다.

"그래서 걔가 네 여자친구야?"

"케이틀린은 내 베스트 프렌드야."

그때쯤 다른 아이들 몇 명이 사진을 보려고 내 주위로 몰려들었다. 케이틀린과 가족들 사진, 개들과 케이틀린네 집 사진, 새 차 사진 등이었다.

"영화배우 같은데!" 보나반튀르가 말했다. 건너편 침대를 쓰는 친구였다.

"그럼 거기서 나이키 난 거야?" 또 다른 기숙사 친구 그레고리가 물었다

속사포 같은 질문들이 끊이지 않았다. 결국 나는 손을 들

고 말했다. "애들아, 이제 그만! 나 짐 좀 풀자!"

짐을 다 풀고 나서 래빗에게 테이프를 빌려 케이틀린 사진을 사물함에 전부 붙였다. 이제 나는 '콩밭기'나 '사쿠바 출신'이 아니라 미국인 여자친구가 있는 대단한 신입생이 됐다. 그 애들은 우리 사이를 절대 이해 못 할 것이다. 게다가 학교에서 내 위신에도 도움이 됐다.

케이틀린

쇼핑몰 푸드코트에서 놀고 있는데 헤더 언니 남자친구가 보였다. 오스틴 오빠는 우리 학교 아니고 라이벌인 펜릿지 고등학교에 다녔지만 나는 헤더 언니 때문에 오스틴 오빠를 알고 있었다. 오스틴 오빠는 다른 친구들 세 명과 같이 있었다. 다 같은 학교 친구들일 게 분명했다. 그중 한 명이 진짜 귀여웠다. 내가 눈을 못 떼는 걸 보고 내 친구 에이미가 말했다. "나라면 가서 말 걸어본다."

짙은 금발에 키가 크고 호리호리한 스타일이었다. 언젠가 쟤와 키스하리란 생각에 사로잡혀 나는 자리에서 일어나 푸드코트를 가로질러 걸어갔다. "설마." 에이미는 깜짝 놀랐다. 내가 다가가자 그 무리가 나를 향해 몸을 돌렸다. 아마 에이미가 하는 말도 다 들렸을 것이다.

"오스틴 오빠. 잘 지내요?"

"그냥 뭐." 오빠가 서로 소개해주기를 기다리고 있는데 긴장이 돼서 참을 수가 없었다. 나는 귀여운 남자애한테 다짜고짜 말을 걸었다. "안녕하세요. 케이틀린이라고 해요. 진짜 잘생기셨네요."

오스틴 오빠며 다른 친구들이 전부 웃음을 터뜨렸다. 오스틴 오빠가 말했다. "이제 네 차례네, 데이먼."

데이먼의 뺨이 붉어졌다. 데이먼은 잠시 시선을 피했다가 다시 나를 보며 말했다. "그렇구나. 너도 예뻐."

나는 가방에서 종이와 펜을 꺼내 데이먼에게 내 전화번호를 적어주었다.

"전화 주세요." 나는 그렇게 말하고 나서 친구들이 있는 자리로 돌아갔다. 자리에 앉으며 손바닥을 내미는 친구들과 하이파이브를 했다.

"네가 방금 한 짓을 보고도 믿을 수가 없다!" 에이미가 말했다.

나도 그랬다. 하지만 짜릿하면서 설레는 감정이 온몸에 퍼지는 그 느낌이 아주 좋았다.

친구들과 스키니 카고팬츠를 입어보려고 '에어로포스탈'에 들렀다. 그때는 그게 엄청나게 유행이었다. 나는 등이 파인 홀터넥 톱과 가죽 미니스커트를 보곤 맘에 쏙 들었다. 데이먼과 첫 데이트를 나가면 입고 싶었다. 데이먼이 전화를 했으면 좋겠다고 생각했다.

에스컬레이터를 타고 올라가는데 에이미가 아래층에서 데

이먼과 오스틴 오빠를 발견하고 말했다.

"케이틀린, 저기 데이먼이다." 에이미가 말했다.

"데이먼 오빠, 안녕!" 내가 큰 소리로 인사하자 친구들이 전부 웃었다. 오빠가 올려다보기에 나는 키스를 날리고 윙크를 했다. 원래도 외향적인 편이긴 했지만 이때는 나조차도 내가 이렇게 적극적인 사람이었나 놀랄 정도였다.

그날 밤 방에 있는데 휴대폰으로 전화가 왔다. 모르는 번호였다.

"케이틀린?" 걸걸한 목소리였다. 다시 한 번 짜릿한 기분이 들었다. 데이먼이었다.

우리는 그날 밤 한 시간이 넘게 통화를 했다. 나는 곧 열여섯 살이 된다고, 그리고 아빠가 벌써 차를 사주셨다고 했다.

"나 본 적 있어." 데이먼이 말했다. "지난주에 오스틴 내려주러 헤더네 집에 갔다가 너희 집 앞에 세워진 거 봤어."

"우리 집을 지나갔다고?"

"너희 집은 주차장 말고 집 앞에 차를 다 세워뒀더라. 네 차가 눈에 띄더라고."

소름이 돋았다. "그럼 뭐, 어디로 데리러 와야 할지 이미 알고 있겠네!"

다음 날 데이먼이 우리 집으로 나를 데리러 왔다. 엄마 아빠는 이미 데이먼이 올 것을 알고 계셨다. 우리 부모님은 미리 소개만 한다면 남자친구를 사귀는 것 자체는 전혀 반대하지 않으셨다.

"만나서 반갑네." 아빠는 현관에서 데이먼과 인사를 나누셨다.

데이먼과 나는 헤더 언니와 오스틴 오빠를 만나러 쇼핑몰로 향했다. 두 사람은 우리와 더블데이트를 할 수 있다는 데 아주 신이 나 있었다. 나도 마찬가지였다. 데이먼은 내가 중학교 때 사귀었던 남자친구들하곤 달랐다. 좀 더 성숙했고 섬세했다. 그 이유를 데이먼의 아빠를 만나보고 나서야 알았다. 데이먼의 아빠는 다발성 경화증 환자여서 집에서도 휠체어를 타고 다니셨다. 데이먼이 식사부터 화장실 가는 것까지 아버지를 항상 도와드려야 했다. 데이먼의 엄마는 아빠를 돌보시느라 기본적으로 아이들은 알아서 크도록 내버려두셨다. 데이먼네 부모님은 아래층 서재를 침실로 쓰시고 데이먼과 데이먼 큰형이 2층을 썼다. 그래서 형제는 자기 방에서 맥주를 마시고 담배를 피울 수 있었고, 데이먼 엄마는 전혀 확인을 하지 않으셨다.

데이먼이 자기 집에서 나한테 처음으로 마리화나를 권했을 때 나는 몹시 실망했다. 엄마가 얼마 전 오빠의 속옷 서랍에서 갈색 봉투에 싸서 숨겨놓은 담뱃대를 발견하셨다. 엄마는 그걸 봉투째 차고로 들고 나가시더니 망치로 산산조각을 내놓으셨다. 그러곤 다시 서랍장 속 원래 자리에 봉투째 그대로 가져다두셨다. 조만간 오빠가 한번 크게 혼이 나겠거니 생각하고 있었다. 오빠도 마찬가지였다. 며칠 동안 오빠는 언제 엄마한테 크게 한번 혼이 나려나 노심초사하며 얼굴이 사색이었다. 엄마는 단 한 마디도 하지 않으셨다. 어쩐지 그게 외출금지보다 더 무서웠다.

마리화나든 담뱃대든 우리 집에선 절대 용납 안 되는 것들이었지만 데이먼은 집에서 마리화나를 피울 수 있는 게 멋있는 거라고 생각했다. 데이먼에게 모든 이야기를 털어놓을 수 있는 건 좋았다. 데이먼네 방에서 놀다가 나는 처음으로 데이먼에게 마틴 이야기를 꺼냈다. 처음에는 데이먼도 남들과 마찬가지로 마틴이 내 남자친구인 줄 알고 걱정했다. 첫 번째 편지에서부터 사무핀디 선생님과 전화통화를 한 것까지 다 이야기를 해주니 데이먼은 그제야 웃으며 말했다. "진짜 멋있다."

마틴

그주 화요일 입학 준비를 모두 마친 후 매형이 예치금을 보냈단 소식만 기다리고 있었다. 모든 것이 너무나 빠르게 흘러가서 케이틀린에게 이 소식을 전할 시간조차 없었다. 먼저 상황이 일단락되기를 기다렸다. 예치금 입금 기한은 5시까지였다. 수요일 아침 나는 긴장해서 일어났다. 아침식사 자리에서 교감선생님은 나를 포함해 여러 학생들의 이름을 부르셨다. 학교 예산실로 가보라고 하셨다. 익숙한 상황이었다.

나는 제일 먼저 예산실로 달려갔다. 대체 어떻게 된 건지 절박했다.

"예치금 납부가 안 됐다." 회계담당 선생님이 설명했다.

"착오가 있을 겁니다."

"어쨌든 기한은 어제까지였으니까."

"사촌이 확실히 보낸다고 했어요. 왜 지연이 됐는지 알아보기 위해 전화를 좀 써도 될까요?"

학교 회계담당자는 내가 상황파악을 하고 일을 해결할 수 있도록 일주일 시간을 주었다. 나는 충분히 해결할 수 있단 생각으로 일단 첫 수업을 들으러 갔다. 선생님께서 교실로 들어오셨고 학생들은 각자 자기 공책을 꺼냈다. 금세 교실이 조용해졌다.

"만과나니, 여러분." 수업 시간 45분 동안 선생님이 쓴 쇼나어는 그 인사가 유일했다. 수업은 영어로 진행됐고 선생님들 모두가 대단했다. 나는 물을 빨아들이는 마른 스펀지가 된 느낌이었다. 선생님께서 말씀하시는 단어 하나하나를 흡수했고 글자 하나하나를 다 받아 적었다. 그날 일과를 마칠 때쯤에는 손이 아플 지경이었다. 팔도 아팠다. 각 수업마다 각자 교과서를 한 권씩 받았기 때문이었다. 1교시가 시작될 때 선생님께서 교과서를 나눠주시는데 학생들이 표지 안쪽에 자기 이름을 적는 것을 보고 입이 떡 벌어졌다. "교과서를 다 각자 갖게 되는 건가요?" 손을 들고 그렇게 묻고 싶은 것을 꾹 참았다.

그날 저녁 방으로 들고 온 교과서만 일곱 권이었다. 나는 교과서를 전부 내 방 사물함에 넣었다.

"도서관에 있는 책이 천 권도 넘어. 그 책들을 원하면 언제든 볼 수 있고." 래빗이 설명했다.

더는 나눠 쓰거나 빌려 쓰거나, 혹은 몰래 드나들지 않아도 되었다. 천국이었다.

새 학교에서 한 주를 보내고 난 후 이곳이 여간 쉽지 않다는 것을 깨달았다. 이곳 동급생들은 지금까지 본 내 주변 친구들보다 더 똑똑하고 부지런했다. 사쿠바에서 그랬던 것처럼 나는 도서관에 공부를 하러 가기로 했다. 그렇게 하면 남들보다 앞서갈 수 있을 거라고 생각했다. 착각이었다. 도서관에는 나뿐만이 아니었다. 이 아이들은 운동화나 음악, 돈 같은 걸 자랑하지 않았다. 대신 "새벽 4시까지 공부했어"라고 했다. 공부를 더 열심히 할수록 그게 더 멋있는 거였다.

학업이야 열심히 하면 다른 아이들을 얼마든지 따라잡을 자신이 있었지만 예치금을 내지 못하면 소용이 없었다. 매형이 금요일에 연락을 해왔다. 며칠이 더 필요하다고 했다. 언제든지 이곳에서 쫓겨날 수도 있다고 생각하니 주말이 아주 끔찍했다.

월요일 아침이 됐다. 아침식사 후 전교생이 조회에 참석했다. 교장선생님은 15분간 격려의 말씀을 하셨다. "이곳에서 여러분들은 자신이 똑똑하고 정말 열성적인 사람이란 것을 전 세계에 보여줄 기회를 얻게 된 겁니다." 우리는 목재패널로 마감된 방에서 교장선생님 말씀을 들었다. 교장선생님의 쩌렁쩌렁한 음성이 선명하게 울려 퍼졌다.

나는 반 친구들과 함께 뒤쪽 줄에 서 있었다. 앞쪽 두 줄은 상급생, 뒤쪽 두 줄은 신입생들이었다. 다들 복장점검을 위해 옷을 갖춰 입고 있었다. 교장선생님은 지나가며 학생들 한 명 한 명을 위아래로 훑어본 후 교감선생님께 속삭였다. 교감선생님은 수첩을 들고 교장선생님을 따라다녔다. 셔츠가 제대로 다려지지 않았다거나 머리가 지저분하면 기록이 남았다.

"허리 펴고 똑바로 서 있어." 그날 아침 조회시간에 맞춰 막 이동하려는데 래빗이 조언을 해주었다. "선생님하고 눈을 마주치지는 말고, 앞만 봐." 나는 래빗이 하란 대로 했다. 내 앞에서 아무것도 적지 않으시기에 나는 무사히 복장점검을 통과했다고 생각했다. 그러나 바로 그때, 교장선생님께서 다시 앞으로 나가 큰 소리로 몇몇의 이름을 부르셨다. "조나단 친웨제." 조나단이 손을 들었다. "러브모어 무곤다." 또 다른 아이가 손을 들었다. 그다음은 나였다. "마틴 간다."

손을 드는데 혈관을 타고 전기가 흐르는 것 같았다.

"내 방으로 오도록." 교장선생님은 그렇게 말씀하시고 나서 조회를 마쳤다.

조나단, 러브모어와 함께 교장실로 걸어가는데 머리가 복잡했다. 돈을 어떻게 마련한다? 무조건 이곳에 남아야 했다. 이제 사쿠바로 돌아가는 것은 상상도 할 수 없는 일이었다.

내가 첫 번째로 교장실에 들어갔다.

"자네는 하라레에 있는 사촌이 금요일에 돈을 부친다고 했었어. 그런데 아무 소식이 없었네. 할 수 있는 한 자네 편의를 많이 봐주었네만, 계속 이렇게 눈감아주면 다른 학생들에게 공정하지 않은 처사가 될 거야."

"알고 있습니다, 선생님. 마지막으로 전화 한 통만 쓰게 해주십시오. 사촌에게 오늘까지 돈을 부치지 못하면 안 된다고 말해보겠습니다."

"그 정도는 해줄 수 있지."

나는 곧장 비서에게 갔다. 비서가 전화를 걸어주었다. 매형이 내 목소리를 듣더니 말했다. "타이밍 완벽한데! 지금 막 돈을 보냈어!"

"진짜 좋은 소식이네요!" 온몸에서 긴장이 빠져나갔다. "전 오늘밤 치삼바 싱글스로 돌아가는 버스를 타야 하는 줄 알았어요."

매형은 요즘 주식시장이 붕괴 직전이라 주식을 팔기가 정말 어려웠다고 했다. "예치금은 낼 수 있었다만 그 이상 도움을 주긴 어려울 것 같다. 다른 방법을 찾아야겠어."

나는 그렇게 하겠다고 말했다. 그러고는 비서에게 이 소식을 전했다. "교장선생님하고 회계담당 선생님께 오늘 예치금을 부쳤다고 꼭 좀 전해주세요." 학비 잔액에 대해서는 아무 말도 하지 않았다. 일단 돈을 어떻게 마련할 것인지 방법을 찾아야 했다. 시간이 좀 걸릴 터였다. 아무리 생각해도 케이틀린에게 그 정도 돈을 요구하긴 무리일 것 같았다. 학비가 사쿠바보다 스무 배는 더 비쌌고 이미 케이틀린네서 우리 가족 생활비까지 보태주고 있었다. 그 이상은 과한 부탁이었다. 나는 직접 부딪혀보기로 했다. 어쩌면, 내가 정말 열심히 해서 좋은 성적을 낸다면 교장선생님께서 예외를 두실 것이다. 내가 할 줄 아는 건 공부뿐이었다. 그래서 나는 학업에 매진했다.

학기말까지 나는 좋은 점수를 유지했고 한 번도 방청소나 복장점검에서 지적을 받지 않았다. 학기 초 수학 시험에서 1등을 하긴 했지만 학교에 남기 위해서는 그 정도론 충분하지 않았다. 이제 학기말을 향해 가고 있었고 나는 아직도 학비 잔액을 낼 방법을 찾지 못하고 있었다. 공부에만 매달렸고 기적을 바라며 기도할 뿐이었다.

3월 마지막 주 월요일 교장선생님께서 아직 학비를 전액 납부하지 못한 학생들은 그다음 주 집으로 돌아가야 한다고 하셨다. 교장선생님께서 내 얘기를 하고 계시는 거였다. 또다시 익숙한 두려움에 시달렸다.

그날 아침 교장선생님께서 나와 다른 세 명의 이름을 부르셨다. 이제 끝이구나, 나는 확신했다. 치삼바 싱글스로 돌아가야 하는 것이다.

이번에는 1번으로 교장선생님을 뵈러 들어가지 않았다. 내 운명을 빨리 알게 되고 싶지 않았다. 마티스트 브라더스 학생으로서 가능한 마지막 순간까지 즐기고 싶었다.

세 명이 앞서 줄줄이 교장실에 들어갔다 나왔다. 다들 입술을 꾹 다물고 있거나 입가가 떨리고 있었다. 교장선생님이 내 이름을 부르시는데 단두대로 걸어 나가는 심정이었다.

고개를 숙이고 교장실로 들어갔다.

"마틴, 좋은 소식이 있다."

나한테 그토록 진지한 문제를 이처럼 가볍게 말씀하시는

건 너무 잔인한 처사였다. 원망의 눈초리로 교장선생님을 바라보았다. 선생님은 책상 앞에 앉아 스트레칭하듯 양손을 머리 뒤로 올리고 계셨다. 웃는 얼굴이 너무 얄미워 때려주고 싶었다. 이건 내 생계이자 미래였다. 지난 몇 달간의 스트레스가 분노로 변하며 배 속에서 부글부글 끓어오르고 있었다. 나는 아무 말도 하지 않았다. 할 말이 없었다.

선생님께서 '델타 코퍼레이션'이라는 회사 이름이 찍힌 서신 한 장을 나에게 내밀었다. "내가 이 회사 이사회에 있는데 말이지. 여기서 장학금을 준다네."

서신을 읽는데 온몸이 떨려왔다.

무자와지 씨께,

마틴 간다 학생이 2001년 델타 장학금 수혜자로 선정되었음을 알려드립니다. 간다 학생에게는 A레벨 시험까지 2년간 장학금이 지급됩니다.

위 장학생은 연간 수업료 전액을 지원받게 됩니다. 수업료는 학교 계좌로 직접 지급될 예정입니다.

협조에 감사드립니다.

경영지원매니저
G. T. 무텐다자메라 드림

고개를 들어 교장선생님을 바라보았다. 선생님은 만면에 환한 웃음을 띠고 계셨다. "이제 교실로 돌아가도 좋네."

천천히 돌아서서 문을 향해 걸어갔다. 아직 정신이 들지 않았다.

"참, 자네 수학 점수가 아주 좋더군! 앞으로도 열심히 하게!"

교장실을 나와서 나는 무작정 내달렸다. 휘몰아치는 감정을 주체할 수가 없었다. 오른손에는 델타에서 온 그 서신을 말아 쥐고서 큰길로 향하는 학교 정문 앞 진입로를 달려 내려갔다. 올림픽의 막을 올리는 성화 봉송 주자가 된 기분이었다. 여기 이게 횃불이었다. 참가 자격도 갖췄다. 한참을 달려 학교에서 멀어지자 나는 "율-율-율" 하며 울기 시작했다. 내 음성이 저 나뭇가지들까지 메아리쳤고 거기 앉아 있던 새들은 놀라서 퍼덕이며 날아갔다. 나는 기쁨의 울음을 멈추지 않고 달렸다. 눈물이 얼굴을 타고 흐르기 시작했다. 이제 목도 아프고 숨도 가빴다. 속도를 늦춰 걷기 시작했다. 아주 더운 여름날 마시는 차가운 물 한잔처럼 시원한 공기를 들이마셨다. 그러고 나서 다시 수업을 들으러 교실로 돌아갔다.

케이틀린

마틴이 O레벨 시험 성적표를 보냈을 땐 그걸 여러 부 복사해서 마틴과 나를 의심했던 사람들에게 가지고 가 보여주고 싶은 마음이었다.

"네가 그렇게 걱정하던 그 짐바브웨 사기꾼 기억나? 있잖아, 걔가 국가시험에서 A를 9개나 받았지 뭐니. 올 A야." 나는 그렇게 말하며 복수하는 장면을 상상하곤 했다. 그러곤 마틴의 성적표를 흔들어 보여주는 것이다. "이거 보이니? 보여?!"

나는 한 번도 마틴을 의심하지 않았다. 그래서 마틴이 좋은 성적을 냈을 때에도 전혀 놀라지 않았다. 그리고 엄마도 이제 마틴에게 돈을 안전하게 보내는 방법을 알고 계시니 나는 마음 놓고 내 열여섯 살 인생에만 집중하면 됐다.

3월 내 생일에는 일가친척이 다 모여 축하를 해주었다. 친할머니, 친할아버지와 외할머니, 외할아버지는 물론이고 고모에 외삼촌, 사촌들까지 모두 모였다. 엄마는 모두 한자리에 앉을 수 있게 평소 쓰는 식탁에 다른 탁자를 끌어와 거실까지 길게 이어 붙이시곤 데어리퀸에서 아이스크림 케이크도 사오셨다. 생일선물도 많이 받았지만 역시 최고의 선물은 드디어 운전을 할 수 있게 된 거였다. 생일 다음 날 학교가 끝나자 엄마는 나를 데리고 임시 운전면허증을 발급받으러 함께 가주셨다. 교통국에서 데이먼이 나를 기다리고 있었다. 엄마가 왜 학교를 안 갔느냐고 물어보자 데이먼은 대충 둘러댔다.

"학부모-교사 토론회가 있어서요."

거짓말이었다. 우리는 그날 하루 종일 같이 시간을 보내고 싶어서 그 전날 밤 계획을 다 짜두었다. 엄마는 데이먼 말을 그대로 믿으셨다.

아직 데이트를 시작한 지 한 달밖에 되지 않았지만 나는 벌써 데이먼과 사랑에 빠졌다. 진지하게 사귀는 남자친구는 데이먼이 처음이었다. 데이먼은 내가 예전에 사귀었던 남자애들보다 훨씬 독립적이었다. 데이먼의 부모님이 데이먼에게 자유를 많이 주시는 편이었기 때문일지도 모르겠다. 데이먼의 부모님도 우리처럼 고등학생 때 만난 커플이었다. 데이먼의 엄마가 데이먼의 형을 임신하셨을 때가 열여섯 살이었다. 데이먼의 아빠가 다발성경화증 진단을 받으신 건 스물한 살 때로, 데이먼의 여동생이 태어난 지 1년밖에 안 됐을 시기였다. 아빠를 돌보느라 바쁜 엄마를 대신해 직접 요리를 하고, 빨래를 하고, 여동생 숙제를 봐줄 수 있는 사람은 데이먼 뿐이었다. 데이먼은 나에게 운전을 가르쳐주기도 했다. 마틴한테서 좋은 소식이 날아왔을 때쯤에는 이미 운전을 시작한 지 한 달째가 돼 있었다.

마틴은 무타레에서 북쪽으로 200킬로미터쯤 떨어진 냥가라는 곳에 있는 명문 사립학교에서 장학금을 받게 됐다고 했다. 나는 엄마가 사주신 새 아프리카 지도책을 꺼냈다. 이미 짐바브웨 페이지에서 무타레와 하라레에 동그라미가 쳐져 있었다. 냥가를 찾아 표시를 하고 싶었지만 아무리 봐도 찾을 수가 없었다. 엄마도 같이 시도하셨지만 실패했다. "정말 시골인가 보다."

마틴은 또 이제 진지하게 미국으로 대학 진학하는 걸 생각하고 있다고 했다. 나는 이 소식에 공중제비를 돌아 넘고 싶은 기분이었다. 부모님께 이 부분을 소리 내어 읽어드렸다.

"상상이 돼요? 이제 마틴을 만날 수도 있어요!"

"그럼, 상상이 되지. 전 세계 학생들이 미국으로 공부를 하러 오니까. 마틴은 아주 영리하니까 전액 장학금을 받을 수 있을 거야."

마틴은 지원하고 싶은 대학 목록을 적어 보냈다. 하버드, 펜실베이니아 대학도 목록에 있었다. 마틴은 그 대학들에 연락해서 입학 관련 자료를 받아 새로 다니고 있는 학교로 보내줄 수 있겠냐고 부탁했다.

"연습 삼아 해보면 좋겠는걸." 엄마가 말씀하셨다.

나도 지난해 고등학생이 됐으니 이제 슬슬 대학 문제를 생각해봐야 했다.

그때만 해도 나는 앞으로 기술 교육 쪽을 공부해볼까 생각하고 있었다. 내가 가장 좋아하는 과목이 기계 제도 시간이었으니까. 수업 중에는 캐드(CAD)라는 컴퓨터 프로그램으로 도안을 그렸다. 선생님께서 나에게 이쪽 분야로 진로를 생각해보라고 하신 것도 당연한 일이었다. 내가 고등학교 이후의 미래에 대해 생각해본 건 그때가 처음이었다. 마틴은 벌써 이렇게 철저히 미래를 준비하고 계획하고 있다는 게 놀라웠다. 마틴은 편지에서 이렇게 말했다. '원시적인 전통의학만 믿고 제대로 치료를 받지 않아서 죽음에 이르는 짐바브웨 사람들이 많아. 나는 의사가 돼서 그 사람들을 돕고 싶어. 게다가 짐바브웨에는 의사 수가 턱없이 부족해서 환자를 다 돌볼 수가 없어. 그래서 짐바브웨에 의사가 하나라도 더 있으면 좋겠다는 생각이야.'

마틴에게 좋은 자극을 받은 나는 컴퓨터에 로그인을 했다. 마틴을 대신해 하버드부터 대학 몇 군데에 요청서를 보냈다. 마지막 이메일을 보내고 나서 나는 깊은 한숨을 몰아쉬었다.

"케이틀린, 왜 그래? 괜찮아?" 다른 방에 계시던 엄마가 큰 소리로 물으셨다.

"괜찮은 것 이상이죠." 나는 컴퓨터를 끄며 대답했다. 마틴이 미국으로 대학을 온다. 피부로 느껴졌다.

마틴

마티스트 브라더스에 입학한 건 정말 행복했지만 한편으로 가족들이 그립기도 했다. 형이 가끔씩 편지를 써서 가족들 소식을 전해줬다. 케이틀린 덕분에 이제 돈 걱정은 하지 않아도 됐다. 가족들이 배를 굶거나 길바닥에 나앉는 일은 없을 테니 안심하고 공부에만 집중했다.

그래도 7월 말 방학이 너무나 기다려졌다. 가족들이 정말 그리웠고 무엇보다 어머니 건강이 좋지 않다고 해서 걱정이 됐다. 어머니는 내가 온 걸 보시고 인사를 하려고 잠깐 일어났다가 금세 다시 자리에 누우셨다. 몇 주 전 형이 학교로 보낸 편지에서 어머니가 아프단 얘기를 했었다. 아직도 회복을 못 하셨다니 깜짝 놀랐다. 다들 그냥 독감, 감기 정도라고 생각했다. 하지만 다음 날 아침에는 식사 준비도 하지 못할 정도로 어머니 상태가 나빠졌다. 형은 어머니가 최근 잠을 아주 많이 주무셨다며 걱정하고 있었다. 어머니가 이틀 연속 침대 신세를 지고 계셔서 나도 걱정이 됐다.

짐바브웨에서는 말라리아와 콜레라가 기승을 부렸다. 둘 다 심하면 죽을 수도 있는 병이었다. 나는 하루라도 빨리 어머니를 병원으로 모시고 가고 싶었다. 하지만 쉽지가 않았다. 제일 가까운 병원이 5킬로미터 떨어져 있었지만 연료가 없어 길에 다니는 택시가 없었다. 무타레로 오는 버스를 탈 수 있었던 것조차 행운이었다. 휘발유 가격이 천정부지로 치솟으면서 이제 리터당 짐바브웨 돈 110달러에 달했다. 택시를 탈 돈이 있다고 해도 거리에 다니는 택시를 찾을 수가 없었다. 어쩔 수 없이 이웃집에서 외바퀴 손수레를 빌렸다. 형과 함께 수레 안에 담요를 깔고 나서 조심히 어머니를 태웠다. 아주 조금만 흔들려도 어머니가 깜짝 놀라셔서 아주 주의해 수레를 밀고 가야 했다. 어머니께는 모든 게 다 고통이었다. 어머니는 평소보다 더 마르셨고 고열로 온몸은 땀범벅에 정신도 혼미했다. 우리는 어머니께 담요를 한 장 더 덮어드리곤 번갈아가며 수레를 밀었다.

"빨리 가야 해." 내가 형에게 말했다. 어머니는 잠결에 신음하고 계셨다. 만약 뇌성 감염 말라리아라면 어머니는 영원히 예전의 건강을 되찾을 수 없을 수도 있었다.

우기라서 길은 진흙탕이었다. 수레를 밀고 가기가 더 어려웠다. 그나마 케이틀린이 보내준 장화와 우비가 있어서 다행이었다. 한 사람이 수레를 밀고 다른 한 사람은 어머니에게 우산을 씌워드렸다.

두 시간 동안 수레를 밀었더니 드디어 저 멀리 병원이 보였다. 병원 입구에 다다르니 최소 50명쯤 이미 줄을 서 있었다. 일단 줄을 서고 나서 혹시 더 빨리 진료를 받을 방법이 있는지 알아보려고 줄 앞으로 가보았다. 그렇게 줄을 서 기다리는 사람들을 지나치는데 어머니보다 상태가 더 나빠 보이는 환자들이 많았다. 어떤 여자는 거의 시체처럼 남편 팔 위로 축 늘어져 있었다. 나이 지긋한 한 남자는 눈에 상처가 나서 계속 눈물같이 투명한 액체가 흐르고 있었다. 다시 줄 뒤로 돌아와 형에게 우리도 다른 사람들처럼 기다려야겠다고 말했다.

얼마나 쇠약해지셨던지 어머니는 우리가 지금 병원에 와 있는 것도, 수레를 타고 왔다는 것도 알지 못하셨다. 수레에 웅크리고 계신 어머니는 아이처럼 작았다. 숨소리가 얕아져서 아직 맥박은 뛰는지 여러 번 어머니 목에 손을 대고 확인을 해야 할 정도였다. 숨소리가 너무 희미해서 이렇게 기다리다 어머니가 돌아가시면 어떡하나 걱정이 됐다. 그럼 우린 어떻게 해야 하지? 자식들에게 엄격하고 모질었을지는 몰라도 어머니는 우리 가족의 중추였다. 우리가 올바르게 자란 건 다 어머니 덕분이었다. 내가 학교에 다닐 수 있는 건 케이틀린 덕분이었지만 내가 학교에 다녀야 하는 이유가 있다면 그건 어머니였다. 어머니가 지금 돌아가시면 안 된다. 어머니 없는 삶은 상상할 수 없었다.

몇 시간 후 간호사는 어머니가 말라리아에 감염됐다고 확인을 해주었다. 다행히 뇌성 감염은 아니었다. IV 수액을 맞아야 했다. 수분 부족으로 치료도 해보기 전에 어머니가 죽을 수도 있었다. 하지만 병원에는 약이 없었다. 대신 간호사가 어떤 약이 필요하다고 얘기만 해줬다. 우리는 나가서 약을 구해 와야 했다.

　"밖에 파란색 상의를 입은 남자가 있어요. 그 사람이 IV를 팔아요." 간호사가 말했다.

　간호사는 또 빨간 외투를 입은 사람을 찾아 그 사람한테서 어머니께 필요한 다른 약을 구할 수 있을 거라고 했다. 두 사람 모두 시장에서 과일과 나무 공예품 파는 상인들처럼 약을 팔고 있었다. 뻥 뚫린 공간에서 약값을 흥정하고 손님들과 실랑이를 벌이면서 말이다. 돈이 없거나 돈 대신 받을 정도로 값이 나가는 물건이 없으면 희망이 없었다. 사람들이 죽어 나가는 것도 이 때문이라고 했다. 그게 무슨 말이었는지 눈으로 확인할 수 있었다. 어머니께 필요한 약을 살 돈이 있다니 천만다행이었다. 그보다 더 끔찍한 진실도 있었다. 케이틀린의 도움이 아니었다면 어머니는 그날로 돌아가셨을지도 모른다. 형이나 나나 그 사실을 잘 알고 있었지만 입 밖으로 꺼내지는 않았다.

　곧 간호사가 어머니에게 IV와 약을 주었고 어머니는 기운을 차리셨다. 물을 주니 축 늘어져 있던 식물이 살아나는 것 같은 그런 모양새였다. 그날 밤 처음으로 어머니가 침대에 허리를 세우고 앉아 보이시자 눈물이 날 것 같았다. 이제 위험한 고비는 넘겼지만 병원에서 이틀 정도 더 쉬면서 기력을 되찾으셔야 했다. 우리는 좋은 소식을 가지고 집으로 돌아갔다. 아버지는 깊은 안도의 한숨을 내쉬었다. 몇 주 동안 쌓여 있었던 것 같은 묵직한 한숨이 우리 집 작은 단칸방에 서려 있던 긴장감을 휩쓸어갔다.

다음 날 나는 어머니를 위해 음식을 들고 병원으로 돌아갔다. 병원에서는 식사를 제공하지 않았다. 이번에는 형 대신 심바가 같이 갔다. 어머니가 회복하고 계시단 걸 심바도 직접 확인하고 싶어 했다. 그다음 날 어머니 퇴원에 맞춰 다시 형과 함께 이웃집 수레를 빌려왔다.

어머니는 수레를 타는 것을 거부하셨다.

"내가 동물도 아니고 수레에 실려가고 싶지 않다."

"당연히 아니죠. 그렇지만 집까지 너무 멀어요." 형이 어머니를 설득했다.

집까지 아들들 등에 업혀 가는 것보다는 수레에 타는 편이 보기에도 좀 더 나을 거라고 어머니를 설득한 끝에 결국 어머니도 고집을 꺾으셨다. 집에 가는 내내 어머니는 불평을 하셨다. 나는 그게 기뻤다. 다시 예전 어머니로 돌아왔다. 이제 괜찮아지신 거였다.

무사히 집으로 돌아오자 이제부터 진짜 방학이었다. 친구들도 만나고, 우체국에도 갔다. 우체국에 또 소포가 와 있다고 했다. 케이틀린이 아무 얘기도 하지 않아서 이번엔 또 뭔가 궁금했다.

이번 소포에는 연필, 펜, 크레용, 풀, 지우개 등이 한가득이었다. 케이틀린의 어머니는 학생들에게서 기부받은 학용품이라고 하셨다. '너와 가족들이 쓸 것들을 먼저 챙기고 남은건 친구들이랑 이웃들하고 나누렴.'

참 행복한 숙제라고 생각했다.

케이틀린도 운동화를 두 켤레나 더 보냈다. '휠라' 운동화는 내 발에 꼭 맞아서 그동안 신던 '나이키' 운동화는 형에게 주었다. 심바도 한 켤레 받았다. 이제 우리 가족 모두 제대로 된 신발이 생겼다. 형은 새 신발을 신고 무술 발차기를 해보였고 심바도 형을 따라했다. 나는 아직 소포를 풀어보느라 동참할 수가 없었다. 칫솔, 샴푸, 일회용 면도기, 카고 반바지까지, 이 정도면 우리 학교에 다니는 부잣집 아이들조차 입이 떡 벌어질 것이다. 빨리 학교로 돌아가 자랑하고 싶었다. '탱'이라는 통에 담긴 밝은 오렌지색 가루는 특히 눈에 띄었다. 설명서에는 물과 가루를 섞으라고 했다. 아버지께서 컵을 가져오셨고 형이 침대 밑에서 물병을 꺼내 컵에 물을 부었다. 안내에 따라 나는 가루 두 스푼을 컵에 넣은 후 물을 넣고 저었다. 로이스가 컵에 코를 들이밀었다. "스타버스트 사탕 냄새가 나!"

로이스에게 컵을 내밀며 맛을 보라고 했다.

"맛도 똑같아!"

그다음으로는 내가 맛을 보았다. "환타 맛인데 탄산만 없어." 나는 심바에게 컵을 넘겼다. 다들 한 모금씩 맛을 보고 나서 아직 기력을 다 회복하지 못하신 어머니께 음료를 건넸다.

"나머지는 엄마가 다 드세요. 비타민 C가 들어 있다니까 회복에도 도움이 될 거예요."

5장

변화하는 세계

케이틀린

마틴은 어머니가 말라리아에 걸렸다고 했다. 그런 병은 처음 들어봤다. 인터넷에서 '말라리아'를 찾아보고는 깜짝 놀랐다. 모기에 물려서 사람이 죽을 수도 있다고? 말도 안 되는 소리였다. 그러고 보니 마틴이 예전에 짐바브웨 병원 상황에 대해 얘기했던 게 떠올랐다. 마틴은 많은 환자들이 침대 하나를 나눠 쓴다고 했다. 그러고는 '재밌지' 하고 덧붙였었다. 그때는 그게 왜 재밌는 일이란 건지 이해할 수가 없었는데 이제는 마틴이 냉소적으로 농담을 한 거였단 게 이해가 됐다. 전혀 재밌지 않은 일이었다.

검색 결과 퀴닌이 말라리아 치료제로 쓰였다는 것, 그리고 제대로 치료를 받지 못하면 말라리아로 죽을 수도 있단 것을 알게 됐다. 어떤 웹사이트에서는 타이레놀이 증상 완화에 도움이 된다고도 했다. 여행가방에 두 가지를 약으로 가득 채워 당장 비행기에 오르고 싶은 마음이었다. 하지만 그럴 수는 없으니 우선 헤더 언니네 집으로 갔다. 제약 업계에 계시는 언니네 아빠와 이야기를 하고 싶어서였다. 언니네 아버지랑 얘기를 해보면 마틴에게 어떤 약을 어떻게 보내주면 좋을지 알 수 있지 않을까 해서였다.

"케이틀린, 우편으로 짐바브웨에 약을 보낼 수는 없단다. 그건 불법이야." 헤더 언니네 아버지께서 말씀하셨다.

집으로 돌아오는데 안타깝단 생각을 떨칠 수가 없었다. 엄마가 대량으로 사놓으신 아스피린도 있었고 거기서 이미 마틴에게 보내려고 큰 통을 두 통이나 따로 빼놓았었단 말이다. 이제 철창행을 면하면서 이 약을 마틴에게 보낼 방법을 궁리해야 했다. 솔란지 아줌마에게 물어봐달라고 엄마에게 부탁했다. 솔란지 아줌마도 헤더 언니네 아빠와 똑같은 말만 되풀이하셨다. 그러던 어느 날 외할머니와 이야기를 하다 깜짝 놀랐다.

"퀴닌이 약으로 쓰이지 않던가?"

"맞아요, 쓰인대요. 왜요?"

"퀴닌이 한 병 있거든."

"할머니, 퀴닌 확실해요?" 짜증이 조금 나려고 했다. 외할머니가 대체 왜 말라리아 약을 갖고 계신 거지? 할머닌 아프리카라곤 가본 적도 없는데 말이다.

"퀴닌 맞아. 다리에 경련이 나서 처방을 받았는데 그 약만 먹으면 속이 메슥거려서 말이야. 약장 안에 그대로 남아 있을걸!"

정말 생각지도 못했다. 외할머니가 마틴 어머니의 생명을
구할 수도 있는 약을 갖고 계셨다.

"저 주세요!"

지난번 소포를 보내고 나서 엄마는 식탁 옆에 새로 상자를
다시 하나 준비해두셨다. 다음번 소포에 넣어 보낼 것들을
여기 넣으면 됐다. 오빠는 대학교로 돌아가지 않고 집에서
2년제 대학에 다니고 있었다. 평상시에 오빠를 자주 보지는
못했지만 하루는 오빠가 밤사이 티셔츠 몇 벌이랑 운동화 하
나를 넣어둔 것을 눈치챘다. 나는 외할머니께 받은 퀴닌 알
약과 타이레놀 두 병을 넣었다.

이제 나는 막 고등학교 2학년이 됐다. 나는 목공 수업을 신
청했다.

첫날 아직 자리에 채 앉기도 전에 선생님께서 말씀하셨다.
"이 수업에서는 앞코 있는 신발을 신도록."

제일 아끼는 웨지힐 슬리퍼를 신고 있던 나는 선생님께서
농담이시겠거니 했다.

"그건 좀 웃기잖아요." 내가 말했다.

"네 발가락이 소중하다면 이 시간엔 그런 발가락 보이는
신발을 신고 싶진 않을걸. 제일 좋은 건 앞코가 금속으로 된
부츠고. 너도 발가락이 소중하긴 할 거 아니냐."

나는 엄마와 매주 금요일 오후 네일숍에 다녔다. 이번에는
연보라색 바탕에 은색 소용돌이 아트를 넣은 패디큐어를 했

는데 검은색 샌들에 특히 잘 어울렸다. 선생님 말씀에 너무 당혹스러워서 주변을 둘러보니 전부 남자애들뿐이었다. 그리고 다들 적절한 신발을 신고 있었다. 나는 책가방을 들고 곧장 상담 선생님을 뵈러 갔다.

선생님과 마주앉아 있는데 꼭 우리 엄마 같았다. 나는 선생님께 방금 겪은 곤란한 상황을 털어놓았다.

"앞이 막힌 신발이 없니?"

"있어요. 있는데, 매일 그걸 신고 다니고 싶진 않죠."

선생님하고 대학 진학과 이후 진로에 대한 내 생각과 목표를 이야기했다. 내가 기계 제도 쪽으로 진로를 생각하고 있다고 하자 선생님께서는 한숨을 쉬셨다.

"그렇다면 목공 수업은 꼭 들어야 할 텐데. 그리고 제도 쪽 일을 하려면 들어야 하는 다른 필수 과목들도 대부분 복장 규정이 있고 말이야."

"그럼 진로를 다시 고민해봐야겠는데요."

바보 같은 소리처럼 들린다는 건 나도 알고 있었다. 그래도 발가락이 보이는 신발을 신을 수 없는 그런 직업을 원하진 않았다. 더 고민할 필요도 없었다.

그날 밤 저녁을 먹으면서 부모님께 이 모든 상황을 말씀드렸다. 아빠는 아무 말씀이 없으셨다.

엄마는 한참을 뜸들이다 말씀하셨다. "자기 자신만이 내가 뭘 했을 때 행복한지 알 수 있으니까. 행복해지는 일을 나중에 찾는 것보다 일찍 알아보는 게 더 좋을 테고 말이야!"

문제가 하나 있었다. 나는 내가 뭐가 되고 싶은지 아무 생각이 없었다. 그렇게 뭔가 되고 싶다는 목표가 있는 마틴에게 솔직히 좀 질투가 나기도 했다. 나에게는 선택의 자유가 있었지만 그 자유를 누리는 게 부담스럽기도 했다.

며칠 후 언제나처럼 늑장을 부리며 일어났다. 알람이 세 번째 울리고 나서야 나는 알람을 끄고 간신히 샤워를 하러 갔다. 헤더 언니랑 딱 학교에 도착하는데 이제 막 첫 시간을 알리는 종이 울리기 시작했다. 교실에 들어가니 다들 국기에 대한 맹세를 하고 있었다. 선생님께 불려가겠구나, 마음의 준비를 하고 있는데 선생님은 어딘가 다른 데에 정신이 팔려 있는 것 같았다. 다들 자리에 앉으라고 하시더니 선생님은 복도로 나가셨다.

1교시는 담임선생님 시간인 경제학이었다. 선생님은 교과서를 펴고 문제를 풀고 있으라고 하셨다. 이번에도 평상시와 달랐다. 3교시 중간에는 선생님들 몇몇이 복도에 모여 계셨다. 한 분이 울고 계셨다.

4교시 역사 시간이 되자 드디어 선생님께서 소식을 전해주셨다. "오늘 아침 비행기 두 대가 뉴욕 쌍둥이 빌딩에 충돌했단다."

교실 앞에 있는 TV를 켰다. 여기저기서 충격을 받은 아이들의 탄식이 흘러나왔다. 두 개의 고층건물은 마치 굴뚝 같았다. 검은색 두꺼운 구름이 피어나고 있었다. 거리에는 수백명의 사람들이 충격받은 표정으로 목을 길게 빼고 건물을 올려다보고 있었다. 선생님은 채널을 몇 차례 돌리셨다. 채널마다 전부 쌍둥이 빌딩 소식을 전하고 있었다. 빌딩을 옆에서 찍은 장면이 나오는데 꼭 고질라가 빌딩 목을 크게 한입 베어 문 것처럼 보였다. 벌어진 상처처럼 불길이 뿜어져 나왔다. 공포영화의 한 장면 같았다. 하지만 이건 영화가 아니라 현실이었다.

그날 아침 모두들 뉴욕에서 벌어진 사건에 대해 이야기를 하느라 바빴다.

점심을 먹고 강당에서 영어 수업을 기다리고 있는데 오빠가 나타났다. 오빠는 나를 보더니 손을 흔들며 강당으로 들어왔다.

나도 손을 흔들었다.

오빠가 소리쳤다. "케이틀린, 짐 챙겨. 가야 해. 지금 당장."

뭔가 심각한 상황 같아서 일단 책가방을 챙기고 앉아 있는 아이들을 지나 강당 복도로 나왔다.

"무슨 일인데?"

오빠는 당장 강당 밖으로 나가자는 식으로 내 팔을 이끌었다.

"엄마가 너 데리고 오래."

"왜?"

"소식 못 들었어?"

"월드 트레이드 센터 말이야?"

"펜타곤 얘긴 못 들었어?"

"응." 대체 그게 우리랑 무슨 상관이란 건지 아직도 감을 잡을 수가 없었다.

"케이틀린, 워싱턴에서 비행기 또 한 대가 국방부 건물에 충돌했어. 지금 정부가 상황 통제 중이고, 언제 다시 또 공습이 있을지도 몰라."

"누가 공습을 하는데?" 소식을 들으면 들을수록 점점 더 걱정이 됐다.

오빠가 하는 말도, 저만치 앞서가는 오빠 걸음도 다 따라잡을 수 없었다. 말도 걸음도 나보다 다섯 배쯤은 앞서가고 있는 것 같았다.

"엄마는 어디 계셔?" 엄마가 상황을 전부 설명해주시겠지.

"엄마는 학교에서 아이들하고 같이 계셔야지." 차에 오르면서 오빠는 그렇게 말했다.

"근데 왜 지금 집에 가야 하는 건데? 지금 우리가 위험한 게 아니잖아."

마침내 오빠도 내가 혼란스러워하며 겁을 먹은 걸 알곤 시동을 걸다 말고 내 눈을 바라보며 말했다. "펜실베이니아에도 추락한 비행기가 있어. 노스 펜 고등학교가 워싱턴하고 뉴욕 정중앙에 있으니까 엄마 생각에 너희 학교가 타깃이 될까 싶으신 거야. 굳이 위험을 감수할 필요는 없잖아."

오빠의 말에 갑자기 차 안에 모든 산소가 빠져나간 것처럼 숨이 막혔다. 나는 창문을 열었다.

"그리고," 오빠가 학교 진입로를 빠져나가며 말했다. "아직 아빠한테서 소식이 없대. 오늘 아침 군사기지로 출장 가셨는데 아직 연락이 없으셔. 엄마는 아빠한테서 소식이 올 때까지 너랑 나랑 둘 다 집에 있었으면 하셔."

모든 퍼즐 조각이 맞춰지기 시작했다. 아빠는 정부 관련 일을 하신다. 아빠가 오늘 군사기지에 가셨다. 국방부가 공격을 당했다. 상상력이 비약으로 폭주했다. 아빠가 죽었을지도 모른다. 나는 고개를 저었다. 불가능한 얘기였다. 하지만 그날 아침 TV에서 본 장면이 떠올랐다. 상공에서 불이 타오르고 있었다. 그것도 불가능해 보이긴 마찬가지였다.

일단 집에 와서 TV를 켰다. 이제는 건물들이 다 붕괴돼버려서 더 처참했다. 뉴욕 시내에 마치 눈이 내리는 것 같았다. "브룩클린까지 재가 날리고 있습니다." 기자가 보도했다. 나는 TV를 껐다. 받아들이기조차 부담스러웠다.

한 시간 후에 개들이 짖기 시작했다. 엄마가 돌아오셨다.

"아빠한테서는 연락 있었어요?"

막 차에서 울고 계셨는지 엄마의 얼굴은 눈물로 번들거렸다. 엄마는 고개를 저으셨다. 눈에서 눈물이 쏟아졌다. 나는 달려가 엄마를 꼭 껴안았다.

"아빠는 괜찮을 거예요, 엄마. 괜찮고말고요." 말은 그렇게 했지만 모를 일이었다. 온갖 끔찍한 생각들이 머릿속을 스쳐지나갔다. 엄마와 TV 앞에 앉아 있을 수 없었다. 나는 내 방으로 올라가 인큐버스 CD를 플레이어에 넣었다.

"모래에 발가락을 파묻었지." 가사가 흐르기 시작했다. "네가 여기 있었으면 좋겠어." 후렴구가 나오자 나는 음량을 키웠다.

세 시간 후 전화벨이 울렸다. "당신 목소리 들어서 정말 다행이야." 엄마가 소리쳤다.

엄마가 아빠와 통화를 하고 계시는 동안 아래층으로 달려가 엄마를 껴안았다. 수화기 너머로 들려오는 아빠의 목소리에 한없이 기뻤다. 아빠는 군 기지에 갇혀 계셨다고, 지금 그곳은 적색경보 발령 중이라고 했다. 핸드폰 통화가 전부 막혀 있었다고 했다. 이제 아빠는 집으로 돌아오시는 중이었다.

다음 날 나는 학교를 가지 않았다. 그주 내내 학교에 가지 않았다. 부모님들도 이번 사건에 당황하셨고 나도 마찬가지였다. 비행기 충돌이 테러 행위였단 걸 알고 나서는 더더욱 당혹스러웠다. 몇 년 전 대사관 폭탄테러 사건 때 그 단어를 처음 배웠었다. 이런 일이 미국 땅에서 벌어지리라곤 생각도 못했다. 데이먼은 이제 전면전으로 번질 거라고 했다. 우리는 매일 밤 몇 시간이고 통화를 했다.

"병력을 모집하면 나도 가야겠지." 하루는 데이먼이 우울한 목소리로 말했다.

나는 아무 말도 하지 않았지만 마음속에서 소용돌이가 치고 있었다. 바로 직전 주말 데이먼과 식스 플래그 놀이공원에 갔었다. 수직 청룡열차를 탔는데 그때가 내 인생 최대 공포의 순간이었다. 데이먼이 머나먼 나라의 전장으로 싸우러 간다고 생각하니 또 다른 식으로 무서워졌다.

"캐나다로 가면 되잖아. 우리 가족 아는 사람이 거기 있어."

"국가를 위해 마땅히 필요한 일을 해야지."

"오빠 못 가게 할 거야!"

그렇게 말하는데 갑자기 이런 생각이 들었다. 우리나라에 대해 내가 알고 있었던, 진실이라고 믿었던 것들이 한순간에 전부 뒤바뀌고 있었다. 안전한 내 작은 세계가 빠르게 뒤흔들리고 있었다.

며칠 만에 처음으로 마틴 생각이 났다. 마틴은 이 소식을 들었을까? 마틴에게 편지를 써야 했다.

나는 가볍게 학교생활 이야기로 편지를 열었다. 그러곤 테러 공격 직후 일주일간 나를 사로잡고 있었던 생각들을 털어놓기 시작했다.

'지금쯤이면 너도 미국이란 자랑스러운 이 나라를 뒤흔든 끔찍한 테러 소식을 들었겠지.' 할 말이 마구 쏟아져 나왔다. 나는 그날 기억나는 모든 구체적 상황을 하나하나 다 적어 내려갔다. 난생처음으로 그렇게 끔찍한 사건이 우리나라에서 벌어졌고 나는 아직도 그 사건의 의미에 대해 골몰해 있었다. 나는 편지를 이어갔다. '자유를 믿는 모든 사람들이 이 비극적인 사건을 보고 충격을 받았어. 비록 테러리스트들의 얼굴도, 이름도 모르지만 우리는 다시 일어설 거야. 우리의 힘은 미국이 자유를 신봉하는 강한 나라라는 걸 잘 알고 있다는 데서 나오는 거니까. 비록 건물이 부서지고 심장에서 피를 흘리고 사랑하는 사람들을 잃은 슬픔에 눈물을 흘릴진 몰라도, 우리는 살아남을 거야. 테러리스트들이 얻은 건 아무

것도 없어.'

키보드에 눈물이 떨어지기 전까지 나는 내가 눈물을 흘리고 있는 것도 알지 못하고 있었다. '이런 폭력사태에 대해 우리 정치인들이 마땅한 대응책을 찾아낼 수 있기를, 그리고 이런 테러 집단을 송두리째 뒤흔들어버릴 수 있는 계획을 마련할 수 있도록 그들이 지혜와 영감을 얻길 기도해줘.'

할 말은 너무도 많았지만 이 한 가지만큼은 확실했다. 마틴은 분명 이해할 것이다.

마틴

방학이 끝나갈 때쯤 어머니는 혼자 힘으로 일어나 온 가족들에게 잔소리를 하고 다니셨다. 처음으로 설거지를 하는 게 행복하게 느껴졌다. 집에서 보내는 마지막 밤 나는 형과 그런 이야기를 하며 웃었다.

"뭐가 그렇게 재밌니?" 어머니는 설거지거리를 더 가져다주시며 물으셨다.

"엄마요." 내 대답에 어머니는 나를 찰싹 한 대 때리시곤 청소를 마무리하러 가셨다.

이제 어머니 건강도 회복됐으니 걱정 없이 학교로 돌아갈 수 있었다. 낭가로 떠나는 버스는 다음 날 아침 9시 차였다. 아침을 먹고 나서 아버지와 형, 동생들에게 작별인사를 했다. 나는 평소보다 오래 어머니를 껴안았다. 어머니는 확실히 기력을 되찾으셨다. 꼼지락대는 어머니의 움직임이 느껴졌다.

"이럴 시간 없다. 버스 시간 늦겠어." 어머니는 나를 밀쳐내며 말씀하셨다.

"몸조심하세요, 엄마. 무리하지 마시고요."

"너도 공부 열심히 하고."

"그럼요."

월요일 주간 조회시간은 교장선생님의 말씀으로 시작되었다.

"이제 마지막 학기가 시작됐습니다. 12월이면 여러분 중절반은 A레벨 과정을 마치고 여러분의 원대한 꿈을 현실로 만들어줄 대학으로 가겠지요. 다른 학생들은 이곳에서 1년을 더 보내며 선배들의 발자취를 따르게 될 겁니다."

나는 대학에서 어떤 공부를 할지 슬슬 고민하기 시작했다. 하라레에 있는 대학을 지원하면 장학금도 받을 수 있는 점수였지만 그 어느 때보다도 미국에서 대학을 다니고 싶었다. 어머니 병환으로 병원을 다녀온 후로 특히 의대에 마음이 쏠렸다. 래빗 형은 1월이면 하라레 의대에 입학할 예정이었고 친구들 중에서도 비슷하게 진로를 계획하는 애들이 몇 명 있었다. 짐바브웨에는 분명 의사가 부족했고 나도 실제로 사람들을 도울 수 있는 그런 직업을 갖고 싶었다.

교장선생님께서 복장검사를 막 시작하셨지만 나는 아직도 생각에 빠져 있었다. 어쩐 일인지 그날은 선생님께서 유독 모두에게 너그러우셨다. 유쾌한 얼굴로 복도를 오가시며 학생들에게 고개를 끄덕이고 미소를 지으셨다. 한 명도 이름이

불리지 않았다. 좋은 의미에서 좀 이상했다.

이틀 후 아침식사 시간에 또다시 조회가 열렸다. 예정에 없던 것이었다. 우리는 식당에서 무슨 일인지 추측하며 웅성 댔다.

"누가 뭔가 잘못한 게 있는 거야." 래빗 형이 말했다.

우리는 줄을 서서 조회장으로 들어갔다. 교장선생님은 두 손을 맞잡고 서서 기도하는 것처럼 고개를 숙이고 계셨다.

모두 자리를 잡자 선생님은 말씀을 시작하셨다.

"안타까운 소식을 전하게 됐습니다. 미국에서 테러리스트 공격이 있었어요."

놀란 학생들의 외마디 숨소리가 물결처럼 퍼져 나갔다. 믿을 수 없다는 듯 어떻게 그런 일이 벌어질 수 있느냐는 반응도 뒤따랐다.

"비행기 두 대가 뉴욕에 있는 쌍둥이 빌딩에 충돌했습니다. 워싱턴 D.C.에 있는 미국 펜타곤에 세 번째 공격이 있었고요. 오늘 아침 읽은 뉴스에 따르면 펜실베이니아에 네 번째 비행기가 추락했다는군요."

쌍둥이 빌딩은 그때 처음 들었다. 교장선생님께서는 미국의 금융 수도를 상징하는 건물이었다고 설명해주셨다. 펜타곤은 다들 알고 있었다. 이번 비극으로 사람들이 죽었다니 충격적이었다. 하지만 그중에서도 비행기 한 대가 펜실베이니아에 추락했다는 소식이 나한테는 가장 충격적이었다. 케이틀린네가 펜실베이니아에 있었다. 햇필드 부근에서 비행기가 추락했으면 어쩌지? 케이틀린네 가족이 다친 건 아닐까? 머릿속에 걱정이 하나둘씩 떠오를 때마다 숨통이 조여드는 느낌이었다. 케이틀린이 괜찮은지 당장 확인해야 했다. 하지만 편지가 도착하려면 족히 2주는 걸렸다. 나는 머리 위로 손을 들었다.

교장선생님께서 말씀을 멈추셨다. 누군가 말을 끊다니 놀라신 듯했다.

"선생님, 죄송합니다만 혹시 펜실베이니아 어디쯤인지 아십니까?"

교장선생님은 고개를 저으셨다. "안타깝지만 잘 모르겠다, 마틴. 알려진 바라곤 비행기가 밭 한가운데 추락했고 탑승객 전원이 사망했단 것뿐이다."

끔찍한 소식이었지만 안심이 됐다. 아마 케이틀린은 비행기 안이 아닌 학교에 있었을 것이다. 다시 숨을 쉴 수 있었다.

그 후 며칠간 학교에서는 모두들 테러 얘기뿐이었다. 얼마 후 아직 콩고와 연루돼 있다는 이유로 미국과 영국이 짐바브웨에 제재를 가했다. 9.11 테러 사태와 직접적인 연관이 있는 건 아니었지만 세상이 바뀌었고 그에 따른 적잖은 파장이 잇따랐다. 미국은 테러리스트들을 방조하는 국가에 제재를 가했고 짐바브웨도 그중 하나였다. 국제 관계가 경색되고 하는 건 별로 걱정되지 않았다. 걱정되는 건 그 여파가 케이틀린과 나와의 관계에 영향을 미칠까 하는 점이었다. 매일 밤 나는 그런 일이 없기를 기도했다.

한편 케이틀린에게서 소식이 오기를 간절히 바랐다. 그리고 크리스마스 방학 때 집으로 돌아와 케이틀린네 가족은 모두 무사하다는 편지에 안심했다. 언제나처럼 모든 근심걱정이 케이틀린의 편지 한 통에 사라졌다. 나도 케이틀린이 안심할 수 있는 그런 답장을 써주고 싶었다. 내가 할 수 있는 건 그게 전부였다.

'케이틀린과 가족들에게. 테러 공격으로 미국이 혼란에 빠지고 죄 없는 사람들이 목숨을 잃다니 정말 유감이야. 이곳에서도 이 비통한 사건에 슬픔을 함께 나누고 있어.'

나는 케이틀린에게 제재 소식을 들었느냐 묻고, 그리고 이렇게 덧붙였다. '미국과 짐바브웨 간에 외교 문제가 생기고 경제적 관계가 경색된다 하더라도 깊고 강한 우리 우정이 변치 않길 기도해.'

이것 말고도 케이틀린에게 하고 싶은 이야기가 많았다. 특히 내가 진지하게 의대 진학을 고려하고 있단 얘길 해야 했다. 이미 케이틀린이 몇 군데 대학을 알아봐줬고 교장선생님께서도 내가 원서를 내볼 만한 명문대 목록을 뽑아주시긴 했었다. 이번 편지에도 몇 군데 대학을 적었다. '혹시 네가 나 대신 뉴욕대 의대, 스탠포드 의대, 워싱턴 주립대 의대, 미시건대 의대에 연락을 좀 해봐줄 수 있을까?' 부담될 수 있는 부탁이라 사과의 말도 덧붙였다. '이렇게 번거로운 부탁을 하게 돼서 미안해. 시간도 많이 잡아먹고 재밌는 일도 아니고 말이야. 하루 만에 급하게 다 알아봐달라는 건 아니고 네가 시간 여유가 있을 때 조금씩, 천천히 해줘도 돼. 너무 빨리 해주려고 부담 갖지 않아도 되니까. 미리 고맙다는 인사 전할게.'

크리스마스 직전 이렇게 편지를 써서 보냈는데 며칠 후 케이틀린의 편지를 받았다. 편지봉투를 뜯으며 우리 편지가 대서양 어디쯤에서 서로 엇갈려 가고 있었겠구나 싶었다.

연분홍색 편지지 사이에 얇은 은색 물체가 끼어 있었다. 아주 얇은 캔디바 같았다. 열어보니 그 안에 20달러 지폐가 들어 있었다. 고개를 절레절레 저었다. 믿을 수가 없었다. 여권을 발급받으려면 돈이 필요했는데 깜박하고 있었다. 해외에서 공부를 하려면 여권이 필요했다. 저 멀리 있는 내 친구는 이미 그것까지 다 생각하고 있었나 보다. 이게 그 증거였다.

케이틀린

9월 11일 이후 모든 것이 변했다. 9.11 테러는 미국을 정말 싫어하는 사람들이 있단 증거였다. 전에 없던 기분이 들었다. 물론 끔찍한 얘기였지만 나로서는 미국인이라는 게 어떤 의미인지 생각해보는 계기가 되기도 했다. 마틴에게 편지를 쓰면서 그런 얘길 했었다. '이번 테러 사태에 모든 미국인들이 충격을 받았어. 그래도 이렇게 중요한 때에 모두 똘똘 뭉치고 있으니 훌륭한 나라라고 생각해. 미국 국민들은 정부를 지지하고 테러리스트들은 정의의 심판을 받을 거라고 믿어.'

테러 사태가 머리와 가슴에서 무슨 포문이라도 열어젖힌 것마냥 하고 싶은 말이 마구 쏟아져 나왔다. 제재 얘기는 전혀 듣지 못했다. 마틴은 제재 얘길 했지만 마틴에 대한 내 마음은 전혀 달라지지 않았다. 나는 마틴에게 분명히 말했다. '짐바브웨와 미국 간에 정치적 위기가 있다고 해서 우리 우

정이 달라지진 않을 거야. 내 말 믿어도 좋아.'

변한 게 있다면 마틴에게 빚을 졌단 기분이 더 많이 들기 시작했단 것이다. 이미 마틴은 내가 세계를 바라보는 방식을 바꿔놓았다. 이제 마틴은 내가 그 세계 속에서 무엇이 되고 싶은지를 생각해보게끔 해주었다. 마틴이 편지에 의대 진학을 고민하고 있다고 한 이후로 나는 간호사가 되는 것을 생각해보기 시작했다. 어느 날 저녁식사를 하면서 나는 부모님께 이런 생각을 털어놓았다. 부모님은 무척 기뻐하셨다.

"간호사라면 평생 실직자는 안 될 거야." 아빠가 말씀하셨다.

"네 성격에도 잘 맞는 일이고 말이지." 엄마는 그렇게 덧붙이셨다.

"그리고 마틴이 의대에 간다면 같이 일을 할 수 있을지도 몰라요."

그렇게 된다면 정말 엄청난 일이라는 생각이 들어 우리는 다 같이 웃었다.

그날 밤 늦게 엄마가 나를 주방으로 부르시더니 앉아보라고 하셨다.

"생각을 해봤는데 말이야. 아빠랑 엄마도 힘닿는 데까진 마틴을 도와주고 싶지만 마틴이 미국에서 대학을 간다면 등록금을 내주긴 어려울 것 같아."

"엄마, 저도 그건 알아요."

"하지만 마틴이 미국에 오려면 우리 도움을 받지 않고선 어려울 거야. 너도 해야 할 일이 많은데 엄마 입장에선 마틴의 대학 진학 문제로 네가 걱정하는 걸 원치 않아. 엄마가 올해는 대체교사로 일하니까 엄마가 나서서 마틴이 장학금 받을 수 있는 대학을 알아볼게."

"진짜 너무 좋은 소식인걸요!"

엄마는 웃으며 편지 한 통을 꺼내셨다. 엄마가 여섯 군데 대학에 문의를 해서 유학생 장학금 제도와 관련해 구체적인 내용을 이미 알아보시곤 마틴에게 보내려고 일찌감치 편지를 써두신 거였다.

"네 허락을 받고 보내려고."

"허락은 무슨. 엄마를 믿어요. 하지만 저도 같이 돕고는 싶어요."

엄마가 손을 내밀었다. "좋아."

우리는 악수를 했다.

이미 마틴을 위해 여기저기 의대에 연락을 취하는 과정에서 내 미래에 대해서도 생각해보게 됐다. 그래서 나는 상담 선생님과 다시 약속을 잡았다. 간호학을 공부해볼까 한다고 말씀드렸더니 선생님은 동시등록 과정에 대해 알고 있느냐고 하셨다. 처음 들어보는 거였다.

"케이틀린 너는 이제 졸업을 하려면 내년에 조회 시간하고 체육만 들으면 되거든. 그러니까 동시등록 과정으로 대학 수업을 지금부터 들으면 어떨까? 고등학교와 대학 과정을 동시에 진행하니까 남들보다 시작도 빠르고 말이야."

고등학교 생활이 지겨워지던 차에 대학 과정을 일찍 시작할 수 있다니 아주 마음에 들었다.

"어디서 등록하는데요?"

"몽고메리 카운티 커뮤니티 칼리지에 간호학 학위 필수과정이 다 있어. 네 점수 정도면 충분히 가고도 남고, 여긴 입학하는 데 대입 표준화 시험도 필요없단다."

"선생님 말씀은 지금 SAT(미국 대입 준비시험)를 안 봐도 된다는 건가요?"

SAT 모의고사 전날 밤 나는 데이먼과 데이트를 했고 시험을 망쳤다. 그래서 SAT 시험이 무서웠다.

"시험은 쳐야 할 거야. 대신 점수가 문제가 되진 않고."

"어떻게 등록할 수 있어요?" 나는 선생님께 물었다.

마틴

케이틀린의 어머니께서 직접 편지를 보내셔서 깜짝 놀랐다. 미국 대학 입학절차가 복잡하지만 아주머니께서 직접 도움을 주시겠다고 했다. 기쁜 소식이었다. 이 가족 중에 케이틀린만 천사인 게 아니었다.

아주머니는 SAT라는 시험을 아느냐고 물으셨다. 사실 좋은 친구인 월레스가 그 전년도에 SAT 시험을 친 적이 있어서 들어본 적은 있었다. 월레스는 그해 9월 미국에 있는 대학에 갈 예정이었다.

월레스는 원래 옆 기숙사에 살았지만 우리 방 보나벤투르, 코넬리우스와 친한 사이라서 우리 방에 살다시피 했다. 월레스 별명은 '로벤굴라'를 줄인 '로브'였다. '로벤굴라'는 19세기 백인 제국주의자들이 짐바브웨를 침략했을 때 침략자들에 맞서 싸운 은더벨레족 전사였다. 월레스는 몸이 아주 좋왔다. 늘 근육 운동을 열심히 했다. 하지만 한편으로는 또 아주 차분하고 조용하고 내성적인 성격이었다. 직접 묻지 않는 이상 자기가 먼저 말을 하는 일이 별로 없어서 월레스가 미국으로 대학을 간다는 것도 훨씬 나중에야 알게 됐다. 일단 월레스가 미국에 간다는 걸 알고 나서부터 나는 별의별 것들을 꼬치꼬치 다 캐물었다. 월레스의 친형도 이미 캐나다에서 대학을 다니고 있고 월레스네 부모님이 빅토리아 폭포에서 숙박시설을 운영하신다는 것도 그렇게 해서 알게 됐다. 월레스는 부잣집 자식인데도 겸손하고 다른 아이들처럼 과시하는 일도 없었다. 하루는 월레스에게 어떻게 그럴 수 있느냐고 물었다. 월레스는 자기 아버지가 일가에서 처음으로 대학을 나오신 분이라 시골에 사는 사촌들이 많다고, 우리 집보다 상황이 더 좋지 않은 친척들도 있다고 했다. 월레스는 몸소 가난을 겪진 않았지만 가난이 뭔지 이해하는 사람이었다. 내 배경을 보고 나를 평가하는 그런 사람이 아니었다. 오히려 월레스 아버지처럼 나도 우리 가족의 한계를 넘어 더 넓은 세상을 경험하는 사람이 되어야겠단 생각을 심어주는 그런 사람이었다.

아주머니 편지를 받고 나는 월레스에게 어디서 SAT 시험을 칠 수 있는지 물었다.

"인터넷으로 신청하면 돼."

컴퓨터를 써야 하는 이유가 또 하나 생겼다. 아주머니는 대학 입학에 필요한 모든 정보가 인터넷에 올라와 있다고 하시며 시간 절약 차원에서 혹시 이메일로 연락을 주고받을 수 있을지 물어보셨다. 편지는 오가는 데 한 달은 족히 걸렸기 때문이었다. 무타레엔 PC방이 있었지만 방학 동안 집에 가 있을 때가 아니면 소용이 없었다. 좌절해 있는데 월레스가 교장실에 인터넷 접속이 되는 컴퓨터가 있다고 얘기해줬다.

교장선생님을 뵈러 갔다. 선생님은 내가 미국에 있는 대학을 지원한다는 소식에 기뻐하셨다.

"아주 좋은 소식일세, 마틴 군."

"실은 그래서 오늘 선생님을 뵈러 왔습니다. 필요한 정보를 찾으려면 인터넷이 없이는 어렵습니다."

"그렇군."

"그래서 말인데 혹시 선생님 컴퓨터를 가끔 빌려 쓸 수 있을까요?" 지나친 부탁이었다. 그럴싸한 이유가 필요했다.

"방과 후 펜팔 친구와 친구 어머니랑 연락할 때에만 컴퓨터를 쓸 겁니다. 그분들이 필요한 자료를 모으는 데 도움을 줄 거고요." 나는 설명했다.

"다른 아이들은 컴퓨터를 쓰지 않고도 해외 대학에 지원들을 한다네." 쉽지 않은 협상이 될 것 같았다.

"저도 알고 있습니다, 선생님. 하지만 그 애들은 다들 여유 있는 집 아이들이잖습니까. 저는 유학생 장학금을 받아야만 미국으로 대학을 갈 수 있습니다."

교장선생님은 아무 말씀이 없으셨다.

"케이틀린의 어머니가 도와주신다고는 했지만 그래도 일

단 정보 전달이 빠르게 돼야 합니다."

"알겠네."

"SAT 시험도 인터넷으로 등록해야 하고요. 월레스 선배 말로는 SAT 시험을 등록하려면 이것밖에 방법이 없다고 했습니다."

"비서와 이야기를 하겠네. 자네가 쓸 열쇠를 맞춰보지. 방과 후 교장실을 이용하게." 마침내 선생님이 허락하셨다.

"훌륭한 결정이십니다." 교장선생님을 와락 껴안고 싶은 마음을 꾹 참았다. 선생님은 그리 다정한 스타일은 아니었다. 지난 5년간 대서양을 오가는 편지들을 하염없이 기다리기만 하다가 이제 이 정도면 케이틀린이나 그 가족들에게 시차 없이 연락을 할 수 있게 된 것이다.

"오늘 저녁부터 써도 좋네. 저녁식사 후에 이용하게. 소문은 금물이네. 교장실을 개인적으로 쓰는 사람은 자네뿐이야. 우리 사이의 약속일세. 알겠나?"

"당연하죠, 선생님. 약속 지키겠습니다."

"나도 조심을 할 테니."

행복해져서 교장실을 나섰다.

그날 저녁 늦은 시각 나는 교장실로 돌아갔다. 선생님 비서가 내가 쓸 수 있게 열쇠를 남겨두었고, 거기 문은 어떻게 열고 컴퓨터는 어떻게 켜는지 메모도 같이 남겨두셨다.

평생 컴퓨터를 써본 게 딱 두 번이었다. 두 번 다 편지를 쓰기 위해서였는데 그때는 컴퓨터가 다 켜져 있었다. 교장선생님의 책상에 놓인 커다란 베이지색 상자를 향해 걸어갔다. 뒤쪽에는 각종 선이 튀어나와 있었다. 거기서 전원 스위치를 찾아 컴퓨터를 켰다. 화면이 켜지는 것을 신기하게 지켜보았다. 마치 자신만의 언어로 말하는 것처럼 일련의 숫자와 문자들이 컴퓨터 화면 상단 구석에 떴다. 그다음 비밀번호를 넣는 창이 떴다. 선생님 비서가 학교 인장이 박힌 종이에 대문자로 정갈하게 적어둔 비밀번호를 입력해 넣었다. 그다음 메모에 적힌 대로 인터넷에 접속하고, 그렇게 우리 학교의 유일한 이메일 계정에 들어갔다.

아주머니는 본인과 케이틀린의 이메일 주소를 알려주셨다. 나는 두 사람 각각에게 시험 삼아 메일을 보내보았다. 그 전까지는 한 번도 이메일을 보내본 적이 없었다. '전송' 버튼을 누르면 바로 상대방이 내 편지를 받을 수 있다는 게 개념적으로 이해가 되지 않았다.

'안녕, 케이틀린!' 나는 녹색 화면에 타이핑을 하기 시작했다. '나야, 마틴! 교장선생님께서 개인 컴퓨터를 쓰도록 허락해주셨어. 굉장하지 않니? 메일 받으면 이 주소로 답장해줘. 너의 영원한 친구, 마틴.'

'전송' 버튼을 누르자 메시지가 슝 하는 소리와 함께 사라졌다. 메시지가 사라져버려서 이게 제대로 보내진 건지 걱정이 됐다. 아주머니께도 같은 내용의 이메일을 보냈다. 그다음으로 나는 하라레에서 SAT 시험을 치는 법을 검색하기 시작했다. 결국 웹사이트는 찾아냈지만 등록을 하려면 신용카드

가 필요했다. 나는 신용카드가 없었고 아는 사람 중에 신용
카드를 가진 사람도 없었다. 아프리카에서 미국 대학에 진학
하려면 또 뭐가 필요한지도 검색했다. 두 시간이 흐른 후 나
는 메모지 두 장을 들고 교장실을 나섰다. 가슴은 희망으로
가득 찼다.

케이틀린

집 컴퓨터로 막 로그인을 하는데 낯선 주소가 팝업 창에 떴다. 제목은 '케이틀린!!!'이었다. 메일을 클릭했다가 의자에서 굴러떨어질 뻔했다. 안 그래도 마틴과 좀 더 쉽게 연락할 방법을 찾던 차였다. 특히 마틴이 전액 장학금을 받을 수 있도록 엄마가 부지런히 여기저기 알아보고 다니시는 이 와중에는 마틴과의 연락이 더 간절했다. 마틴과 이메일을 주고받을 수 있다니 이건 차원이 다른 얘기였다.

"엄마, 이것 좀 와서 보세요!"

엄마한텐 뭔가 좋은 소식이 필요했다. 마틴을 대학에 보내기 위한 엄마의 도전은 시작부터 위태로웠다. 엄마는 모교인 귀네드 머시부터 시작하기로 했다. 마티스트 브라더스가 가톨릭계였기 때문에 엄마는 마틴이 가톨릭계 학교를 가면 이질감을 덜 느낄 거라고 생각하셨다. 또 한편으로는 가톨릭계라면 가난한 아프리카 학생을 지원하는 데 좀 더 열린 태도를 갖고 있을 거라는 생각도 있었다.

"엄마가 또 '카파 델타 피'라고 귀네드 머시 명예유학생회에서 총무를 맡기도 했었고 말이지. 거기 사람들이 엄마를 잘 아니까 식은 죽 먹기일 거야." 연락을 해보기 전 엄마는 그렇게 말씀하셨다.

자신만만했던 엄마의 호언장담이 있고 난 바로 그다음 주 초, 귀네드 머시 측에서 장학금 지원을 거부했다. 엄마는 무척 화가 나셨다.

"위선자들!"

"왜요, 엄마?" 막 레이네 피자집에서 오후 아르바이트를 끝내고 오는 길이라 내 몸에서 페퍼로니 피자 냄새가 풍겼다. 신발을 벗자 카바가 내 신발 밑창을 핥기 시작했다. 그러다 가끔씩 카바는 신발 바닥에 낀 모짜렐라 치즈 조각을 찾아내기도 했다.

"오늘 재정지원실에 있는 바바라 수녀님께 전화해서 마틴 이야기를 했어. 그런데 내 말을 딱 자르시더니 이러는 거야. '유학생들한테는 장학금 지원이 되지 않습니다.' 근데 그건 거짓말이거든. 엄마 친구들 중에도 장학금을 받고 왔던 유학생들이 몇몇 있었단 말이야."

"진짜 이상해요!"

"더 이상한 건 지금부터야. 아직 마틴 이야기를 반도 못 했는데 수녀님이 또 내 말을 끊더니 이러시는 거지. '그 학생에게는 장학금 지원이 어려울 것 같네요.'"

엄마의 입가가 굳어지면서 콧구멍이 벌름대고 있었다.

"그래서 내가 그랬지. '바바라 수녀님, 마틴이 저희 딸이랑 가장 친한 친구인데 집안 형편 때문에 대학을 못 갈 처지예요. 그렇지만 집안 형편이 좋지 않은 게 마틴 책임은 아니잖습니까. 저희 딸이 제발 도와달라는데 퍼뜩 귀네드 머시의 정신이 떠오르더라고요. 혼자서 할 수 없는 이들을 도우라.'"

"그랬더니 뭐래요?"

"그랬더니 이러시는 거야. '그 학생을 도와드릴 수는 없겠습니다.' 엄마 생각에는 나더러 직접 마틴을 후원하라는 얘기였던 것 같아. 그동안 학교에 후원금을 넉넉하게 보냈으니 학교 측에서는 우리가 부자라고 생각했을 수도 있지. 그래서 엄마가 그랬어. '알겠습니다. 그럼 앞으로 후원자 목록에서 제 이름은 빼주세요. 그리고 앞으로는 연간 도서관 기부금도 끊겠습니다. 그 돈은 마틴 간다 학생한테 쓰지요.'"

"와. 그래서요?"

"귀네드 머시 말고도 부근에 가톨릭계 대학이 아홉 군데 더 있으니까. 내일은 라 살레 대학하고 필라델피아에 있는 세인트 조셉스 대학에 연락을 해볼 거야. 목요일엔 빌라노바에 직접 가보려고."

"엄마 딸은 그런 고생 안 시켜서 다행이라는 생각 안 드세요?" 내가 농담처럼 물었다. 이제 막 커뮤니티 칼리지 과정을 시작할 참이었다. 그러니까 나는 대학 지원도, 캠퍼스 투어도 할 필요가 없고 에세이를 쓸 필요도 없었다. 그런 심사의 과정을 거치지 않아도 된다니 천만다행이었다. 그리고 엄마가 마틴을 위해 그처럼 기꺼이 애써주시는 게 정말 감사했다.

주말이 되자 엄마는 결심을 하신 듯했다.

"빌라노바가 딱이야. 캠퍼스도 아주 훌륭하고 만나본 학생들도 전부 친절했어. 어떤 학생은 카바가 혹시 목이 마르지 않은지까지 묻더라니까."

"카바를 데려갔어요?" 내가 물었다.

한 덩치 하는 우리 카바는 서재 소파에서 코를 골며 자고 있었다.

"카바랑 같이 가길 잘했어. 좋은 시험대가 돼주기도 했고. 세인트 조셉스 캠퍼스에서는 카바랑 같이 다녀도 다들 그냥 무시하고 지나가더라고."

"그냥 외향적인 편이 아니라서 그럴 수도 있잖아요? 아님 바빴다든가?"

"걔넨 대학생 같은 맛도 없고 인정머리 없는 도시 사람들 같더라. 낭가는 지도에도 안 나올 정도의 시골이잖니. 게다가 마틴이 아무리 똑똑하다지만 6개월 전까지만 해도 신발 한 켤레 없던 아이였고 말이야. 학교 분위기도 잘 보고 골라야 해."

그러고서 엄마는 마틴에게 새 소식을 전하기 위해 컴퓨터를 켜고 앉으셨다. 마틴이 이메일을 이용할 수 있게 되니 엄마는 이제 마틴에게 하루에 메일을 두세 개씩 보내셨다. 나는 그래도 편지를 쓰는 게 더 좋았다. 가끔 대학 관련 이메일을 보내기는 했는데 그건 빨리 소식을 전해야 할 때였다. 내 생각과 감정들은 편지에 쓰려고 아껴두었다. 손으로 만질 수 있고 사라지지 않는 그런 편지를 통해서여야 진정으로 우리가 연결되는 것 같은 느낌이었다.

마틴

그해 8월 방학 직전 월레스와 작별인사를 나눴다. 졸업은 12월이었지만 월레스는 미국 대학에 입학 허가를 받아서 일찍 학교를 떠나는 것이었다.

"케이틀린에게 한번 연락을 해봐. 아주 다정한 가족이니까 주저 말고 연락해봐." 나는 케이틀린과 아주머니 이메일 주소를 적어주며 말했다.

"그럴게." 월레스는 자기 소지품을 모두 트렁크에 챙겨 넣고 있었다. 주말에 입는 사복, 책, 침대보, 그리고 맨 위에는 앞으로 다신 입을 일 없을 교복이 놓여 있었다.

"나한테 편지 쓰는 것도 잊지 말고. 내년에 너 보러 갈게."

"응. 뭐든 나도 도와줄게."

일단 나는 장학금을 받아야 했다. 월레스야 부모님 재력으로 학비를 낼 수 있었다. 나는 다른 방법을 찾아야 했다.

8월 방학을 맞아 치삼바 싱글스에 돌아와 있을 때쯤엔 결심이 굳어졌다. 가끔 주변에서 월레스가 나보다 먼저 케이틀린을 만나면 질투가 나지 않겠느냐고 묻곤 했다. 오히려 나는 둘이 만나는 생각만 해도 기뻤다. 내가 케이틀린을 만나게 되기 전 단계 정도로 느껴졌기 때문이었다.

여권을 찾아오는 것도 마찬가지였다. 학교에 있는 동안 무타레에서 여권이 발급됐다는 안내를 받았다. 나는 집에 돌아온 첫날 여권을 찾으러 갔다. 학교 친구들은 대부분 짐바브웨에서 여권을 발급받는 게 거의 불가능에 가까운 일이라고들 했었다. 국제사회 제재 때문에 경제적 상황도 더 어려워졌다. 여유 있는 사람들이 다들 짐바브웨를 떠나고 있었다. 교장선생님께서는 전화를 해보시겠다고 했다. 선생님은 마티스트 브라더스 학생 중 아버지가 무타레에서 여권 발급 일을 하시는 아이가 있다고 했다.

아침 일찍 일어나 형과 함께 시장에 갔다. 형은 다른 친구들 세 명과 지금도 모잠비크에서 가져온 옷을 팔고 있었다. 30분 거리인 국경을 넘어 모잠비크에 가서 구제 옷더미를 사온 다음 이걸 다시 한 뭉치씩 나눴다. 형은 신발을 팔았고 클리프 형은 티셔츠를, 또 다른 친구는 겉옷을 팔았다. 다른 친구는 나머지 남은 옷들을 모아 팔았다. 미국에서 아프리카로 헌옷을 기부하면 이렇게 시장에서 팔리는 경우가 왕왕 있다. 아프리카에서 공짜란 없다. 신발을 파는 일을 형이 아주 좋아하는 건 아니었지만 축구선수로 일이 잘 풀리지 않았기 때문에 아무것도 안 하고 있는 것보다는 그래도 나았다.

형과 함께 신발이 가득 든 큰 가방 두 개를 시장으로 날랐다. 시장에 도착하자 형은 바닥에 방수포를 깐 후 군인들처럼 신발들을 나란히 진열했다. 해진 분홍색 스케처스 운동화, 낡을 대로 낡은 파란색 나이키 운동화, 한때는 새하얀 자태를 뽐냈을 테니스화, 끈 없는 작업용 부츠 등등. 예전에야 상태가 더 좋았겠지만 짐바브웨 사람들에게는 맨발보단 이 정도라도 감사했다. 부츠에 관심을 보이는 한 나이 지긋한 남자와 흥정을 하는 동안 나는 시장을 둘러보았다. 1년 전 시장에서 일했던 그때에 비해 시장이 아주 많이 커져 있었다. 훨씬 많은 사람들이 시장에 나와 물건을 팔고, 서로 밀쳐대고, 흥정을 하고, 거래를 했다. 익숙한 얼굴들도 많이 보였다. 이웃들은 물론 예전에 학교를 같이 다녔던 친구들이 돈을 벌기 위해 앞다퉈 짐을 나르고 차를 따르고 있었다. 차가운 음료수를 팔고 있는 피터도 보였다.

"마틴!" 내가 손을 흔들자 피터가 소리쳤다. "그동안 어디 있었어?"

나는 냥가에 가 있었다고, 그리고 이제 미국으로 대학을 가려고 준비하고 있다고 했다.

"지금은 여권을 찾으러 가는 길이야."

"넌 대단한 미래를 향해 가고 있구나."

"부디 네 말대로 됐으면 좋겠다." 나는 피터에게 주먹을 내밀었고 피터도 주먹을 마주치며 인사해주었다.

9시부터 여권을 찾을 수 있었다. 줄이 길 것을 예상하고 아침 8시 5분 버스를 탔는데 놀랍게도 나 혼자뿐이었다. 공공기관 건물이라기보다는 거의 벙커처럼 보이는 네모난 시멘트 건물로 들어갔다.

"여권 찾으러 왔는데요."

"이쪽으로 오세요."

접수원을 따라 방으로 들어가니 남색 양복 차림의 남자가 출생증명서와 여권 발급이 완료됐다는 안내장을 달라고 했다. 두 가지 서류를 내밀자 5분도 채 안 돼서 나는 여권을 받았다. 이 작은 녹색 수첩을 들고 서서 나는 추가적인 지시를 기다렸다.

"또 뭐 해야 할 일이 있나요?"

"아니요. 다 됐습니다."

교장선생님께서 전화를 해주신 것이 도움이 되었던 게 분명했다.

이제 여권이 준비됐고, 케이틀린네 덕분에 우리 가족도 잘 지내고 있었고, 나보다 먼저 미국에 가서 내 앞길에 도움을 줄 수 있는 친구도 있었다. 유일한 걱정거리가 하나 있다면 의대에 진학하기로 한 결심이었다. 병원에서 줄을 서서 기다리던 사람들 모습이 망령처럼 나를 따라다녔고 심지어 꿈에도 나타났다. 짐바브웨 사람들을 돕고는 싶었지만 그럴 만한 배짱이 있는지도 점점 걱정됐다. 나는 숫자를 좋아했고 또 잘 다뤘다. 그래서 보험계리학을 공부하기로 결정했다. 케이틀린이 나를 위해 장학금을 지원하는 의대를 알아보느라 애써주고 있던 터라 하루빨리 케이틀린에게 새로운 결심을 알려야 했다. 케이틀린이라면 이해해줄 것이다. 케이틀린은 최근 편지에서 간호학으로 진로를 바꾸려고 한다는 말을 했었다. 케이틀린의 말에 나도 용기를 얻었다.

건물을 나서며 여권을 넘겨보았다. 빈 페이지들이 하루빨리 채워졌으면 하는 바람이 들었다. 빨리 집에 가서 케이틀린에게 편지를 쓰고 싶었다.

케이틀린

마틴이 딱히 가족들 말고 친구들 이야기는 한 적이 없어서 월레스 이야기는 유독 눈에 띄었다. 월레스가 미국에 온다니 그 기대감은 상상을 초월하는 수준이었다. 월레스가 미국에 온다면 마틴도 올 수 있단 얘기였다.

한 가지 문제가 있다면 월레스가 어느 대학을 가는지 마틴이 얘기해주지 않았단 거였다. 우리는 월레스의 연락을 기다려야 했다. 그 생각만으로도 나는 들떴다.

개인적으로도 막 동시등록 과정을 시작한 참이라 무척 신이 났다. 그 학기에만 대학영어, 일반심리, 역사, 인문학, 미적분학 이렇게 컬리지 수업 다섯 과목을 신청했다. 미적분학은 금세 철회했다. 수학은 여전히 싫었다. 그래도 자기 의지로 그 자리에 와 있는 나이 많은 다른 학생들과 함께 수업을 듣는 것이 좋았다. 고등학교와는 전혀 다른 분위기였다.

나는 항상 언니, 오빠들이 좋았다. 데이먼도 나보다 한 살 많았고 헤더 언니도 마찬가지였다. 헤더 언니가 대학을 가면서는 만나지 못하게 돼 보고 싶었다. 데이먼은 그래도 가까이 있었다. 다만 데이먼은 대학에 관심이 없었고 내가 대체 왜 대학엘 가고 싶어 하는지 이해도 못 하는 게 문제였다.

"피자집에서 일하는 시간을 늘리지 그래?" 그해 여름 데이먼은 나에게 그렇게 제안했다. 데이먼은 인근 셀러스빌이란 곳에 있는 공장에서 풀타임 일을 시작했다. DIY 가구를 만드는 곳이었다. 여기서 나온 의자나 서랍장을 사면 원하는 색을 직접 칠할 수 있었다. 데이먼은 그 일에 만족해했지만 나는 내 인생에 있어 피자집 종업원 그 이상의 경험을 원했다. 나는 데이먼이 나한테서 자기 엄마 같은 모습을 기대할까봐 걱정이 되기 시작했다. 데이먼의 엄마는 어린 나이에 데이먼 아빠와 결혼하셨고 대학 진학 계획도, 커리어도 남편 병간호를 위해 모두 포기하신 분이었다. 비록 거동이 불편하시긴 했어도 데이먼의 아빠는 집안에서 왕이었다. 데이먼 엄마는 아빠가 뛰라고 하면 뛰었다. 난 그런 삶은 원치 않았다.

나는 매주 수요일, 토요일에 피자집 일을 나갔고 사이사이 쉬는 날에는 숙제를 했다. 예전에는 숙제 따위에 관심도 없었지만 대학 생활이 아주 좋았고 숙제도 잘 해내고 싶었다. 물론 쉽지 않았고 그래서 데이먼과 데이트를 할 시간도 거의 없었다. 같이 영어 수업을 듣는 제레미 오빠와 공부를 시작하자 데이먼은 질투를 했다.

하루는 데이먼이 두 시간 동안 전화를 네 번이나 했다. 그 날 밤 나는 첫 번째 심리학 시험을 준비하느라 집중하고 싶었다. 전화벨이 네 번째 울리자 심각한 일인가 싶어 전화를 받았다.

"무슨 일이라도 생겼어?" '여보세요' 대신 나는 그렇게 전화를 받았다.

"왜 전화를 안 받아?" 데이먼은 화가 나 있었다.

"공부하고 있다고 했잖아." 전화를 받지 말걸 싶었다.

"항상 공부한다지. 그놈의 공부."

"그놈의 공부라고? 공부가 내 미래거든?" 나는 매우 화가 나서 말했다. "그놈의 공부라니, 듣자하니 기분 참 나쁘네."

15분간 나는 데이먼이 전화로 짜증을 내는 걸 듣고 있다가 한마디만 했다. "오빠랑 이렇게 말싸움할 시간 없어. 내일 시험이 있거든. 진짜 나를 사랑한다면 오빠도 내가 시험을 망치길 바라진 않겠지."

그러곤 전화를 끊어버렸다.

다음 날 나는 심리학 시험에서 1등을 했다.

마틴

학교로 돌아오니 이메일 두 통이 와 있었다.

하나는 SAT 위원회에서 온 이메일이었다. 12월 7일 하라레에서 있을 시험 등록 확인 메일이었다. 미국행은 이제 점점 현실로 다가오고 있었다.

두 번째 이메일을 열어보는데 심장이 콩닥콩닥 뛰었다. 월레스에게서 온 이메일이었다. 아직 케이틀린이나 아주머니와 연락을 하지 못했다고 했다.

'네가 준 메일 주소로 연락을 해봤는데 메일이 안 갔어. 둘다 시도해봤는데 안 되더라고. 이메일 주소를 다시 한 번 확인해줄래? 내가 철자를 빠뜨렸거나 잘못 썼을지도 모르니.'

나는 곧바로 월레스에게 SAT 시험 날짜가 나왔다고 답장을 썼다. 그리고 아주머니의 이메일 주소도 다시 적어 보냈다. 추신에 빨리 너를 만나러 가고 싶다고, 나도 언젠가 너처

럼 미국 유학생이 되고 싶다고 적으려다 말았다. 그냥 기다
리기로 했다. 괜히 말을 꺼냈다 부정타는 일이 생기는 건 싫
었다.

케이틀린

그해 9월 오빠가 필라델피아에 있는 템플 대학을 다녀오더니 1월에 템플 대학으로 편입하고 싶다고 했다.

"엄청 재밌을 거 같아요." 오빠가 말했다.

"재밌는 학교가 꼭 좋은 학교인 건 아니지." 엄마가 말씀하셨다.

"혹은 취업에 도움이 된다거나." 아빠도 한마디 거드셨다.

"적당히 좀 하세요. 학사 학위 받으려면 들어야 하는 마케팅 과정이 그 학교에도 다 있단 말이에요. 막 그 얘기 하려는데 거 참."

"그건 좀 다행이구나." 엄마가 대꾸하셨다.

오빠가 공부 대신 파티만 즐기다 대학을 중퇴한 이후 오빠와 부모님의 관계는 녹록지 않았다. 한 번은 기회를 준다, 그게 우리 집 규칙이었다. 망치면 두 번째 기회는 없었다. 오빠는 진로를 결정하지 못해 아직 집에서 같이 지내고 있었다. 이번에는 망치면 안 된다는 걸 오빠도 잘 알고 있었다.

나는 조용히 있었다. 오빠는 내가 자기랑 같은 커뮤니티 컬리지에 다니기 시작해서 짜증이 난 상태였다. 오빠는 막 2년차 과정을 마친 상태였다. 바로 전 주에 오빠한테, 집중하지 않으면 내가 오빠보다 먼저 졸업할 수도 있다고 오빠를 막 놀린 적이 있었다.

"절대 그런 일은 없을걸." 오빠는 이를 악물고 말했다. 오빠를 놀리는 건 1절만 해야 했다.

며칠 후 드디어 월레스에게서 엄마 앞으로 이메일이 도착했다. 엄마도 나도 월레스의 이메일을 받고 믿을 수가 없었다. 월레스가 템플 대학에 다닌다는 것이다.

"너네 오빠가 거기 갔다 왔잖아. 미리 알았으면 리치한테 월레스 만나서 점심이라도 같이 먹고 오게 했을걸." 엄마는 흥분해서 말씀하셨다.

"월레스랑 오빠랑 서로 지나쳐 갔을지도 모르죠." 생각만 해도 소름이 돋았다.

좋은 징조 같았다. 그리고 우리에게 필요한 게 바로 그거였다. 엄마는 빌라노바 대학이 마틴을 위해서는 최적이라고 생각하고 계셨지만 일단 동시에 열 군데 정도 더 장학금 지원 문의를 넣어둔 상태였다. 장학금 1만4천 달러를 제시한 대학이 있었는데 이건 반액밖에 되지 않았다. 최소한 마틴에게 관심을 보이는 대학들이 있다는 건 좋은 소식이었다. 그래도 우리는 전액 장학금이 목표였다.

"월레스한테 무슨 좋은 생각이 있을지도 모르죠." 대학 목록을 들여다보는 엄마에게 나는 그렇게 말했다.

"엄마 생각도 그래."

바로 다음 날 엄마는 월레스를 만나러 가기로 하셨다. 같이 갈 수 없어서 너무나 아쉬웠다. 내 일정이 너무 빡빡해서 학기 중인 주중에 필라델피아를 다녀오기는커녕 엄마를 자주 보기도 힘들 정도였다. 앞으로 만날 기회는 얼마든지 더 많을 테니까. 내 가장 친한 친구가 1만6천 킬로미터 떨어진 곳에 사는데 우연히도 내 친구의 친한 친구가 우리 집에서 겨우 45분 거리에 있는 것이다.

다음 날 밤 내 방에서 공부를 하고 있는데 엄마 차 소리가 들렸다. 아래층으로 달려 내려갔다. 엄마가 문을 다 열고 들어오시기도 전에 나는 질문을 퍼부었다.

"어땠어요? 사진은 찍었어요? 월레스는 어때요? 월레스가 엄마한테 마틴 이야기 해요?"

"왜 그걸 알고 싶은데?" 엄마는 나를 놀리셨다.

"엄마! 하나도 빠짐없이 다 얘기해주세요!"

엄마는 월레스의 기숙사 방에 가보았는데 월레스가 쓰는 쪽은 사실상 거의 텅텅 빈 상태라 깜짝 놀랐다고 했다.

"월레스의 룸메이트 자리에는 침구 세트도 다 갖춰져 있고 벽에 포스터도 붙여져 있고 책상에 컴퓨터도 설치되어 있더라고. 근데 월레스 쪽은 아무것도 없는 거야. 베개랑 침대 시트조차도."

엄마의 말에 마틴이 예전에 보내주었던 가족사진이 떠올랐다. 월레스네 가족도 뭘 사줄 만한 형편이 안 되는 건지 궁금했다.

"월레스가 뭘 마련해야 할지 전혀 모르는 것 같기에 엄마가 목록을 만들었지."

엄마는 일주일간 목록에 있는 것들을 사 모으셨다. 그리고 금요일 아침 리넨 침대보, 옷, 욕실용품 등이 가득 든 쇼핑백 여러 개를 준비하셨다. 금요일 밤 이것들을 월레스에게 가져다줄 계획이었다.

그날은 시간이 참 더디게 갔다. 마지막 수업이 끝나는 시각은 3시 15분이었다. 나는 90분 강의 시간 내내 시계만 쳐다보면서 저 시계가 고장이 난 게 분명하다고 확신했다. 영원히 울리지 않을 것 같던 수업종이 드디어 울렸다.

데이먼도 월레스를 만나러 함께 가고 싶어 했다. 데이먼이 진심으로 마틴의 절친한 친구를 만나고 싶어 했던 거라면 좋겠다. 하지만 솔직히 데이먼은 그냥 나를 보호한단 명목이었던 것 같다. 질투도 조금 했을지 모르고.

아빠가 일찍 퇴근하셨고 우리는 엄마 차에 짐을 전부 실었다. 가족끼리 필라델피아에 자주 가지 않는 편이라 거의 무슨 모험 같았다. 템플 대학은 그 자체로 작은 도시 같았다. 기숙사로 걸어가는데 아마도 학생인 듯한 무리가 건물 입구에서 담배를 피우며 오자미 같은 공을 차고 놀고 있었다. 금요일 저녁이어서 다들 기분이 좋아 보였다. 경비가 방문객이 있다고 월레스의 방에 연락을 했고 몇 분 지나 월레스가 나타났다. 월레스는 어깨를 귀까지 움츠리고 목은 곧 없어질 것 같은 기세로 폴로셔츠 속으로 감추고는 뒷걸음질 치기 일보직전의 모습이었다.

"안녕." 월레스가 나에게 손을 내밀며 말했다.

"나는 케이틀린이야!" 나는 폭죽을 삼킨 것처럼 큰 소리로 인사했다.

"나도 알아. 마틴이 네 사진 보여줬어."

스스로를 주체할 수가 없었다. 나는 월레스를 껴안으며 말했다. "만나게 돼서 정말 기뻐!"

월레스가 긴장한 게 느껴져서 나는 데이먼과 아빠를 소개해주려고 한 걸음 뒤로 물러섰다. 두 사람은 양손에 커다란 쇼핑백을 하나씩 들고 있었다.

"우린 한번 만났지!" 엄마도 월레스와 포옹을 하려고 팔을 벌리셨다.

엄마도 월레스가 뻣뻣하게 굳어 있는 걸 느끼셨던 것 같다. "월레스, 한 가지 알아둬야 할 게 있어. 우리 가족은 포옹을 참 좋아해." 엄마는 그렇게 말씀하셨다.

월레스의 눈이 커졌고 긴장한 듯 웃음을 터뜨리며 말했다. "괜찮습니다. 방을 한번 보시겠어요?"

"네가 앞장서렴." 아빠가 말했다. "그리고 월레스, 정확히 말해둬야 할 게 있는데 우리 집 '여자들'이 포옹을 좋아하는 거란다. 짐을 다 내려놓고 나면 정식으로 악수를 청하마."

"예, 알겠습니다." 월레스는 안심한 것 같았다.

방에 들어서자 월레스의 룸메이트는 침대에 누워 CD플레이어로 음악을 듣고 있었다. 침대에서 내려와 밖으로 나갈 때까지 그 룸메이트는 우리나 월레스를 신경도 쓰지 않았다. 잠깐이었지만 아주 머저리 같은 인간이란 건 확실해 보였다.

엄마의 말은 전혀 과장이 아니었다. 월레스네 룸메이트 쪽은 완전히 사람 사는 방처럼 아늑하게 꾸며져 있었다. 한쪽 벽에는 태피스트리가 걸려 있었고 책상에는 시애틀에 있는 지저분해 보이는 친구들 사진이 붙어 있었다. 열려 있는 옷장 안에는 옷이 가득 들어 있었다. 월레스의 옷장 문을 열자 선반에 깔끔하게 접힌 바지 두 장, 그리고 옷걸이에 걸린 셔츠 두 장이 전부였다.

엄마가 짐을 풀며 말했다.

"데이먼, 이불을 좀 꺼내주렴. 여보, 러그는 저기 놔줘. 월레스, 이건 알람시계야. 어떻게 쓰는지 아니?"

나는 엄마가 월레스를 위해 산 옷들을 걸기 시작했다. 엄마가 옷걸이도 같이 가져오셔서 다행이었다.

한편 월레스는 방 한가운데 서서 "고맙습니다"만 연발하고 있었다.

"고마워하지 않아도 돼! 마틴은 우리 아들 같은 아이야. 그리고 넌 마틴 친구니까 너도 넓은 의미에서 우리 가족이나 다름없는 거란다."

월레스는 고개를 숙이며 또다시 감사하다고 했다.

"학교는 어때?" 월레스가 좀 더 이야기를 하길 바라면서 나는 말을 걸었다.

"좋아."

"새 친구들은 만들었어?"

"아직."

내가 질문하고 월레스가 단답형으로 대답하는 게 우리 대화였다. 최소한 나는 그래도 노력이라도 하고 있었다. 데이먼은 방 한구석에 팔짱을 끼고 서 있었다. 그냥 집에나 있을 것이지 뭐하러 따라왔담.

30분 만에 월레스 쪽도 이제 사람 사는 방처럼 보였다. 엄마는 할인매장에서 세일가로 산 겨울 코트를 월레스에게 입혀보고 있었다.

"너도 알겠지만 여긴 눈이 오거든." 엄마가 말씀하셨다.

"눈 본 적 있어?" 드디어 데이먼이 입을 열었다.

"아니. 하지만 눈을 볼 수 있다니 아주 기대돼." 월레스가 대답했다.

여덟 마디나 말했다. 월레스가 마음을 열고 있었다.

"배고파 죽겠다. 밥 먹으러 가자." 아빠가 말씀하셨다.

이미 필라델피아 시내의 하드록카페에서 저녁을 먹기로 정해둔 상태였다. 캠퍼스에서 가깝기도 했고 전형적인 미국식 음식점이기도 했기 때문이었다. 나도 하드록카페에는 가본 적이 없어서 기대됐다. 나는 월레스와 데이먼 사이에 끼어 차로 걸어갔다.

식당으로 가는 내내 차 안에서 나는 월레스에게 마틴에 대해 캐물었다.

"마틴은 아주 똑똑해. 그리고 엄청 재밌어."

"그럴 줄 알았어! 편지를 보면 그럴 것 같아."

"마틴이 시골 출신인 거 알아?"

"마틴이 무타레 출신인 줄 알았는데."

"거기서 자라긴 했지만 가족들은 아주 시골동네 출신이야. 나도 그렇고."

바로 그때 역사적인 건물인 레딩 기차역 옆 주차장에 아빠가 차를 세우셨다. 하드록카페가 거기 있었다. 차에서 내리면서까지도 나는 마틴에 대해 내가 모르고 있는 게 얼마나 많을까 궁금했다.

식당 안에서는 넬리의 노래 「핫 인 히어」가 스피커에서 크게 흘러나오고 있었다. 음악소리가 얼마나 큰지 안내를 받아 보라색 소파가 있는 예약석으로 가는데 머리 위에 걸린 크리스털 샹들리에게 다 흔들릴 정도였다. 내가 가장 먼저 들어가 자리를 잡았고 월레스에게 내 옆에 와 앉으라고 했다. 데이먼은 뭐 씹은 얼굴처럼 떨떠름한 표정이었다. 상관없었다. 데이먼이랑은 얘기하고 싶을 때 언제든 얘기할 수 있었다. 그날 밤 내가 관심 있는 사람은 월레스였다.

우리 테이블 담당 종업원이 메뉴판을 들고 나타났다. 반소매 차림이라 양팔에 새긴 정교한 예술작품 같은 문신이 다

드러나 보였다.

종업원이 메뉴를 건네는데 월레스 눈이 커지는 게 보였다. 나는 월레스 쪽으로 몸을 기대고 설명했다. "저건 문신이야." 월레스는 미간을 찌푸렸다. 이번엔 월레스가 메뉴판을 열어 보곤 깜짝 놀란 듯했다. 이해가 됐다. 메뉴판 한 면에 음식 분류가 세 가지씩 있었고 그 소분류 아래 또 메뉴가 줄줄이 아주 많았다.

"아무거나 원하는 거 다 시켜!" 데이먼은 드디어 친절한 척이라도 해 보였다.

"치즈버거 좋아하니?" 아빠가 물으셨다.

"한 번도 안 먹어봤습니다, 선생님." 월레스가 대답했다.

우리는 다들 웃었지만 월레스는 웃지 않았다.

"누구나에게 처음은 있는 법이지!" 아빠는 말씀하셨다.

나는 치즈버거 메뉴를 가리켰다. 치즈버거 종류만 20개가 넘었다.

월레스의 눈이 멍해졌다.

"내가 대신 주문해줄까?" 내가 물었다.

"솔직히 말하면 그다지 배가 많이 고프지 않아. 점심을 늦게 먹었어."

"여러 가지 메뉴를 시킬 테니까 그중에 맛보고 싶은 걸로 골라 먹어."

"좋은 생각인 것 같아." 월레스는 메뉴판을 닫았다.

주문을 하고 나서도 나는 월레스에게 계속 꼬치꼬치 캐물었다.

"마틴 키는 얼마나 돼? 마틴이 제일 좋아하는 과목은 뭐야? 여자친구는 있어?" 월레스는 모든 답을 알고 있었다.

"키는 꽤 작은 편이고, 수학을 제일 좋아하고, 내가 아는 한 여자친구는 없어. 거긴 남학교라서."

테이블 가득 주문한 음식이 차려졌다. 치즈버거는 접시의 반 이상을 차지할 정도로 컸고 감자튀김은 거의 접시에서 흘러내리다시피 하고 있었다. 토마토 조각이 햄버거 패티만큼 컸다. 나도 그 엄청난 양에 충격을 받을 정도였다. 월레스는 치즈버거 한 입, 감자튀김, 그리고 어니언링을 먹었다. 월레스가 다 맛있게 먹는 것 같긴 했지만 예의를 갖추려고 그런 건지 아닌지는 알 수 없었다. 엄마는 남은 음식을 전부 싸달라고 했다.

"기숙사 방으로 가지고 가렴." 엄마가 말했다.

"괜찮습니다." 월레스는 사양했다.

"아줌마가 무조건 들고 가게 할 거야."

"방에 음식을 놔둘 데가 없어요."

"그래서 이제 네 방에 둘 미니 냉장고를 사러 갈 거란다!"

그건 계획에 없던 얘기였다. 아빠도 처음 듣는 것 같았다. 우리는 차로 돌아와 가까운 시어스 마트에 가서 대형 TV만 한 크기의 냉장고를 샀다.

캠퍼스로 돌아와 월레스의 방에 일단 새 냉장고를 설치했다. 플러그를 꼽고 냉장고 돌아가는 소리를 확인하고 난 뒤

냉장고에 음식을 가득 채웠다. 바로 그때 월레스의 룸메이트가 방으로 돌아왔다.

"어이구야." 룸메이트가 말했다.

"그러게, 놀랄 노자지." 나는 그렇게 대꾸해주고 나서 월레스를 향해 말했다. "필요한 게 있으면 전화해."

"실은 지하실 손님방을 정리해뒀단다. 와서 같이 주말을 보내면 참 좋을 거 같구나." 엄마도 덧붙이셨다.

"내가 데리러 오마." 아빠가 말씀하셨다.

나는 작별인사로 월레스를 껴안고 난 뒤 방을 나서면서 룸메이트를 노려보았다. 월레스를 좀 더 환영해주려고 노력도 하지 않은 룸메이트에게 화가 났다. 하지만 엄마가 월레스에게 하시는 말씀을 듣고 마음이 풀렸다.

"곧 또 보자, 월레스. 우리를 네 미국인 가족들이라고 생각하렴."

마틴

월레스가 드디어 케이틀린과 가족들을 만났다고 이메일을
보내왔다. '와, 다들 정말 친절하셨어.'

어둡고 조용한 교장실에서 나는 소리 내어 웃었다.

전적으로 맞는 말이지, 나는 생각했다.

나는 케이틀린의 어머니께 보내려고 선생님들한테서 추천
서를 받아 모으고 있었다. 물리학 선생님과 상담 선생님께서
각각 나를 위해 한 장씩 추천서를 써주셨고 교장선생님도 한
장 써주셨다. 가장 먼저 추천서를 써주신 분은 화학 선생님
인 마쿠누라 선생님이셨다. 선생님은 내가 부탁을 드린 그다
음 날 추천서를 써주셨다. 학교 인장이 찍힌 종이에 타이핑
을 해서 주시니 정말 그럴싸해 보였다. 막 수업이 시작되려
던 참이었지만 호기심을 누를 수가 없어서 재빨리 추천서를
훑어보았다.

'학업적 면에서 마틴은 뛰어난 학생입니다.' 선생님은 이렇게 추천서를 시작하셨다. 내가 추천서를 읽고 있는 걸 보고 있는 사람은 없겠지, 나는 주위를 둘러보았다. 내가 직접 내 추천서를 읽어보는 모습을 들키면 부끄러울 터였다. 하지만 멈출 수가 없었다. 선생님은 나의 O레벨 점수를 말씀하시고 또 내가 A레벨 화학 수업에서 상위 5퍼센트 안에 드는 학생이라고 하셨다. 이곳에서 내가 받은 성적을 이야기하시면서 이렇게 덧붙이셨다. '마틴의 지적 능력과 의지를 생각해본다면 마틴은 어려운 길을 선택했다 하더라도 잘해낼 수 있을 것입니다. 마틴은 비범한 학생이고 제가 지금까지 가르친 제자들 가운데 최고 학생 중 한 명입니다.' 선생님 말씀에 나는 뿌듯해졌다.

마쿠누라 선생님께서 막 수업을 시작하셔서 나는 얼른 추천서를 폴더 안에 넣고 수업 내용을 필기하기 시작했다. 하지만 얼굴에 퍼지는 미소는 멈출 수가 없었다.

나는 케이틀린네 부모님을 늘 스토익시츠 아저씨, 아주머니라고 성으로 불렀다. 하지만 케이틀린은 부모님이 그렇게 격식을 따지시는 분들이 아니라며 친구들도 다들 '리처드' 아니면 '앤'이라고 부모님 이름을 부른다고 했다. 그러곤 이렇게 덧붙였다. '너는 물론 그런 친구들하곤 다르지. 넌 우리 가족이나 다름없어. 그래서 우리 부모님은 네가 이 두 분을 다른 나라에 있는 부모님이라고 생각하길 원하셔. 너도 부담 없이 그렇게 생각해주면 좋겠어.'

나는 아주머니가 그동안 보내주신 편지와 인쇄해둔 이메일을 넘겨보았다. 9월에 보내신 편지에는 나를 대신해 연락을 취해보신 20곳 이상의 대학 목록이 적혀 있었다. '아줌마가 벌써 지겨워진 건 아니겠지?'라는 제목으로 보내신 10월 1일자 메일에는 드렉셀, 빌라노바, 프랭클린 앤드 마셜 대학 등 새로운 학교를 알아보시곤 또 상세한 내용을 같이 적어주셨다. 10월 2일에는 또 다른 메일을 통해 펜실베이니아 소재한 대학에서 우수 학생들에게 전액 장학금을 제공한다며 그 대학 입학처에 계시는 여성분께 이메일을 보내볼 것을 추천하셨다. 바로 다음 날 아주머니는 또다시 이메일을 보내셨다. 제목엔 이렇게 돼 있었다. '마틴!!!!! 라 살레 대학!!!!!' 케이틀린네 외할아버지가 나오신 대학인데 이곳이 전액 장학금 혜택이 있다고 했다. '감이 아주 좋아!!!!!' 아주머니는 메일 마지막에 그렇게 쓰셨다. 그렇게 느낌표가 많은 이메일은 또 처음이었다. 아주머니의 열정에는 어딘가 전염성이 있었다.

그 이메일에는 '크리스천 브라더스' 장학금 관련 정보가 첨부돼 있었다. 첨부파일을 열어보니 이렇게 쓰여 있었다. '본 장학금 수혜 학생에게는 학비 및 관련비용 전액이 지원됩니다. 매년 크리스천 브라더스 장학생으로 선발되는 인원은 16명이며, 장학생 평균 SAT 점수는 1350점입니다.' 갑자기 이 SAT 시험의 중요성이 새삼 피부로 다가왔다. 그리고 아주머니께서 나를 위해 쏟고 계신 그 노력은 어머니의 자식에 대한 그것과 전혀 다르지 않음을 깨달았다.

10월 15일, 케이틀린네 부모님께 추천서와 에세이를 보내면서 편지도 함께 썼다. '어머니 아버지께.'

얼굴도 한번 본 적 없는 분들을 어머니, 아버지라고 부르는데도 이상하게 느껴지지가 않았다. 오히려 그렇게 부르는 게 맞는 것 같았다. 나는 편지 마지막에 '사랑합니다'라고 했다. 뭔가 의도했던 만큼의 강렬한 느낌이 전해지지 않고 어딘지 모르게 휑해 보였다. 그래서 나는 그 주변으로 커다란 하트를 그렸다. 훨씬 나았다.

케이틀린

10월 마지막 주 처음으로 우리 집에 온 이후 월레스는 매주 우리 집에 와서 주말을 함께 보냈다. 월레스가 대학 생활에 적응하는 데 정말 많이 힘들어하고 있단 걸 느낄 수 있었다.

"마티스트에서는 주말에 공부를 했어요. 근데 템플 대학에서는 다들 주말이면 술 마시러 가고 싶어 해요. 이해가 안 돼요." 월레스는 우리 집에 처음 와서 그렇게 말했다.

오빠가 웃었다. "네가 맞는 거야, 월레스. 형 말 들어."

"저도 그렇게 생각은 하는데 룸메이트 말로는 그래서 제가 친구가 없는 거래요."

그날로 월레스의 룸메이트에 대한 나의 증오는 더욱 깊어졌다.

"네가 옳다고 생각하는 대로 하렴. 비슷하게 생각하는 친구들을 또 만나게 될 거야." 엄마가 옆에서 말씀하셨다.

잘 모르겠다. 월레스는 정말 혼란스러워하는 것 같았다. 마틴을 위해서는 마틴이 잘 적응할 수 있는 대학을 신중하게 골라야 한단 것을 깨달았다. 물론 월레스가 마틴보다 더 내성적인 것 같긴 했지만 그래도 나는 마틴이 환영받는 분위기 속에서 대학 생활을 시작하길 바랐다. 템플 대학에서는 월레스가 저 멀리 짐바브웨에서 공부를 하러 왔다는 사실을 아무도 신경 쓰지 않는 것 같았다. 그게 정말 짜증이 났다. 또 고등학교 친구들이 마틴과 나를 놀리던 일이 생각났다. 그 바보 멍청이들의 어깨를 붙들고 흔들며 이렇게 소리치고 싶었다. "너희들은 지금 엄청난 기회를 놓치고 있는 거야!" 사람들은 자기가 알지 못하는 것들을 두려워하는 법이지만, 그건 끔찍한 실수다.

추수감사절에 엄마는 월레스를 집으로 초대했다. 우리는 마틴에게 보낼 사진을 많이 찍었다. 그 연휴 주말 우리는 월레스가 정말로 힘든 시간을 보내고 있단 걸 깨달았다. 그때쯤 오빠는 템플 대학에 편입 허가를 받고 1월 학기 시작을 앞두고 있었다. 오빠가 집에서 학교까지 통학을 할 생각이었고, 그럼 월레스를 같이 태우고 다닐 수 있었기 때문에 부모님들은 월레스가 그 기숙사보다 더 나은 곳, 더 나은 룸메이트를 찾을 때까지 우리 집에 들어와 살도록 하셨다.

나는 마틴에게 이 소식을 전하며 SAT 시험을 잘 치라고 응원의 편지를 보냈다. 마틴이 12월 7일 하라레에서 SAT 시험을 친단 걸 알고 있었기 때문이었다. 나는 SAT 시험을 망

쳤지만 그건 중요하지 않았다. 마틴에게는 SAT 시험이 아주 중요했다.

'다리를 분질러버려!' 혹시 마틴이 무슨 뜻인지 모를까봐 나는 추신에 덧붙였다. '미국에서 다리를 분지르라는 건 행운을 빈다는 뜻이야!'

마틴

그해 11월 학교에서 기말고사를 쳤다. 결과는 1월에나 나왔다. 그때쯤이면 방학이라 전부 집으로 돌아가 있을 터였다. 마티스트 브라더스에서는 졸업식이 없었다. 대신 교장선생님은 12월 초 종강파티를 열어주셨다.

친구들 대부분이 1월 하라레로 대학을 갈 계획이었다. 영국으로 가는 아이들이 몇 명 있었고 캐나다로 가는 친구도 하나 있었다. 미국 대학에 조기 입학 지원을 해서 입학 허가를 받은 아이들도 두 명 있었다. 나만 아직 확정된 계획이 없는 상태였다.

친구들은 다들 자기들 대학이 정해진 터라 내 대학 진학 문제를 놓고 갑론을박을 했다.

"하버드가 최고야." 보나벤투르가 단언했다.

"프린스턴이 더 낫다던데." 코넬리우스가 반박했다.

보나벤투르와 코넬리우스 모두 짐바브웨대 의대에 진학할 예정이었다. 종강파티에서 친구들은 브라운대며 유펜, 스탠포드, 빌라노바 등 내 선택지에 놓인 대학들의 장단점을 분석하고 나섰다.

"얘들아." 대학 평가에 삼매경인 친구들을 말리며 나는 말했다. "나는 어디로 가도 좋아. 그냥 전액 장학금을 주는 데만 있으면 돼."

두 친구들 모두 조용해졌다. 이 친구들은 이게 얼마나 도박인지 잘 알았다. 나는 다른 대학을 전혀 지원하지 않았다. 이 대학들 중 입학 허가가 나오지 않으면 나는 모든 것을 원점에서 다시 생각해야 했다.

영원히 냥가를 떠나기 전 나는 하라레로 SAT 시험을 치러 갔다. 우리 미국 어머니께서 예약을 다 해주셨다. 시험 비용도 내주시고 냥가 은행으로 돈도 부쳐주셔서 하라레로 가는 버스표도 사고 남은 돈은 용돈으로도 쓸 수 있었다. 시험 전날 나는 세카이 누나네 집에서 묵었다. 마티스트에 입학할 때 매형과 누나가 도움을 준 이후로 처음 만나는 거였다.

나는 시험장에 45분 일찍 도착했다. 전날 밤을 꼬박 새웠는데 긴장해서인지 흥분돼서인지는 나도 알 수가 없었다. 하지만 잠을 하나도 못 자고 이렇게 중요한 시험을 친다는 게 좋지 않다는 건 나도 알았다. 나는 긴장된 상태로 다른 아이들이 시험장에 입실하는 것을 지켜보았다. 20명, 어쩌면 그보다 더 될 수도 있었다. 다들 부잣집 아이들이었다. 신발을 보면 알 수 있었다.

시험은 생각한 것보다 더 어려웠다. 그런 시험을 치러본 적이 없어서 시험 결과가 걱정됐다. 언어 영역이 정말 어려웠다. 내내 힘들었지만 그래도 그 시간이 끝나고 나서는 머리에서 생각을 떨쳐버렸다. 걱정할 시간이 없었다.

나는 학교로 돌아와 짐을 챙긴 후 다음 날 무타레로 돌아갔다. 위엄이 넘치는 마티스트의 교정을 떠나기 전, 학생으로서는 마지막으로 교장선생님께 인사를 하러 들렀다.

이미 다른 학생들이 다 떠나고 난 뒤라 평소처럼 떠들썩한 학생들 소리가 없는 교정은 텅 빈 느낌이었다. 2년 전 처음으로 두드렸던 그 교장실 문을 다시 한 번 두드렸다. 복도까지 노크 소리가 메아리쳐 울렸다.

"들어오세요!" 교장선생님 목소리가 문 너머로 들렸다.

문을 열고 들어가자 선생님께서는 책상 앞에 앉아 계셨다. 지금까지는 늘 약속드리겠다, 약속을 꼭 지키겠다는 말을 하러 찾아왔지만 이번에는 그냥 감사 인사를 드리고 싶었다.

"선생님이 아니었다면 저는 치삼바 싱글스에 갇혀 살았을 겁니다."

"마틴." 선생님께서 내 말을 끊고 말씀하셨다. "자넨 어디 갇히고 그럴 사람이 아닐세."

"그러려고 노력하고 있습니다."

"하지만 자네는 잘해왔네. 어딜 가든지 앞으로도 성공하길 바라네."

"감사합니다, 선생님." 나는 교장실을 나서며 고개 숙여 인사했다.

"계속 연락하는 것도 잊지 말고!" 복도까지 교장선생님 목소리가 쩌렁쩌렁 울렸다.

집으로 돌아와 나는 무타레에 있는 유일한 PC방에 매일매일 출근도장을 찍으며 앤 어머니, 그리고 케이틀린과 메일을 주고받았다. 이제 A레벨과 SAT 시험 결과만 나오면 100퍼센트 대학 입학에만 집중할 수 있었다.

6장

아메리칸 드림

케이틀린

1월 중순 엄마의 이메일로 마틴의 SAT 점수가 도착했다. 기대했던 것만큼 좋은 점수는 아니었다.

"이상적인 세계라면 이런 시험이 별 의미가 없겠지만 안타깝게도 우리가 사는 이 세계는 그런 세계가 아니니 좋은 소식이라고 할 순 없겠네."

"설마 제 점수보다 더 낮을까요."

"그럴 리가 있을까." 엄마는 표정 하나 바꾸지 않고 그렇게 말씀하셨다. "사실 너야 SAT 점수가 상관이 없었잖니. 마틴은 SAT 점수가 전부라고. 치삼바 싱글스 같은 빈민가 출신으로 1,100점을 받은 게 대단한 일이긴 해도 이 점수론 라 살레 대학에서 전액 장학금을 노릴 수 없어."

"그럼 이제 어떻게 해요?"

"새로운 계획이 필요해."

엄마와 나는 마틴을 위해 장학금을 마련할 방법을 궁리했다.

"너는 하라레에 있는 미국 대사관에 편지를 쓰렴. 엄마는 무자와지 교장선생님께 연락을 해볼게. 전액은 아니어도 마틴에게 장학금을 주겠단 학교가 두 곳이나 있으니까. 나머지는 짐바브웨에서 후원을 받을 수도 있지 않겠어?"

미국 대사관 연락처라면 이미 알고 있었다. 짐바브웨에서 SAT 시험을 치르려면 어디로 가야 하는지 알아보기 위해 문의를 한 적이 있었기 때문이다. 레베카 자이글러 마노라는 분이 대사관 담당자였다. 벌써 밤 10시 반이었지만 마노 씨가 짐바브웨에서 출근하자마자 바로 확인할 수 있게 나는 당장 메일을 썼다. 내 소개를 하고 다시 한 번 마틴과 어떤 관계인지 이야기한 다음 나는 바로 본론으로 들어갔다. '저희는 장학금 기회를 찾고 있습니다. 저희 부모님께서는 이미 자녀들을 둘이나 대학에 보내고 계셔서 마틴의 대학 등록금까지 감당하시긴 힘든 상황입니다. 지금까지 마틴의 대학원서 비용을 대주신 건 물론이고 마틴이 SAT 시험을 치르고 그 결과를 여러 대학에 보내는 일까지 부모님께서 도와주셨습니다. 그동안 부모님께서 쓰신 비용만 벌써 1,000달러가 넘고 그외에도 마틴이 미국에서 공부할 수 있도록 들이신 시간과 노력은 이루 말할 수 없습니다. 하지만 성적장학금이든 가계곤란장학금이든 장학혜택 자체가 많지 않습니다.'

나는 마노 씨에게 마틴이 장학금을 받을 수 있도록 도와줄

수 있는 사람이나 장학금과 관련해 연락해볼 만한 곳이 있는
지 물었다. 그리고 '어떤 정보든 주시면 감사하겠습니다.' 이
렇게 쓰고 나서 메일을 마무리한 후 '전송' 버튼을 눌렀다.

슝 하는 소리와 함께 이메일이 전송됐다. 종이비행기처럼
접힌 이메일이 햇필드를 떠나 몇 분 만에 하라레에 있는 마
노 씨 책상에 도착하는 상상을 하며 컴퓨터를 껐다.

"하느님, 제발 마틴이 미국에 올 수 있는 방법을 찾도록 도
와주세요."

나는 고개를 숙여 기도한 후 성호를 그었다. 뜬금없이 이
런 부탁을 하는 나를 하느님께서 괘씸하게 생각하지 않으시
길 바랐다. 무엇이든 도움이 된다면 다 간절했다.

마틴

SAT 점수가 나왔다. 예상했던 대로 점수는 그리 높지 않았다. 좋지 않은 소식이었다. 마지막 기회가 남아 있었다. 1월 중순 이번엔 과목별 시험인 SAT II 시험이 있었다. 두 번째 기회인 셈이었다. 나는 그 기회를 잡았다. 시험이 끝나고 나서는 하라레에서 일주일 더 머물며 미국 비자 관련 정보를 모았다. 그때쯤 A레벨 결과가 나왔다. 이번에는 좋은 소식이었다. 수학과 화학 두 과목은 A, 물리는 B를 받았다.

A레벨 성적표를 들고 나는 임시교사 자리에 지원하기 위해 교육부를 찾아갔다. 대학에 곧장 진학하지 않는 학생들 가운데 임시교사 일을 하는 아이들이 많았다. 미국 대학에서는 빨라야 4월에나 연락이 올 테고 그렇다 해도 어차피 8월까지는 짐바브웨에 남아 있을 것이다. 그러니까 돈을 벌 수 있는 시간이 8개월 있었다.

"지금 공석인 과학 교사 자리가 있어요." 그날 오후 약속시간에 맞춰 교육부를 찾아가자 장관이 말했다.

"좋네요. 어디인가요?"

"치고도라입니다."

처음 들어보는 곳이었다.

"무타레에서 서쪽으로 네 시간, 거기서 다시 마론데라 남쪽으로 네 시간 정도 떨어진 곳입니다. 열 개 남짓 마을에서 다 이 학교로 통학합니다. 그 학생들에게는 큰 힘이 돼주실 겁니다."

지금쯤 의대에서 막 2학년 과정을 시작했을 래빗 형이 떠올랐다. 래빗 형도 그런 시골 출신이었다.

"한번 해보겠습니다."

이름뿐인 월급이었지만 그래도 기본 생활비 정도는 되었다. 그날 오후 나는 필요한 서류에 서명했다.

"가능한 빨리 답변 부탁드립니다. 그 학생들은 벌써 2년째 과학 선생님 없이 지냈거든요." 우리는 악수를 나눴다.

PC방에 가서 케이틀린과 앤 어머니께 메일을 썼다. 인터넷은커녕 아마 전기도 없을 것 같은 곳으로 아이들을 가르치러 간다고 얘기하기 위해서였다. 당분간 편지로 연락을 하겠다고 했다. 또 앤 어머니께는 비자를 위해 필요한 것들 목록을 정리해 보냈다. 아직 조금 이르긴 했지만 미리미리 준비하는 편이 나을 것 같았다. 나는 이렇게 덧붙였다. 'SAT II 시험은 느낌이 괜찮아요. 이번에는 잘본 것 같아요. 모두들 사랑합니다. 하루빨리 미국 땅을 밟고 싶어요.' 그런 다음 'XOXO'라고 쓰고 메일을 마무리했다. 포옹과 키스를 뜻하는 표현이라고 케이틀린에게 배운 이후 즐겨 쓰게 된 인사였다.

케이틀린

바로 다음 날 레베카 자이글러 마노 씨에게서 답장이 왔다. 마노 씨는 장학금 기회를 열심히 찾아보겠다면서도 기대하기는 어려운 상황이란 점을 분명히 했다.

'짐바브웨의 경제 상황이 좋지 않습니다.' 마노 씨는 그렇게 말했다.

도저히 이 소식을 마틴에게 전할 수가 없었다. 무엇보다 마틴이 가장 최근 보낸 이메일로 미루어 무척 희망에 차 있는 듯했던 터라 더더욱 전하기 힘든 소식이었다. '하루빨리 미국 땅을 밟고 싶어요'라던 마틴의 말 때문에 걱정이 됐다. 우리가 이 기회를 놓치면 어떡하지?

엄마는 아직 무자와지 교장선생님의 답변을 기다리는 중이었다. 엄마도 내가 대사관에 문의했던 것처럼 혹시 짐바브웨에서 후원을 받을 만한 데가 있을지 알아보시려는 생각이었다. 마티스트 시절 마틴에게 장학금을 지급했던 델타 코퍼레이션이라면 마틴의 대학 장학금도 지원해줄지 모른다는 게 엄마 생각이었다.

1월 30일 무자와지 교장선생님으로부터 답장이 왔다.

엄마는 크게 상심하셨다. 교장선생님이 보낸 이메일을 보고 나니 엄마가 상심하실 만했다. '마틴은 잘 지내고 있는지요. 아주 열성적이고 성실한 학생이었지요. 수학 성적이 특히 뛰어났고요. 안타깝지만 저희도 따로 연락해볼 만한 곳이 마땅치 않고 추천할 만한 후원자도 없군요. 경제 상황이 너무 어렵습니다.'

그해 2월 지원서를 보낸 대학들로부터 답이 오기를 기다리는 동안 '우울하다'와 '힘들다'는 단어가 내 머릿속을 떠나지 않고 맴맴 돌았다.

한편 데이먼은 여전히 내가 대학 생활에 너무 많은 시간을 쏟는다고 나를 들들 볶았다.

하루는 결국 나도 이성을 잃었다. 내가 목요일 밤 함께 볼링을 치러 갈 수 없다고 하자 데이먼은 또다시 내 성질을 긁기 시작했다.

"목요일은 학교 과제를 해야 해, 오빠. 숙제가 있다고."

"그냥 한 번 빼먹어! 그게 무슨 별일이라고."

이번에는 '우울하다'와 '절박하다'는 단어가 바람터널 실험장 안의 비닐봉투처럼 내 머릿속을 마구 때렸다.

"별일이 아니라니!" 나는 버럭 하고 화를 냈다. 내 목소리에 내가 다 놀랄 정도였다. "빼먹을 수 있지. 나도 알아. 하지만 그러고 싶지 않아."

"뭐가 문젠데?"

"뭐가 문제냐고? 마틴 장학금 받게 하려고 엄마랑 나랑 얼마나 열심히 노력하고 있는지 오빠도 알지. 마틴이 미국으로 대학 못 올까봐, 꿈을 이루지 못할까봐 내가 얼마나 스트레스받는지 오빠도 알잖아."

"세상에, 또 마틴이야. 그놈의 펜팔 진절머리 난다, 정말."

빨간불이었다.

"아, 그러세요? 나도 할 말 있는데, 나는 오빠가 진절머리 나거든." 나는 다시 목소리를 높였다. "마틴 얘기는 꺼내지 마. 이게 마틴 문제야? 내 문제잖아. 오빠가 오빠 미래에 대해 별생각이 없다고 내가 오빠를 들들 볶지 않잖아. 근데 오빠는 왜 그렇게 나를 가만히 못 놔둬?"

"넌 옛날이 훨씬 재밌었어. 예전 케이틀린이 그리워." 데이먼은 조용히 말했다.

"그 케이틀린은 이제 철이 들었어." 나는 차분하게 말했다. "그리고 그 케이틀린한테는 볼링보다 대학이 더 중요해."

'오빠나 볼링보다'라고 말하고 싶었지만 꾹 참았다.

데이먼이 많은 부담을 떠안고 있단 건 알고 있었다. 아버지 건강이 더 나빠지신 것이었다. 몇 년밖에 더 살지 못하실 거란 얘기가 있었다.

데이먼이 부모님 곁을 지키겠다고 결심한 데 대해서 나는 이러쿵저러쿵 함부로 판단하지 않았다. 그렇지만 데이먼이 나에 대해 함부로 평가하거나 내 앞길을 방해하려고 한다면 절대 가만두지 않을 것이다.

마틴

치고도라는 냥가보다 더 시골이었다. 버스에서 내리자 비 포장도로 옆에 작은 쉼터가 있었다. 주변에 마을의 흔적은 보이지 않았다. 저 멀리 연기가 나는 방향을 오솔길을 따라 걸어가니 초가지붕의 흙집이 나왔다. 여자들 두 명이 허리에 천 조각 하나만 두른 채 불을 피우고 있었다. 거의 옷을 걸치지 않은 아이들이 그 주변을 뛰어다니고 있었다. 웃옷을 입고 있는 아이들이 몇 명 있기는 했지만 신발을 신은 아이들은 없었다.

"만헤루." 나는 쇼나어로 저녁 인사를 건넸다. 막 해가 지고 있었고 나는 빨리 마을에 적응하고 싶었다.

새로 온 과학 선생님이라고 내 소개를 하자 가장 나이가 많아 보이는 아이 하나가 어른을 찾으러 달려갔다.

아이는 머리가 하얗게 센 노인을 모시고 왔다. 노인 역시

해진 반바지 한 벌 걸친 게 다였다. 시골마을의 가난은 내가 보며 자란 것보다 더 잔인했다. 최소한 도시에서는 옷이든 음식이든 부자들이 버리고 남은 것들이라도 있었다. 하지만 치고도라에는 남고 버려진 부스러기조차 없었다.

노인은 따라오라며 앞장서서 걸어갔다. 아까 보았던 초가집 비슷한 흙집 몇 채를 더 지나치자 드디어 학교가 나왔다. 학교는 그래도 콘크리트 건물이었다. 한 개뿐인 교실에는 책상과 의자가 여러 개 있었지만 모두 너무 낡고 오래돼서 차라리 야외 수업을 하는 편이 낫겠단 생각이 들었다.

거기서 프랭크 형을 만났다. 아프리카 대학을 졸업했고 나보다 몇 살 많은 형이었다. 나보다 몇 주 앞서 역사 선생님으로 이곳에 왔다는 프랭크 형은 함께 지내자며 나를 자기 집으로 초대했다.

프랭크 형네 집은 학교에서 그리 멀지 않았다. 역시 흙집이었다. 습기 먹은 지푸라기 냄새가 나는 지붕 밑 단단한 흙바닥에 누워보니 왜 어머니께서 고집스레 치삼바 싱글스로 이사를 하셨는지 이해가 됐다. 굳이 비교하자면 그래도 치삼바 싱글스가 양반이었다.

그날 밤 나는 어머니가 어린 소녀였을 때의 꿈을 꾸었다. 다음 날 아침 일어났을 때 어머니처럼 똑똑한 여자아이가 우리 반에 있을 수도 있겠다고 생각했다. 그렇게 생각하니 학생들을 만날 일이 흥분됐다.

오두막에서 나오자 프랭크 형은 벌써 불을 피우고 있었다.

형은 차와 옥수수 죽을 권했다. 음식도 고마웠지만 같이 지낼 수 있어 정말 다행이었다. 어디서 목욕을 할 수 있는지부터 시작해 물어볼 게 아주 많았다. 프랭크 형은 흙길 멀리 쪽을 가리켰다.

"저쪽으로 가면 개울가가 있어. 나는 낮 동안 해가 떠서 물이 좀 따뜻해지고 난 저녁 무렵에 씻는 게 더 좋더라고."

식수도 그 개울에서 떠오는 거라고 해서 나는 일단 둘러볼 겸 양동이를 들고 나섰다. 앞으로 이곳에서 8개월을 보내려면 빨리 익숙해져야 했다.

한 시간 후 학교에 도착하니 이미 학생들 몇 명이 와 있어서 기분이 조금 들떴다. 짐바브웨에서는 학생들이 다 교복을 입는데 치고도라 아이들도 대부분 교복 비슷한 옷을 갖춰 입고는 있었다. 열네 살쯤 돼 보이는 한 남자아이는 누더기를 여기저기 기운 반바지 같은 하의를 입고 있었고, 어떤 여자아이는 사이즈가 한참이나 작은 상의를 입고 있었다. 아마 몇 년째 그 옷을 입고 있는 게 분명했다. 이 아이들에 비하면 우리 집은 운이 좋은 편이었다.

나는 내가 누구이고 어떻게 이곳에 오게 됐는지 아이들에게 자기소개를 했다. 아이들 표정을 보니 놀란 얼굴들이었다. 모두들 무타레에 가보기는커녕 치고도라를 벗어난 적도 없는 아이들이었다. 무타레는 이 아이들에게 대도시였다.

교실 안을 걸어다니며 아이들 한 명 한 명에게 이름과 사는 곳, 부모님께서 하시는 일 등을 물어보았다.

이너프가 먼저 대답했다. 이너프의 집은 학교에서 7킬로미터 떨어진 곳에 있었다.

"매일 아침 4시에 일어나서 아버지를 도와 소들 돌보는 일을 해요. 저희 집 5자매 중 제가 큰딸이라서 학교 오기 전에는 어머니를 도와 아침 준비를 하고 설거지를 해요."

"학교까지는 얼마나 걸리니?"

"뛰면 40분도 안 걸려요."

다음 차례는 기브모어였다.

"저는 할머니랑 살아요. 어머니가 아프셔서 간병 때문에 잠깐 학교를 관뒀었어요. 지금은 뒤처진 수업을 따라잡는 중이에요."

어쩐지 기브모어는 내 또래거나 아니면 나보다 나이가 더 많아 보이기도 했다. 아마 기브모어의 어머니는 돌아가셨을 것이다. 하지만 그 얘기는 꺼내지 않았다. 계속해서 한 사람씩 차례로 돌아가며 자기소개를 했다. 어느 하나 형편이 어렵지 않은 아이들이 없었지만 정작 당사자들은 그렇게 생각하지 않았다. 이 아이들에게는 그게 평범한 일상이었다.

그날 바로 수업을 시작했는데 이 아이들이 얼마나 배움에의 열망이 강한지가 느껴졌다. 기브모어는 수업이 끝나고 학교에 남아 노트 정리를 하려고 내 책을 빌려갔다.

"너를 보면 내 어릴 때 생각이 나." 몇 주가 지나고 나는 기브모어에게 그렇게 말했다. 기브모어는 영리하고 공부에도 열심이었다. 나와 다른 점이 있다면 기브모어에게는 공부할 만한 환경이 뒷받침되지 않았다.

두 달 후 알게 된 사실이지만 나에게도 가르칠 만한 환경이 뒷받침되지 않았다. 매주 금요일 프랭크 형과 버스를 타고 무타레에 가서 가족들과 주말도 보내고 은행 계좌도 확인했다.

일요일 밤 우리는 낙심한 채 치고도라행 버스에 올라탔다.

"입금 안 됐네요." 내가 말했다.

"나도 마찬가지야."

원래 받기로 한 월급도 겨우 먹을 것을 사고 교통비를 내고 나면 다른 데 쓸 돈은 남아나지 않는 정도에 불과했다. 하지만 우리 둘 다 일을 시작하고 나서 전혀 월급을 받지 못하고 있었다. 자비로 아이들을 가르쳐야 하는 상황이었다. 아이들을 위해서는 남고 싶었지만 나는 그럴 형편이 안 됐다. 프랭크 형도 상황은 비슷했지만 형은 무타레로 돌아간다고 한들 딱히 할 일이 없었다. 게다가 형은 나이가 있어서 마을 어머니들이 하나같이 혼기가 찬 자기 딸과 형을 결혼시키고 싶어 했다. 먹을 것이 넉넉하지도 않은데 우리는 굶을 일이 없었다. 넉넉하지 않은 형편에도 마을 주민들은 우리를 늘 챙겨주었다.

치고도라를 떠나기로 한 것은 정말 쉽지 않은 결정이었다. 대학 입학 결과가 이제 하나씩 나올 텐데 연락이 닿는 곳에 있어야 했다. 또 장학금을 찾는 데 집중하고 싶기도 했다. 아직 치고도라를 떠나기 전 주말, 집에 갔다가 템플 대학에서

2003년 9월 입학 허가를 받은 사실을 알게 됐다. 첫 합격 소식이었다. 하지만 템플 대학에서 제시한 장학금은 12,000달러였다. 학비의 절반밖에 되지 않는 금액이었다. 합격은 했으니 좋은 소식은 좋은 소식이었다. 다만 장학금이 더 필요한 게 문제였다.

4월 첫 번째 학기를 마칠 때쯤 나도 마지막 수업을 했다. 아이들에게 이 소식을 알리자 이상한 침묵이 뒤따랐다. 이 아이들을 저버리는 것이 내가 처음은 아니었다.

기브모어는 수업이 끝나고 남아 있다가 마지막으로 나를 보러 왔다.

"그냥 감사하단 인사를 드리고 싶었어요."

"왜?"

"여기 와주셔서요. 그리고 저에게 희망을 주셔서요."

케이틀린

마틴의 대입 관련 우편물을 전부 내 앞으로 받기로 해서 그해 봄에는 매일 오후 우편함을 확인했다. 그렇게 우편물을 기다리고 있자니 마틴의 소식을 간절히 기다리던 7학년 그 때 그 기분이 떠올랐다.

엄마는 여전히 빌라노바 대학 쪽으로 마음이 기울어 있었다. 마틴의 상황을 가장 딱하게 여기는 데가 빌라노바 입학처 여직원 두 분이라는 게 엄마 주장이었다. 엄마는 여러 군데보다 한 대학에 집중하는 것으로 전략을 바꾸셨다. 그러곤 매주 빌라노바에 전화를 하셨다.

"캔디스 씨, 안녕하세요! 뭐 새로운 소식 없나요?"

아니면, "발레리 씨? 앤이에요. 내일 학교에 갈 생각인데 점심 좀 가져다드릴까 해서요." 이런 식이었다. 엄마의 쾌활한 목소리가 집안에 울려 퍼졌다. 엄마는 할 수 있는 것은 다

해보고 계셨다.

　불합격 소식이 먼저 도착했다. 가장 큰 이유는 SAT 점수였겠지만 마틴의 에세이도 조금 납득하기 어려운 구석이 있었다. 마틴은 보험계리학자가 되고 싶다는 장래희망에 대해 에세이를 썼는데, 보험계리학이란 건 그때 태어나서 처음 들어봤다. 그럴 만도 한 게 백과사전을 찾아보니 '보험과 금융 부문에서 리스크를 측정하는 수학·통계학적 원칙'이라고 했다. 나로 말할 것 같으면 숫자 문제가 한자처럼 보여서 막 통계학 수업을 철회했던 사람이다.

　아이비리그 대학의 불합격 소식에는 화가 났다. 나는 큰 소리로 말해주고 싶었다. "지금 엄청난 실수를 하신 거예요!" 이렇게 매정하고 비인간적으로 마틴의 운명이 결정된다는 데 분노가 치밀었다. 이 대학 학장들이 마틴을 만나보거나 마틴과 편지를 주고받아보았다면 분명 마틴을 자기네 학교로 모시지 못해 안달이 났을 거다! 마틴이 입학하는 게 그 학교엔 행운인 건데.

　마틴을 잡는 게 행운인 줄 알고 일부 장학금을 제안한 대학도 있었다. 템플 대학도 그중 하나였지만 월레스가 적응하는 데 어려워하는 것을 보고 이곳은 선택지에서 제외시켰다. 예일대도 단호한 거절이었다. 마틴은 이 소식들을 전부 이메일로 전달받을 것이다. 나는 그저 마틴이 이메일을 열어볼 때 그 옆에 같이 있으면서 이렇게 말해주고 싶을 뿐이었다. "이런 건 아무 의미도 없어. 이 사람들은 네 진가를 몰라. 포기하지 마, 마틴."

문제는 내가 먼저 포기하기 시작했단 거다.

4월 말 엄마와 캔디스 씨와의 통화를 들은 날은 특히나 그랬다.

"정말이세요?" 그렇게 되묻는 엄마의 목소리가 갈라지고 있었다.

나는 주방으로 걸어갔다.

"그럼 저희가 더 해볼 수 일은 없는 건가요?" 엄마의 목소리가 이제 떨리고 있었다. "감사합니다, 캔디스 씨. 신경 많이 써주신 거 알아요."

전화를 끊고 난 엄마는 낙담한 듯 보였다.

"무슨 일이에요?"

"빌라노바 대학이랑 통화했어. 마틴을 받아줄 수는 있는데 장학금은 없대."

엄마는 끝내 눈물을 흘리셨다.

"결국 약속을 못 지켰네. 마틴에게도, 너에게도. 정말 미안하다, 케이틀린."

좌절하는 엄마의 모습을 지켜보기란 괴로운 일이었다. 어떻게든 엄마를 위로하고 싶었다. 길은 여기서 끝인 게 아니다. 그럴 리가 없다.

"엄마가 얼마나 열심히 노력하셨는데요. 지금 포기하면 안 돼요. 방법이 있을 거예요!"

엄마는 고개를 저으셨다.

"〈오프라 쇼〉에서는 연락 없었어요?" 엄마가 초봄쯤 오프라 윈프리에게 편지를 쓴 걸 알고 있었다. 마틴의 이야기가 방송에 나와서 많이 알려지면 장학금도 받을 수 있을지 모르니 말이다.

"없었어." 엄마는 코를 풀며 말씀하셨다. "빌 게이츠도, 빌 코스비도 감감 무소식이야."

엄마는 유명인들과 유학생 대상 장학회, 영리한 아프리카 학생을 후원할 가능성이 있는 그런 기관들에까지 전부 연락을 해보셨다.

"다른 방법이 있을 거예요. 헌 신발이나 빵 바자회를 열어도 되잖아요. 제가 자전거로 전국을 돌면서 후원자 모집을 할 수도 있고요!"

아이디어가 샘솟고 있었다.

"케이틀린, 너는 기말고사 준비해야지." 엄마가 눈물을 닦으며 말씀하셨다. "마틴 일은 엄마가 계속 알아볼게."

마틴

집으로 돌아와서야 월레스가 학교에서 적응하는 데 애를 먹고 있단 걸 알게 됐다. 월레스의 부모님께서 편지를 보내신 것이다. 월레스 부모님은 케이틀린네 가족들 도움에 감사해하시며 미국 대학에서 합격 소식이 올 때까지 빅토리아 폭포에 와 지내라고 하셨다.

기쁜 마음으로 그러겠노라고 했다. 무타레에서는 푼돈 조금 벌어보겠다고 시장에서 씨름하는 것 말고는 할 일이 별로 없었다. 월레스 부모님은 숙식과 본인들께서 운영하시는 관광호텔에 일자리를 마련해주셨다. 그럼 거기서 전화와 인터넷도 쓸 수 있고 장학금 알아보는 일도 더 쉬워질 것이다.

빅토리아 폭포까지는 이틀이 걸렸다. 하라레로 먼저 가서 불라와요를 거쳐 빅토리아 폭포에 도착하는 일정이었다. 긴 여정의 막바지에 짐바브웨 서부를 질주하는 기차 안에서 바라보는 풍경은 그야말로 숨이 막혔다. 사냥 금지구역으로 짐바브웨에서 가장 큰 공원인 황게 국립공원을 지날 때에는 한밤중이었다. 수풀 가운데 달빛을 받으며 바오밥나무가 서 있었고 빨간 불빛이 여기저기 반짝이다 어둠 속으로 사라졌다.

"영양들이네요." 옆자리에 앉은 사람이 말했다.

무타레에도 개코원숭이와 다른 종류 원숭이들이 있긴 했지만 이렇게 영양이나 코끼리, 사자가 돌아다니는 것은 볼 수 없었다. 이 놀라운 동물들 무리가 도시에서 멀리 떨어져 지내는 것도 당연했다. 그날 밤 야생동물 한 마리라도 볼 수 있길 바라며 한시도 창에서 눈을 떼지 않았지만 운이 없었다. 아마도 기차 소리에 놀라 다 어디론가 가버렸을지 모를 일이다.

기차가 빅토리아 폭포로 이어지는 잠베지 강을 따라 갈 때쯤 해가 떠오르기 시작했다. 짐바브웨 말로는 '모시-오아-툰야'라고 부르는데 '천둥치는 증기'라는 뜻이었다. 멀리서 물보라가 치는 광경과 일렁이는 물안개를 보니 왜 그런 이름이 붙었는지 단번에 이해가 됐다.

나는 월레스의 부모님인 텔카 아주머니와 파누엘 아저씨를 한눈에 알아볼 수 있었다. 월레스는 두 분을 고루 닮았다. 아주머니 아저씨는 역까지 나를 마중 나와 계셨다. 우리 부모님과 같은 이스턴 하이랜드 출신이시라 억양이 익숙해 금세 편안해졌다. 차를 타고 월레스네 집에 도착했을 때는 케이틀린네 집 사진이 떠올랐다. 딱 봐도 월레스네 부모님은 엄청난 부자인 게 맞는데 하도 겸손하셔서 내가 다 놀라울 지경이었다.

텔카 아주머니께서 내 방과 욕실을 안내해주셨다.

"방해 안 되게 일찍 목욕을 하겠습니다."

"안 그래도 된단다. 우리 욕실은 따로 있어. 여긴 네가 쓰면 돼."

그러고 나서 텔카 씨는 아침을 먹으러 아래층으로 내려오라고 하셨다. 내 자리에 앉는데 가정부가 스크램블드에그를 들고 들어오기에 깜짝 놀랐다.

인사를 하자 가정부도 나에게 고개를 숙이곤 음식을 가져다주었다.

이렇게 누가 가져다준 음식을 받는 건 처음이었다. 무타레에서 가정부 일을 시작하신 어머니 생각이 났다. "제가 직접 해도 됩니다"라고 하고 싶었지만 말썽을 일으키고 싶지 않아서 조용히 있었다.

가정부는 다시 부엌으로 가 시리얼, 차, 오렌지주스를 들고 돌아왔다. 오렌지주스는 이때 처음 마셔봤는데 그 이후로 내가 가장 좋아하는 음료가 오렌지주스다.

텔카 아주머니와 파누엘 아저씨는 내게 월레스 소식을 전해주셨다. 월레스가 케이틀린네 가족들과 잠시 함께 지낸 것이나 월레스가 새 아파트와 더 좋은 룸메이트를 찾아 1학년을 잘 마칠 수 있도록 앤 어머니, 리처드 아버지께서 도와주셨단 사실은 처음 알았다.

"앤 씨가 월레스를 아들처럼 대해주신단다. 어떻게 보답을 해야 할지 모르겠어." 텔카 아주머니께서 말씀하셨다.

"저도 그래요. 제가 지금 여기 앉아 있는 것도 다 케이틀린 네 가족들 덕분이고요."

파누엘 아저씨께서 대학 소식은 어떻게 돼가느냐고 물으셔서 아직 장학금을 기다리는 중이라고 대답했다.

"몇 번 앤 씨와 이야기를 나눴는데 장학금 주는 델 찾아내고 말겠단 의지가 대단하더라고." 텔카 아주머니는 그렇게 말씀하셨다.

"앤 씨 얘길 들어보면 너도 그런 것 같고." 파누엘 아저씨도 옆에서 한마디 거드셨다.

그랬다. 나는 굳게 마음을 먹었다. 그래야만 했다. 다른 대안이 없었으니 말이다. 낙관론만이 열쇠였다. 잠깐이라도 의심하는 마음을 가지면 미국엔 절대 못 갈 것이다.

식사를 마치고 나는 짐을 풀러 갔다. 짐은 간소하게 챙겨 왔다. 케이틀린이 그동안 보내준 티셔츠 세 벌, 작업복, 카고 반바지, 휠라 운동화가 전부였다. 옷장에 옷가지들을 거는데 가만 보니 전부 케이틀린이 보내준 옷들이었다. 왠지 갑자기 희망이 생기는 기분이었다. 일단 샤워를 하고 나서 깨끗한 옷으로 갈아입었다. 텔카 아주머니께서는 아래층에서 기다리고 계시다가 준비가 끝나자 나를 데리고 빅토리아 폭포로 향하셨다.

빅토리아 폭포 국립공원에 다다르자 부드러운 포효가 들

려왔다. 꼭 천사들의 박수소리 같았다. 주차장에 차를 세우는데 관광객들 대부분이 백인들이었다. 거기서부터 첫 번째 관광명소까지는 비포장길을 걸어갔다. 땅에서 느껴지는 흔들림이 치아까지 전해졌다. 곧이어 물보라가 나를 휘감으며 피부를 적셨다. 물보라에 갇힌 햇빛은 부드러운 무지개로 바뀌었다. 첫 번째 협곡에 가까워질수록 짙푸른 초목이 더 무성해졌다. 절벽 끝에 다다를 즈음에는 폭포수 소리에 귀가 먹먹해질 정도였다. 눈앞에 드러난 거대하고 장엄한 폭포수를 확인하고 나니 이해가 됐다. 천사들이 박수를 치는 정도가 아니라 신만이 창조해낼 수 있는 이 광경에 발을 굴러가며 열렬한 반응을 보내고 있는 것이라는 생각이 들었다.

거기서부터 다시 1킬로미터를 가서 관광호텔에 도착했다. 텔카 아주머니는 관광호텔 직원들에게 새로 온 리셉션 직원이라고 나를 소개하셨다. 내가 할 일은 숙박객들이 도착하면 인사를 하고 체크인을 돕거나 숙박객들의 요청에 응대하는 것이었다.

첫날 나는 미국인 두 명, 호주인 네 명, 그리고 관광버스를 대절해 온 영국인 단체관광객을 만났다. 빅토리아 폭포는 짐바브웨 패키지 관광 상품에 꼭 들어가는 여행지였다. 황게 국립공원으로 내려가기 전 폭포에서 이틀 정도 머무는 것이 일반적인 일정이었다. 평생 이렇게 많은 백인들을 본 건 처음이었다. 나는 만나는 관광객들한테마다 케이틀린 이야기를 했다.

이곳 관광호텔에 인터넷이 연결된 컴퓨터가 있었기 때문에 나는 케이틀린, 앤 어머니와 수시로 연락을 할 수 있었다. 별다른 소식은 없었지만 말이다. 기다림은 괴로운 것이었다.

한편 나는 신문에서 미국 유학을 계획 중인 짐바브웨 학생들을 대상으로 오리엔테이션이 열린단 광고를 보았다. 6월 초 미국 대사관에서 열리는 행사였다.

광고에 안내된 번호로 전화를 걸어 레베카 마노라는 여성분과 이야기를 했다. 나는 오리엔테이션에 꼭 참석하고 싶은데 사실은 아직 9월 입학이 확정되지 않은 상태라고, 아직 장학금을 찾고 있는 중이라고 사정을 설명했다.

"다시 한 번만 이름을 말씀해주시겠어요?" 마노 씨가 물었다.

"마틴 간다입니다." 나는 대답했다.

"마틴 간다 군이라고요! 간다 군 펜팔 친구가 몇 달 전에 저한테 이메일을 보냈었어요!"

"케이틀린이요?"

"네. 짐바브웨 쪽에서 후원자를 찾고 싶은데 혹시 도움을 줄 수 있는지 하고요. 저희도 도움이 되면 좋겠네요."

케이틀린은 한 번도 이런 이야기를 한 적이 없었다. 하지만 마노 씨에게 그런 말은 하지 않았다.

"아, 네. 그렇죠. 포기하지 않고 있습니다."

"포기하시면 안 되죠. 최근 빌라노바 대학 측과 통화를 했어요. 거기 입학담당관이 간다 군 칭찬을 하던걸요. 오리엔테이션에 오세요. 그래야 장학금이 확정될 즈음에 준비를 다 마쳐놓죠."

마노 씨 말을 듣는데 희망이 마구 샘솟았다. 천사들이 나를 위해서도 박수를 쳐주는 것 같았다.

텔카 아주머니께 주말 동안 오리엔테이션을 들으러 하라레에 다녀와도 되겠느냐고 여쭤보았다.

"당연히 가야지!" 아주머니는 흔쾌히 대답하셨다.

세카이 누나와 알로이스 매형이 이번에도 나를 따뜻하게 맞아주었다.

"미국에 가면 여기 있는 사람들 다 잊으면 안 된다." 매형이 말했다.

"어떻게 잊겠어요."

미국 대사관은 처음 가봤지만 상상 그대로였다. 뉴욕이나 워싱턴 D.C.에 있는 건물을 하라레 도심에 그대로 옮겨놓은 것 같았다. 철제 대문을 걸어 들어가니 갑자기 미국으로 공간이동을 한 것 같았다. 문손잡이마저도 달랐다. 더 크고, 무겁고, 광이 났다. 자랑스러웠다.

건물 안으로 들어가 경비원들 쪽으로 걸어갔다. 신분증을 보여달라고 했다. 내 이름은 이미 참석자 목록에 올라가 있었다. 경비원들이 긴 복도 끝 오리엔테이션이 열리는 방을 가리키며 안내를 해줬다.

클립보드를 들고 있는 긴 금발의 백인 여성이 보이기에 어디 가면 레베카 마노 씨를 찾을 수 있느냐고 물었다.

"제가 마노입니다만." 백인 여성이 대답했다.

깜짝 놀랐다. 당연히 마노 씨가 흑인일 거라고 생각했다. 통화했을 때 마노 씨의 쇼나어는 흠잡을 데가 없었다. 혼란스러워하고 있는데 '마젝센'을 맞았느냐고 했다. '마젝센'은 쇼나어로 '백신 주사'라는 뜻이다. 마노 씨는 우리말이 정말 유창했다.

오리엔테이션이 열리는 방 안을 둘러보고 있는데 마노 씨가 모두에게 착석을 부탁했다. 이 자리를 통해 짐바브웨와 미국 간의 문화 차이에 미리 대비할 수 있게 될 것이라고 설명했다.

"일단 가장 먼저 화폐가 다릅니다." 마노 씨가 말했다. "미국 지폐는 크기가 다 같아서 구석에 쓰인 숫자를 잘 확인하셔야 해요."

이미 알고 있는 사실이었다. 가벼운 시간이 되겠구나 싶었다.

그러나 곧이어 마노 씨는 동전을 보여주었다. 동전은 정말 헷갈렸다. 10센트 동전이 5센트짜리보다 크기는 더 작지만 더 큰 돈이고 이것을 다임이라고 부른다고 했다.

나는 받아 적기 시작했다.

오리엔테이션에 참석한 학생들은 20명 정도 되었고 전부 미국에 처음 가는 아이들이었다. 대부분은 부모님이 학비를 대주는 하라레 아이들이었지만 나처럼 멀리서 온 아이들도 몇 명 있었다. 장학금을 기다리는 건 나뿐이었다.

다음으로 마노 씨는 미국에서 유학 중인 프리덤을 소개했다.

"음식에 관해서 미국은 좀 웃기는 구석이 있어요." 프리덤이란 학생이 말을 시작했다. "일단 음식이 너무 많아서 보고도 믿기 힘들 겁니다. 햄버거가 접시 크기만 해요."

모두들 웃었다. 다들 직접 확인하고 싶어 했다.

"룸메이트가 있다고 해도 음식을 나눠 먹지 않아요. 그리고 룸메이트가 냉장고에 음식을 남겨두면 먹기 전에 룸메이트에게 물어봐야 합니다."

다들 다시 웃음을 터뜨렸다. 짐바브웨에서는 모두 음식을 나눠 먹는다. 옆 사람이 먹지 않으면 나도 먹지 않을 것이다. 그건 무례한 일이다.

"저는 이걸 힘들게 알게 됐어요. 남은 음식을 제가 자꾸 먹는다고 제 룸메이트가 신고를 했거든요." 프리덤이 그렇게 말하자 한 여학생이 손을 들었다.

"왜요? 음식을 남겼단 건 배가 부르단 뜻이잖아요."

프리덤을 포함해 모두가 동의했다.

"우리는 그렇게 생각하죠. 그런데 미국에서는 그렇지가 않아요."

중요한 얘기였다. 그다음으로 프리덤은 옷에 대해 이야기했다. 같은 맥락이었다. 미국인들은 옷을 나눠 입지 않는다. 우리한테는 네 것, 내 것이 없었다. 아침에 일어나면 케이틀린이 나에게 준 티셔츠를 어머니께서 입고 계실 수도 있고 형이 가끔 내 신발을 신는 날도 있었다. 그리고 이건 아무런 문제도 되지 않았다. 가진 게 없을수록 함께 나눠 쓰는 게 쇼나 문화였다.

마티스트에서도 마찬가지였다. 학교에서는 생선이 나오지 않았기 때문에 집에서 생선 캔을 가지고 오는 아이들도 있었다. 내 땅콩버터가 다 떨어졌으면 다른 친구에게 "네 땅콩버터 좀 가져갈게"라고 할 것이다. 아무도 신경 쓰지 않았다.

마노 씨는 또 다른 유학생을 소개했다. 이 유학생은 파티 문화와 학생들이 맥주를 마시는 것에 대해 이야기했다. 충격적이었다. 마티스트에서는 그런 짓을 하지 않았다. 우리네 파티에는 술이 없었다. 그때 이미 나는 아마 평생 술을 안 먹을 거란 사실을 깨닫고 있었다. 맥주를 한 모금 마셔봤는데 맛이 정말 형편없다고 생각했기 때문이었다. 오리엔테이션에 참석한 학생들 대부분이 이미 스물한 살이 넘었기 때문에 이 유학생은 이렇게 말했다. "스물한 살이 안 됐는데 술을 사면 심각한 문제가 될 수 있으니 조심해야 해요."

"어떤 문제요?" 누군가가 질문했다.

"체포돼서 추방될 수도 있어요." 유학생은 대답했다.

나는 이것도 잘 적어놓았다.

미국식 인사는 또 다른 주제였다.

"누가 '요즘 어때?'라고 물으면 '좋아'라고만 하면 됩니다. 그 이상의 대답을 기대하고 질문하는 사람은 아무도 없어요." 프리덤은 설명했다.

그건 아주 좋았다. 쇼나어로는 인사만 여섯 가지가 있었고 하루 중에도 때에 따라 하는 인사가 다 달랐다. "만과나니"는 아침 인사로 이다음에는 5분 정도 가벼운 대화가 이어졌다.

이를테면 "잘 잤니? 오늘 뭐 할 거니?" 같은 질문들 말이다. 프리덤 말로는 미국에선 다들 그냥 "안녕"이라고만 하고 제 갈 길을 간다고 했다.

벌써 네 장째 메모를 하고 있는데 미국 대사가 도착했다. 대사님은 에드슨 즈보브고와 함께 하버드를 다녔다고 했다. 즈보브고는 명문 대학에 들어간 첫 번째 짐바브웨인이었다. "즈보브고는 미국에서 교수가 됐죠. 가끔 '아메리칸 드림'에 대한 이야기들을 여러분도 들을 겁니다. 즈보브고는 그 꿈을 이뤘고요. 여러분에게도 더는 머나먼 꿈이 아닙니다."

7월까지도 케이틀린이나 앤 어머니로부터 아무 소식이 없자 이제 점점 긴장이 되기 시작했다. 긍정적으로 기다리자고 전부 대문자로만 짧은 편지를 썼다. 어쩐지 대문자로 쓰는 게 더 잘 어울리는 편지 같았다. 나는 끈기를 갖고 기다리고 있다고, 어떤 소식이든 알려달라고 덧붙였다. 마지막에는 'XOXO'라고 작별인사를 한 후 '마틴(2003년 미국 대학생) 씀'이라고 적었다.

케이틀린

4월 말이 되자 마틴이 지원한 대학들에서 전부 결과가 도착했다. 합격한 대학은 총 다섯 군데였다. 그중 세 군데는 일부 장학금을 제시했고 나머지 두 곳은 장학금이 없었다.

뉴욕대가 마지막이었다. 결과는 불합격이었다. 그걸로 끝이었다. 이제 우리는 막다른 길에 다다랐다. 나는 우편물을 확인하자마자 집 앞에서 편지를 구겨버렸다. 눈물이 났다. 결국 친구를 돕지 못했다. 미국에서 공부할 수 있는 길을 꼭 찾아주겠다고 약속했는데, 불가능한 일 같았다. 이제 나한테 남은 유일한 선택지는 일을 더 열심히 해서 마틴이 유학을 올수 있게 돈을 모으는 것뿐이었다.

"또 나쁜 소식이에요." 집으로 들어가며 나는 말했다.

"이번엔 뭐니?" 엄마가 물으셨다.

나는 구겨진 종이 뭉치를 주방 카운터에 던졌다.

"그게 다예요. 이제 끝이에요."

"아직 아니야." 엄마는 다른 방법을 찾고 계셨다. 지역 정치인들과 신문사에 연락을 취해보고 계셨던 것이다. 엄마는 기금 마련을 위한 바자회까지 준비하고 계셨다.

"오늘 아침에 레베카 마노 씨한테 이메일을 보냈단다. 마틴이 방문객 비자로 미국에 올 수 있는지 알아보려고 해."

"그래서 그다음은요?"

"일단 빌라노바 대학에 등록부터 하고 난 다음 마틴이 미국에 들어와 있는 동안 학비 모금을 하는 거지."

부모님께 마지막으로 남은 방법은 이뿐이었다. 오빠가 지금 템플 대학에 다니고 있고 나 역시 가을에 커뮤니티 칼리지로 돌아가면 부모님께서는 우리 둘 학비를 다 대셔야 했다.

한편 고등학교 졸업식이 다가오고 있어서 엄마는 내 옷을 사주고 싶어 하셨다. 하지만 엄마에게 새 옷이나 졸업식 따위엔 관심 없다고 말할 수 있는 배짱은 없었다. 나는 하루라도 빨리 고등학교를 졸업하고 싶었다.

엄마와 쇼핑을 가기로 한 날 엄마 때문에 깜짝 놀랐다.

"오늘 아침에 도빈 신부님께 편지를 썼어." 엄마는 내 앞에 종이 한 장을 내밀며 말씀하셨다. 엄마가 요즘 부쩍 도빈 신부님 얘기를 많이 하셔서 그 신부님이 빌라노바 대학 총장이란 건 알고 있었다. 엄마는 기적을 바라고 있었고 도빈 신부님이 마지막 기회였다.

"마틴에게 장학금을 주지 않는 게 엄청난 실수라는 건 총

장님도 확실히 아셔야 할 것 같아서 말이지." 엄마가 이렇게 말씀하시는 동안 나는 편지를 읽어 내려가기 시작했다.

　도빈 신부님께,

　마지막 희망으로 신부님께 이렇게 편지를 씁니다. 저희는 마틴 간다라는 짐바브웨 청년을 돕고 있습니다. 마틴 군은 짐바브웨 무타레 출신의 스무 살 청년으로 저희 딸의 펜팔 친구입니다. 두 사람은 1997년부터 펜팔 편지를 주고받았고요. 한동안 저희 딸은 베이비시터 아르바이트를 한 돈으로 마틴의 학비를 내주기도 했지만 그러던 중 마틴 군 가족 형편이 아주 나빠졌습니다. 그래서 그때부터 저희가 마틴 군과 가족들의 학비와 생활비를 지원해왔고요.

　마틴 군은 2003년 가을 학기 빌라노바 대학에 입학 허가를 받았습니다만, 안타깝게도 저희 딸과 아들이 둘 다 현재 대학생이라서 저희가 마틴 군의 학비를 전혀 지원해줄 수 없는 상황입니다. 빌라노바 대학 직원분들께서 여러 모로 많은 도움을 주셨습니다만 아직도 마틴 군의 학비를 마련하진 못한 상태입니다.

　마틴 군은 지난해 가을 냐가의 마티스트 브라더스 고등학교를 졸업했습니다. 이후 짐바브웨에서 임시 교사로 일하다 현재는 가족들 생계를 위해 관광호텔에서 일하고 있습니다.

　신부님, 저희는 신부님께서 매우 무거운 책임감을 갖고

계시다는 것을 잘 알고 있습니다. 저희 자식들 일이라면 절대 이런 부탁을 드리지 않겠지만 마틴 군에게는 아무도, 아무것도 없습니다. 저희가 마틴 군의 유일한 희망입니다. 마틴 군과 같은 학생들을 위한 후원자나 장학회 같은 것이 있을지요? 저희에게는 가족과도 같은 청년입니다. 신부님 도움이 저희는 간절합니다. 마틴 군에 대한 정보는 입학처에서 직접 확인하실 수 있으며 필요하다면 저희의 마음을 울린 마틴 군의 슬픈 이야기가 담긴 이메일 사본도 보여드릴수 있습니다.

그럼 미리 감사의 말씀 드립니다.

진심을 담아,

리처드 스토익시츠, 앤 네빌 스토익시츠 드림

엄마의 필사적인 마지막 노력의 흔적이었다. 편지를 읽는데 눈물이 얼굴을 타고 흘러내렸다.

"보내세요."

"일단 먼저 기도를 하자."

엄마는 선불 봉투에 편지를 넣고 봉투 한쪽 끝을 잡으셨다. 내가 다른 한쪽 끝을 잡은 후 우리는 눈을 감고 조용히 기도를 올렸다.

행운을 빌기 위해 나는 고개를 숙여 편지에 키스했다.

7월에는 바자회를 열었다. 바자회로 번 돈은 350달러였다. 나는 피자집에서 풀타임으로 일했고 닥치는 대로 베이비시터 아르바이트를 했다. 그렇게 모인 돈이 겨우 900달러였다. 아직도 28,750달러를 더 모아야 했다.

그때쯤 마틴에게서 이메일이 왔다. 끈기 있게 기다리고 있다는 내용이었지만 긍정적인 마틴조차도 흔들리고 있다는 게 느껴졌다.

"안 될 수도 있다는 얘기를 마틴에게 어떻게 해야 할까요?" 이렇게 말하며 나는 눈물을 다시 한 번 꾹 참았다.

엄마는 내 질문을 곱씹으며 답이 없으셨다. 평소 같았으면 곧장 내 태도가 잘못됐다고 혼을 내시며 이렇게 말씀하셨을 거다. "포기하지 마! 그렇게 해서 문제가 해결되겠니? 할 수 없는 것 말고 어떻게 하면 할 수 있는지를 생각하는 데 모든 힘과 노력을 쏟아야지."

오늘은 달랐다.

"마틴에게 어떻게 말을 할지는 생각을 해보자꾸나." 엄마는 들리지 않을 정도의 작은 목소리로 말씀하셨다.

마틴

케이틀린과 앤 어머니한테서 바로 답장이 없어 의아했다. 아주 바쁜가 보다고 생각했다. 나도 그랬다. 성수기였고 관광호텔에는 매일매일 빈 객실이 없을 정도였다. 시간을 내기는 어려웠지만 그래도 서류 준비를 좀 더 할 게 있어서 대사관에 다녀와야 했다. 장학금이 마련되면 바로 떠날 수 있도록 준비를 해두려는 것이었다. 마노 씨가 후원자 없이 비자를 받을 수 있는 방법을 알아봐주고 있었다. 쉽지 않았다.

세카이 누나와 매형 집에서 가까운 곳에 PC방이 있었다. 하라레에 도착한 첫날 미국 대사관으로 가는 길에 새로운 소식이 있나 보러 PC방에 들렀다. 2003년 7월 15일 빌라노바 대학에서 이메일이 와 있었다.

메일을 열어보려는데 무척 떨렸다.

케이틀린

엄마가 내지르는 소리에 깜짝 놀라 잠을 깼다. 엄마 목소리가 하도 커서 나는 무슨 끔찍한 일이라도 벌어진 줄 알았다. 흔치 않은 쉬는 날이라 간밤 새벽 1시까지 데이먼과 당구를 치고 놀았다. 그해 봄 크게 싸우고 나서는 데이먼이 나에게 숨 쉴 틈을 조금 주었다. 고마웠다. 하지만 내 학기가 끝나자 데이먼은 정말로 기뻐했다. 나와 이제 더 많은 시간을 함께 보낼 수 있기 때문이었다. 나도 물론 기뻤다.

또다시 엄마의 외마디 고함이 들려서 시계를 보았다. 아침 9시 15분이었다. 무슨 일이 있는 건지, 엄마는 괜찮으신 건지 알아보러 부랴부랴 아래층으로 내려갔다.

바로 그때 엄마의 말소리가 들렸다. "그거 너무 좋은 소식이네요!"

엄마의 어깨를 톡 치고 인기척을 해 보았다. 대체 목요일 아침에 그렇게 신나는 소식이란 뭔지 일단 기다렸다.

"케이틀린, 그분들이 해냈어!" 엄마는 우셨다. 그러곤 속사포처럼 이야기를 쏟아내셨다.

"도빈 신부님이 캔디스 씨한테 내 편지를 들고 가서 책상 위에 턱 놓으시더래. 그러곤 '마틴 간다 군' 이러셨대. 캔디스 씨는 '네, 신부님. 아주 뛰어난 청년인데 전액 장학금이 마련이 안 됐어요' 하셨대. 그랬더니 도빈 신부님이 손가락으로 캔디스 씨 책상을 두드리시더니 '어떻게든 찾으세요' 이러셨대. 그때가 6월인데 지금 막 캔디스 씨한테 장학금 후원자를 찾았다고 전화가 온 거야! 마틴이 빌라노바에 가게 됐어!"

강렬한 감정의 파도가 나를 집어삼킬 듯이 휘몰아쳐왔다.

마틴

이메일 첫 줄을 읽자마자 연료 먹은 로켓마냥 나는 튀어 올랐다.

'귀하께 **2003-2004년 전액 장학금 지원 소식을 전해드립니다.**'

자리에 앉아 있을 수가 없었다. "됐어!!!!!!!!"몇 달간 참고 있었던 숨까지 터져 나왔다.

PC방에 적잖은 사람들이 있었다. 다들 나를 미친 사람 보듯 쳐다봤다. 나는 개의치 않았다.

"미국에 간다! 아메리카다!" 나는 소리쳤다.

간신히 다시 자리에 앉아 나머지 내용을 읽었다. 비자를 발급받을 수 있을 것이고 필요한 서류는 레베카 마노 씨 앞으로 보냈다고 했다.

너무 기쁜 나머지 요금도 안 내고 카페를 나왔다. 가게 주인이 나를 쫓아오는 걸 보고 주머니에서 돈을 꺼내 주인의 손에 넘겨준 후 나는 전력으로 달리기 시작했다.

대사관으로 가는 버스가 그날따라 좀처럼 오지 않았다. 버스를 타고서도 자리는 많았지만 가만히 앉아 있을 수가 없었다. 버스 복도를 왔다 갔다 하는데 심장은 콩닥콩닥 뛰고 머리는 폭주하고 있었다. 저 멀리 빛나는 하얀 건물이 보이자마자 나는 줄을 잡아당겨 버스를 세웠고 거리를 달려 철제 대문으로 들어갔다.

"축하해요, 마틴 군!" 문으로 달려 들어가자 마노 씨가 말했다.

마노 씨는 페덱스로 온 소포 하나를 건네주었다. 교과서 한 권 정도 무게였다. 박스로 봉해진 부분을 뜯자 그 안에 들어 있던 내용물이 무릎으로 쏟아졌다.

두꺼운 크림색 파일 안에 '빌라노바 대학'이라고 남청색으로 써 있었다. 파일을 열자 방금 본 이메일 복사본이 있었다. 이게 공식 입학 허가서였다. 이건 진짜였다.

나는 마노 씨를 올려다보았다. 마노 씨는 환하게 웃고 있었다.

"마틴 군을 믿는 사람들이 많네요. 저도 그중 하나고요."

미국 대사관에서 쇼나어를 능통하게 구사하는, 금발에 푸른 눈의 여자분과 마주앉아 이러고 있자니 지금까지 나를 도와준 모든 사람들이 떠올랐다. 내가 도움을 받은 사람이 한둘은 아니었지만 그래도 시작은 케이틀린이었다. 이 소식을 전해야 했다.

"그분들께 전화를 드릴까요?" 마노 씨가 물었다.

"전화 써도 될까요?"

마노 씨는 수화기를 들고 다이얼을 눌렀다.

케이틀린

마틴의 장학금 소식에 두 시간째 기뻐하고 있는데 때마침 전화벨이 울렸다. 수화기를 들고 '여보세요'라고 했지만 무슨 달에서 전화를 걸기라도 한 것처럼 수화기 저편에선 이상한 메아리만 울렸다.

"케이틀린?" 몇 초 후 음성이 들렸다. "마틴이야."

몸이 떨리기 시작했다.

"너 장학금 받았어!" 내가 소리쳤다.

엄마가 달려오시는 소리에 나는 통화를 스피커폰으로 바꿨다. 그러고 나서도 나는 연신 소리를 질러댔다. 내 목소리가 마틴에게 제대로 안 들릴까봐 걱정돼서가 아니라 차분하게 말할 수 있을 만큼 진정이 되지 않았기 때문이었다.

"너 8월 24일까지 미국에 와야 해!" 엄마도 덩달아 고함을 치고 계셨다. "방금 캔디스 씨랑 통화했어. 우리도 소식 다

들었지."

"앤 엄마?" 마틴이 말했다. "앤 엄마예요?"

"그래, 엄마야. 드디어 널 만나게 됐구나!" 엄마는 말했다.

"배다른 엄마가 낳은 우리 오빠 마틴!" 내가 끼어들었다. 우리 집에서는 마틴을 그렇게 부르기 시작했다.

"미국서 만날 날을 기다릴게요." 마틴이 말했다.

"지금 어디야?" 내가 물었다.

"여기는 대사관이고 마노 씨랑 같이 있어."

"마노 씨한테 당장 비행기 표를 예약한다고 좀 전해주렴. 아니다, 마노 씨 좀 바꿔줄래?"

엄마는 메모장을 꺼낸 후 마틴의 후원자로서 일단 마틴이 미국에 오면 우리가 해야 할 일들 목록을 작성하기 시작하셨다.

"엄마가 해냈어요!" 통화가 끝나고 나는 엄마에게 말했다.

"네가 없었다면 엄마는 아무것도 못 했을 거야. 절대 그 점을 잊지 말렴."

아빠와 오빠에게도 전화를 걸어 이 소식을 전했다. 월레스는 콜로라도에 가 있었다. 빅토리아 폭포에서 월레스 부모님이 알게 된 분이 있어서 그분 일을 돕고 있었다. 마지막으로 나는 데이먼에게 전화를 걸었다.

"엄청난 소식인데, 케이틀린. 네가 정말 자랑스러워." 데이먼이 말했다.

"오빠도 드디어 마틴을 볼 수 있는 거야."

"이쯤 되니까 연예인 만나는 기분일 것 같은데. 기대된다."

"나도 너무 기대돼."

바로 그날 엄마는 마틴을 위해 편도 비행기 표를 끊었다. 마틴은 8월 15일자로 짐바브웨를 떠나 다음 날 필라델피아에 도착할 터였다. 이 순간을 위해 거의 6년을 기다렸건만 그한 달이 절대 가지 않을 것처럼 길었다.

마틴

준비할 시간이 많지 않아서 빅토리아 폭포로 돌아가 텔카 아주머니와 파누엘 아저씨께 이 소식을 전하고 백신 주사를 전부 맞았다.

그다음 가족들에게 작별인사를 하러 무타레로 돌아갔다. 직접 가족들 얼굴을 보고 장학금 얘기를 하고 싶었다. 물론 작별인사도 해야 했다. 꽤나 오랫동안 가족들 얼굴을 보지 못할 것 같단 생각이 들었기 때문이다.

저녁 무렵 아버지와 형이 집으로 돌아올 때까지 기다렸다. 우리는 불가에 모여 앉아 함께 저녁을 먹었다. 조지는 이제 일곱 살이었고 더는 아기가 아닌 어엿한 소년이었다. 로이스는 열두 살, 우리가 편지를 주고받기 시작했을 때 케이틀린의 나이가 됐다. 로이스는 1학년 때부터 한 번도 1등을 놓치지 않고 있었다. 앤 어머니는 아직도 우리 어머니께 동생들 학비를 부치고 계셨다. 로이스도 원한다면 대학에 갈 수 있을 것이다.

자리에서 일어나 소식을 발표하려는데 로이스가 머릿속에 아른거렸다.

"엄마, 아빠. 말씀드릴 게 있어요. 몇 주 후면 저는 미국으로 공부를 하러 떠나요." 나는 말을 시작했다.

어머니의 얼굴에 미소가 퍼졌다. 하지만 그 미소는 얼마 못 가 찡그린 얼굴로 바뀌었다. 아버지께서 자리에서 벌떡 일어나 자랑을 하러 온 주변을 뛰어다니기 시작하셨기 때문이다. "우리 마틴이 미국에 갑니다! 마틴이 또 해냈네!"

어머니는 아버지께 쉿, 하시며 눈치를 주셨다. "조용히 좀 해요! 자랑할 시간이 어딨어."

세상에는 바뀌지 않는 것도 있는 법이다.

아버지는 나와 같이 이 소식에 한없이 기뻐했지만 어머니는 미신을 믿으셨다. "자랑은 하지 마요. 부정 탈라." 아버지가 마침내 다시 진정을 되찾자 어머니는 아버지께 한소리 하셨다.

그러곤 나에게 조용하고 차분한 목소리로 말씀하셨다. "마틴, 네가 잘돼서 정말 기쁘구나. 가난한 부모를 네가 정말 자랑스럽게 해줬어."

불빛에 비친 어머니의 눈이 반짝이고 있었다. 행복한 눈물 때문이었다.

바로 다음 날 나는 기차를 타고 빅토리아 폭포로 돌아가야 했다. 떠나기 전 어머니를 따로 불러냈다. 앤 어머니는 빅토리아 폭포 웨스턴 유니온 지점으로 여행비용이라며 100달러를 부쳐주셨다. 나는 무타레 왕복표는 가장 싼 것으로 끊고 이틀간 여행하며 먹을 음식을 살 돈만 조금 남긴 후 나머지 돈을 어머니께 드렸다.

"미국 어머니께서 엄마한테 드리는 거예요." 나는 어머니 손에 미국 돈 96달러를 쥐여드리며 말했다.

"이건 네가 가져가야지."

"아니에요." 나는 돈을 쥔 어머니 손을 여미며 말했다. "일단 미국에 가면 돈을 더 보낼게요. 하지만 미국에 갈 때까지 엄마가 괜찮으셔야 저도 마음이 편하죠."

"마틴, 우리는 괜찮아. 네 덕분에 말이다. 이제 가거라!" 어머니는 내 눈을 쳐다보시며 말씀하셨다.

나는 어머니를 꼭 껴안았다. 아버지는 내 어깨 위에 두 손을 올리며 말씀하셨다. "네가 정말 자랑스럽다, 아들. 정말, 정말 자랑스러워."

형과 심바에게도 작별인사를 했다. 두 사람 다 이제는 장성한 청년이었다. 로이스에게 작별인사를 하는 게 이번에는 가장 어려웠다.

"오빠, 보고 싶을 거야." 로이스는 나를 안으며 작별인사를 했다.

"계속 좋은 점수를 받으면 곧 오빠 뒤를 따라올 수 있을 거야." 내가 말했다.

8월 첫째 주 빅토리아 폭포로 돌아가 비행기 표가 도착하기를 기다렸다. 매일매일이 영겁의 시간 같았다. 8월 11일, 아직까지도 표가 도착하지 않았다.

케이틀린과 앤 어머니께서 분명 표를 보내신 건 알고 있었지만 그렇다고 딱히 마음이 편해지진 않았다. 표를 기다리느라 밤마다 잠을 이룰 수가 없었고 겨우 잠이 들면 날마다 악몽을 꿨다. 치고도라에서 프랭크 형과 같이 살았던 것과 비슷한 오두막집 흙바닥에 누워 있는 꿈을 꾼 적도 있었다. 꿈속에서는 비가 퍼붓고 있었다. 언제라도 곧 허물어질 것 같은 초가지붕 위로 쏟아지는 빗소리가 꼭 달리는 말발굽 소리 같았다. 갑자기 양옆에서 물이 스며들더니 바닥으로 넘쳐 흐르기 시작했다. 얼굴까지 물이 차오르자 나는 땀이 흥건한 채 깜짝 놀라 잠에서 깼다.

주변을 둘러보니 다행히 내가 있는 곳은 치고도라나 치삼바 싱글스가 아닌 월레스네 집 손님방이었다. 그래도 웬지 사라진 비행기 표가 꿈속에서처럼 그런 일이 벌어질 징조인 것만 같았다. 그런 생각을 떨칠 수가 없었다.

그날 아침을 먹는데 텔카 아주머니께서 점쟁이가 올 거라고 알려주셨다.

짐바브웨에서 점쟁이는 주술사 같은 존재들로 미래를 예견해준다. 어머니는 아주 옛날 내가 태어나기도 전 아버지 행실이 좋지 않던 시절 점쟁이를 불러 아버지를 만나보게 하셨다. 어머니 말로는 그 점쟁이가 아버지의 여성 편력을 고쳐준 거라고 했다. 나는 완전히 믿지는 않았지만 짐바브웨에서는 점쟁이가 인기가 많았다. 진짜 의사보다 점쟁이를 찾는 사람들이 더 많았고, 점쟁이를 만나고 나서 친구들이나 가족들은 다들 효험이 있었다고 주장했다. 이때는 나도 너무 절박한 심정이라 점쟁이에 대한 회의론을 접어두고 뭐든 시도해봐야 했다.

점쟁이는 가운 같은 옷을 입고 있었다. 하얗게 센 머리는 가닥가닥 땋아져 있었고 철수세미 같은 재질로 만든 뱀들이 등에 매달려 있었다.

점쟁이와 거실에 마주앉아 지금 내 상황을 얘기했다. 점쟁이는 내 손을 잡더니 눈을 감고 주문을 중얼대기 시작했다. 이때부터는 나도 무서워져서 덩달아 눈을 감았다.

주문을 외며 점쟁이는 온몸을 바르르르 떨기 시작했다. 눈을 살짝 떠보니 점쟁이도 눈을 뜨고 있었는데 눈동자가 안 보이는 상태였다. 이어 신음을 내기 시작하는데 꼭 불길에 휩싸인 동물이 내는 소리 같았다. 점점 격렬하게 몸을 떨더니 마침내 그는 내 손을 놓았다. 하도 세게 내 손을 뿌리쳐서 나는 뒤로 나가떨어졌다. 내가 진정을 되찾았을 때쯤엔 점쟁이가 조용히 두 손을 자기 무릎에 올리고 앉아 있었다.

"자네 이모가 못 가게 막고 있네. 어머니와 앙금이 있어서 자네한테 저주를 걸었구먼."

이모를 만나본 적은 없었지만 이모는 시골에 남아 계시고 우리 어머니보다 이모네 형편이 더 나쁘단 건 알고 있었다.

치고도라에서 본, 웃옷을 입지 않고 있던 여자들과 7킬로미터를 달려 학교를 오던 어린 소녀 이너프가 떠올랐다. 나는 내가 누리는 이 기회를 받을 자격이 있는, 고통받고 있는 짐바브웨의 모든 사람들을 떠올렸다.

"제가 뭘 해야 할까요?"

"기도합시다."

나는 점쟁이의 손을 잡은 채 눈을 감고 기나긴 침묵 속에 조용히 약속했다. 비행기 표가 도착한다면, 내가 비행기를 탈수만 있다면, 내가 정말 미국에 공부를 하러 갈 수만 있다면 나와 함께 가지 못하는 사람들을 절대 잊지 않을 거라고. 이너프를, 우리 어머니를 절대 잊지 않을 거라고 말이다. 눈을 뜨자 점쟁이는 나를 쳐다보고 있었다.

"이게 우리가 할 수 있는 전부요." 점쟁이는 말했다.

점쟁이가 떠나고 너무 피곤해져서 나는 방으로 올라가 잠이 들었다. 아직 한낮이었지만 피곤함에 그날 저녁, 다음 날 아침까지 쭉 잤다. 그렇게 깊고 편안한 잠은 오랜만이었다.

케이틀린

페덱스 측은 아프리카 지역에선 48시간 배송보증 서비스가 적용이 안 된다고 했다. 엄마는 무척 화가 나셨다. 8월 12일 낮 12시 피자가게에 일을 나가려는데 엄마가 페덱스 쪽에 전화로 언성을 높이고 계셨다. 일을 마치고 저녁 늦게 돌아와 보니 이제는 비행기 표를 구매했던 쪽에 애원을 하고 계셨다.

"이미 표 값은 다 냈잖아요. 그냥 공항에서 재발행을 하면 안 됩니까?"

상대의 대답은 들리지 않았지만 엄마가 전화를 끊는 것을 보니 대답은 '안 된다'였던 모양이었다. "고오맙습니다!" 엄마는 큰 소리로 그렇게 말씀하시곤 수화기를 세차게 내려놓으셨다.

얼마 후 아빠가 돌아오셨다.

"어떻게 돼가?" 아빠가 물으셨다.

"최악이야!" 엄마의 목소리가 갈라지고 있었다. "어떻게 해야 할지 모르겠어. 이미 빌라노바 쪽엔 전화해서 마틴이 제시간에 올 거라고 했단 말이야."

"빌라노바선 뭐래요?" 나도 생각보다 급박해진 상황에 걱정이 돼 물었다.

"1월까지는 마틴 자리를 마련해두겠다고 했어. 하지만 마틴 입장에서도 그렇게 오래 기다리고 있을 순 없지. 지금 와야 해."

"내가 전화 몇 통 해보지." 아빠가 말씀하셨다.

일단 저녁을 먹고 아빠가 전화를 넘겨받았다. 아빠는 비행기 표를 산 곳부터 항공사, 페덱스까지 전부 전화를 돌렸다.

새벽 1시, 아직도 아빠는 통화 중이었다. 빅토리아 폭포 쪽은 아침 7시였다. 엄마는 마틴에게 전화해 이 소식을 전해야 한다고 생각했다.

"무슨 소식이요. 전할 소식도 없는데!" 나는 짜증이 나서 말했다.

"마틴에게 공항으로 가라고 해야지. 비행기 타야지." 아빠가 대답하셨다.

마틴

내가 탈 비행기는 세 시간 후 이륙 예정이었다. 그때 전화 벨이 울렸다. 텔카 아주머니께서 후다닥 뛰어가 전화를 받으셨다. 그러곤 나에게 수화기를 넘겨주셨다. 앤 어머니였다.

"앤 엄마. 저 미국 가는 건가요?" 목소리를 듣자 안심이 돼서 물었다.

"아직 알아보는 중이란다."

앤 어머니께서 울고 계신 것 같았다. 나도 눈물이 나기 시작했다.

점쟁이 같은 미신에 의지했다는 사실이 너무 바보 같았다. 그게 통할 거라고 믿은 나 자신에게 화가 났다.

이제 눈물이 눈가를 적셨다. 수화기를 텔카 아주머니께 넘겨드리곤 방으로 달려 올라갔다. 월레스의 부모님 앞에서는 울 수 없었다. 품위 없는 행동이었다. 방문을 닫자마자 나는 침대에 쓰러져 베개에 고개를 박고 울었다. 나는 저 배 속에서부터 날카로운 울음을 토했다. 동물들처럼 원시적이고 겁쟁이처럼 끔찍한 소리가 내 성대를 할퀴었다.

10분 후 노크 소리가 들렸다. 나는 얼굴을 닦고 문을 열었다. 파누엘 아저씨와 텔카 아주머니였다.

"짐 챙겨라. 공항에 데려다주마."

"어떻게요?" 나는 혼란스러워 물었다.

"어떻게인지는 몰라도 너는 비행기에 타는 거야." 파누엘 씨가 말씀하셨다.

나는 몇 가지 짐을 챙겼다. 모든 서류가 들어 있는 전대, 칫솔, 케이틀린이 엄마의 밀짚모자를 쓰고 있는 사진 등. 나는 사진을 여권과 함께 전대 안에 넣고 텔카 아주머니와 파누엘 아저씨를 따라 내려가 차에 올라탔다. 아저씨 아주머니는 앤 어머니께 가져다드리라고 이미 아프리카 향토예술을 넣은 가방을 하나 챙겨두셨다. 앤 어머니는 이걸 미국에 있는 다른 친구에게 보낸 후 팔아서 월레스를 위한 기금을 마련할 예정이었다.

파누엘 씨는 속도를 올리셨고 이러다 사고가 날 수도 있겠다 싶었다. 비행기가 뜨기까지 한 시간도 채 남지 않았다. 우리는 공항에 차를 세우고 영국항공 데스크로 가서 상황 설명을 했다. 직원은 복도 아래 매니저 사무실을 가리켰다.

우리가 도착했을 때 매니저는 전화 통화 중이었다. 파누엘 씨가 창문을 두드렸다. 무례한 짓인 줄은 알았지만 이미 비행기는 탑승 수속 중이었다. 매너를 따질 시간이 없었다.

매니저가 고개를 들고 우리에게 손을 흔들며 들어오라고 했다.

"마틴 간다 씨?" 매니저가 말했다.

"맞아요." 나는 깜짝 놀라 대답했다.

"당신의 미국 아버지라는 분과 전화를 하고 있어요."

마법은 풀렸다.

5분 후 나는 표를 손에 들고 비행기에 탑승하러 나갔다.

요하네스버그로 가는 작은 제트기였다. 내가 마지막 승객이었다. 창가 쪽 내 자리에 앉아 내가 비행기에 잘 탔는지 확인하려고 기다리시던 텔카 씨와 파누엘 씨에게 손을 흔들어 보였다.

"영국항공 429편을 이용해주시는 승객 여러분 환영합니다." 프로펠러가 돌아가기 시작하자 승무원이 안내 방송을 했다. "이륙 준비를 부탁드리겠습니다."

비행기를 타본 것이 처음이라 그게 무슨 뜻인가 하고 다른 승객들을 둘러보았다. 비행기 승객은 끽해야 30여 명 정도였고 대부분 양복 차림의 백인 남성들이었다. 몇 명은 카키색 바지와 세트로 된 셔츠를 입고 있는 걸 보니 관광객 같았다. 나보다 몇 살 많아 보이는 흑인 남자가 한 명 더 있었다.

다른 승객들을 따라 나는 안전벨트를 매고 꽉 조였다. 비행기가 움직이기 시작해 양손으로 팔걸이를 꽉 잡았다. 관절들이 피부를 뚫고 빠져나가는 것 같았다. 항공기가 비스듬하게 이륙하자 그날 아침 먹은 걸 다 토할 것 같은 기분이 들었다. 나는 눈을 감고 기도했다.

이제 이동해도 된다는 승무원의 안내방송 소리에 눈을 떴다. 사람들은 안전벨트를 풀고 책을 꺼내거나 스트레칭을 하러, 아니면 화장실을 쓰러 자리에서 일어섰다. 나는 창밖으로 푸른 하늘과 구름을 한없이 내다보았다.

다시 눈을 감고 요하네스버그에 안전하게 착륙할 때까지 나는 계속 눈을 뜨지 않았다.

공항은 내가 본 곳 중 가장 정신없이 바쁜 곳이었다. 사람들도 엄청 많았고 대부분 내가 들어본 적 없는 억양이나 언어로 말을 하고 있었다. 항공편 번호가 안내돼 있는 전광판이 있었고 그 번호 옆에는 목적지가 적혀 있었다. 모두 이국적인 곳들이었다. 텔카 아주머니가 미국 돈 10달러를 쥐여주시면서 간식을 사 먹으라고 하셨다. 맥도날드가 보여 아주 흥분됐다. 마티스트 브라더스에서 부자 애들이 가끔 맥도날드 자랑을 한 적이 있었다. 맥도날드에 들어가 내 인생 첫 번째 햄버거를 사 먹었다. 8달러였지만 개의치 않았다. 맛있었다.

이제 다음 항공편을 찾으려는데 어떻게 해야 하는지 알 수가 없었다. 표에는 숫자가 너무 많이 적혀 있었고 전광판은 계속하여 내용이 바뀌고 깜박여서 확인이 쉽지 않았다. 때마침 빅토리아 폭포에서 오는 비행기에 같이 탔던 흑인 승객이 지나가길래 그에게 도움을 청했다. 알고 보니 그 사람도 파리로 가는 길이었다. 그 사람 아버지는 외교관이라고 했다.

우리는 게이트 쪽으로 같이 걸어가 탑승을 기다렸다. 그 사람이 화장실을 갈 때는 나도 따라갔다. 길을 잃고 싶지 않아서였다.

엄청나게 큰 비행기였다. 비행기에서 나는 영화를 보고 아주 고급스러운 쟁반에 담겨 나온 음식을 먹었다. 모든 승객에게는 폭신한 담요와 베개가 제공됐다. 들고 가고 싶었다.

파리에 착륙했다. 역시나 모험을 하고 싶지 않아 이번에는 승무원에게 물어보고 다음 게이트를 확인했다. 아직 몇 시간이나 남아 있었지만 그건 문제가 안 됐다. 모험은 하지 않겠다. 나는 그 자리에서 꼼짝 않고 가만히 기다렸다. 탑승 수속이 시작되자 내가 줄 맨 앞에 섰다. 다음 목적지는 필라델피아였다.

케이틀린

그날 아침에는 잠에서 깰 필요가 없었다. 간밤에 잠을 자지 않았으니까. 밤새 나는 마틴의 비행기를 온라인으로 조회하며 깨어 있었다.

바로 전날 우리는 '미국에 온 걸 환영해, 마틴'이라고 쓴 플래카드를 만들었다. 글씨 윤곽선 안쪽으로는 빨간색 마커 펜으로 색칠을 했다. 당일 아침 엄마 차 트렁크에 플래카드를 싣고 나서 나는 뒷좌석에 올라탔다. 할머니 할아버지는 직접 차를 가져오셔서 내가 뒷좌석에 혼자 앉을 수 있었다. 데이먼은 초대하지 않았다. 6년을 기다린 순간이었고 그 기다림의 시간이 데이먼을 알고 지낸 기간보다 세 배는 더 길었다. 우리 가족 외 다른 누구와 나누기엔 나에게 너무 소중한 순간이었다. 데이먼은 화가 났지만 나는 신경 쓰지 않았다.

한 시간 일찍 공항에 도착해 최대한 국제선 출구 가까이에

진을 쳤다. 세관으로 가는 긴 복도로 이어지는 회전문 옆이었다.

여행객들이 새로 도착할 때마다 나는 플래카드를 집어 들었다.

"마틴이 누군데요?" 한 어르신이 엄마에게 물으셨다.

"아프리카에서 오는 우리 아들이요." 엄마는 활짝 웃으며 대답하셨다.

어르신은 진심으로 혼란스러운 표정이었지만 우리는 상관하지 않았다. 이미 동네 이웃들에게는 전부 마틴이 올 거라고 얘기를 해뒀다. 마틴이 도착한 다음 날 저녁 환영의 의미로 이웃들을 초대해 바비큐 파티를 열 계획이었다. 도착 당일 저녁에는 가까운 친척들이 마틴을 만나러 올 거였다. 다들 들떠 있었지만 나만큼은 아니었다.

한 시간쯤 거기 서서 마틴이 도착하기를 기다리고 있으니 파리 발 비행기 승객들이 나오기 시작했다. 사람들이 나올 때마다 어느 비행기 타고 오셨냐고 물어본 덕분에 나는 그 정도 시간이 흐른 것을 알고 있었다.

나오는 승객들 숫자를 세기 시작했다. 120명쯤 되자 이제 긴장이 됐다.

"마틴이 프랑스에서 비행기를 못 탔으면 어떡해요?"

"마틴은 여기 왔어. 엄마는 느껴져."

나오는 사람들 수가 점점 줄어들 때까지 계속해서 복도를 살폈다. 긴장감에 배 속이 요동을 쳤다. 뭔가 잘못된 게 틀림 없었다. 마틴이 제대로 비행기에 탄 게 맞는지 물어보러 막 항공사 담당자를 찾으러 가려던 순간 한 흑인 청년의 모습이 보였다.

청년이 점점 가까워지자 청년의 얼굴은 세상에 다시없을 환한 미소로 가득했다.

"마틴이에요!" 나는 울다시피 말했다

나는 도착 승객들의 원활한 이동을 위해 세워놓은 플라스틱 벽의 다른 한쪽에 서 있었다. 마틴이 걸어 나오기도 전에 나는 두 팔을 뻗어 마틴을 붙잡았다. 벽을 사이에 두고 우리는 서로를 꼭 껴안았다.

"네가 해냈어, 마틴!"

"그러게."

엄마는 부리나케 나와 사진을 찍기 시작하셨다. 우리 가족 옆에서 같이 사랑하는 사람이 도착하기를 기다리던 마중객들은 박수를 쳐주었다.

마틴이 포옹을 멈추고 말했다. "엄마, 잘 지내셨어요!"

엄마는 눈물이 터졌다. "네가 와서 정말 기뻐!"

마틴과 악수를 하려고 손을 내밀던 아빠도 울고 있었다. "집에 온 걸 환영한다, 아들아."

마틴은 아빠와의 거리를 좁히며 악수를 했다. 할아버지는 만남의 모든 순간을 촬영하고 계셨다. 마틴은 개의치 않고 인사를 드렸다. "할머니, 할아버지, 안녕하세요."

마틴은 우리 가족들을 다 알고 있었다.

"가방은 그게 다니?" 할아버지가 아프리카 예술품들이 든 가방을 가리키며 물으셨다.

"이건 월레스 거예요." 마틴이 대답했다.

"그냥 배낭에 옷만 좀 챙겨서 오라고 했어요. 나머지는 우리가 알아서 챙길 테니까." 엄마가 옆에서 대답하셨다.

"전 이거 가져왔어요." 마틴이 뒷주머니에서 칫솔을 꺼내 보였다. 우리는 다 같이 웃었다.

집으로 가는 길에 살짝 우회해 빌라노바 대학을 지나갔다. 카펫처럼 깔린 녹색 풀밭 위에 솟아 있는 석조 건물이 웅장해 보였다.

"네가 다닐 학교가 저기란다, 마틴." 엄마가 설명하셨다.

마틴

"네가 해냈어, 마틴!" 케이틀린에게 그 말을 듣고 우리가 처음으로 포옹을 하는데 드디어 현실이라는 게 실감났다. 지난 몇 년간 나는 내가 마법을 부려 케이틀린이란 존재를 꾸며냈다고 생각했다. 그러나 케이틀린이 여기, 내가 상상했던 그대로 아름다운 모습으로 서 있었다. 키는 훨씬 컸지만 말이다. 나보다 키가 더 컸다. 더는 치아에 액세서리를 한 6년 전 그 소녀가 아니었다. 나는 이제 식은땀을 흘리며 치고도라나 치삼바 싱글스에서, 혹은 빅토리아 폭포에서 깨어나는 일도 없을 것이다. 내가 해낸 것이다.

차를 타고 가며 케이틀린에게 그간의 모험에 대해 이야기했다. 편지를 통해 내 절친한 친구가 된 소녀가 내 옆에 앉은 이 아가씨라니, 아직도 믿을 수가 없었다. 하지만 금세 나는 케이틀린과 편안해졌다. 앤 어머니와 리처드 아버지는 앞좌

443

석에서 웃으시며 나에게 이것저것 물어보셨다. 역시 사랑이 넘쳤다. 케이틀린이 부모님한테서 이런 품성을 닮은 걸 거라고 나는 생각했다.

빌라노바 대학 캠퍼스를 보여주시는데 숨이 막혔다. 열흘 정도만 지나면 이제 나는 미국의 대학생이 돼서 저 캠퍼스를 거닐게 된다니 상상이 잘 안 됐다. 사륜구동 지프 뒷좌석에, 그것도 케이틀린 옆에 이렇게 앉아 있다는 것도 물론 믿기 힘들었다.

막 케이틀린네 집 앞에 차를 세우자 케이틀린이 보내줬던 사진을 머릿속에 떠올렸다. 리치 형이 집 앞까지 마중을 나와 나를 안았다.

"우리 아프리카 동생! 만나서 정말 반갑다."

케이틀린은 집 안으로 들어가 나에게 안내를 해주었다. 지하에 내가 쓸 방을 마련해줬는데 월레스가 여러 밤을 보냈던 곳이기도 했다. 샤워를 마치고 우리는 월레스에게 전화를 걸었다. 월레스는 아직 콜로라도에서 여름을 보내고 있었다. 일주일쯤 후면 월레스를 만나게 될 것이다. 통화가 끝나고 케이틀린이 말했다. "가자."

미국에서 시작하는 내 새로운 삶을 위해 케이틀린은 나를 그 전설의 쇼핑몰로 데리고 가고 싶어 했다.

궁전처럼 휘황찬란한 입구를 지나 시원한 바람이 부는 마법 같은 유리 자동문을 걸어 들어갔다. 상상했던 것과 상상하지 못했던 것들이 눈앞에 펼쳐졌다. 쇼핑몰에 걸어 들어가는데 달콤한 시나몬과 튀긴 음식 냄새가 강하게 풍겼다. 케이틀린은 거기가 푸드코트라고 했다. 우리는 시나본이라는 가게에서 빵을 사서 함께 나눠 먹었다. 지금까지도 그 시나본 빵이 내가 먹어본 가장 맛있는 음식으로 남아 있다. 그런 다음 케이틀린은 나를 데리고 쇼핑을 갔다. 쇼핑은 엄청난 경험이었다.

일단 케이틀린은 아빠 신용카드를 들고 왔다. 그렇게 작은 플라스틱 조각으로 그렇게나 많은 것들을 살 수 있다니 완전히 새로운 개념이었다. 케이틀린은 긴바지, 반바지, 티셔츠, 긴팔 셔츠, 슬리퍼, 선글라스에다 또 많은 것들을 사주었다. 필요 없다고 몇 번이고 말했지만 결국 포기하고 말았다. 케이틀린이 이제 벨트를 하나도 아니고 세 개씩이나 고르는데 도저히 한마디 하지 않으면 안 될 것 같았다.

"나는 허리가 하나야, 케이틀린."

그런 풍요는 본 적이 없었다. 마티스트 브라더스에서조차 보지 못했다. 결국 나는 그냥 내 눈앞에 펼쳐지는 상황을 그대로 받아들였다. 그냥 꿈인 것처럼. 혹은 그 시절 치삼바 싱글스에서 형의 어깨 위에 앉아 창문 너머로 훔쳐보던 미국 영화 속 주인공이 된 것처럼.

집으로 돌아온 후 케이틀린은 저녁식사 때 내가 새로 산 옷을 입었으면 했다. 내 미국인 가족들과의 첫 번째 저녁식사였다. 바지와 남방을 챙겨 입고 아래층으로 내려오자 모두들 일어나 박수를 쳐주었다. 마티스트 브라더스에서 처음 교복을 입던 날의 기분이 떠올랐다. 하지만 이게 더 압도적이었다. 이제 나는 미국 학생처럼 차려 입었다. 내 꿈이 이뤄진 것이다.

식탁에 자리잡고 앉았다. 우리 미국 어머니는 식탁 한가득 음식을 차려두셨다. 감자와 당근이 든 팟 로스트라는 고기 메뉴가 있었는데 냄새가 기가 막혀 입에 절로 침이 고였다. 샐러드 그릇은 또 어찌나 큰지 내 두 팔을 다 벌려야 그 둘레 정도 될 것 같았다. 그 옆에는 병이 여러 개 놓여 있는 회전판이 있었는데 케이틀린은 이게 드레싱이라고 했다. 그런 말은 처음 들어봤고 배도 하나도 안 고팠다. 시나본을 먹은 게 아직 다 꺼지지 않았다. 그리고 먹어 치우기엔 너무 아까운 음식들이었다. 하지만 나는 모든 요리를 다 조금씩 맛보았다. 맛을 다 한번 보고 싶었다. 음식을 하나씩 맛볼 때마다 이게 현실이라는 느낌이 점점 더 강해졌다. 내가 새 옷을 입고 햇필드에서 우리 미국인 가족들과 이렇게 함께 있다. 그리고 이제 대학에도 간다.

다음 날 앤 어머니와 리처드 아버지는 나를 위해 파티를 열어주셨고 케이틀린의 친척들과 이웃들을 전부 초대했다. 숙모와 삼촌, 사촌들도 만났는데 다들 나를 잃어버렸다 찾은 가족인 것처럼 환대해주었다.

식사를 한 후 앤 어머니께서 일어나 한말씀 하셨다. 공식적으로 가족들에게 나를 소개하는 어머니의 목소리가 점점 떨려왔다. 어머니 말씀을 듣고 있으니 어떤 감정의 소용돌이가 일었다. 파리에서 비행기를 탄 이후로 줄곧 하늘을 둥둥 떠다니다가 다시 땅에 발을 내딛는 기분이었다. 다시 현실 세계로 돌아왔다. 그리고 나는 펜실베이니아 햇필드에 있는 내 절친한 친구네 집 뒷마당에 서 있었다. 앤 어머니께서 감정을 추스르려 중간에 말을 멈추셔서 내가 말을 시작했다. 준비되거나 의도한 건 아니었다. 그냥 자연스레 이야기할 날을 기다리며 마음속에 품어왔던 말들이었다.

"그냥 감사를 드리고 싶어요. 제게, 또 저를 믿고 있는 저희 가족들에게 여러분들이 얼마나 중대한 부분을 차지하고 있는지 잘 모르실 거예요. 저희 가족에게는 엄청난 변화입니다. 대학에 가는 게 항상 제 꿈이었어요. 대학에 가면 제가 능력을 발휘할 수 있는 기반이 마련될 것이고 그럼 짐바브웨에 있는 가족들과 친구들에게 도움을 줄 수 있겠죠. 신께서 여러분께 축복을 듬뿍 안겨주시길 바랍니다."

케이틀린이 내 손을 꼭 쥐는 게 느껴졌다. 나도 케이틀린의 손을 꼭 잡았다. 케이틀린을 만나고, 껴안고, 케이틀린의 웃음소리를 듣고, 케이틀린의 손을 잡는 것을 지난 6년간 상상만 해왔다. 그리고 한때는 저 멀리 닿지 못할 곳에 있었던 내 베스트 프렌드 케이틀린이, 지금 여기, 바로 내 옆에 서 있었다.

우리가 서로에게
처음으로 보냈던 사진들.

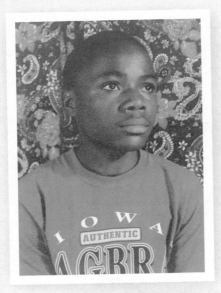

하라레에서
차 나르는 아르바이트를 했을 때.
입고 있는 티셔츠는
케이틀린이 보내준 것.

비슷한 시기
학교 겨울 파티 때.

형, 어머니, 나 이렇게
함께 찍은 사진.
(침대 아래 보이는 게
요리하고 마실 물을 받아오던 깡통)

케이틀린네 가족들에게
(장화 등) 멋진 선물 보내줘서
고맙다는 인사를 하고 있는
우리 가족들. 앉아 있는 사람은
왼쪽부터 어머니, 아버지,
심바. 서 있는 사람은
로이스(왼쪽)와 막내 조지.

2001년
마티스트 브라더스 냥가 고등학교

2001년 6월 여름캠프에서
상담 선생님으로 일할 때
토끼 루이스와.

친구들과 고등학교 교정에서. 시험 스트레스와 걱정은 잊고 환한 얼굴들.

역시 친구들과 함께. 왼쪽부터 보나벤투르, 코넬리우스, 나, 케네디.

2003년 필라델피아 공항에서 마틴을 기다리며.

처음으로 서로를 만나 감격의 인사를 나누는 우리들.

그 언젠가 토끼고기 먹은 이야기를 했던 마틴에게
위험을 무릅쓰고 토끼 루이스를 소개하는 중.

마틴, 월레스와 함께 찍은 2003년 우리 가족 크리스마스카드.

2008년 케이틀린의 결혼식에서(왼쪽은 케이틀린의 남편 드미트리).

리처드 아저씨(왼쪽), 윌레스, 리치 형(오른쪽)과 함께 결혼식 날 찍은 사진.

에필로그

마틴

샴페인 잔을 쨍그랑 울리자 모두의 시선이 나를 향했다.

"한마디 하고 싶습니다." 케이틀린 쪽을 바라보며 나는 자리에서 일어났다. 케이틀린은 그 어느 때보다도 빛이 났다. "케이틀린, 네가 드미트리를 만나게 돼 정말 기뻐. 너에겐 멋진 남편이 생겼고 나한텐 형제가 생겼으니까."

미소를 띤 채 나를 바라보던 케이틀린은 얼굴을 붉히며 나에게 샴페인 잔을 들어 올려 보인 후 이제 남편이 된 드미트리에게 키스했다.

"축하해요!" 월레스가 소리쳤다. 월레스는 같은 테이블 건너편 자리에 앉아 있었고 그 옆에 리치 형이 앉아 있었다. '이복형제.' 리치 형과 나는 지금도 서로를 그렇게 부른다.

몇 주 전 케이틀린이 내가 있는 맨해튼으로 전화를 해왔다. 드미트리와 결혼한다는 것이었다. 드미트리는 작년에 케이틀린이 부모님과 함께 크루즈 여행을 갔을 때 만난 남자다. 둘의 약혼은 조금 이른 감이 있었지만 두 사람이 헤어질 것 같단 생각은 들지 않았다. 드미트리는 케이틀린의 과거 남자친구들과는 달랐다. 드미트리는 나와 세상을 바라보는 관점이 비슷했다. 어쩌면 벨라루스 출신인 드미트리도 나처럼 먼 외지 출신이기 때문일지도 모르겠다. 우리 둘 다 케이틀린에게서 외모보다 훨씬 깊은 내면의 아름다움을 보았다. 드미트리는 케이틀린의 다정하고 넉넉한 마음씨를 알아보았고 그런 케이틀린의 성품에 겁먹지 않았다. 좋은 남자였다.

드미트리와 케이틀린이 결혼 서약을 주고받는 장면을 지켜보는데 목이 메었다. 케이틀린과 나는 그동안 엄청나게 많은 인생의 순간들을 함께 나눠왔고 또 앞으로도 함께 나눌 것이다. 내가 듀크 대학에서 MBA를 하게 되리란 것도, 케이틀린이 열여섯 살 때 꿈을 따라 결국 간호학을 전공하고 예쁜 딸아이의 엄마가 되리란 것도 그때는 몰랐다. 다만 확실한 게 한 가지 있다면 그건 우리가 서로의 꿈이 현실이 되는 순간들을 지켜봐왔다는 것이다.

11년 전 케이틀린이 보낸 첫 번째 편지를 시작으로 우리는 수없이 많은 특별한 순간들을 함께해왔다. 케이틀린의 결혼식은 많고 많은 그런 특별한 순간들 중 하나였다.

다시 자리에 앉아 우리 테이블을 둘러보았다. 앤 어머니의 얼굴에는 행복한 눈물이 흐르고 있었고 리처드 아버지는 딸이 너무 자랑스러워 환한 얼굴이 곧 터져나갈 것 같았다. 케이틀린의 외할머니, 외할아버지도 밝은 표정이셨고 친할아버지도 마찬가지였다. 리치 형은 아내 제닐리와, 윌레스는 아내 도린과 함께 있었다. 우리 테이블에는 행복이 넘치고 있었다.

짐바브웨에 있는 우리 가족도 이 자리에 있었으면 하는 생각이 들었다.

나는 편지와 전화로 짐바브웨에 있는 가족들과 연락을 했다. 빌라노바 대학에 입학해 적응을 마치자마자 나는 입학처에 일자리를 얻은 후 이제 부모님께는 내가 직접 돈을 부치겠다고 앤 어머니께 말씀드렸다. 앤 어머니의 도움은 지금까지만으로도 충분했다. 앤 어머니는 물론 한사코 만류하시며 내가 학업에 집중할 수 있게 첫해에는 계속 본인이 돈을 부치시겠다고 했다. 나는 돈을 모으기 시작했고 좀 더 돈을 벌려고 '타코벨' 아르바이트도 병행했다. 그해 여름에는 보험회사에서 풀타임 일자리를 구했고 그다음 학기에도 일과 공부를 병행했다.

적지 않은 시간이 걸렸지만 마침내 나는 돈을 모아 부모님께 무타레에 집을 사드릴 수 있었다. 부모님은 내가 빌라노바 대학을 졸업하던 해 치삼바 싱글스에서 이사하셨다. 어머니께서 실내 수도시설과 변기가 있는 화장실, 침대가 있는 집에서 생활하신다고 하니 마음이 한결 편해졌다. 풍요로운 나의 미국 생활은 더더욱 즐거워졌다. 지금도 나는 부모님께 용돈을 보내드리고 있고 무슨 일이 있어도 동생들이 학교는 계속 다닐 수 있도록 하고 있다. 빅토리아 폭포로, 또 미국으로 떠나올 때 어머니께 드린 약속을 나는 지켰다. 비록 지금 가족들을 떠나지만 부모님께 더 나은 아들, 형과 동생들에게는 최고의 동생이자 형이자 오빠가 되겠다는 약속이었다. 미국행은 나 혼자만을 위한 꿈이 절대 아니었다.

로이스는 쭉 1등을 고수했고 이제 미국으로 대학 진학을 계획 중이다. 나는 케이틀린이 내게 그랬던 것처럼 꼭 그렇게 될 거라고 로이스에게 말해주었다. 이제 내 두 누이들이 처음으로 서로를 만나게 될 터다.

우리 가족과 케이틀린네 가족은 오래전부터 한 가족처럼 지내기 시작했다. 시작은 한 통의 편지였고 우리 삶은 그렇게 바뀌었다.

케이틀린

18년 전 펜팔 편지를 쓰려고 자리에 앉았을 때에는 그 편지로 베스트 프렌드를 갖게 될 거라든가 미국으로 대학을 오려는 그 친구를 돕게 될 거라든가, 아니면 그 이후 우리 두 사람의 인생까지 바꿔놓은 그 경험에 대해 함께 책을 쓰게 될 거라고는 전혀 생각하지 못했다. 난 그냥 만나보지 못한 누군가와 이야기를 나눠보고 싶었을 뿐이었다. 햇필드라는 작고 좁은 이 세계 바깥으로 시선을 돌려 머나먼 곳의 다른 아이들은 어떻게 사는지 보고 싶었다. 궁금했다.

그리고 마틴을 알고 지내며 내 삶이 훨씬 풍성해지는 동안 나는 여전히 이곳 펜실베이니아에 산다. 그것도 큰딸 밀라가 '머니'와 '할부지'라고 부르는 우리 부모님 댁, 내가 어릴 적 살던 바로 그 집에서 불과 30분 떨어진 거리에 말이다. 2014년 12월 21일 둘째 다샤가 태어나 밀라는 언니가 됐고,

나는 임신 중에 이 책을 쓰면서 이직을 하여 이제는 지역 병원 응급실 전문 간호사가 됐다.

내가 펜실베이니아에서 이 책을 쓰는 동안 마틴은 남아프리카공화국에서 스카이프로 인터넷 전화를 걸거나, 텍사스로 가는 길에 비행기 이륙 전 기내에서 문자를 하거나, 맨해튼에 있는 투자은행에서 아프리카 투자전문가로 일하며 왓츠앱 메신저로 연락을 했고, 그 와중에 듀크 대학에서 MBA 과정까지 끝냈다. 배를 곯고 흙먼지 바닥에서 자던 어린 시절과는 완전히 다른 인생 같지만 그래도 마틴은 '할로'라고 시작하는 첫 번째 편지를 보냈던 그때부터 지금까지 변함없이 에너지 넘치고 의욕적인 그 모습 그대로다. 마틴의 긍정적 태도와 열정은 조금도 시들지 않았다. 깜짝 이벤트에 대한 애정도 그렇고.

2015년 3월 28일, 이 책이 출간되기 3주 전 나는 서른이 되었다. 부모님께서는 할머니, 할아버지, 킴 숙모와 조앤 숙모, 월레스와 도린 부부, 그리고 월레스네 한 살배기 아들 에이든을 초대해 생일파티를 열어주셨다. 마틴도 초대는 했지만 감감무소식이었고 나도 마틴이 올 거라곤 기대도 하지 않았다. 마틴은 우간다나 잠비아같이 훨씬 더 이국적인 곳에 있겠거니 했다. 그래서 시끄러운 음악소리와 사람들 대화 너머로 반가워하는 엄마의 목소리를 들었을 때에는 심장이 빠르게 뛰었다. "왔구나!"

마틴이 막 도착했을 때 나는 거실에서 다샤를 돌보고 있었다. 마틴은 예의 그 환한 웃음을 지어 보였다. "생일 축하해, 동생!" 나는 눈물이 났다.

감정이 밀려든 데에는 여러 이유가 있었다. 마틴이 다샤를 본 게 이날 처음이었고 우리가 마지막으로 만난 것도 우리 책이 아직 세상에 나오기 전이었다. 드디어 우리 이야기가 단지 우리들만의 것이 아니라는 게 실감나기 시작했다.

나는 파티에 온 손님들에게 마틴과 먼저 이야기할 기회를 양보했다. 다들 궁금한 건 똑같았다. 어떻게 지내? 요즘은 무슨 일 해? 그동안 어디 있었어?

마틴 부모님은 새로운 집, 더 안전한 동네로 이사하셨다고 했고 마틴은 하도 출장을 다녀서 이제는 지금 여기가 몇 시인지도 모르겠다고 했다.

파티가 끝나갈 때쯤 나는 마틴을 따로 불러내 앞으로 몇 달간의 일정에 대해 이야기했다. 일단 '세븐틴'에 우리 이야기가 실릴 예정이었다. 어릴 때 제일 좋아했던 잡지에 우리 이야기가 실린다니, 이때 아마 처음으로 '이런 일이 벌어지다니 믿을 수 없어'라고 생각했던 것 같다. 라디오며 TV며 다른 인터뷰 요청도 받았고 맨해튼에서 출간 파티도 가질 계획이었다. 흥분되기도 하고 겁도 났다.

"좋은 일만 있을 거야." 마틴이 나를 안심시켰다.

"그게 책을 쓰기로 한 이유이기도 하고." 나도 동의했다. "단 한 명이라도 우리 책을 읽고 친절을 베풀기로 한다면 그걸로 충분하겠지."

맨해튼 미드타운에 있는 마틴네 은행 본사에서 열린 우리 책 출간 파티에서 다시 마틴을 만났다. 양복에 넥타이를 맨 마틴은 비슷하게 차려입은 세련된 도시 사람들 사이로 나를 데리고 다니며 인사를 시켰다. 여자들은 하이힐을 신고 그에 어울리는 핸드백을 들고 있었고 남자들은 뒤로 빗어 넘긴 머리에 번쩍번쩍 광이 나는 로퍼를 신고 있었다. 도시가 한눈에 내려다보이는 테라스에서는 칵테일을 내고 있었고 그날의 야경은 유독 반짝였다.

주변 시선이 조금 의식됐다. 수술복 아닌 정장이라니, 내게는 낯선 별세계였지만 마틴은 자연스레 그 세계에 스며들어 있었다. 마틴이 세련된 손님들 앞에서 한마디 하려고 자기 와인 잔을 두드리며 나더러 옆에 같이 서달라고 했을 때에는 배 속이 울렁거리고 난리가 났다. 땀이 나기 시작했다. 원래도 남들 앞에서 이야기하는 걸 정말 싫어해 잔뜩 겁을 먹었다. 내가 이 사람들 앞에서 무슨 멋있는 말을 할 수 있겠어? 마틴은 스타니까, 마틴이 능숙하게 이야기를 할 거야!

마틴은 물론 내가 생각한 대로였다. 마틴이 좌중을 휘어잡는 동안 나는 그런 마틴을 감탄스럽게 쳐다보며 내가 그 옆에서 떨고 있다는 사실을 아무도 눈치채지 못하기만 바랐다. "케이틀린이 아기 봐주는 아르바이트를 하고 번 돈으로 제가 학교를 마칠 수 있었습니다." 마틴이 이렇게 말하자 모두의 시선이 나에게 쏠렸다. "케이틀린이 없었다면 저는 여기 없었을 겁니다."

이제 내 차례였다. 먼저 내 소개를 하며 응급실 간호사로 일하고 있다고 했다. 그렇게 말을 시작하는데 문득 연결고리가 떠올랐다. "제가 만나는 사람들은 거의 인생 최악의 순간에 처해 있는 경우가 많아요. 그럴 때 제가 그 사람들을 돕고요. 이 일을 해야겠다고 생각한 건 마틴 때문이었어요."

모두들 박수를 쳤고 몇몇은 눈가를 훔치기도 했다. 우리 이야기에 감동을 받고 눈물을 흘리는 사람들이 있다면, 그럼 우리 이야기를 듣고 행동이 달라지는 사람들도 있을까? 다른 사람에게 더욱 친절해진다든가, 도움이 필요한 사람들을 위해 모험을 감수하며 선행을 베푼다든가 하는 사람들도 있을까? 궁금했다.

그날 밤 운전을 하며 집으로 돌아가던 중 이 질문에 대한 답이 모두 '있다'라는 생각이 들기 시작하자 가슴이 부풀어 올랐다. 그건 시작에 불과했다.

우리는 페이스북 페이지와 트위터 계정을 만들었다. 거의 매일매일 쪽지와 메시지가 들어왔다. 브루클린에 사는 7학년생 라일라는 우리 책을 읽고 "세상을 보는 시각이 바뀌었다"며 우리 이야기 때문에 학교 과제로 수프 식당에서 주방일을 하고 있다고 했다. 덴마크에 사는 9학년 엘렌과 캐롤라인은 이렇게 깨달음을 주는 이야기를 들려줘서 고맙다고 했고, 케냐에 사는 베카는 우리 책을 들고 찍은 사진을 보내왔다. 로렌은 학교 과제였다며 우리 책을 읽고 만든 포스터 사진을 찍어 트위터에 올렸다. 로렌은 "사람들은 자기가 알지 못하는 것들을 두려워하는 법"이라고 했던 내 글을 인용해서 한 문단이나 썼는데 정말이지 감동했다. 마틴과 함께 7학년 때 영어선생님이었던 밀러 선생님을 찾아뵙고 다 같이 찍은 사진을 올리자 한 교사는 이렇게 댓글을 달았다. "교사들이 인생을 바꾸죠!" 맞는 말이다.

우리 집에서 한 시간 정도 떨어진 펜실베이니아의 웨스트 체스터 이스트 고등학교에 다니는 딸을 둔 한 학부모가 마틴과 나에게 그 고등학교에 와서 강연을 해줄 것을 부탁했을 때 나는 기꺼이 그러겠노라고 했다.

학교 측은 우리 책을 여름 추천 도서로 선정하고 마틴과 내가 학생들에게 우리 펜팔과 우정, 또 저자로서의 경험을 들려주길 원했다. 이전에도 한번 마틴과 이런 자리를 가진 적이 있었다. 몇 년도 더 된 이야기인데 마틴이 미국에 온 지 얼마 되지 않아 지역 신문에서 우리 이야기를 실었고, 내가 펜팔을 시작했을 때 다니고 있던 펜필드 중학교에서 초청을 해와 같이 모교를 방문했었다. (인터넷에 올렸다는, 밀러 선생님과 같이 찍은 그 사진도 이때 찍은 거다.) 나는 마틴이 주로 이야기를 하도록 했다. 거의 대부분이 마틴에게 관심이 있을 거라고 생각했다. 마틴에게는 대단한 이야깃거리가 있었다. 나야 그냥 마틴이 꿈을 이루도록 도운 게 전부였다. 이번에도 마찬가지일 거라고 생각했다. 모두들 마틴의 이야기에 매료될 것이고 나는 책 출간 파티 때처럼 그냥 일화 몇 가지만 덧붙이는 정도로 생각했다. 그런데 마틴이 출장 때문에 올 수 없다니 실망이었다. 결국 처음 이 행사를 기획한 학부모 브라이언 데이킨 씨에게 아무래도 어렵겠다는 뜻을 전했다.

"혼자라도 와주실 수 있을까요?" 데이킨 씨는 그렇게 물어왔다.

더 생각할 것도 없이 나는 답을 보냈다. "당연히 가야죠!"

그러나 '전송' 버튼을 누르자마자 끔찍한 실수를 저질렀다는 생각이 들었다. 내가 전교생 앞에서 무슨 수로 재밌는 이야기를 들려준단 말인가?

며칠 동안 파워포인트 자료를 준비했다. 먼저 마틴이 미국에 온 이후 사진 위주로 슬라이드를 채워 넣었다. 매해 엄마가 보낸 크리스마스카드들은 마틴이 우리 가족이나 다름없단 증거였다. 마틴의 빌라노바 대학 졸업식과 듀크 대학 석사 졸업식 사진도 넣었다. 마틴이 우리 개를 처음 보고 겁먹은 듯한 사진도! 그리고 마틴이 우리 딸 밀라를 처음으로 안아보고 있는 사진도 있다. 마틴은 이 사진 속에서 행복한 모습이다. 그런 다음 나는 하고 싶은 말을 정리했다. 마틴과의 우정 덕분에 내 인생이 얼마나 더 나아졌는지, 마틴이 아니었으면 내가 어떻게 지금의 남편을 만나 결혼했겠으며 어떻게 내가 간호사가 될 수 있었겠는지 등등. 그리고 재미로 강연 초반 분위기를 띄우는 차원에서 스파이스 걸스 노래를 틀기로 했다. 준비는 끝났고 조금 기대가 되기까지 했다.

아침 7시 45분 조회 시간에 맞춰 7시 30분까지 학교에 도착해야 했는데, 내비게이션 안내로는 집에서 1시간 6분이 걸린다고 했다. 전날 저녁 네 번씩이나 확인한 결과였다.

일어나 샤워를 한 후 긴장해서 속이 좋지는 않았지만 간단히 아침을 챙겨먹고 남편과 딸들에게 인사를 한 후 핸드백을 챙겼다. 문을 막 나서는데 뭔가 잘못됐다. 핸드백 지퍼가 허벅지 위쪽을 스치면서 스타킹이 걸린 것이다. 핸드백을 잡아당기자 뭔가 느슨해지면서 동시에 다리 위로 쥐가 지나가기라도 하는 양 간지러운 느낌이 들었다. 허벅지 쪽에 거미줄 모양으로 구멍이 나 있었다. 이미 늦어서 스타킹을 갈아 신을 시간이 없었다. 그래도 무릎까지 내려오는 원피스니까. 나는 차로 달려가며 생각했다.

차 안에서 보니 이제 무릎까지 올이 나가 있었다. 다행히 가방 안에 투명 매니큐어가 있어서 올이 더 풀리지 않게 처치를 해놓고 앞으로 닥칠 일에 더 집중하자 마음을 가다듬으며 무사히 웨스트 체스터까지 차를 몰고 갈 수 있었다. 매니큐어가 피부에 달라붙는 게 느껴지자 올 나간 스타킹이 꼭 불길한 징조 같단 생각을 떨치기 어려웠다.

학교 입구로 들어서는데 말 그대로 몸이 바들바들 떨렸다. 아직 되돌릴 기회는 있었다. 잠시 후 당혹스러운 일을 겪으니 식중독이라든가 아무튼 얼마든지 가짜 핑계를 지어낼 수 있었다. 그러나 그 순간 학교 앞에 '케이틀린 알리피렌카 작가님, 환영합니다'라는 메시지가 걸려 있는 게 보였다.

그걸 보자 진정이 되기는커녕 속이 더 울렁거렸다. 강연 준비를 제대로 한 건 맞는지, 특히나 스파이스 걸스 노래를

트는 게 괜찮은 생각인지, 차를 세우는데 모조리 걱정이 되기 시작했다. 얘들은 스파이스 걸스가 누군지도 모를 텐데! 그리고 서른 먹은 아줌마가 늘어놓는 친절이 어쩌고저쩌고 하는 얘기엔 관심도 없을 텐데!

근심걱정만 한가득 안고 학교로 들어서는데 한 학생이 나를 보고 물었다. "오늘 강연하러 오신 작가님이세요?"

"맞아요!" 나는 깜짝 놀라며 대답했다.

"작가님 강연을 들으려고 막 교실에서 나오는 길이에요! 정말 기대돼요!" 학생은 웃으며 말했다.

근심걱정은 서서히 사라지고 있었다.

로비에서 영어학부 교사 킴을 만난 후 킴을 따라 사물함이 줄지어 서 있는 복도를 지나 강당으로 향했다. 강당에는 무대를 중심으로 의자들이 반원형으로 배열돼 있었다. 수백 명의 학생들을 앞에 두고 올 나간 스타킹을 신은 채 서게 될 무대가 바로 거기였다.

"강당에 학생들 전부를 수용할 수가 없어서 각 교실로 영상 중계를 하기로 했어요." 킴은 설명했다.

도서관장 선생님과 만나는데 배 속에서 다시 찌르르 하고 긴장이 느껴졌다. "와주셔서 정말 기뻐요!" 포옹으로 나를 반기며 선생님은 말했다. "작가님 책이 우리 아이들에게는 생생하게 다가와요. 이곳 출신이시잖아요. 자기들이 작가님과 비슷한 점이 있다고 느끼는 거죠. 작가님께서 다른 누군가의 인생을 바꾸신 것처럼 우리 아이들도 그럴 수 있다는 거예요."

그 말에 무대로 올라갈 용기가 생겼다.

킴이 나를 소개했고 나는 청중을 훑어보았다. 풋볼 유니폼 차림의 아이들과 플란넬 셔츠를 걸친 아이들, 진한 화장을 한 아이들과 맨얼굴인 아이들, 조용한 아이들과 교실 분위기를 주도하는 아이들…… 우리 고등학교 시절과 그리 많이 다르지 않다는 생각이 들었다. 여전히 엄청나게 다양한 아이들이 섞여 있었고 모두가 제각각 다른 누군가의 인생을 바꿀 수 있는 능력을 갖고 있었다. 그리고 그 아이들의 시선은 모두 나를 향해 있었다.

"18년 전 편지를 한 통 썼어요." 내가 말을 시작하자 아이들은 조용했다. 그 후 45분 동안 나는 사진과 함께 어떻게 나 같은 햇필드 소녀가 편지 한 통에서 이제는 다른 사람들에게 영향을 줄 수도 있는 그런 책까지 쓰게 되었는지에 대해 이야기를 이어나갔다.

"사소하지만 친절한 행동 하나." 나는 강연을 끝맺으며 이렇게 말했다. "여러분은 그게 얼마나 대단한 힘을 갖고 있는지, 그게 여러분 자신은 물론이고 다른 누군가의 인생을 어떻게 바꿀 수 있는지 잘 모를 거예요."

박수소리가 어찌나 큰지 바닥을 통해 내 다리에까지 진동이 전해졌다. 올 나간 스타킹, 안절부절 못하던 이른 아침의 기억은 다 잊었다. 단상에서 내려오는데 내 책을 든 아이들이 줄을 서서 무려 나에게 사인을 받고 싶어 했다. 남학생들이며 여학생들 모두가 같이 셀카를 찍자고 하고 어느 남학생은 핸드폰 케이스에 사인을 해달라고 했다. 한 여학생은 눈물을 글썽이며 내 책이 자기에겐 전부나 다름없다고 했다.

이 아이들이 우리 두 사람의 이야기를 읽고 느낀 감정과 생각이 어떤 행동으로 이어질진 모르겠다. 하지만 나는 그 가능성에 설렌다. 그게 내가 이 책을 쓰고 싶었던 이유다.

친절은 전염된다. 인생을 바꾼다. 내 인생도 바꿨다. 여러분에겐 어떤 변화를 가져올까?

| 감사의 말 |

마틴 간다는 아래의 분들께 감사를 표합니다.

내 인생을 바꾼 케이틀린.

우리 짐바브웨 가족들: 네이션 형, 심바, 로이스, 조지, 아버지, 어머니. 알로이스와 세카이 문야라다지 선생님. 브리토 신부님. 파누엘과 텔가 무곰바 아저씨 아주머니. 돌아가신 마조크와이로 할머니.

우리 미국인 가족들: 앤 네빌, 리처드 스토익시츠, 드미트리 알리퍼렌카, 리치와 제닐리 스토익시츠, 빌과 조앤 네빌, 짐과 킴 네빌, 그리고 양측 가족들. 케이틀린의 외할머니 외할아버지, 친할아버지, 친할머니.

우리 빌라노바 가족들: 마이클 게이노어 입학처장님, 캔디스 키스, 발레리 퍼먼, 에드먼드 도빈 신부님 — 신부님 도움이 없었다면 저는 절대 미국에 오지 못했을 겁니다 — 그리고 데릭 로사, 크리스 힐, 잭 자워라, 조셉 판티니, 나에게 미국을 소개해준, 빌라노바에서 처음 사귄 친구들!

멘토들: 나를 믿어준 에이미와 제프 타워스 부부. 커리어

에 대한 변함없는 지지와 훌륭한 조언과 우정을 나눠준 톰 윌콕과 켄 파먼. 지금의 나를 있게 한 알리 나크비와 린다 홀리데이.

그 밖에도 내 손을 잡아주고 내 커리어를 인도해준 분들: 알렉스 디벨리우스, 키스 페라찌, 음툴리 웅쿠베 박사님, 노아와 플로엔스 지움베 부부, 브렌다 마두마이스, 제임스 마캄바, 무툼와 마웨레, 제럴드 렘, 루크 웅궤루메, 필 하일버그, 모린 에라스무스. 우정과 끊임없는 조언을 보내주신 벤과 클레어 스필라드 부부. 마크, 레슬리, 더크 골드와서, 조나단 플루치크, 케네스 앨런, 마이클 치비텔라, 브렛과 마리사 로젠 부부, 애슐리 벤델, 카스 알멘드럴, 클라이브 긴스버그에게 감사드립니다. 그리고 무타레 사쿠바에서 지금 제가 이곳에 있기까지 제 인생의 여정에서 중요한 역할을 해준 많은 다른 분들께도 감사를 드립니다.

친구들: 엘리아스 무탐비크와, 카렌 웅야웨라, 심바 뭉구, 심바 마레케라, 에드윈 무샴비, 케빈 포트먼, 샘 웅자니케, 로니 루캄베, 티낫셰 마차카, 타피와 구루피라의 우정에 감사를. 또 다른 어머니에게서 온 놀라운 여동생 식시아 카티와 다에게도.

또한 이 책을 낼 수 있도록 격려와 도움을 아끼지 않은 피터 고드윈, 사라 번스, 주디 클레인, 파린 제이콥스. 마지막으로 케이틀린과 내가 우리 이야기를 할 수 있도록 도와준 리즈 웰치 씨께 감사드립니다.

케이틀린 알리피렌카는 아래의 분들께 감사를 표합니다.

부모님 앤 네빌과 리치 스토익시츠. 저에게 굳건한 사랑과 지도와 변함없는 믿음을 주셔서 감사해요. 부모님 도움이 없었다면 꿈은 이뤄지지 않았을 것이고 이 이야기도 절대 나오지 못했을 거예요. 외할아버지 빌 네빌과 외할머니 마리 네빌, 할아버지 조셉 스토익시츠. 할머니, 할아버지, 제가 제 길에 확신이 없을 때에도 저를 사랑해주신 점 특별히 감사드려요. 그리고 리치 오빠, 내 열정을 지지해줘서 고마워. 헤더 위타 언니, 든든한 친구로 남아줘서 고마워. 삼촌, 숙모, 그리고 사촌들. 마틴을 새로운 조카이자 사촌으로 받아줘서 고맙습니다. 시어머니 이리나 올리피렌코와 시누이 다이애나 올리피렌코. 저를 사랑하고 지지해주셔서 감사하고 마틴을 가족으로 받아주셔서 감사합니다.

무엇보다도 사랑하는 우리 남편 드미트리, 언제나 나를 믿어주고 내가 기댈 수 있는 바위가 돼줘서 고마워. 마지막으로 우리 사랑스러운 딸 밀라, 엄마가 이 이야기를 하게 해줘서, 엄마 이야기를 들어줘서 고마워. 너는 미래야. 엄마는 이 세상이 네 놀이터가 되길 바라.

특별히 마틴 간다, 우리 오빠에게 고마워. 우리는 서로를 믿었지. 오빠 없는 내 삶을 상상할 수 없을 거야. 오빠는 정말 내가 더 크고 더 나은 세상을 향해 눈을 뜨게 해주었어.

리즈 웰치 씨, 웰치 씨의 사려 깊은 계획과 실행이 없었다면 우리 이야기는 책으로 나오지 못했을 거예요. 이야기를 만든 건 우리였지만 우리 이야기에 생명을 불어넣어준 건 웰치 씨였어요!

리즈 웰치가 아래의 분들께 감사 말씀 드립니다.

마틴 간다와 케이틀린 알리피렌카. 감동적인 두 분의 이야기를 제게 맡겨주셔서 감사합니다. 두 분의 에이전트인 사라 번스, 언제나 영리하고 섬세한 지원을 아끼지 않는 우리 에이전트 브렛느 블룸, 감사합니다. 드넓은 마음씨로 하나하나 세심하게 사실 확인을 해주신 앤 네빌 씨, 네빌 씨가 아니었다면 이 책은 세상에 나오지 못했을 겁니다. 훌륭하게 편집·교정 작업을 해주신 파린 제이콥스와 이 이야기의 가능성을 알아봐주신 주디 클레인께도 감사드립니다. 그리고 카렌 브라질러 워크숍에 참여하셨던 모든 분들, 마틴과 케이틀린의 이야기 첫 몇 장을 읽고 저처럼 좋아해주신 분들께 감사드립니다.

1. 케이틀린이 펜팔 편지를 보내고 싶은 나라로 독일이나 잉글랜드처럼 좀 더 익숙한 곳 대신 짐바브웨를 고른 이유는 무엇일까요?

2. 마틴의 생활을 이야기해봅시다. 케이틀린의 생활과 비슷한 점은 어떤 면이고 또 다른 점은 어떤 부분일까요?

3 케이틀린이 마틴의 두 번째 편지를 받고 알게 된 사실은 무엇인지 이야기해봅시다.

4. 마틴과 케이틀린이 편지를 주고받는 것을 보고 마틴의 아버지가 놀란 이유는 무엇일까요?

5. 케이틀린은 마틴의 생활을 잘 이해하고 있나요? 케이틀린이 생각하는 마틴의 생활은 실제 마틴의 생활과 어떻게 다른가요?

6. 마틴은 케이틀린이 보내준 돈에 대해 어떻게 생각하고 있나요? 마틴이 그렇게 생각하는 이유는 무엇일까요? 마틴의 이야기를 읽고 나서 지금 여러분이 갖고 있는 돈에 대한 생각이 달라졌나요?

7. 마틴이 케이틀린에게 편지를 보내기 위해 겪은 힘든 상황을 이 야기해봅시다.

8. 마틴이 티셔츠 선물을 받고 "옷이 증가했어"라고 한 말을 케이틀 린은 왜 그냥 넘겨들었을까요? 마틴의 이 말에 케이틀린이 별다 른 관심을 두지 않은 이유는 무엇일까요?

9. 케이틀린이 마틴에게 자기 친구들이나 남자친구들 이야기를 한 것을 민망해한 이유는 무엇일까요? 케이틀린이 그 이야기를 한 것을 민망해해야 할까요? 여러분은 평소 겪는 문제를 객관적으 로 보고 해결하기 위해 어떤 노력을 하나요?

10. 1999년 1월 마틴의 생활은 어떻게 달라졌나요? 마틴이 케이틀린 에게 자신의 상황에 대해 이야기하지 않은 이유는 무엇일까요?

11. 마틴이 케이틀린에 대해, 또 케이틀린이 얼마나 운이 좋은지에 대해 어떻게 생각하는지 잘 나타난 부분을 이야기해봅시다.

12. 케이틀린이 마틴에게 첫 번째 소포를 보내면서 겪은 어려움을 이야기해봅시다. 이 소포에서 마틴이 받은 것들은 무엇인가요? 가장 중요한 것부터 순서대로 나열한 후 무엇이 왜 더 중요하다 고 생각하는지 이야기해봅시다.

13. 교환학생으로 온 스테피와 케이틀린의 비슷한 점과 다른 점을 이야기해봅시다.

14. 마틴의 사진에서 어떤 부분이 마틴의 생활을 가장 정확하게 보여주고 있나요? 또 미화된 부분이 있다면 어떤 부분일까요?

15. 마티스트 브라더스 고등학교에서 만난 마틴의 친구들은 어떤가요? 이 친구들과 마틴의 차이점을 이야기해봅시다.

16. 케이틀린이 데이먼에게 끌린 이유는 무엇일까요? 케이틀린이 그전에 사귀거나 좋아했던 남자친구들과 데이먼은 어떤 점이 다른가요? 케이틀린의 미래에 대한 생각은 어떻게 바뀌었나요?

17. 짐바브웨와 미국 병원의 차이점을 비교해봅시다. 불공평한 문제를 어떻게 해결할 수 있을까요?

18. 9.11 사태로 세계에 대한 케이틀린의 시각은 어떻게 달라졌나요? 그 사태가 마틴에게도 영향을 미쳤나요?

19. 인터넷을 쓰게 되면서 마틴은 어떤 점이 편해졌나요? 지금 인터넷 없는 삶을 상상할 수 있나요?

20. 데이먼은 공부를 많이 하고 대학에 가고 싶어 하는 케이틀린을 염려하지만 케이틀린은 그런 데이먼을 외면합니다. 왜 그런지 이야기해봅시다. 교육과 대학 진학에 대한 데이먼과 케이틀린의 차이점을 비교해봅시다.

21. 월레스와 마틴의 비슷한 점은 무엇인가요? 또 다른 점은 어떤 부분인가요?

22. 마틴이 미국에 가기 위해 겪었던 어려움들을 이야기해봅시다.

23. 케이틀린과 케이틀린의 가족에 대한 마틴의 태도는 시간이 지나면서 어떻게 바뀌었나요?

24. 치고도라 마을과 그곳 사람들에 대해 이야기해봅시다.

25. 케이틀린의 어머니는 마틴의 미래에 대해 낙관적인가요? 이 점에 대해 이야기해봅시다.

26. 미국과 짐바브웨의 문화적 차이에 대해 이야기해봅시다. 가장 큰 차이는 무엇인가요? 그 이유는?

27. 마틴이 전액 장학금을 받고 빌라노바 대학에 들어가게 된 과정을 이야기해봅시다. 마틴의 인생이 달라진 것 외에 또 달라진 것들이 있나요?

28. 마틴이 미국에 가는 것과 사라진 비행기 표에 대해 어떻게 느꼈는지 이야기해봅시다.

29. 마틴이 미국에서 어떤 문화 충격을 받았는지 이야기해봅시다.

30. 에필로그를 읽고, 마틴과 케이틀린이 어른이 된 후의 이야기를 요약해보세요.

작은 호기심과 선의가 엮어낸 기적

영리하지만 집안 형편이 어려워 대학은 꿈도 못 꿀 처지였던 마틴. 그런 마틴이 결국 미국에 있는 대학으로 진학할 수 있게 도와준 케이틀린네 가족들.

물론 이 세상에는 선의를 가진 사람들이 많다. 지금도 세계 곳곳에선 여러 가지 선행과 기적 같은 일들이 벌어지고 있을 것이다. 하지만 케이틀린과 마틴의 이야기가 유독 울림을 주는 이유는 아마도 이 모든 이야기가 작은 호기심과 선의에서 비롯되었다는 점 때문일 것이다. 너무나도 긍정적인 두 사람의 성격 덕분이기도 할 것이다.

이국적이라는 단순한 이유와 낯선 세계에 대한 순전한 호기심으로 시작된 편지 쓰기가 두 가족의 삶을 이렇게나 바꿔 놓으리라고는 펜팔 프로그램을 계획한 선생님들조차 예상하지 못했을 것이다. 호기심에 주고받기로 한 1달러가 지구 저편의 누군가에게 그토록 중요하고 깊은 우정의 계기가 되리라고 누군들 짐작이나 할 수 있었을까.

사소한 동기로 우정을 나누기 시작한 두 사람은 서로에게 오해가 쌓일 수 있고 좌절할 수 있는 수많은 순간들에도 긍정적이고 낙천적인 성격으로 신뢰와 우정을 지켜낸다.

이 책은 호기심 많은 아이들이 새로운 세계에 눈뜨도록 도와줄 것이고 꿈을 향해 힘겹게 달려가고 있는 청소년들에게는 희망이 되어줄 것이다. 예쁜 밑그림이 그려진 편지지에 좋아하는 가수며 짝사랑 상대며 별의별 이야기를 적어 나누던 기억이 있는 성인 독자들에게 추억을 떠올릴 수 있는 기회를 선사해주는 것은 덤이고 말이다.

옮긴이 장여정 이화여자대학교 통역번역대학원을 졸업하고 현재 번역가로 활동 중이다. 옮긴 작품으로는 하버드대 한국학연구소에서 발간하는 한국문학저널 『Azalea』에 게재된 성석제 작가의 단편 「이 인간이 정말」(공역)이 있으며 tbs eFM 의 도서 프로그램 'The Bookend'에서 한국문학을 소개했다.

답장할게, 꼭
두 사람의 인생을 변화시킨 한 통의 편지

초판 1쇄 발행 · 2018년 8월 31일

지은이 · 케이틀린 알리피렌카, 마틴 간다, 리즈 웰치
옮긴이 · 장여정
펴낸이 · 김요안
편집 · 강희진
디자인 · 부추밭

펴낸곳 · 북레시피
주소 · 서울시 마포구 신수로 59-1, 2층
전화 · 02-716-1228
팩스 · 02-6442-9684
이메일 · bookrecipe2015@naver.com | esop98@hanmail.net
홈페이지 · www.bookrecipe.co.kr | https://bookrecipe.modoo.at/
등록 · 2015년 4월 24일(제2015-000141호)
창립 · 2015년 9월 9일

종이 · 화인페이퍼 | 인쇄 · 삼신문화사 | 후가공 · 금성LSM | 제본 · 대흥제책

ISBN 979-11-88140-35-0 03840

이 도서의 국립중앙도서관 출판예정도서목록(CIP)은 서지정보유통지원시스템
홈페이지(http://seoji.nl.go.kr)와 국가자료공동목록시스템(http://www.nl.go.kr/kolisnet)에서
이용하실 수 있습니다. (CIP제어번호: CIP2018024653)